艺苑芬芳

王京林 / 著

上册

中国戏剧出版社
CHINA THEATRE PRESS

图书在版编目（CIP）数据

艺苑芬芳 / 王京林著. -- 北京：中国戏剧出版社，2024.5
ISBN 978-7-104-05497-9

Ⅰ．①艺… Ⅱ．①王… Ⅲ．①剧本—作品综合集—中国—当代 Ⅳ．① I230

中国国家版本馆CIP数据核字（2024）第098728号

艺苑芬芳

责任编辑：周忠建
责任印制：冯志强

出版发行：	中国戏剧出版社
出 版 人：	樊国宾
社　　址：	北京市西城区天宁寺前街2号国家音乐产业基地L座
邮　　编：	100055
网　　址：	www.theatrebook.cn
电　　话：	010-63385980（总编室）010-63381560（发行部）
传　　真：	010-63381560

读者服务：010-63381560
邮购地址：北京市西城区天宁寺前街2号国家音乐产业基地L座

印　　刷：	河北赛文印刷有限公司
开　　本：	880mm×1230mm 1/32
印　　张：	18.75
字　　数：	390千字
版　　次：	2024年5月　北京第1版第1次印刷
书　　号：	ISBN 978-7-104-05497-9
定　　价：	168.00元（全二册）

版权专有，违者必究；如有质量问题，请与出版社联系调换。

作者与老伴王环珠在莫干山

王京林,男,1940年12月生,安徽省泾县人。安徽省作家协会会员,安徽戏剧家协会会员。出版报告文学集《不倦人生》以及在报刊书籍中刊登小说、散文、诗歌、纪实文学、戏剧小品、人物传记、辞条等百余篇。

序

写剧本,于我而言,真是一件难事。

广义上说,凡事都要有个剧本。时间长一点的叫规划,时间短一点的叫计划,马上要做的叫策划。大凡的意思,首先要有个蓝图,和唱戏首先要有剧本大体差不多。它要有统揽全盘、谋篇布局的驾驭能力;要有精准巧妙、立框竖架的构想;还要有新颖大气、美观实用的超前意识;更要有春燕含泥一样一点一点构筑的榫卯细节。感受困难的程度各不相同。我写戏曲剧本,有点不一样,它要在文字上开筑。首先是选材。题材选得好不好是关键,它有什么意义,思想性在哪,给人什么启迪,这就够我想一个月两个月,半年一年,甚至几年也想不出一个能够写出好剧本的题材。其次就是着笔。有了题材,就要精心构筑,细致打磨,苦心孤诣,废寝忘食,逐字逐句,好不容易成篇。急慢不得,疏忽不得,包括标点符号也要考虑再三。弄了很长时间,拿起来一看,十有八九觉得不怎么样。不是主题不够突出,就是思想性不够高,或者觉得文学性不强,故事性不吸引人等,将一大本辛辛苦苦写好的原稿往抽屉里一撂,不想问津。在文学创作中,觉得自己文化低、阅历浅、写作能力差而苦恼不已的情绪相伴的不啻我一个,多人如此。其实,我也有过经验,但没有吸取。到今天才明白,"大胆"才是成功的动力。1987年,我写好《丹枫正艳》大型现代戏,灰心地放在压了多少层的纸堆里,懒得回首,不敢看,也不想看,和其他废纸一样地不屑一顾。有一次,省剧办和艺研所专家来单位,两夜三天混熟了,他们问我最近有什么大作,我才惶恐地把那本已经誊清的写字稿拿出来请专家批评指导。我在家心怦怦跳,生怕他们严厉批评。第二天下午,专家们把我叫去,非常热情地鼓励我一番,说:"这个稿子写得不错,几个需要稍作改动的地方,不要你动笔了,我们改一改就行了。"原稿没还我,带走了,后来发表在《安徽新戏》增刊上。照理说这就是大胆的结果,应把这次机会当动力,大胆发挥,努力向前。然而,我仍然深陷在妄自菲薄的情绪中,写出来的手抄稿,一看,自我判定:不行。在手一窝,弃之不问,以至后来的许多稿子都当废纸送进了废品回收站。其中,有没有好一点的稿子呢?现在想起来,还是有的。有修改基础的,甚至不怎么需要大修大改的稿子都有好几篇,都因心小胆怯而后悔不已。当时,自我评判、自我忧伤,自己不相信自己也确实延误了一些事情。妄自尊大,伤害别人,不可取;妄自菲薄,伤害自己,同样不可取。

写什么戏,也是一难。对我来说,古装戏不想触碰。古装戏我也看过不少。中国十大古典喜剧、中国十大古典悲剧文学本也夹生夹熟地读过一遍,中央电视台戏曲频道没变化之前，每天下午睡觉起来打开就看，并有简单记录。京剧、豫剧、昆曲、沪剧、黄梅戏、秦腔、川剧都看过好些。那里面，才子佳人，谈情说爱，深宫幽怨，哭哭啼啼，看看可以，叫我写，我没有胆量动笔。新编历史剧我看得也多，历史上的四大名著中的人物，曹操的粗犷、诸葛亮的睿智、刘备的谋略、宋江的江湖义气、宝玉的萌宠、黛玉的休戚等。那种凄凄切切、聚聚合合、拼拼凑凑、打打杀杀，出现了许多有名的舞台剧和电视连续剧，写得深入浅出，大气磅礴，都是大学问家大手笔之作。我无法问津，望洋兴叹。写红色革命题材，照理说，我应该能写一点。震惊世界的"皖南事变"就发生在我出生的那个月前几天，而且离我出生地不到百里，听力好的还能隐隐约约听到炮声。孩提时代全在战乱中度过。然而，这么宝贵的革命史料没有引起我的重视，好些年都忽视了中国最重要的革命斗争史的收集和整理。认为中国革命已经取得了决定性胜利，中国共产党领导的中华人民共和国正扬帆前进，那段艰苦卓绝的革命历史已经过去，不需要那么牢记和宣扬。中国共产党领导中国人民进行一场长达二十八年的你死我活、极其残酷的卓绝斗争，建立了新中国。这段极其光辉的历史，那些可歌可泣的英雄人物，岂能不重要？而我如此盲目，失去了这么一个大主题，编剧的路子只能越来越窄了。

当然，现实生活更有广阔的天地。它那丰富、奋进、亮丽、快乐和曲折、复杂的生活画面，更是千千万万个作家、剧作家、散文家、诗人年年代代取之不尽用之不竭的源泉和宝库。我这个小小的业余作者更是得天独厚，抓住这个大好时机，写一点自娱自乐、或歌或颂的东西，是完全有能力的。毛泽东《在延安文艺座谈会上的讲话》和习近平总书记在文艺工作者大会上讲话,为我们创作指明了方向。习近平总书记在中国文联第十一次、中国作家第十次代表大会上讲话指出:"……弘扬以爱国主义为核心的民族精神和以改革创新为核心的时代精神,弘扬伟大的建党精神,唱响昂扬的时代主旋律。"并强调"源于人民、为了人民,是社会主义的根本立场,也是社会主义文艺繁荣发展的动力所在。文艺要对人民创造历史的伟大进程给予最热情的赞颂,对一切为中华民族伟大复兴奋斗的拼搏者,一切为人民牺牲奉献的英雄们给予最深情的褒奖"。我作为基层文化工作者,无条件地要增强文化自觉,坚持文化自信,坚守为人民服务,为社会主义服务的方向,守正创新,为人民和时代放歌。用思想深刻、质朴清新、健康有力的戏剧作品奉献给读者或观众。

在我写作中,备加关注的就是红色革命题材。它是红色摇篮,红色襁褓,红色曙光,红色旗帜。本书收集的有五个:《渡江颂》《红方巾》《欢庆解放》《绝妙的花轿》和《荒庙枪声》。《荒庙枪声》是写在日本帝国主义侵略中国那些白色日子里,中国人民遭受日本鬼子惨无人道的"扫荡"和迫害。高山娘和丈夫一同上山抗日,几年后练就了双枪双打的本领。这次上级看她年龄已大,安排她在荒庙里照护唯——位腿部受伤、不能行走的青年女战士刘芳。日本军官少佐要找个隐蔽地点休整部队,汉奸小狗子正好带少佐来到这座荒庙。少佐和小狗子要高山娘和刘芳迁走让庙。高山娘认为中国人住在自己的土地上,天经地义,为何让庙?在小狗子为讨好少佐,把营养伤员的一碗鸡汤夺去倒掉,又从砂罐里倒一碗新鲜鸡汤捧给少佐时,高山娘一脚踢飞少佐手中那碗汤:"你不让我伤员喝,我也决不让你日本人喝。"规劝小狗子不要当汉奸,要做堂堂正正的中国人。而小狗子死心塌地的认为"有奶我就看作娘",为日本鬼子跑前跑后,唯其马首是瞻,甘当奴才、汉奸。刘芳因伤支持不住,要到房间床上休息,小狗子立刻阻止"这床已经不是你的了",刘芳反问"谁的床?"小狗子大言不惭地答道:"日本人的呀!"又一次激起高山娘和刘芳的强烈反抗。少佐举刀欲向高山娘砍去,高山娘大义凛然地唱道:"巍巍大工山,高耸白云间,金针银柏满山转,点缀着好江山。中国的红土地,为何总遭惨?"接着,历数了鸦片战争以来,屡受外国侵略者掠夺侵害的罪恶事实,面对屠刀,坚贞不屈。小狗子为进一步谄媚少佐,居然对刘芳美色下手,高山娘在忍无可忍的情况下,开枪将汉奸小狗子和日本军官少佐击毙……看了,令人十分解气。《绝妙的花轿》是我为庆祝中国共产党成立101周年而创作的剧本。讲的是民间医生郭丹阳掩护新四军受伤营长勇敢机智和巧妙利用花轿调包计,完美地完成了营长归营任务的故事。受伤的新四军方营长在香花镇有名郎中郭丹阳家养伤半个月,伤好了,腿能走了,心急如焚地要求归营。国民党警备队得知新四军有位营长受伤逃往香花镇,于是将香花镇家家搜尽、户户搜光,也不见营长身影。早就怀疑藏在省上县下有一定势力的神医郭丹阳家,屈于势力强大,不敢轻举妄动。当营长归营心切,准备和国民党警备队一拼死活时,郭丹阳好心劝止。他热爱共产党,不允许新四军有丁点儿损失。当天,郭丹阳家是婚嫁大喜之日,方营长一心要走,国民党警备队将郭家大门堵得水泄不通。在十分紧张的关键时刻,剧情推到令人窒息的当口,忽然,门缝里递进一张纸条,从纸条的字里行间获得了生机。郭丹阳灵机一动,茅塞顿开,找到护送方营长的方案。他让自己今天出嫁的大女儿脱下婚纱,轻装素裹,由小女儿陪同徒步走到大金山那边军民桥。而方营长穿上婚纱假装新娘,坐上花轿,嬉吹嬉打出了危险区,十分巧妙地到了新四军营地……

时代号角篇之《彩虹湾》讲的就是亲如手足的两位"兄弟"互帮互立的故事。杨总和李总都出生在彩虹湾,分别担任两个厂的老总。天有不测风云,杨总厂搞失败了,而李总厂正兴旺。李总无私地拿出100万元支票,硬是往杨总衣袋里塞,鼓励杨总:"兄弟兄弟别泄气,挺直腰杆船头立。彩虹弯弯才美丽,雨后天晴创奇迹。"杨总没有辜负兄弟的希望,怀揣百万转战广东,兄弟大义让他信念再起,开起了制药厂。他卧薪尝胆,省吃俭用,日夜辛劳,百般努力,果然成绩斐然,把厂子办成广东小有名气的私企。感恩不忘老朋友,十年后回家看望李总,李总还是那样热情招待自己,开口阔绰,说大话腰不闪。又见他厂濒临倒闭,本人已被银行定为"失去诚信"的"老赖",杨总心里不是滋味,当年自己尝过的苦涩迷茫涌上心头。而李总比自己更惨的是"朋友"不理睬他,"宾馆"因他欠账太多不让他接待好友;厂里工资发不出,银行催还贷款……八股蝇索一齐向他捆来。在这样的窘境下,杨总决定解囊相助,以报恩德。他先拿500万元,叫他把所有债务偿清,轻装上阵,从头做起;又拿出1000万元扶持他向更高档次去发展、去挺进。这一种感恩,远超出感恩之意,远超友谊情分,而是体现一种舍命救危的崇高境界。

以善行孝是中华民族的优秀传统美德。我在《奉献高堂》中,很好地宣传了大儿媳春花孝顺婆婆的好人好事。虽然篇幅不大,却反映了一般儿媳难以做到的善举。公公患重病需要住院费十万元,婆婆找儿子借,儿子不在家,见到大儿媳春花,怕媳妇不肯又不好开口。春花见婆婆说话吞吞吐吐,猜想她一定有什么不便开口的事,于是劝婆婆:"你儿子不在家,我是你儿媳妇,不都是一家人嘛,分什么彼此呀!"婆婆见儿媳说话好听,于是把老伴住院要交住院费的事说了,春花一口答应,"银行卡上正好有十万块,你先拿去给爸交住院费",卡交给婆婆拿走了。正在此时,丈夫却在外面工地上,捡到有人因家中急事贱卖小汽车这个便宜,打算回家取款买下来。老婆春花把银行卡给了自己妈妈,丈夫要取五万元买汽车无着落,非常焦急,叫春花把妈妈手中的银行卡追回来。春花很不愿意,反问丈夫:"你要向东大哥看,为父治病卖家产。你却要买车取五万,不顾父病为哪般?"问得丈夫哑口无言。当妈妈在不远处听到儿子儿媳对话,转回来把银行卡交还时,儿子思想在老婆的影响下转了大弯。说:"妈,春花把银行卡交给你很对,你养育我们,时时刻刻疼在心里,恨不得把心把肺掏给我们。今天,你们老了,生病了,我们也要把心把肺无条件、毫无保留地奉献高堂呀!妈,什么都能计较,唯独儿女对父母不能计较,父母的恩情比天大。"儿女报父母恩,天经地义。

反腐题材,我也写了几个,《闪亮的徽章》《清风悠扬》等,都比较正面。反映当今社会贪腐之风正在得到遏制,没有刻意渲染夸大社会阴暗面。比如《清风悠扬》写一个老母亲为儿子在镇政府工作十多年,什么"官"位也没坐上,儿媳妇与儿子为此闹不停。媳妇劝妈送点礼给镇书记,妈觉得有理,于是拿三万元放在刚买的一条中华香烟盒里,想通过镇书记母亲转交给当书记的儿子,并希望书记母亲在儿子面前替自己儿子说几句好话,把香烟硬是塞给了书记母亲。书记妈见安平妈人好,像亲姊妹,就把香烟退给代销店,退出钱来直接还给安平妈,不让她有损失。安平妈见书记妈朝自家方向走去,并没拿烟,怀疑她把烟退了。这下安平妈大惊,担心那烟里塞进的三万礼钱没送上,却给代销店或者买这条烟的人捡了实惠。于是回头找代销店,一看果真如此,她再花钱把这条烟买回来。一个要买,一个不卖,一拉一扯,把烟盒拉散,钱哗啦啦落在地上,安平妈正准备捡时,儿子那头电话响了,报喜般地说自己已经当上副镇长了。安平妈欣喜若狂,大喊"不送礼,也能提拔干部了"。正面歌颂社会风气大有好转。《闪亮的徽章》表现一个主任医师不收红包的事迹。爸爸生了生命攸关的大病,要手术。妈妈认为要医生做好手术,必须送点礼。她准备两千元红包叫女儿送去,医师拒收后,妈妈不认为医师清廉,而是认为红包里钱数不够,又增加一千元叫儿子送去。儿子是政府机关公务员不便送,妈妈教训儿子关键时刻要尽孝道,"顶风挡浪也要赌一注",儿子无奈,"即便违纪也要行"把礼送上,医师还是拒收,并指指自己胸前闪亮的共产党员徽章说:"我是共产党员。"但妈妈世俗偏见占上风,顽固认为世人没有不爱钱的。他不收,是不收少的收多的,不收明的收暗的。于是又加了两千元,自己送去。医生看患者家属再三再四要送红包,想必他们对自己希望太大,担心太多,就叫护士暂时收下,缓解家属过分担忧。当手术成功后,护士长将患者和红包一道送还家属,表现出一位共产党员的高风亮节,诠释了一位家属对社会风气的曲解和误会。我喜欢为各条战线的好人唱赞歌,正面写的较多。其实,在我们身边,贪腐之人也有,因我掌握的资料太少和笔力有限,很难挖出社会阴暗东西深刻加以描述,从而使自己的作品比较浅显,缺乏鞭挞的力量。

在振兴农村农业上,我写了《乡村乐章》《老爸做媒》《恭迎三宝》等。《乡村乐章》写一位女大学生林芳回乡创业,她流转五十亩农田从事龙虾养殖,由于母亲思想守旧,对女儿要求支持八万元资金,她怕"受损"不肯拿出,使女儿十分伤心。在同村青年大栓主动拿出八万元支持她时,两人暗中爱恋突然升级,决心互帮互学大干一番事业。母亲十分后悔,"上不为下活着干嘛?""想得我夜夜落泪花。"当她去养殖场发现"半大龙虾水中游,就像宝宝蹦蹦跳跳过家家"又特别欣喜。恰逢女儿养殖场变成带领大家共同富裕的合作社和女儿跟大栓结婚双喜临门时,回家拿出八万元作为婚礼赠给女儿女婿……《老爸做媒》反映农业农村局局长看见乡下一位男大学生把父亲不想干下去的大农场全盘接下,并继续扩大规模的敢作敢为事迹,想把这位小伙揽为自己的女婿,遭到妻子反对。谁知这位小伙跟女儿是"农大"同学,当小伙子找上门来向局长汇报工作计划时,同学见面,爱慕之情一触即发。母亲问明小伙家庭情况后,老爸一语点破,轻松当上媒妁。

反映各种题材的还有《警察》《三签约》《情到深处》《英雄出征》《妈妈至上》《丹枫正艳》《总裁的格局》等,就不一一分析介绍了。

我在工作之余和退休之后,前前后后共创作大小剧本约有70个,现在挑选已经发表和未经发表各占一半的33个拙作,整理出版。一方面,求教于各位好友指正;另一方面,鼓励有志写作的同志,多写点剧本,把本地戏剧事业发展繁荣起来。

是为序。

作者

2023年5月23日

目　录

峥嵘岁月篇

渡江颂 ··· 3
红方巾 ·· 20
欢庆解放 ·· 34
绝妙的花轿 ··· 48
荒庙枪声 ·· 64

时代号角篇

彩虹湾 ·· 81
总裁的格局 ··· 98
三签约 ··· 114
乡村乐章 ·· 128
牵手 ·· 141
老爸做媒 ·· 154
幸福中国年 ··· 167
喜凤借泵 ·· 182
老救济买瓦 ··· 198
赠蜜 ·· 216

文明新貌篇

清风悠扬	237
奉献高堂	249
守花护朵	258
一盒连衣裙	270
恭迎三宝	281
浪波湾	294
捧心相援	308
花荷包	320
新娘子抬轿	340
闪亮的徽章	358

五彩家园篇

感恩	373
英雄出征	387
虎妈较真	404
警察	415
情到深处	432
谁当家	445
妈妈至上	475
丹枫正艳	524

峥嵘岁月篇

渡江颂

时　间：渡江前夕。
地　点：长江北岸。
人　物：

妈　妈——女，四十多岁，长江北岸渔民、农妇。

红　英——女，二十岁，妈妈的女儿。

大　兵——男，二十五岁，小名二虎，中国人民解放军战士。

三　来——男，四十多岁，妈妈亲弟弟，国民党军队残余士兵，后投诚中国人民解放军。

解放军战士数人。

〔幕启：黑夜深沉，乌云翻滚。屋内点一盏煤油灯，亮光点点，忽明忽暗。妈妈正坐在小桌前纳鞋帮。妈妈身着补丁粗衣，头发花白，但满面红光，精神矍铄。

妈　妈　（唱）针儿短，线儿长，
　　　　　　我为解放军纳鞋帮。

　　　　　　　针针拴住我愿望，
　　　　　　　线线锁定我信仰。
　　　　　　　鞋底穿着叮当响，
　　　　　　　好让大军渡长江。
　　　　　　　渡过长江剿蒋匪，
　　　　　　　全国人民早解放。
　　　　　　　到那时，天下太平疆无恙，
　　　　　　　一轮红日照家乡。

　　　　〔三来神头鬼脑地欲进门。

三　来　（念）我糊涂投奔国民党，
　　　　　　　跟了坏人就学抢。
　　　　　　　上了贼船难脱身，
　　　　　　　跟随部队乱闯荡。
　　　　　　　坏事干了好几多，
　　　　　　　思来想去透心凉。
　　　　　　　眼见立马要遭殃，
　　　　　　　只有求姐来帮忙。

　　　　（进门）姐，这么深更半夜还在纳鞋底儿？

妈　妈　红英她舅，这么晚来，肚子饿了吧？姐给你做饭去。

三　来　姐，别烧别烧，我不饿，我一天没有吃东西都不晓得饿，急事在身，哪里还晓得饿？跟姐讲件事，成了就走。

妈　妈　什么事？

三　来　你把你家那条船借给我们兄弟几个用一下……

妈　妈　我家船借给你们弟兄几个用一下？

三　来　对对对。我们大部队前几天就撤离了江北，剩下我们几个残兵败将,落在这里不得过江去。别人家都住着解放军,我们不敢见,只有找你……

妈　妈　三来,姐家是有一条船,可这条船不能给你……

三　来　(特急地)有船借给小弟用,付钱给你……

妈　妈　不是钱……

三　来　小弟此时急得如惊弓之鸟,大部队走了,剩下我们几个残兵,走投无路了。今天夜里要是再不得过江去,明天弄不好就没命了。

妈　妈　明天就没命?

三　来　是呀!

　　　　(唱)现在住在破窑洞,
　　　　　　心急如焚难形容。
　　　　　　夜间出来探探风,
　　　　　　白天躺下心乱蹦。
　　　　　　要是解放军发现了,
　　　　　　抓去枪毙命送终。
　　　　姐,你救救我们吧!咱俩是一娘所生的亲姐弟呀!(打躬作揖)求求你了……

妈　妈　这……

　　　　(唱)我俩是一对亲姐弟,
　　　　　　照说应该心相随。
　　　　　　虽说小船我家有,
　　　　　　自觉理应不能给。

三　来　你不给?

妈　妈　不能给。

三　来　为什么?

妈　妈　（唱）别问为什么你心知，
　　　　　　　跟随国民党发了痴。
　　　　　　　国人都骂国民党，
　　　　　　　你待在里面何意思？

三　来　（旁白）这个半解放区，老百姓都给共产党教成红颜色了，哪能见我这身黄狗皮衣服？我姐一见黄狗皮就恨得不行，怎么肯借船给我？（对姐）我到别人家借借看，万一借不到，自古华山一条路，逼急了，姐，别怪我不客气。（急下）

〔红英精神抖擞地上。

红　英　（唱）我是地方宣传员，
　　　　　　　两脚奔波跑得颠。
　　　　　　　白天征了百条船，
　　　　　　　晚上再征几条添。
　　　　　　　大兵叫我先回家，
　　　　　　　动员母亲把船捐。

　　　　（轻手轻脚进屋）妈，夜这么深了，还在纳鞋帮？

妈　妈　不抓紧时间，那么多军鞋能做完吗？

红　英　你想得对，大兵说，渡江行动可能要提前……

妈　妈　要提前？

红　英　大兵说，根据前线指挥部意见，大大小小船只征集齐了，就有可能要提前。妈，把家里那条船拿出来，给大兵用。

妈　妈　家里那条船两年多都没露面了，外人都不知道……

红　英　家有黄金，外有戥秤，你家有船外人还不知道？大兵就知道。他叫我回家，先做你的思想工作，他把

	刚征来的几条船手续办好之后，就来我家。
妈　妈	外人晓得怎么样，我什么人都给他？
红　英	妈，这是大军渡江，急用船，有船的人家都拿出来，还有的人家把门板都拆下来送给大军用。
妈　妈	那你就拆我家的门板吧！船……
红　英	妈，船什么？
妈　妈	船，那是妈心中一个结。
红　英	结？
妈　妈	你虽然是我生的，是我养的，可你还是不够了解妈！
红　英	妈，我太了解你了，你对人民解放军渡江是满心拥护、积极支持的。 （唱）你白天种菜夜做军鞋， 　　　为的是大军渡江来得快。 　　　你那颗红心有血脉， 　　　对共产党有很深的爱。
妈　妈	（唱）红英只说对一半， 　　　还有一半没说完。 　　　虽对共产党爱得深， 　　　却也对船有眷恋。 红英，你知道妈对船有多眷恋吗？
红　英	（摇摇头）……
妈　妈	（接唱）从小住在汊河旁， 　　　租种滩田日夜忙。 　　　有个孩子在流浪， 　　　父亲将他来收养。

峥嵘岁月篇

艺苑芬芳

　　　　　　孩子名叫李小双，
　　　　　　愿做父亲小儿郎。
　　　　　　白天种田夜撒网，
　　　　　　勉强果腹度日光。
　　　　　　有天河霸耍疯狂，
　　　　　　将河里渔船抢精光。
　　　　　　父亲和小双来抵抗，
　　　　　　河霸将父亲打重伤。
　　　　　　临终前叮嘱李小双，
　　　　　　叫他将我带身旁。
　　　　　　小双搀着苦命的我，
　　　　　　驾着小船远走长江。
　　　　　　父亲说，船是全家当，
　　　　　　算是陪送你嫁妆。

红　英　　这条船是外公陪送你的嫁妆？

妈　妈　　是呀！那时我才十六岁，我和小双驾着这条小船在长江上打鱼度日。我划橹，他撒网。后来有了你，我俩才上岸，在这条长堤上砍茅草窝了一个棚，安下了家。

　　　　（唱）好景不会太久长，
　　　　　　兵荒马乱闹饥荒。
　　　　　　前年冬天一个夜，
　　　　　　北风劲吹雪花扬。
　　　　　　船上跳来两黄狗，
　　　　　　指定这船他要抢。
　　　　　　黄狗抓住小双腰，

　　　　　猛力抛入江中央。
　　　　　转身又来迫害我,
　　　　　此时,一个小伙箭步上,
　　　　　双拳狠击两匪头,
　　　　　两匪踉跄跌入江。
　　　　　小伙喊来几小伙,
　　　　　帮我把船抬北房。

红　英　妈,太委屈你了。

妈　妈　这条船是你爸爸的魂,是我的命,相依相伴……我怎么舍得出手啊!

红　英　(伏在妈妈身上哭)妈!

妈　妈　救我的那个小伙子,我要找到他,一定要好好感谢他。

红　英　妈,你这回也跟外公学学,把船作为我的嫁妆吧!

妈　妈　外公把船给我做嫁妆,我再把船给你做嫁妆?

红　英　是呀!红色基因代代相传嘛!

妈　妈　(像发现了什么,惊喜地)对,血脉相连,基因相传,那我还有一样东西(连忙翻动破箱子,从里面拿出一个旧盒子,从中抽出一条红绸巾,抖成正方形)喏,这是你外公在做革命联络站时一条暗标记红绸巾。革命联络站遭到敌人破坏之后,留下的唯一一件纪念物。外公临终之前,用颤颤巍巍的双手,亲自搭在我的头上。他说,儿啊,你要牢牢记住,这条红色的绸巾,是我们联络站的标记,现在把它盖在你头顶上,照着你的方向,让你永远沿着红色道路走下去……

红　英　（抢过红绸巾，搭在自己头上）妈，好看吗？

妈　妈　（前后打量）好看，真好看！

红　英　妈——

　　　　（唱）妈把船给我做嫁妆，

　　　　　　　大红盖头让我做新娘。

　　　　　　　一家三代心相连，

　　　　　　　代代拥护共产党。

妈　妈　又是要嫁妆，又是要红盖头，你有对象啦？

红　英　（不好意思地点点头）嗯……

妈　妈　不许你谈浑小子啊！

红　英　等会儿他来你就知道了。

　　　　〔三来气冲冲地一脚踹开门，蹿进。

三　来　姐，想通了吗？

妈　妈　三来，什么想通了？

三　来　船。

妈　妈　船？

三　来　船。

　　　　（唱）就为这条救命船，

　　　　　　　两次跨进姐门槛。

　　　　　　　抱拳求姐发慈善，

　　　　　　　借船给弟渡难关。

妈　妈　三来，你还是要船？（果断地）红英，送舅舅出门。

三　来　（突然扑通下跪）姐，求求你看在姐弟情分上，把船借给我吧！（哭）我们几个弟兄是热锅上的蚂蚁，走投无路了……

红　英　你要想保住一条命，只有一条路可走！

三 来　什么路？

红 英　（唱）你要改弦又更张，

彻底丢掉坏思想。

脱下你那黄狗皮，

换上一身新军装。

三 来　什么军装？

红 英　脱胎换骨，投诚中国人民解放军。

三 来　那那那解放军纪律太严格，我遵守不了。我穿黄狗皮，想干什么就能干什么，多自由！

红 英　你要再这样下去，天良丧尽，坏事干绝，人民要处决你。

三 来　姐，外甥女，你们要处决我，我就不走了。活在你家，死也在你家……（打滚放赖哭起来）

红 英　打滚放赖也不行。这条船是我家的宝船、金船、红色船，岂能让你玷污？

（唱）这条船凝结着我家的血脉，

是爸的魂妈的命两不分开。

外公的血在船帮上染出了风采，

妈妈的泪盛满了船舱内外。

你何德何能要把这条船儿抬？

你愧对船儿应该泪洒两腮。

三 来　照你这么说，这条船我借不到啰？

妈 妈　红英说得对，你借不到。

三 来　（唱）姐姐外甥女你们听好，

三来小命只一条。

你们不让三来把命活，

你俩的性命也难逃。

（狠心地）老子今天就要借到。（忽然掏出手枪，大声地）把船交出来！

红　英　（往妈妈胸前一站，挡住枪口，大喊）你这条黄狗，坏事干尽，天良丧尽，今天居然杀到自家来了。（把头一伸）杀吧！

妈　妈　（推开红英自己脑袋抵住枪口，冷静地）三来，我做梦也没有想到，你怎么变得这么凶恶？你小时候，父亲是怎么教导你的？

三　来　（怒目圆睁，吼道）我不要父亲教导，我要船。

妈　妈　（极其冷静地）三来，你这个没良心的不孝之子，父亲被河霸打死，看来我也要死在你手中。就是死，我也要把父亲教导的这段话告诉你，父亲说，持家讲根本，与人要善行，当兵要当革命军，扛枪打胜为百姓。你听了吗？

三　来　（也装冷静地）姐，这些话，能救我眼下的命吗？

妈　妈　我问你，父亲是怎么死的？

三　来　被河霸打死的。

妈　妈　可惨？

三　来　惨。

妈　妈　父亲临终前，嘴里含着血沫，交代你一句什么话？

三　来　报仇。

妈　妈　你报仇了吗？

三　来　（良心发现地）姐，我……

妈　妈　（追问）你仇报了吗？

三　来　姐，仇非但没报，恶报反而报到自己头上来了，我死到临头了……（大哭）喔喔喔！

〔大兵上。

大　兵　（唱）征船工作日夜忙，
　　　　　　　勤与百姓多商量。
　　　　　　　白天征来百条船，
　　　　　　　夜间再把佳绩创。
　　　　　　　红英回家征自家船，
　　　　　　　不知是否很顺畅。

三　来　（大哭之后反而暴跳起来）我是活蹦活跳的人呀，我不能坐以待毙呀，就是蚂蚱死前还要蹦跶几下，我是人，垂死也要挣扎呀！（忽然又举起手枪对妈妈）我最后喊你一声妈，（可着喉大喊）把船交出来！

妈　妈　（坚定地）要船，没门。
　　　　（唱）我死也是为革命，
　　　　　　　不畏枪弹抵头顶。
　　　　　　　保护船只一颗心，
　　　　　　　你越凶狠我越坚定。

三　来　（歇斯底里地）船不交，老子就开枪了！

红　英　（伸手托住枪朝天）你敢！

〔大兵突然冲进屋，一个箭步伸手把手枪夺下，卡住三来。

大　兵　你还想垂死挣扎吗？（对门外）战友们，把黄狗押起来。

〔进来几个战士。

三　来　（立即哆嗦，举起双手）大军大军大军，我投诚，我投诚……

大　兵　　送到指挥部去办理投诚手续。

战　士　　是。

〔战士押三来下。

大　兵　　（抚慰）伯母、红英，我们来迟了，让你俩受惊了。

红　英　　（拥住大兵）不，你来得正是时候。

妈　妈　　（惊吓后不知所措）你也是来要船的？

大　兵　　对。解放军马上就要渡江了，现在正紧锣密鼓地征集渡江工具。

妈　妈　　我家船是红英对你讲的吧？红英你——
　　　　　（唱）你做宣传员好思想，
　　　　　　　　工作出色妈欣赏。
　　　　　　　　妈就这事责怪你，
　　　　　　　　妈的船不该对他讲。

大　兵　　伯母，你错怪红英了……
　　　　　（唱）不是红英对我讲，
　　　　　　　　我早对你家船只有印象。

妈　妈　　（唱）你有印象我不信，
　　　　　　　　你说船在哪里藏？

大　兵　　（唱）你那船只藏北房，
　　　　　　　　船体两头墙抵墙。

妈　妈　　（唱）你说船只是何样，
　　　　　　　　几丈几尺几寸长？

大　兵　　（唱）船有三丈三尺三寸长，
　　　　　　　　五尺五寸帮对帮。

妈　妈　　（暗惊）他怎么知道这么清楚？

|大　兵|（唱）多少根江木来打造，
　　　　什么油油得光亮亮？|
|---|---|
|大　兵|（唱）十九根江木来打造，
　　　　桐油油得红光光。|
|妈　妈|真是奇怪啰，就我和红英也不晓得这么详细呀？
（对大兵）你、你、你是胡诌的。|
|大　兵|不，伯母……
（唱）两年前的一天夜，
　　　　伯父伯母在长江中撒网。
　　　　忽然两个黄狗跳上船，
　　　　伸手就把双橹抢。
　　　　举手把伯父抛江中，
　　　　反身欲把伯母绑。
　　　　此时，一个小伙冲船上，
　　　　打得两个黄狗滚入江。
伯母，是这样吗？|
|妈　妈|那个冲上来的硬汉子是张家洼村的二虎子！
（唱）这个张家洼村的小二虎，
　　　　做了好事到处讲。
　　　　不是他讲你怎知道，
　　　　枝枝节节尽端详？
（大喊）张家洼村的二虎子，你乱讲，我恨你！|
红　英	（拥着大兵，亲昵地）妈，他就是张家洼村的二虎子呀！
妈　妈	（诧异）什么，你就是张家洼村的二虎子？
大　兵	（笑）伯母，红英说得对，我就是张家洼村的二虎子。

峥嵘岁月篇

妈　妈	（尴尬地）那那那别见怪我骂、骂……（歉意地）只当我骂、骂红英吧！
大　兵	伯母，骂我骂红英都一样。
妈　妈	（上前仔细打量）嘀嘀嘀，是像是像，二虎子，你变得这么人高马大，这么英俊！
大　兵	自救你那天之后，我参加了中国人民解放军。
妈　妈	穿上解放军军装，多气派呀！
大　兵	红英也说我穿上解放军军装特别气派，特别英俊。
红　英	（摇晃大兵，爱意地）我就爱你气派，爱你英俊！
妈　妈	二虎子，没有你，我哪有今天呀，早泡黄泉了。

（唱）二虎子，是好样。
　　　你是党培养出来的好儿郎。
　　　哪里有难你冲上，
　　　哪里有险你敢闯。
　　　那天要不是你出手快，
　　　我早被黄狗抛长江。
　　　感谢你的救命恩，
　　　佩服你的好信仰。
　　　我是普通妇道人，
　　　藏船算作何家当？
　　　快快献给解放军，
　　　乘风破浪渡长江。
　　　二虎子，太感谢你了。

大　兵　伯母，你不必感谢我，一要感谢共产党，二要感谢大后方。
　　　（唱）我二虎能出落个人模样，

全靠共产党来培养。
党教我一颗初心走到底，
为全国人民谋解放。
二要感谢大后方，
人民鼎力来相帮。
党有人民做后盾，
所向披靡有保障。
比如这次渡长江，
人民踊跃献力量。
送船只的送船只，
送食粮的送食粮。
送门板的送门板，
送房梁的送房梁。
送来的是血脉和热心肠，
送来的是信仰和力量。
支持解放军打胜仗，
彻底消灭蒋匪帮。
让新中国的鲜艳红旗，
插遍祖国每一寸土壤。

妈妈　（唱）不必对后方大赞扬，
你我心愿都一样。
盼望全国早解放，
人民永远享安康。
红英啊！
妈赞赏你好眼光，
你谈的对象妈欣赏。

　　　　　　　　天生的一对,地设的一双,
　　　　　　　　这船老娘陪你做嫁妆。
　　　　　　　　红绸巾给你做盖头,
　　　　　　　　胜利之后好拜堂。
　　　　　　　　你俩永远跟着共产党,
　　　　　　　　初心不改向前方。

大　兵　　（合）伯母!
红　英　　　　 妈妈!

　　　　（合唱）先拜船只后拜娘,
　　　　　　　　拜毕一道渡长江。
　　　　　　　　妈的红心儿做胆,
　　　　　　　　勇往直前打胜仗。
　　　　　　　　待到一轮红日照家乡,
　　　　　　　　我与 红英/大兵 配成双。
　　　　　　　　永远跟着共产党,
　　　　　　　　初心不改向前方。

妈　妈　（唱）思船想起李小双,
　　　　　　　　我的愁肠永不忘。
　　　　　　　　人民解放得幸福,
　　　　　　　　他也会在九泉之下享安详。
　　　　　　　　想到此,再香的眷念也得舍,
　　　　　　　　为信仰奋斗无彷徨。
　　　　　　　　我把船只献出去,
　　　　　　　　心中豪情万万丈。
　　　　　　　　红英,你把我手上钥匙拿去,把北房房门打开!

〔转景。启用大屏幕。

〔北房。屏幕上有一条木船。

妈　妈　（特别兴奋地）二虎子,叫你们战友来,把船抬出去,送大军渡江!

〔战友们进屋。

大　兵　（大喊）抬船!

〔众人抬起船……

〔幕后合唱:

　　　　永远跟着共产党,
　　　　初心不改向前方。
　　　　永远跟着共产党,
　　　　初心不改向前方。

〔造型、亮相。

〔灯暗。

—剧终—

红方巾

时　间：解放前夕。
地　点：大乌山地区。
人　物：
金奶奶——女，六十岁，红色联络站负责人。
方指导——女，三十多岁。解放军某部连指导员。
小英子——女，十三岁。金奶奶孙女，小联络员。
扁　爷——男，四十多岁。国民党残余部队小头目。
解放军战士等。

〔幕启：层峦叠嶂，树木葱茏，几条山脉伸向远方，有梁有壑，烟雾蒙蒙。
〔深山老林前，有一小屋，这便是金奶奶的家，也就是解放军暗设在这里的联络站。
〔方指导身穿棉袄，脖围红方巾，化装成山区女人，但仍精神抖擞，英姿飒爽，不失军人风采，上。

方指导　（唱）大乌山全区要解放，

　　　　　只有那小股残匪故作癫狂。
　　　　　最近在小南山打了一仗，
　　　　　重创了敌残部百人伤亡。
　　　　　剩下来几十人装模作样，
　　　　　深藏在大山中妄图抵抗。
　　　　　声东击西故把虚势张扬，
　　　　　苟延残喘还要去头撞南墙。
　　　　　我要找准残匪部行动方向，
　　　　　迎头痛击叫他们有来无往。
　　〔站在高处眺望。
　　（接唱）苍苍大山浩荡荡，
　　　　　　人走老林迷茫茫。
　　　　　　我带领人马下山冈，
　　　　　　先把联络站人员访。
　　　　　　一看金奶奶可安详，
　　　　　　二向她打听敌动向。
　　（走近小屋，亲热地）金奶奶！
金奶奶　（更加亲切地）呀，方指导，怎么是你呀，好久未见，我天天在想你呀！
方指导　我也天天想念你这位英雄奶奶哟！
金奶奶　方指导太客气了，我哪敢当英雄奶奶呀！
方指导　我不是客气，你是真正的英雄奶奶啰，你老伴在孟良崮战役中牺牲，你儿子在渡江时牺牲，父子俩都为国捐躯，你强忍着没掉一滴眼泪，你咬牙雪恨，为国家解放，大义凛然，气壮山河啊！
金奶奶　哪里哪里，英雄属于他们父子俩，我不能贪功啊！

方指导	你现在又在培养孙女……
金奶奶	这是真的,自己年纪大了,能讲不能行了,不培养孙女,我这个站可能后继无人了。(停停)咳,我家小英子,你别看她年龄小,本事可不小,这一带风风雨雨的消息,她都知晓。
方指导	奶奶,小英子呢?
金奶奶	上山打柴了。(望望天)此时该回来了。

〔小英子背一捆干柴,上。

小英子	(唱)英子打柴在南山,
	赏遍美景好喜欢。
	肩背干柴小声唱,
	汩汩清流送我还。
	(放下干柴,看见方指导,亲热地抱住)方阿姨!方阿姨!
方指导	(抚摸小英子脸蛋)小英子,好久没见,你又长高不少啰!嘀嘀,天气这么冷,小脸蛋冻成红萝卜啰!(解下自己的红方巾给小英子围上)快,围上这个。
小英子	(推辞)方阿姨,我不要,你也冷啊!
方指导	围上吧!我不冷。
小英子	方阿姨,你最近瘦了。
金奶奶	打仗嘛,哪有不瘦的?小英子,快泡碗热茶来,方阿姨一定渴了。
小英子	是,奶奶。(戴着红方巾神气十足地下)
方指导	金奶奶,最近有敌人来过吗?
金奶奶	来过。一来就把屋子抄翻了,吃的喝的一掳而空。掳了东西就逃进山林。

方指导 逃到哪座山林?

金奶奶 没准。他们神出鬼没,一下向东边,一下朝西边。

方指导 大乌山就这一股残匪在作怪。把他们消灭了,大乌山就解放了。党中央提出"打过长江去,解放全中国"的号召。上级指示我们,迅速掌握敌人动向,一举将其歼灭掉,向南方进发。

(唱)打仗谋略最重要,
　　　掌握敌情第一招。
　　　瞄准敌人行走道,
　　　两面埋伏封锁好。
　　　等着敌人不知晓,
　　　自投罗网入圈套。
　　　居高临下杀敌阵,
　　　瓮中捉鳖把底抄。

现在就不知道这一股残敌活动在哪儿。大乌山东边这一带我战斗少,不太熟悉,想摸摸地形、方位。(转身)金奶奶,我们来研究一下好吗?

〔小英子端茶碗,上。

小英子 方阿姨,喝茶。

方指导 小英子,你也参加一个。

金奶奶 这一带山,我和小英子跑得多了,沟沟坳坳都能叫出名来。

方指导 那太好了,我有老革命指教,太幸运了。

金奶奶 (捡一块小石头,用尖角在地上画图示范)东边山梁伸向东北角——

(唱)这山名叫红山岭,

　　　　　　新四军老打胜仗而得名。
　　　　　　山崖陡峭路难行，
　　　　　　敌人视为丧门星。

方指导　　（惊奇）啊！

金奶奶　　（用石头画中间山）这条山脉——
　　　　　（唱）中间山梁叫青竹峰，
　　　　　　万亩翠竹郁葱葱。
　　　　　　山脊有条羊肠道，
　　　　　　直通山顶到乌松。
　　　　　山顶那边是乌松，乌松是另外一个县。山高路陡，悬崖峭壁，敌人怕吃苦，不大愿意走这条道。左边这叫南山岭。
　　　　　（接唱）南山有岭没有峰，
　　　　　　岭上岭下灌木丛。
　　　　　　居家百姓砍柴地，
　　　　　　打仗从不在此中。
　　　　　方指导，这三山夹两坳，打仗最多的还是东边这条坳叫醉人谷的这个地方，敌人也喜欢挡住这条山坳打。那就看谁先占据两边山头高地了。

方指导　　（听得入神）对，谁占领了两边山头高地，谁就占据了优势，谁得胜机会就大。（恳切地）金奶奶，我们最后一仗把敌人歼灭，是不是也得这样？

金奶奶　　据我多年经验，这样做把握大。

方指导　　如果，我马上把部队带过去，小股敌人先占领两山高地，我这不是自投罗网吗？

小英子　　方阿姨，我刚才在南山打柴，几十个坏蛋还在取火烧饭哩……

方指导　你看见了？

小英子　看见了。

方指导　金奶奶，依你看，我们应该把部队带到哪里？

金奶奶　（毫不犹豫地）小英子看见敌人在南山烧饭，你们先去醉人谷占领两山高地。

方指导　好，听奶奶的。我把部队带到那个山头，埋伏起来，守株待兔……（脱下棉袄，现出军装，英姿绰绰地匆匆下）

〔金奶奶、小英子站在门前向远方眺望、挥手……
〔扁爷站在远处喊。

扁　爷　（喊）老奶奶！

〔金奶奶未理睬。

扁　爷　（大声喊）老奶奶！

〔金奶奶、小英子回转身。

扁　爷　（喊叫）你耳朵打苍蝇去了，我喊你没听见？

金奶奶　呵呵，人老了，耳朵背。

扁　爷　那她为什么不答应？

小英子　这个荒山野岭的，我知道你喊谁？

扁　爷　（抽小英子嘴巴）还嘴犟！老子在这里朝你那儿喊，不喊你喊鬼呀！

金奶奶　（发火地）我孙女儿，从小我巴掌没挨过她的头，今天轮到你来打？我和你拼了！（一把揪住扁爷衣领，抽过一个嘴巴）

扁　爷　（双手将金奶奶推倒，一把揪住小英子）你个丫头长得怪俊俏的嘛……（狞笑）哈哈哈……

峥嵘岁月篇

小英子　（一口吐沫喷向扁爷眼睛）畜生！

扁　爷　（一把扯下红方巾）小丫头，你戴这个红方巾干什么？

小英子　臭嘴，你问这个干什么？

扁　爷　一定是小共军，抓走！

金奶奶　（一脸怒气，往前一站）你敢！

扁　爷　老子吃遍天下，有什么事是我不敢的？

金奶奶　谁家男女生下你这么个出气的儿子来？（咬牙地）你这个黑头鬼子人样，你好好摸摸脑袋，还能活几天？

扁　爷　老子转战十多年，还没谁出来动老子一根汗毛，难道你……

金奶奶　我个老奶奶是没有办法收拾你，可是共产党解放军叫你寅时死，你能活到卯时吗？

扁　爷　咳咳，共军又有什么大不了，不就是那么几杆老筒套子枪吗？老子比他们强几倍。（指那边）你看看——

　　　　（唱）老子后面百十号兵，
　　　　　　　长枪大炮装备新。
　　　　　　　莫看共军人数多，
　　　　　　　装腔作势吓唬人。
　　　　　　　我长刀一挥把令下，
　　　　　　　他们都成刀下魂。

金奶奶　龟孙子，你自吹什么？

　　　　（唱）解放军人多智慧高，
　　　　　　　信仰在胸气自豪。
　　　　　　　打仗喜吹冲锋号，

勇猛杀敌打前炮。

你那小股残匪遇共军，

纵然插翅也难逃。

扁　爷　（窃笑地）哟呵呵，你把共军吹得那么神奇？今天我倒要看看谁插翅难逃。（对远方号令）弟兄们，把大炮、枪支擦拭好，要叫共军尝尝老子枪炮的滋味，死到临头啦！哈哈哈！

〔画外残匪声音：扁爷，擦好了！

扁　爷　妈的，你这个老家伙在老子面前鼓吹共军，你作死啰！你知道不知道老子一听到共军两个字，就像心头扎了两根针一样，刺耳、扎心、窝火……此时此地，我恨不能把你像小鸡一样抓起来，捏死！

金奶奶　毛头小子呀，你还没有讲出你心里头恐惧、害怕、闻风丧胆的那些话哩！

扁　爷　大胆！（一把托起金奶奶下巴）我要叫你这张乌鸦嘴血流成河……

〔金奶奶嘴巴流出血来。

小英子　你这个坏蛋打我奶奶，我也叫你流血不止！（一口咬住扁爷胳膊不放，扁爷胳膊流出血来）

扁　爷　（痛得嗷嗷叫，放开金奶奶，抄起一拳将小英子打倒在地）我叫你祖孙俩立即死去！（想想不妥）弟兄们，把这两个母的拉去……

〔画外残匪音：是，扁爷。

扁　爷　（又令）不，不能叫她们白白死去，我要叫她们当马前卒。（转对金奶奶）老奶奶，你听好了——

（唱）本来叫你命归阴，

　　　　　　好在我扁爷有善心。
　　　　　　看你年纪如此大，
　　　　　　放你老狗一条命。
　　　　　　我们马上去追共军，
　　　　　　你给我带路穿山林。
　　　　　　我若消灭共军一大阵，
　　　　　　你就是我们的大功臣。
　　　　　　如果你把路带错，
　　　　　　第一个就是你牺牲。
　　　　　　（狠声地）老奶奶你听清楚了没有？
金奶奶　　（唱）你是黑肺又黑心，
　　　　　　六十岁老太太给你把路引？
　　　　　　山间小道忽高忽低不平整，
　　　　　　跌坏了老奶奶你心何忍？
　　　　　　你家也有父母亲，
　　　　　　怎不叫你家父母伴你行？
　　　　　　狼心狗肺小杂种，
　　　　　　红口白牙乱喷粪。
扁　爷　　少废话！（把金奶奶一搡）走！
小英子　　你敢！
扁　爷　　看我可敢，走！（举起枪托欲对金奶奶砸下去，小英子上前挡住）
小英子　　我奶奶年纪大了，经不住你们横行，有劲朝我使！
扁　爷　　（放下枪，擦擦手，无奈地）那就你。
小英子　　我？行，你把红方巾还给我。
扁　爷　　（低头瞧瞧自己脖子上的红方巾，解下）好，不但

	还你,我还给你系上。
小英子	不必。(夺过红方巾自己系在脖子上,红亮、飒爽)
扁 爷	走吧!
小英子	奶奶,你要保重自己。
金奶奶	(拉过小英子小声地)你知道这条红方巾的主人吗?
小英子	知道。
金奶奶	她在哪?你知道吗?
小英子	知道。
金奶奶	有红方巾给你做胆,奶奶放心。
扁 爷	(走过来,将小英子一推)走在前头。
小英子	住哪边走?
扁 爷	往西山坳方向去,共军搞不好就在那儿,我们要杀他个措手不及。
小英子	(旁白)方阿姨在红山岭和青竹峰,走西山坳可不行啊!(转对扁爷)我上午打柴,看见一路军人朝东边方向行进……
扁 爷	真的?
小英子	我亲眼所见。
扁 爷	那——就照你两眼看见的方向去吧。(朝后喊)弟兄们,跟我来,今天如果把共军消灭掉,晚上请你们吃大餐,肉照吃,酒照喝。
小英子	(整了整红方巾,格外鲜亮地走在扁爷前面)跟我来——
	(唱)红方巾胸前飘啊飘,
	犹如红灯前面照。
	怀揣爷爷爸爸信仰走,

　　　　　　　胆壮如斗气英豪。
　　　　　　　方阿姨谋略印在脑,
　　　　　　　我带敌人进圈套。
　　　　　〔小英子带着敌军渐行渐远……
金奶奶　（远眺小英子走去）小英子——
　　　　（唱）眼望英子已远行,
　　　　　　　带着敌人钻山林。
　　　　　　　蒙蒙乌山深似海,
　　　　　　　能否进入埋伏阵?
　　　　　〔金奶奶提心吊胆地转回身来,远处枪声密集……
金奶奶　（接唱）耳听远处枪声响,
　　　　　　　　定是两边火接上。
　　　　　　　　英子带路精又准,
　　　　　　　　解放军瓮中捉鳖歼敌忙。
　　　　　　　　枪子横飞难避让,
　　　　　　　　英子她、她、她是否无恙?
　　　　　〔回到屋内,号啕大哭。
　　　　　〔远处枪声渐止,转而死寂。
　　　　　〔方指导举着红方巾,匆匆上。
方指导　（痛苦地）小英子啊!
　　　　（唱）策马挥戈战犹酣,
　　　　　　　小股残匪歼灭完。
　　　　　　　乌山全境已解放,
　　　　　　　山区人民笑开颜。
　　　　　　　可有一人把身献,
　　　　　　　我泪流双颊久不干。

　　　　　　这就是英子小英雄，
　　　　　　越看红方巾心越惨。
　　　　　（捧着红方巾，泪如雨下）小英子！
　　　　〔金奶奶抹了抹泪眼，强笑着出。

金奶奶　　方指导，下山啦？胜利了吧？
方指导　　（抹干泪痕）金奶奶，胜利啦，大乌山解放啦！（泪又唰地淌下）奶奶，我没有保护好小英子……（抖抖红方巾）战斗结束，我第一眼就看见挂在树枝上的红方巾，小英子，她、她……
金奶奶　　（接过红方巾）对，这是我家小英子戴在脖子上你给她的那条，她、她、她……
方指导　　（拉过金奶奶，泣不成声）金奶奶，都怪我……
　　　　　（唱）前哨报敌到山沟，
　　　　　　　　指挥下令去战斗。
　　　　　　　　后切尾巴前斩首，
　　　　　　　　围住敌人往死里揍。
　　　　　　　　没料到英子在前头，
　　　　　　　　也没见英子大声吼。
　　　　　　　　战斗结束发现红方巾，
　　　　　　　　才知英子……（伏在金奶奶怀中恸哭）呜呜呜……
金奶奶　　（强忍悲痛，坚强地托起方指导的脸，给她擦泪）方指导，别难过，革命就是牺牲——
　　　　　（唱）奶奶我今年六十整，
　　　　　　　　跟随革命十五春。
　　　　　　　　丈夫当兵我陪他走出村，
　　　　　　　　儿子参军我送他到军营。

刚才英子引路我也担心，
殊不知祖孙三代捐躯成国魂。
为革命我不出力谁出力，
为胜利我不去人谁去人？
长征有那么多先烈舍命拼，
抗战有那么多志士守国门。
信仰在胸意志分外坚定，
视死如归只要主义真。
别看我斗大字不识半斤，
我大脑一根筋战到决胜。
生生死死前赴后继有来人，
直到全国解放才算完成使命。
方指导别难过抹去泪痕，
红旗飘满乾坤损失再大也开心。

〔小英子忽然从山道跑来。

小英子　（欢欣鼓舞地）奶奶，奶奶，大乌山全解放了！

金奶奶　　　　　　　　　　　　　我的好孙子……
　　　　（特别惊喜地一把抱住小英子）英子，
方指导　　　　　　　　　　　　　我的小英雄……

小英子　奶奶，解放军可勇敢了，冲下山就把敌人打得尸横遍野。

金奶奶　你不怕？

小英子　有解放军做魂，红方巾做胆，我什么都不怕。战斗打响，怕暴露目标，我把红方巾挂在树枝上，躲到大石头后面，捡起石头向山下敌人砸去，还真的砸到几个敌人哩！

方指导　小英子，我的小英雄，回去我给你嘉奖！（俯身将

　　　　　　红方巾再给小英子围在脖子上）
小英子　　奶奶，我要当解放军！
　　　　〔金奶奶一把抱住小英子，激动而心酸或者伴有喜悦的泪水，喷泉似的涌出来……
解放军　　大乌山解放啰！
　　　　〔解放军一拥而上，欢欣鼓舞地高呼着，将金奶奶、方指导围在中间，将小英子托举起来，小英子解下红方巾在空中舞动，红方巾四射着红色光芒……
　　　　（幕后伴唱：
　　　　　　乌山大地得解放，
　　　　　　扫去阴霾天晴朗。
　　　　　　乘势打到南方去，
　　　　　　解放全国红旗扬。
　　　　〔造型亮相。
　　　　〔灯暗。

　　　　　　　　　　　　　　—剧终—

欢庆解放

时　间：1949年4月22日。
地　点：长江南岸不远的一个城镇。
人　物：

尤欢庆——女，十六岁，小名二丫头，在潘家做童养媳。大人小孩都喊她二丫头，她恨透了这个被人小看的名字。直到妇委会选举，她被选上妇委会委员，登记时，要有个正经姓名，妇委会刘主任才帮她改名"尤欢庆"。她非常喜欢这个名字，此后，她再不允许别人喊她"二丫头"。

潘解放——男，十八岁。裁缝店已经出了师的学徒，小名狗旦。他最讨厌这个没有男人味的名字。这次参加高跷队，队员登记时，农会主任说，马上就迎来新中国了，还喊狗旦这个丑名字就不应该了，于是帮他起个"潘解放"。他特别高兴。打这以后，他逢人招呼，不要喊他狗旦，要喊他潘解放。

婆　　婆——女，四十岁，二丫头是她三十岁时领回来做童养媳的。二丫头从小就喊她婆婆，至今也就成了未圆房媳妇的婆婆。最近，大军渡江的消息喊得山响，她既想解放军过来解放自己，又怕解放了，天要变成另外一个样儿，童养媳跑了，鸡飞蛋打。因此，她忙前忙后，托人从江北买来了两块大红布，无论如何要给狗旦和二丫头做新衣，赶在解放军到来之前圆房成亲。

女　甲——秧歌队员。

女　乙——秧歌队员。

中国人民解放军、欢迎群众、锣鼓队员、秧歌队员、高跷队员、舞狮队员等。

〔幕启：婆婆家。室内简陋，显然是一个贫苦人家。土房后面有较高的山墙竖立，那是镇上大财主家的房屋。现在农会征为公用。开会、排练节目都在里面。墙隔得薄，日日夜夜都能听到开会、锣鼓、二胡、笛子演奏的声响，甚至连大声说话都能听见……

〔婆婆手拿两块大红布和新买的蚊帐，十分高兴地上。

婆　　婆　（唱）这一阵不是炮轰就是枪响，
　　　　　　　人都说江南大地要解放。
　　　　　　　解放了，不知世道变怎样，
　　　　　　　我快把狗旦二丫头先圆房。
　　　　　　　托人买来两块红布和蚊帐，
　　　　　　　再剪几个大红喜字贴门窗。

邀请舅舅姥爷且坐上上席,
办了喜筵我才稳把婆婆当。
倘若解放之后政策变了样,
二丫头翅膀一拍飞远方。
她嫌贫爱富另找对象,
我岂不是鸡飞蛋打空喜一场?
(欣喜地翻弄着大红布)幸亏大姑爷把大红布及时送来,要不然我还不知道怎么着急哩!
〔尤欢庆精神抖擞地上。

尤欢庆　(唱)刚才农会主任把话讲,
百万大军即将渡长江。
我们欢欣鼓舞迎接大部队,
庆贺家乡得解放。
我是秧歌队的小队长,
小领导也要把担儿当。
解放军英勇威武开进城,
秧歌扭成花飘带飞四方。

我们秧歌队80人,成立太急迫,现在很多人都没有红飘带绿飘带。主任说:任务重,时间紧,一时办不到那么多绸带,只好八仙过海各显神通了。要求大家各自想办法,而且一定要完成任务。这可叫我犯难呢!可是,刘主任又说,知道大家有些难,只要开动脑筋,办法总比困难多。她说得对呀,老少妇女们推选我当上了妇委会委员,又叫我当秧歌队小队长,大家的信任,我能被困难吓倒吗?(进门,忽然看见婆婆在摆弄两块大红布,特别兴奋地）哟，婆婆，你在玩布呀？

婆　婆　　二丫头，又疯到哪去了？

尤欢庆　　哎，婆婆，从今天起，你可不能再喊我二丫头了，刚才会上，老少妇女们推选我当上妇委会委员……

婆　婆　　哟，当上干部啦？

尤欢庆　　（羞涩地）小干部。

婆　婆　　也不小。

尤欢庆　　当上委员就要登记，登记就要有正式姓名，妇委会刘主任帮我起了个"尤欢庆"，我十分喜欢这个名。婆婆，以后就叫我尤欢庆，不能再喊二丫头，知道吗？

婆　婆　　知是知道，就怕改不过口，你在我家蹲十年了，时间长了，二丫头记死火了。

〔潘解放拿着高跷，跑步上。

潘解放　　妈，你以后别喊我狗旦了，我参加高跷队，登记时，农会主任说，马上就迎来新中国了，还喊什么狗旦，要起一个好听名字。于是，他给我起名"潘解放"。我好崇拜这个名字哟！以后，不允许有人再叫我狗旦了。

婆　婆　　嚙，这几天，农会几个会开下来，我儿子和未圆房的媳妇都当上官啦，都有新名字啦！好哇，我潘家出人才啰！

尤欢庆　　（欣喜地扯起红布）婆婆，你怎么晓得我们秧歌队要大红布做绸带？

婆　婆　　那我不晓得。

尤欢庆　　不晓得，怎么扯来两块大红布？

婆　婆　　扯错了？

尤欢庆　　没错，正符合我们要求。

婆　婆　　我就是按你们俩要求才扯的。

尤欢庆　　（拿起大红布递给潘解放）解放，你把布拿到你那个裁缝店，你和师傅剪裁一下。

婆　婆　　对，我家什么衣裳都是你和师傅一手剪裁的，我家人所有尺寸腰围，他都一清二楚，你把布交给他，说做几件什么衣裤就照了。

尤欢庆　　解放不是出了师嘛，不也是师傅了，干嘛还要交给他师傅？

婆　婆　　他才出师，手艺还嫩着，还是交给老师傅可靠。

潘解放　　谁裁都行。（拿布就要走）

尤欢庆　　慢，我来量一下，看看能裁几条。

（唱）小小飘带舞四方，

　　　不宜短来不宜长。

　　　短了舞起不成花，

　　　长了拖地难飞扬。

　　　我来量量这块布，

　　　能裁几条正合样。

解放，把布牵起来！

〔潘解放帮着牵扯布，尤欢庆用手臂量布。

尤欢庆　　（唱）大块红布长又长，

　　　　　一庹一庹用臂量。

　　　　　四庹正好是两丈，

　　　　　裁成八条十条都无妨。

婆　婆　　（惊问）什么，裁成八条十条？我的布是给你和解

	放一人做一套新婚衣裳，什么八条十条的呀？
尤欢庆	（未理婆婆，仍对潘解放）布是四尺宽，飘带五寸宽一条，不是能做成八条嘛，拼着裁，十条也差不多。
婆　婆	（急着跺脚）哎呀，二丫头……
尤欢庆	不，喊我欢庆。
婆　婆	欢庆呀，你把我这布当什么用呀？
尤欢庆	做大红绸带呀！
婆　婆	你真是拉到黄牛当马骑，你知道这两块大红布从哪儿买来的吗？
尤欢庆	布摊子上呗！
婆　婆	（气得一时说不出话）是是是我花两担米钱，你大姑爷从江北那边送过来的，江南这一带根本买不到这么多大红布，多不容易呀，你你你俩却把它做红飘带……（一跺脚）妄想！
尤欢庆	婆婆，刘主任说了，江南这一带大红布、蓝布、绿布都叫当地欢迎解放大军的老百姓买完了。我们行动慢了一步，没有买到那么多，我们欢迎解放大军也需要大红飘带，现在在手头还没有怎么办？正好你有，这不是雪中送炭吗？婆婆，就算借你两块布吧！
	（唱）借你两块大红布，
	算给欢庆帮个忙。
	待到家乡得解放，
	买四块红布双赔偿。
婆　婆	（唱）欢庆讲话欠思量，
	我扯红布有大用场。

	花得九牛二虎力，
	就为这用场前后忙。
尤欢庆	婆婆，我不是说，等到解放以后，双倍赔偿你？
婆　婆	咳咳，等到解放以后……
尤欢庆	解放不就在这一两天吗？
婆　婆	一两天？我一天也不能等。
	（唱）十年没给你少供养，
	吃喝穿戴和梳妆。
	你已长成高高挑挑的大姑娘，
	该圆房时就圆房。
	（拿起红布）我把你俩成亲穿的大红裙子和绿色长裤，一件一件都办齐了，明天，接大舅二舅父母姑爷来办一桌喜酒，圆个房……
尤欢庆	圆房？
婆　婆	是呀！这些红布就是给你做嫁衣的。
尤欢庆	做嫁衣？（忽然想起）解放解放，问题解决了——
潘解放	什么问题解决了？
尤欢庆	红绸带呀！
潘解放	（跳起来）那好哇！
尤欢庆	嘘！（神秘地）婆婆不是说给我做嫁衣嘛，她肯定要你师傅做，布到你手上，不就解决了？
潘解放	欢庆，这几天这么忙，哪有时间办圆房这件事？
婆　婆	（忽然听到）没时间办圆房？
潘解放	妈，这几天特别紧张……
婆　婆	紧张也不行。妈忙了这么多天，就为明天这场喜事……

潘解放	不行不行，我高跷还没学会，马上要排练去……
婆　婆	（生气地）那那把大红布给我（急速抢过大红布收起）我把大红布剪碎，也不给你……（躲进房间）
尤欢庆	（急拦）哎哎，你不能把大红布拿走哇！（见房门紧闭，无奈地）解放，这可怎么办？
潘解放	妈，你把门打开，我跟你解释。
婆　婆	（门开一条缝，探出头来）儿子，解释什么？
潘解放	妈，这布我们太需要了……（趁妈不备，唰地把布拽到手转身交尤欢庆）欢庆欢庆，给——
尤欢庆	（刚接到红布，婆婆从房门窜出，抓住红布另一头使劲往回夺）婆婆，这块布我们马上要用它。
婆　婆	（气极地）我给你用，我给你用……（两人将布拽过来，拉过去。突然，婆婆猛力一拖，尤欢庆一个趔趄，仰面跌倒在地，婆婆迅速夺过布，躲进房间）

〔潘解放将尤欢庆扶起。

〔后屋农会大厅里，锣鼓声有节奏地响起，唢呐吹起秧歌调：梭拉梭拉多拉多，梭多拉梭米来米，米拉梭米来多来，来梭米来多拉多……

尤欢庆	（焦急地）解放，你看怎么办？别人都跳起来了！
潘解放	（也焦急地）是呀，我来叫妈（捶门）妈——
女　甲	（上）小队长，别的小队都跳起来了，我还没有飘带呢，怎么办？急死我了。（要哭出来）
尤欢庆	（安抚）别急别急，我正在想办法哩，正在想办法……
女　乙	（急上）小队长小队长，我没有搞到飘带，不能参

峥嵘岁月篇

	加了，怎么办？怎么办？（扭着身子急得哭出声来）
尤欢庆	（安抚）能参加能参加，我们小队十个人一个人也不能缺，你们想不到办法，还有我呢！你们两个先到排练大厅去……

〔女甲拉着女乙下。

潘解放	（更加焦急，强搥房门）妈，我都急得要死，你还把布掖着藏着，这么心狠呀！

〔房门紧闭。

尤欢庆	不，解放，你妈心地很善良，是个吃软不吃硬的人，不能硬搥门。
潘解放	不来硬的，她能拿出来吗？
尤欢庆	我看这样吧，她不是要我俩圆房吗，我俩就答应她，她把大红布拿出来做嫁衣，你拿到布之后，不做嫁衣，裁成飘带不就得了？
潘解放	骗妈一回？
尤欢庆	不骗妈。圆房不简单吗，在一个草房里住，在一口锅吃饭，已经十个年头，还讲究什么形式？我今天晚上就把铺盖搬到你床上，不需要新衣新被。把大红布腾出来做飘带……
潘解放	妈能同意吗？
尤欢庆	先别告诉她。
潘解放	做成了再讲？
尤欢庆	你看中不中？
潘解放	不中也中。（走近房门）妈！妈！

〔婆婆房内声：想要大红布，没门。

潘解放	你不是要我俩圆房吗？

〔婆婆房内声：是呀！

潘解放　时间会越来越忙，我看今天晚上之前，解放军还没过来，还有点空隙时间，那就今天晚上圆房吧！

〔婆婆房内声：欢庆她同意吗？

潘解放　就是她提出来的哩！

〔婆婆房内声：那太好了。

婆　婆　（开门）狗旦！

潘解放　妈，喊解放。

婆　婆　喔，解放呀，（轻声）那你就把这布拿去，你和师傅抓紧做，一人一套衣裳，天黑之前带回家，晚上圆房时穿。（转对尤欢庆）欢庆呀！你也陪解放去，假如要量身你就量。

尤欢庆　解放，我们走。（极其高兴下）

〔后屋农会大厅，锣鼓更加紧密，秧歌声、腰鼓声、舞狮声等越来越响亮。

婆　婆　农会这么热闹，人头攒动，怕是解放军渡过长江了……

　　　　（唱）好锣好鼓紧紧敲，
　　　　　　　后屋农会真热闹。
　　　　　　　扭的扭来跳的跳，
　　　　　　　喜气洋洋迎军到。

〔妇委会刘主任在外喊：尤欢庆，快来参加秧歌队，马上要出发了。

婆　婆　噢，刘主任，我家欢庆听到啦！

〔妇委会刘主任又喊：尤欢庆，快点来，大家都在等你啦！

婆　婆　　来啰来啰——

　　　　　（唱）主任声声催得紧，
　　　　　　　　领导召唤是命令。
　　　　　　　　三唤四召不见人，
　　　　　　　　去了怕要受批评。
　　　　　哎呀，怎么办呀，欢庆到裁缝铺量衣，不知道什么时候能回来呀！我快去催催她。（急下）

〔尤欢庆双手舞着红绸带，嘴里唱着秧歌调边舞边上。

尤欢庆　（唱）大红绸带飘呀飘，
　　　　　　　我和解放乐逍遥。
　　　　　　　新衣新被我不要，
　　　　　　　单要飘带十二条。

〔潘解放肩上挎着许多飘带，踩着高跷上。

潘解放　（唱）踩着高跷走大道，
　　　　　　　解放满心乐陶陶。
　　　　　　　迎接大军齐欢呼，
　　　　　　　共产党来了就是好。

〔婆婆气喘吁吁，跑上。

婆　婆　（大喊）二丫头，二丫头！你做的被面衣裳呢？

潘解放　（抖抖肩上飘带）妈，在这儿哩！这比嫁衣重要。

婆　婆　（把潘解放从高跷上拉下来，举手就打）重要，重要！看我打不死你，你你你不拜堂成亲啦？

尤欢庆　婆婆，这不能怪你儿子……

婆　婆　不怪儿子怪哪个？

尤欢庆　怪我。

婆　婆　解放军还没到，这块地盘还没解放，你思想就作怪了，（蔑视地）没安好心肠啊！

尤欢庆　　婆婆，你在说什么呀？

　　　　　（唱）婆婆不要胡乱讲，

　　　　　　　　口吐恶语把人伤。

　　　　　　　　谁个思想在作怪，

　　　　　　　　谁个没安好心肠？

婆　　婆　（恶狠狠地）你！

尤欢庆　　婆婆，我虽是童养媳，但你不可以小看我！

　　　　　（唱）水深火热的旧社会，

　　　　　　　　穷人满面泪流淌。

　　　　　　　　身上没有蔽体衣，

　　　　　　　　缸里没有隔夜粮。

　　　　　　　　饥肠辘辘无处求，

　　　　　　　　地主老财黑心肠。

　　　　　　　　受尽剥削和欺凌，

　　　　　　　　有冤无处去伸张。

　　　　　　　　这种穷根不拔尽，

　　　　　　　　祖祖辈辈永遭殃。

　　　　　　　　英勇强大的解放军，

　　　　　　　　扭转乾坤大解放。

　　　　　　　　消灭黑暗势力反动派，

　　　　　　　　迎来红日照家乡。

　　　　　　　　开天辟地大事业，

　　　　　　　　迎接大军头一桩。

　　　　　　　　载歌载舞齐欢呼，

　　　　　　　　万众欢腾把歌唱。

莫说用你几尺大红布，

再大贡献也别彷徨。

婆婆，你说对吗？

婆　　婆　　对是对，可是，我买大红布是给你们俩圆房用的……

尤欢庆　　迎接大军与我俩圆房，哪件事重要？

婆　　婆　　（结巴地）按、按道理讲，是、是迎接大军重要，可、可是，要是解放了，新中国了，世道一变，你童养媳一拍翅膀飞掉了，我、我、我不是白养你一场？

尤欢庆　　婆婆，你怕我飞掉是吧！这，你放心——

（唱）当年我家闹饥荒，

你领我当着童养媳养。

十个春秋养育恩，

牢记心间永不忘。

无论世道变何样，

我都会与潘家儿郎去圆房。

婆　　婆　　（激动地一把搂住尤欢庆）儿啊，你太开通了，太好了。有你这句话，我就放心了。（高兴地）欢庆，你把这些红绸带分给大伙吧。刘主任已经喊你几次了。

尤欢庆　　走！（拉着潘解放，兴奋地边跳边舞融入欢腾的人群中……）

〔后屋农会排练大厅：锣鼓越敲越起劲，唢呐越吹越响亮，人头顿时在舞台攒动起来。

婆　　婆　　（尤欢庆和潘解放走了以后，感到特别冷清，失落）我怎么办？大伙都去迎接解放大军，万人空巷，难道我……（忽想起）我把那一大块白布拿到染匠店染成红色，裁成条条不也能当飘带……（拿起白布迅速下。)

〔婆婆复上。腰间系了红飘带,边扭边唱。

婆　婆　(唱)嗨啦啦,嗨啦啦!

　　　　　　嗨啦啦,嗨啦啦!

　　　　　　天空出彩霞呀,

　　　　　　地上开红花呀。

　　　　　　解放军打天下呀,

　　　　　　人民当了家呀。

　　　　　　嗨啦啦,嗨啦啦!

　　　　　　嗨啦啦,嗨啦啦……

〔婆婆边舞边融入欢庆的人群中,尤欢庆和婆婆的红飘带舞得特别飘逸、特别飞扬……
〔锣鼓激越,鞭炮炸开,气氛热烈……
〔一队队中国人民解放军雄赳赳、气昂昂从大屏幕上威武行进……
〔舞台上万众欢腾,激情高呼:

　　　　　　毛主席万岁!

　　　　　　共产党万岁!

　　　　　　解放军万岁!

〔大幕在欢声雷动中徐徐关闭。
〔灯渐暗。

—剧终—

绝妙的花轿

时　间：解放战争时期。
地　点：山区，香花镇，郭丹阳家内外。
人　物：
郭丹阳——男，五十岁，香花镇有名的郎中，人称神医，新四军联络站负责人。
方营长——男，三十多岁，新四军某部营长，战斗中受伤。
春　妹——女，十六岁，郭丹阳小女儿，联络员。
小队长——男，三十多岁，国民党县警备队驻香花镇小队小队长。
警备队员、司仪、轿夫、吹鼓手等。

〔幕启：山影重重。靠山边一座很气派的几进房屋，就是当地有名的郎中、人称神医郭丹阳的家。
〔深夜，外面漆黑，室内有盏罩子灯摇曳着豆瓣大的光。
〔方营长军装穿戴整齐，就要出发似的，上。

方营长　（唱）新四军战斗在香花山，

三天两夜拉锯战。
枪响炮轰不停歇,
从古树亭打到铜锣湾。
我带领战友冲在前,
不慎一颗子弹伤腿杆。
幸亏郭家人及时来发现,
将我背到他家藏身边。
经过半个多月悉心治疗和照看,
现已经脚能走腿能弯。
莫看我个头不高也不胖,
却是一条虎虎生威硬朗汉。
我端枪怒目照仇敌,
敌人相见心胆寒。
今天我要归部队,
重返战场打敌顽。

(小声却很急迫地喊)郭先生!郭先生!
〔郭丹阳十分小心地出现在油灯下,见方营长起床,很惊讶!

郭丹阳　营长,你怎么起来了?
方营长　郭先生,我在你家治疗养伤半个多月,伤也好了,腿也硬了,脚能走了。今天,我要返回部队。
郭丹阳　那怎么行?伤还没有全好……
方营长　好了,好了。(试走健步)怎么样,你看出来我腿有伤吗?
郭丹阳　看,看似没有。不过,伤筋动骨一百天。这才半个月,依我郎中看,没有好——

（唱）你这条腿没好透，

　　　　弹孔伤疤没收口。

　　　　一经感染要灌脓，

　　　　到那时，再经治疗难得手。

方营长　（唱）你的劝告我知晓，

　　　　前线战情把急告。

　　　　我在养伤心激荡，

　　　　早上前线当英豪。

郭丹阳　方营长，你在这里养伤只管放心，不必忧虑，伤养好了，送你去部队我才安心。如有照看不周，你只管讲。

方营长　郭先生，你这个联络站太好了，你是这个镇大户人家，又能治病消灾，谁见了都敬重呀！

郭丹阳　过奖过奖，不过——

　　　　（唱）我在这里是小"诸侯"，

　　　　谁都难动我半指头。

　　　　镇上家家都搜尽，

　　　　只有我屋没敢搜。

　　　　他们也估猜你在我家藏，

　　　　只是没有办法找借口。

　　　　你在这里安心把伤养，

　　　　伤养好了我护送你走。

方营长　（唱）郭先生好心将我挽留，

　　　　我本不该老是想走。

　　　　只是我心急如焚去战斗，

　　　　巴不得一步跨到金山头。

　　　　　　解放全中国号角紧奏，
　　　　　　我哪能宽心养伤慢等候？
　　　　　　恨不能插翅飞回大部队，
　　　　　　与同志们杀气冲天把敌揍。
　　　　　　打得它连滚带爬自灭亡，
　　　　　　共产党把红旗插遍神州。

郭丹阳　　方营长，你心情我理解，真要走，我也不拦你。不过，我想延迟两天。

方营长　　延迟两天？

郭丹阳　　今天是我家大女儿春姐的出嫁之日，大祝大贺、喜庆欢乐，来祝贺的人太多，今天喜酒三十桌，明天喜酒也三十桌，人太多，忙不过来，我没有时间护送你，你一个人走，危险太大，不能让新四军有一点闪失啊！

方营长　　（悟）啊！（思忖）我想，今天人多也是个好机会，危险大，机遇也大。趁人多，鱼龙混杂，浑水摸鱼蒙过去⋯⋯

郭丹阳　　不行。我们镇子大，县警备队在这里设了一个小队，十个混混就驻扎在后面山上碉堡里，半个月来，他们唯一任务就是要搜捕到新四军受伤营长⋯⋯

方营长　　这⋯⋯

郭丹阳　　我马上派我小女儿春妹到各条路口探探风声。（喊）春妹！

春　妹　　（上）爸，有事吗？

郭丹阳　　你出门去，到各个路口去看看，有没有警备队人员在布防。

春　妹	马上去？
郭丹阳	马上去，速去速回。
春　妹	是。（下）
	〔一会儿，春妹内声：干什么，我是春妹，你们不认识我呀！干吗横刀竖枪的呀？（故意大声朝内喊）爸，我去借东西，门前站着警备队员，横刀竖枪拦我！
郭丹阳	（故意大声地）这深更半夜，乌漆麻黑的，谁拦你呀！快去把东西借回来！
	〔室外，春妹声：我这就去。
方营长	（点点头）敌人加紧了布防。
郭丹阳	很可能有大的动作。
方营长	这我就更要离开，不能连累你。
郭丹阳	不是连累我的事，而是你的安全。万一国民党警备队有什么大动作，坏了你的事，我可吃罪不起呀！
方营长	那我现在就走，从后面门……
郭丹阳	（拦）别急，我先到后门探探风。（速下）
方营长	（唱）风头紧，夜更静，万物无声， 　　　　不由我身在此焦急难宁。 　　　　为剿匪去战斗争分夺秒， 　　　　下决心离郭府岂顾性命？ （整理衣帽鞋袜，起身迈步）走！
	〔郭丹阳复上，紧张之后又淡定。
郭丹阳	（唱）我轻开后门悄悄看， 　　　　警备队员拉枪栓。 　　　　厉声喝我是何人， 　　　　半夜开门为哪般？

　　　　　　我骂他瞎了眼，
　　　　　　郭大人开门拦什么拦？
　　　　　　那个黄狗忙赔礼，
　　　　　　连连自打耳光把腰弯。
　　　　哼！警备队要在我太岁头上动手……

方营长　　郭先生，后门可有人？

郭丹阳　　（不安地）有！

方营长　　（焦急）这……

郭丹阳　　方营长，形势有点不妙。平时，警备队根本不敢在我门前有什么不敬行为，而今天晚上却有点反常……

方营长　　郭先生，我现在想走，是走不掉啰？

郭丹阳　　动都不能动，你一动，正中他们诡计——抓活人。

方营长　　（跺脚焦急）那怎么办？

郭丹阳　　（捂脑）这……

方营长　　（唱）既然他们怀疑我藏在你家，
　　　　　　他们决不会甘休善罢。
　　　　　　倘然他们来一个大搜查，
　　　　　　在你屋里把我活人抓。
　　　　　　说你私藏共军通共党，
　　　　　　你没有口词来辩答。
　　　　　　倘若就这一条治你罪，
　　　　　　抓到牢房来关押。
　　　　　　岂不是，你好心来把坏事办，
　　　　　　惹祸上身蒙受冤枉自吞下。
　　　　　　那我就是粉身碎骨，

|||也不能连累你苦受刑罚。

　　　　　郭先生，你还是多为自己考虑……

郭丹阳　　方营长，一家人不说两家话——

　　　　　（唱）我办联络站已五年，

　　　　　　　　进出的新四军成百上千。

　　　　　　　　我家省里官衙有人威震全县，

　　　　　　　　一般人不敢跟我闹翻脸。

　　　　　　　　即使这一次露破绽，

　　　　　　　　我也会与他巧周旋。

　　　　　　　　谅他们不敢治我罪，

　　　　　　　　顶多将我关上三五天。

　　　　　　　　即使警备队抓我进大牢，

　　　　　　　　我也会跟他们碰得玉碎瓦不全。

　　　　　　　　共产党为人民打江山何罪之有？

　　　　　　　　新四军为百姓求解放为何遭嫌？

　　　　　　　　我敬仰共产党相信新四军，

　　　　　　　　追随信仰保护正义我永远到底心不变。

　　　　　　　　你放心，有我郭某在，

　　　　　　　　一定会安全送你到新四军大营盘。

方营长　　（激动地）好哇！有你这位信仰坚定者做站长，胜利一定不会远啰！

　　　　　〔小队长荷短枪，从门外上。

小队长　　（念）香花山战斗打得紧，

　　　　　　　　国军死了三百零。

　　　　　　　　新四军只亡几个人，

　　　　　　　　有一个伤员逃进我们镇。

听说是个大营长，
新四军里领导人。
由于伤员藏得紧，
半月过去未现身。
我们小队十个兵，
绞尽脑汁逮其人。
全镇家家都搜全，
只有郭府不敢进。
由于他家势力大，
搜不到伤员难脱身。
今天又接上司令，
出动全队堵其门。
人多势众把家搜，
倒看伤员怎逃遁？

今天是郭府嫁姑娘的大喜之日，一定是人多嘈杂、热闹非凡。（从门缝往内看）乖乖，罩子灯点起来了，屋里亮堂堂的，我进去，一看看房内布局，二和他谈谈，探探他的话风……（敲门）

〔郭丹阳听到笃笃笃敲门声，迅速将方营长藏起，再警觉地去开门。

小队长　（笑嘻嘻地）今天是郭公府上姑娘出阁大贺之日，恭喜恭喜！

郭丹阳　（拱手相迎）盼队长多多关照。中午酒席上，多陪你们几杯。

小队长　哪里哪里，能关照的地方，本队肯定会关照。不能关照的也请郭公海涵。

郭丹阳　　队长，此时敲门有何贵干？

小队长　　嗨，没事没事。见贵府厅堂有灯光，前来……

郭丹阳　　不是为你父亲的病而来？

小队长　　郭公，说起我父亲的病，还真要好好感谢你呢！自从把你开的药吃完以后，咳嗽好多了。痰也清淡了，不像以前老咳浓痰，咳起来能咳晕过去的感觉。现在能起床下地了……你真是名不虚传的神医呀！

郭丹阳　　别夸我太早。你父亲这病是个麻烦病，是肺痨。肺痨肺痨，一年难保……

小队长　　一年都难保？

郭丹阳　　我必须再下几帖猛药，看你父亲命能不能……

小队长　　我父亲晚年的命就掌握在你手上了……

郭丹阳　　别急！

小队长　　（焦急地）我急呀！郭公，我父亲是个老实巴交的庄稼人，一生不做坏事，自己饿着肚子把我们兄妹拉扯大，现在他老了，得这种怪病，我求求神医，随你想什么法子，要钱给钱，可要千方百计把我父亲医好哇！（欲哭下跪）郭公，行行好吧！

郭丹阳　　行行好，我肯定行好哇！这么多年来我救过多少人的命呀！连县衙那些老爷们谁没叫过我呀！我医术高明，不就是体现在救死扶伤上吗？你不要给我下跪……

小队长　　我就是父母重要啊！

郭丹阳　　（笑笑）算你还有点良心。

小队长　　我怕你见怪我，不好好给我父亲看……

郭丹阳　　放心，你父亲是老实人，跟我没过节。即使你跟我

　　　　　　有些不顺，救死扶伤是我的天职，我也会尽力去救。

小队长　　太谢谢郭公了。（停停）郭公，能给我一口热开水喝吗？

郭丹阳　　哟哟哟，光顾说话，忘了给队长倒水去。（下）
　　　　　〔小队长趁郭丹阳下去，在屏风两边张望。

小队长　　（唱）郭府房多一大片，
　　　　　　　　我不知道有多少间。
　　　　　　　　莫说只藏一个人，
　　　　　　　　就藏十个八个也难发现。
　　　　　（往东看）这一边，黑洞洞无底限，
　　　　　（往西看）这一边，油灯有亮一点点。
　　　　　　　　深望去，哪能看清有没有人，
　　　　　　　　再望来，也没有看见人露脸。
　　　　　不看了，不看了，反正等会儿搜查，那个大营长在劫难逃了。现在别打草惊蛇，不能让他们有丝毫防备。
　　　　　〔郭丹阳端茶杯在黑暗中走出。

郭丹阳　　（旁唱）这小子今晚来不怀好意，
　　　　　　　　趁我不在窥探屋里。
　　　　　　　　他胆小如鼠鬼鬼祟祟，
　　　　　　　　趁他心虚探他口气。
　　　　　（端茶杯上）队长，请用茶。

小队长　　喔喔，多谢郭公，多谢郭公！

郭丹阳　　队长，你是想看看我的房子吧？（端起油灯）来，随我灯盏来，我领你慢慢看，一间一间看……

小队长　　不不不，贵府家族大，人丁兴旺，我没有这个狗胆。

郭丹阳　　你刚才不是东张西望吗？

小队长	岂敢岂敢！你房子这么大，我只是稀奇。
郭丹阳	只是稀奇？
小队长	只是稀奇。
郭丹阳	不为别的？
小队长	不为别的。
郭丹阳	那，我就要问你，夜这么深了，你在外面……
小队长	任务在身……（忽然觉得说漏了嘴，手急捂口）
郭丹阳	我知道你们最近很忙，有任务在身。
小队长	（趁机发问）你怎么知道？
郭丹阳	你把我郭丹阳看成脓包呀？你们做什么事，害人不害人，能瞒掉我？
小队长	郭公势力大，耳目多，那是当然。
郭丹阳	镇子上这么多户，你们搜查完了？
小队长	郭公，这是秘密。我是端人家碗，受人家管，上司怎么说，我得怎么干。唯命是从，不得不干呀！
郭丹阳	看来，今天晚上有大动作啰？
小队长	（深呷一口水，假装喝呛，弯腰咳咳咳，咳得腰都直不起来，满脸通红地一直咳到门外，朝郭丹阳摆了摆手，就走了下去）

〔郭丹阳关上门，深深吸了一口气，慢慢坐下来，深思……

〔方营长急切地上。

方营长	郭先生，形势怎么样？
郭丹阳	看来，他们要直逼"东宫"哩！也就是说他们要直捣我郭丹阳的老宅。吙！
方营长	（万分焦急地）郭先生，那我现在就走，万万不能

连累你一家。

郭丹阳　不许走。越是惊险越要沉着。你现在走,不是自投罗网吗?

方营长　那……

〔春妹急急忙忙推门进来,气喘吁吁……

春　妹　爸,事情不妙,我刚才绕村走了一趟,通往镇外的各条路口都有警备人员把守,任何人进出都要严查,连我这么熟悉的人,也要盘问、搜身。

郭丹阳　啊?

春　妹　十分森严。

方营长　看来,我是插翅难飞啰!(急如星火地)郭先生,我倒不如冲出去……

郭丹阳　(严厉地)不。

春　妹　叔叔,你不可莽撞,听我爸爸安排。以前,也有几位险之又险的军队叔叔,不都是我爸爸巧妙安排,安全到达新四军大营地的吗?叔叔,我爸可有智慧哩!

方营长　春妹,你说得对,你爸有智慧。可是,封锁如此严密,再有智慧也难……(激怒地)郭先生,看来我是逃不出去了,死,我也要死得其所哇!(把手枪掏出来,子弹推上膛)警备队的人算什么货,我一举枪就能撂倒他三四个,冲出去……

郭丹阳　(急忙阻拦)不可不可。死人的事都不可取。(拉方营长坐下)你坐下,冷静冷静。

(唱)营长你要多冷静,
　　　热粥不能一口吞。

　　　　　　凡事多磨终有果,
　　　　　　车到山前路自伸。
　　　　　　你想立马上前线,
　　　　　　事到缠身不由人。
　　　　　　警备队里人马多,
　　　　　　撞到他手不留情。
　　　　　　国民党一切为私利,
　　　　　　不像共产党为人民。
　　　　　　你硬性跟他来碰撞,
　　　　　　飞蝇扑火自毁身。
　　　　　　好事办好多思量,
　　　　　　切忌冲动戒任性。
　　　　　　找出解决问题新方案,
　　　　　　十拿九稳才可行。
方营长　（唱）先生讲得有道理,
　　　　　　血性汉子不能依。
　　　　　　我命一个拼三个,
　　　　　　为革命捐躯值得的。
　　　　　　我再不走毁了你,
　　　　　　毁了你,联络站要匿迹。
　　　　　　保护你就是保护联络站,
　　　　　　保护你就是保护红色根据地。
　　　　　我,我要冲出去!（欲冲）
郭丹阳　（竭力阻拦）不行。
　　　　（唱）我为你不是为了一个你,
　　　　　　是为新四军保实力。

你一个人牺牲事倒小,
革命损失可不低。
军队正在挺进中,
保存力量是第一。

〔大门敲了几下,从门缝里递进一张白色纸条,郭丹阳悄悄前去从门缝里接过白色纸条。

郭丹阳　（展开纸条,随着郭丹阳轻轻口念,大屏幕同时一字一字显现）"县警备队人马快到,为不惊扰新娘出嫁,等你花轿启程一走,立即进屋搜捕。"

方营长　（十分紧张）啊？这……

郭丹阳　（展开字条凝视,口中一句一句叨念,深思）……等你花轿启程一走……等你花轿启程一走……等你花轿启程一走……（忽然一拍大腿）咳,有了。咳,有了！

春　妹　爸,什么有了？

郭丹阳　（高兴地）咳,有主意了……

方营长　什么主意？快说！

郭丹阳　（指字条）方营长,春妹,我看到"花轿启程一走"几个字,忽然灵机一动,茅塞顿开。在花轿上想出了主意。哈哈哈！好主意呀！

方营长　好主意？

郭丹阳　对。（拉春妹到身边,小声地）春妹,你到姐姐闺房和姐姐讲,你说爸爸的决定,叫她脱下婚纱盖头,素装素裹和你一道从后门出去,沿着大金山那条小路,抄近赶到那边山下的军民桥。桥头有座娘娘庙,你和姐姐在庙内等候我们。我们花轿一到,方营长脱下婚纱和红盖头,由新四军接应人员接走。此时,你姐姐重新换上婚纱、戴上红盖头,捧着四方宝盒,坐上花轿再抬她到婆家去……快去!

春　妹　　哎!我马上就去。(速下)

郭丹阳　　(对方营长)你,就要委屈一回当新娘了。

方营长　　(尴尬地)当新娘?那怎么行?

郭丹阳　　不行也行。要不那样做,你我都要彻底完蛋。(推方营长)快快快!快到后面房间换装。

方营长　　(不情愿地)那不把你家喜事弄坏了吗?

郭丹阳　　这是绝无办法的绝妙办法,生死关头的唯一生路。否则,你我都难救。走走走!(使劲推方营长,同下)

〔大红花轿停在门口,唢呐声大作,鞭炮锣鼓盖天响起……

司　仪　　(高喊)郭老爷,亲自背新娘上轿!

〔方营长穿着鲜艳的婚纱服饰,头顶宽大红盖头,怀抱四方宝盒(手枪),在喜庆的音乐声中,被郭丹阳背着走进大红花轿,放下。方营长稳稳坐好,放下轿帘……

司　仪　　(大声地)郭府大红花轿启程……

〔大红花轿起动,在鞭炮唢呐声中一颠一颠远去……

〔警备队一溜人马相继端枪冲入屋内……

郭丹阳　　(看着大红花轿远去,如释重负,开心地大笑)哈哈哈!哈哈哈!(无限感慨地)这顶花轿真是绝妙哇!(朝远方呼唤)老方,胜利后再见!

〔幕后合唱:

能工巧匠在民间,
足谋多智奋向前。
一顶花轿调包计,
护送营长上前线。
上——前——线!

〔幕渐关闭。

〔灯暗。

—剧终—

峥嵘岁月篇

艺苑芬芳

荒庙枪声

时　间：抗日战争最严酷的时期。
地　点：大工山区某密林掩映中的荒庙里。
人　物：
高山娘——女，四十多岁，新四军某部大队长高山之妻。她从小听过父母讲述中国人受外国侵略的许多故事，心生不平。1937年7月7日全面抗战爆发，她与丈夫奔向刚建立的新四军。经多年磨炼，已经成为久经战场、左右开枪的神枪手。这次，组织上看她年龄已大，爬山吃力，特别安排她帮助唯一一个年轻女伤员刘芳在荒庙里养伤。
刘　芳——女，二十岁，在游击战斗中双腿受伤，不能行走的新四军战士。
小狗子——男，三十岁，当地人，汉奸。
少　佐——男，四十岁，侵华日军军官。
　　〔幕启：崇山峻岭、大树参天，密林掩映着一座多年失修、残败破落的荒废庙宇。庙宇右侧，可见更高山林，林中隐约显现多级石阶向上铺就，人可以一级一级向上攀爬……

〔荒庙堂前，一张残桌，两条斋凳，两边还能看出两个房间。有过道通往后面厨房。高山娘端一砂罐子已经炖好的鸡汤并夹着碗筷出来，——放桌上。

高山娘 （唱）日本鬼子太猖狂，
　　　　　在中国土地上舞爪把牙张。
　　　　　国民党反动派一抹天良，
　　　　　掉过枪口对准共产党。
　　　　　三番五次对解放区"大扫荡"，
　　　　　山区老百姓百般遭殃。
　　　　　新四军为了群众求解放，
　　　　　游击战打遍各条山梁。
　　　　　交火激烈许多战士受了伤，
　　　　　男伤员全部安排在洞中藏。
　　　　　这次上级特别照顾我，
　　　　　唯一一个女伤员叫我伺候在庙堂。
　　　　　昨晚下山买来一只老母鸡，
　　　　　炖出汤汁为伤员补补血浆。
　　　　　砂罐鸡汤已炖好，
　　　　　端出来放于方桌上。
　　　　　再把刘芳伤员背出房，
　　　　　端坐桌前喝鸡汤。

〔高山娘从左边房内背出年轻女伤员刘芳，慢慢放于桌前凳子上。

高山娘　（接唱）小刘姑娘莫紧张,

　　　　　　　鸡汤养伤最营养。

　　　　　　　草药治理伤口易愈合,

　　　　　　　营养跟上体更棒。

　　　　〔从砂罐里舀出鸡肉和汤满满一碗,递于刘芳桌前。

刘　芳　（接过鸡汤碗）高山娘——

　　　　（唱）接过大碗扑鼻香,

　　　　　　　一碗鸡汤见善良。

　　　　　　　高山娘你也舀一碗同时吃,

　　　　　　　我吃下去才舒畅。

高山娘　（唱）姑娘你尽管喝鸡汤,

　　　　　　　高山娘不喝照样壮。

　　　　　　　为把你伤快养好,

　　　　　　　早早持枪上战场。

　　　　〔刘芳挪一下体位,仍不能将鸡汤喝到嘴里。高山娘迅捷端起碗,拿起汤匙舀一匙喂给刘芳……

高山娘　小刘姑娘,尽管吃——

　　　　（唱）一口鸡汤一片心,

　　　　　　　片片心肠为亲人。

　　　　　　　身强体壮的好军队啊,

　　　　　　　快快杀光日本军。

　　　　〔小狗子引着日本军官少佐,急急踔踔,上。

小狗子　（唱）深山老林一荒庙,

　　　　　　　多年无人把香烧。

　　　　　　　庙虽破败还算好,

　　　　　　　二百日军休整呱呱叫。

喂！（指庙）皇军少佐，你看这个深山老林皇军休整三五天，行不行啊？

少　佐　（四面看看）这里的？有没有好一点的？

小狗子　在大山里找个更好的地方，实在的找不到，这一带是我的家乡，我完全熟悉的……

（唱）荒庙与外界隔了音，
　　　新四军不会袭击到庙神。
　　　皇军花个三五天来休整，
　　　环境安全又幽静。

少　佐　那，进去的看看。

〔小狗子引少佐进庙，见有人，惊慌，立即拔出手枪。

小狗子　谁？

少　佐　共军？

高山娘　（惊慌地放下碗）你们是……

小狗子　（惊奇）啊！你不是高山大哥家的那位嫂子吗？

高山娘　你是……

小狗子　我是山下高堂镇上的王家小狗子呀！

高山娘　你是高堂镇王家小狗子？

小狗子　（鼻子嗅了嗅）大嫂，你吃什么？怎么这么香？

高山娘　我女儿生病了，杀只鸡炖出来，给她补补……

小狗子　啊，那我俩就走了吃鸡的好运了……（夺下刘芳手上碗，呼地倒掉。捧起砂罐倒一碗热腾腾鸡汤，被高山娘挡住）

高山娘　这是我给女儿补身子的，什么人也不能抢着喝！

小狗子　（一把推倒高山娘，将鸡汤碗递给少佐）少佐，少佐，这是刚炖好的热气腾腾的老母鸡汤，在我们这里是最好的营养了,请你喝!

少　佐　这个的,我们日本的也有,可是到中国这么多年,没喝过的。(喝一口)哎呀,太好喝的啦……

〔高山娘爬起来,一个飞腿把少佐手上碗踢飞,鸡汤连肉泼洒少佐一脸一眼镜。

少　佐　这个女的太泼辣,杀了她!

小狗子　(拿块小布一边给少佐擦脸,一边贴耳说)长官,杀她不是太简单了,一扣扳机就倒下。可是,不能马上就杀她。她是我们镇高山的老婆,她丈夫是新四军游击队的大队长。就是皇军,一听新四军高大队也两腿发抖呀!不可马上杀。(扶少佐到外面)走,我扶你到水渠边好好清洗清洗……

少　佐　这个女人太泼辣了,不杀气死我的。

小狗子　现在不能杀,到杀的时候再杀。(把少佐送到外面,转身回来)高山大嫂,不就一碗汤吗?你惹怒了皇军可不好办。

高山娘　(唱)我费力炖了一罐汤,
　　　　　　为女儿补身子养心肠。
　　　　　　你俩不问原因喝精光,
　　　　　　我踢飞那只碗有何不当?

小狗子　不是我挡着,你脑壳早开花啦!

高山娘　(唱)日军强占中国就想把人杀,
　　　　　　抗日者视死如归头掉碗大疤。
　　　　　　中国人抗日寇意志如铁打,
　　　　　　抛头洒血也要把日寇赶回老家。

小狗子　(忽然奇怪)高山大嫂,我很奇怪,你不就生了一

　　　　　　个儿子吗，现在怎么又有一个女儿呢？
高山娘　　小狗子，你的记性还真好呢，不错，我只生了一个
　　　　　儿子叫高抗日，跟他爸爸上山了，这个女儿呢——
　　　　　（唱）那一年日本鬼子反复"扫荡"，
　　　　　　　　高堂镇数千户人人遭殃。
　　　　　　　　鬼子听说高山扛枪把日抗，
　　　　　　　　一把火烧得我家不剩半间房。
　　　　　　　　隔壁刘家五间草房烧精光，
　　　　　　　　灰堆里埋下了她家老爹亲娘。
　　　　　　　　翻个遍只有这个女孩有口气喘，
　　　　　　　　我抱回家当着女儿扶养。
　　　　　　　　直到今日病势仍未好清朗，
　　　　　　　　无处落脚我背她供养在庙堂。
小狗子　　（唱）你家隔壁他家是姓汪，
　　　　　　　　哪有刘姓和你住一旁？
　　　　　　　　高堂镇家家户户我记忆清爽，
　　　　　　　　你不要瞎编瞎说瞎扯谎。
高山娘　　小狗子，你不叫可别乱咬，我家左边是瓦房，右边
　　　　　的不是草房吗？
小狗子　　在我记忆里，那草房住的姓张也不姓刘哇？
刘　芳　　姓刘不姓张！
　　　　　（唱）原来我家就住高家旁，
　　　　　　　　鬼子一把火烧个精光。
　　　　　　　　爹奶父亲还有亲娘，
　　　　　　　　全都在大火中一起埋葬。
　　　　　　　　若不是高山娘将我收养，

	我这苦命早不在世上。
高山娘	小狗子,你问我这么多,眼下我倒要问问你呀!
小狗子	问我?
高山娘	对,我有话想问问你。你不是高堂镇王大根子家老二小狗子吗?
小狗子	对呀!
高山娘	你不是在家放牛种庄稼吗?
小狗子	对呀,还捡过狗粪猪粪呢!
高山娘	你没有念过学堂吧?
小狗子	一天也没去过。
高山娘	这我就要问问你,你屁大个字不认识一箩,怎么和日本鬼子穿上一条贼裤呢?
小狗子	高山大嫂——
	(唱)高山大哥爬高山,
	还不是为讨一碗饭。
	我跟日军前后转,
	也为挣个咸和淡。
高山娘	(唱)高山扛枪上高山,
	抗击日寇来侵犯。
	前山后山拼命打,
	想把日寇消灭完。
	而你呢?
小狗子	我嘛——
	(唱)我吊儿郎当两边晃,
	有奶我就看作娘。
	日军叫我跟他干,

　　　　　　发放大洋做军饷。
　　　　　　我只要日子过得好悠荡，
　　　　　　谁都可以把娘当。

高山娘　　（唱）日寇欺负我们大中国，
　　　　　　你内心麻木无耻辱。
　　　　　　他烧杀掳掠干坏事，
　　　　　　你心里甘受无怒火？

小狗子　　大嫂喂，兵荒马乱世道，有什么怒火可言？人家比你狠，你干不过日军又怎奈何喔！我现在就是墙头一棵草，哪边强往哪边倒，日军给我发大洋，我就靠……

高山娘　　你是中国人吗？

小狗子　　中国人呀！

高山娘　　（唱）中国人历来有傲骨，
　　　　　　列强面前不屈服。
　　　　　　坚决斗争赶日寇，
　　　　　　解放全国把气吐。
　　　　　　你却帮日寇打中国，
　　　　　　你自古良心在何处？

小狗子　　中国人是人，日本人也是人，别把人家看得太坏，人家拿枪打你，你不也拿枪打人家吗，谁好谁歹，谁能搞得清？

高山娘　　小狗子，原来我以为你误入歧途，错错地走到日本军刀下去的。现在，我看清你嘴脸了——你是谄媚日寇、屈膝日寇、拜倒日寇，心甘情愿地当汉奸了。

小狗子　我不拜倒在日军膝下，日军能发大洋给我？

高山娘　有骨气的中国人怎么能倒在日寇臭脚下，为他当走狗使唤？

小狗子　汉奸也是人当的，一个不当两个不当，日军来不成了瞎子……

高山娘　别说了，彻头彻尾的汉奸。

小狗子　你骂谁？

高山娘　（怒指）你！

小狗子　你敢骂我？你知道我的身份了，要你死，就像捏一只小蚂蚁一样简单……

高山娘　你可知道汉奸是中国人民最可恨的人了，一人吐一口唾沫就能淹死你……

〔少佐在外面泉水边擦洗干净脸，一手拿毛巾擦脸，一手提着眼镜，返回庙堂。

少　佐　小狗子的，你带我来的这个的地方，真正的好！有山泉的，有沟渠的，我们二百多人在这里的休整，太理想的耶！

小狗子　（巴结地迎上少佐）少佐长官，我小狗子给你带路的，肯定把最最好的地盘指给你哟！

少　佐　（跷起拇指）小狗子的，大大的好！（像自语又像对小狗子说）咳，不休整不行了。中国的新四军的游击队的太厉害了。两个多月前，我的五百五十多人，跟他们干了几仗，眼前只剩二百多了，几乎的损失一多半。皇军本来打中国的就想吃掉中国，现在看来，不要多长时间，皇军就要……（摇摇头丧气地）小狗子，我问问你的，这种状况不休整，行的吗？

小狗子　　长官讲得对——

　　　　　（唱）人怕王法草随风，

　　　　　　　　王法不严等于空。

　　　　　　　　谁在人间不怕死，

　　　　　　　　法严军人才看重。

少　佐　　小狗子的，你倒看出问题所在来了——

　　　　　（唱）要想把中国捏手中，

　　　　　　　　就要强训武士功。

　　　　　　　　挥起大刀拼命杀，

　　　　　　　　端起枪支冒死冲。

　　　　　　　　没有立地成佛武士勇，

　　　　　　　　异国他乡怎立功？

　　　　　　　　我总觉得皇军弱，

　　　　　　　　没有新四军称英雄。

　　　　　　　　他们天不怕地不怕从不认尿，

　　　　　　　　杀得我皇军节节败退无雄风。

　　　　　要是再不严加休整，照这样下去，三两个月怕也难挡啊！小狗子的，你说对的不？

小狗子　　长官讲得对，就在这座荒庙里，严严地整他们一整，军人无杀气，怎能打胜仗？

少　佐　　小狗子的，叫她俩快点走，我发令下去，他们很快就要进驻这里。我要加快进度。（忽想起）我去四周看看，二百多人怎么个安排下去的。（下）

小狗子　　高山大嫂，长官已发令，叫你们两个马上走。

高山娘　　小狗子，什么人都能做，有三种人不能做……特务、汉奸、败类。

小狗子	（态度强硬，推高山娘倒地）快走！
高山娘	（迅速爬起）可耻的汉奸！
小狗子	（歇斯底里地）快走！
高山娘	（倔强地往桌边凳子上一坐）我和我女儿就坐这儿，看谁能把我搬到哪去！
小狗子	我叫你熄火！你别看少佐比我个子矮，挎着个长刀扫地拖，可是他国家强呀，国家强他的国人就狠呗！这么多新四军游击队都搞不过他，共产党天天喊抗日，也没有把日军赶走哇！靠你一个高山娘在这座荒庙鬼喊鬼叫有何作用？走吧！（推高山娘，又去搡坐在桌前的刘芳）
刘　芳	（歪了几下身子，未倒下来，突然喊）高山娘，你把我背进房间去，我就睡在中国自己家里的床上养病，看谁能把我搬走！
高山娘	女儿，你说得对。我背你。（刘芳慢慢被高山娘背起）
小狗子	（制止）放下，放下。这已经不是你的房间，更不是你自己的床了……
刘　芳	谁的床？
小狗子	还不会看形势吗？日本人的呀！
刘　芳	我是中国姑娘，这张床是我的床，怎么会变成日本人的？
小狗子	怎么会？少佐大刀砍了你的脑袋，你灵魂就知道了。
高山娘、刘芳	（同声地）敢！
	〔少佐在外面看房转回来。
少　佐	看我可敢！（从腰间唰地抽出长长的军刀，举过头欲向高山娘砍去）你俩太作死的，和平的叫你让

开,你横竖赖着,我来中国杀人无数,杀你两个娘们就像杀小鸡一样轻松。你让不让开的?

高山娘　哼,在娘面前逞什么狠?

(唱)巍巍大工山,
　　　高耸白云间。
　　　金针银柏满山转,
　　　点缀着好江山。
　　　中国的红土地,
　　　为何总遭残?
　　　这一块大肥肉,
　　　谁望都淌口涎。
　　　一八四〇年英国强权,
　　　利用鸦片想把中国毒涣散。
　　　一八六〇年二次鸦片战,
　　　火烧了北京圆明园。
　　　一八九四年甲午大战,
　　　清政府割让了台湾。
　　　一九〇〇年八国联军攻北京,
　　　清政府又赔偿白银四亿五千万。
　　　一九三一年日军铁蹄踏入中国,
　　　从此后中国人民没有一天把身安。
　　　共产党要抗日,
　　　国民党他不干。
　　　掉过枪口打内战,
　　　正义的中国人红了眼。
　　　全国抗日闹翻天,

　　　　　　坚决把日寇撵滚蛋。
　　　　　　我这高山娘，
　　　　　　直至血流干。
　　　　　　不愿跪着把头低，
　　　　　　宁死也要高昂头颅挺直腰板。
　　　　　（对刘芳）芳儿，我背你回房间睡觉去。（背刘芳欲进房间）

少　佐　（气得又举起大刀）你往哪里背的？
　　　　〔小狗子连忙举手挡住少佐长刀。
小狗子　长官长官，且慢！且——慢！
少　佐　干什么的？
小狗子　（谄媚地嬉笑着，指指高山娘背上小巧玲珑的刘芳）长官，你看看那背上的女伢嫩不嫩？
少　佐　（贴近地看看，窃笑地竖起拇指）嗯，水灵水灵，大大的好！
小狗子　长官没"做"过这么嫩的女伢吧？
少　佐　在中国，我什么女人都"做"过……
小狗子　（献媚地）这么嫩的呢？
少　佐　那倒没有……
小狗子　（贼笑）你赶快趁机"做"一下，过过瘾？解解馋？
少　佐　小狗子的好，大大的好。
小狗子　嫩的给你，我"做"老的。（朝高山娘）把女儿背进房去！
高山娘　（觉察到什么）现在为什么又叫我背进房去？
小狗子　不要问，叫你背进去，你就背进去。
高山娘　我偏不背进去。

小狗子	（气极地从高山娘背上抢下刘芳，自己抱进了房间，转身出房，卑躬屈膝地）长官，这房内请！
高山娘	（挡住房门）要干什么?！两个禽兽不如的狗东西。
小狗子	你是我的，在这边房内"做"！（顺手用力拉过高山娘，又用力推进另一个房内。顷刻，"叭！叭！"两声枪响，高山娘提着手枪，转身出房，骂道）汉奸该死！
少　佐	（等不及哐啷哐啷拉拽刘芳房门，听到枪声惊愕地回过头问）什么的响声？
高山娘	（近枪口还在冒烟的手枪，对准少佐"叭！叭！"两枪）

〔少佐应枪声倒下，不动。

高山娘	（踢了踢少佐，骂道）日寇必杀！

〔高山娘很镇静，把急需的生活用品拣好，用布袋装着挽在胳膊肘，走进刘芳房间，将刘芳背出门。

刘　芳	高山娘，两个祸害除了，又背我出房干什么？
高山娘	汉奸必杀！日寇必除！杀了两大祸害，我们就要转个地方了……
刘　芳	你说过不走呀！
高山娘	这不是赌气拼劲儿，根据战略战术要求，四声枪响，日寇会反扑过来，不换地方行吗？
刘　芳	往哪儿转啊？
高山娘	后面高山顶有个大岩洞，我俩上那儿养伤去！伤养好后，继续抗日……

〔高山娘背着刘芳，挽着大布袋，走出庙门，回头看了看，朝后山石阶，一个石阶一个石阶地艰难地

缓慢地向高处爬去,凄美的身影在绿树掩映中时隐时现……
〔主题歌起:
〔主题歌根据高山娘背刘芳亦步亦趋艰难跋涉的脚步,时而高亢、时而激昂……

  巍巍大工山,
  高耸入云端。
  中国的红土地,
  绝世好江山。
  承载好民族,
  屹立天地间。
  人民保卫它,
  永不受侵犯。

〔大幕随歌声关闭。
〔灯暗。

—剧终—

时代号角篇

彩虹湾

时　间：新时代。
地　点：彩虹湾大酒店门前。
人　物：
杨　总——广东某企业总经理。
何　总——女，本地彩虹湾大酒店总经理。
李　总——本地某企业总经理。

〔幕启：彩虹湾大酒店门前，鲜花簇簇，翠竹丛丛。

有石桌、石凳、藤椅、皮凳等摆设。

〔杨总拖着行李箱，兴致勃勃上。

杨　总　（唱）离乡十五年归乡急，
　　　　　　　家乡变化太神奇。
　　　　　　　条条道路宽又直，
　　　　　　　纵横交错各东西。
　　　　　　　小楼别墅一排排，
　　　　　　　座座高楼如林立。

　　　　　红白蓝绿轿车多，
　　　　　井然有序车流急。
　　　　　河水清清泛碧波，
　　　　　绿树葱葱柳依依。
　　　　　今回家乡看兄弟，
　　　　　但愿人与风景两美丽。
　　（感叹地）彩虹湾呀，彩虹湾，在外游子终于又踏上你这片神奇的热土了。人说广东发展快，我看家乡发展也很快呀！党的政策好，人民奋发干，全国各地都发生了翻天覆地的变化。（指房）这是多高级的大酒店呀！（指杆上标牌）这条路通往彩虹湾飞机场，（感慨地）家乡都有飞机场了……祖国的变化，真是万马奔腾，一日千里啊！
　〔李总急匆匆上。
李　总　（唱）杨总在广东做药企，
　　　　　我俩好比亲兄弟。
　　　　　多年没有见过面，
　　　　　见面肯定要流涕。
　　　　　他去广东我未送行，
　　　　　歉意每每挠心底。
　　　　　他这次回来看望我，
　　　　　要好好款待表心意。
　　　　　我要叫他吃得开心住得满意，
　　　　　不失我们兄弟一场好情谊。
　　杨总杨总！（迎上前去拥抱流涕）好想你呀，兄弟！（擦擦眼睛打量）十五年啦！时光荏苒，青春不再啰！你走的时候，青丝缕缕，皮光肉嫩，可是，今天回来，也皱纹些许，两鬓间白啰！别说人的变化多大，就说家乡建设，十五年前你离开彩虹湾的时候什么样，现在什么样，变化大不大？

杨总　家乡的变化太大了，让我惊喜不已……

李总　是呀！

（唱）广东发展得很快，
　　　家乡发展也不赖。
　　　广东收入都很高，
　　　家乡收入也不孬。
　　　广东高楼连成片，
　　　家乡高楼也不少。

李总
　　　（合唱）多亏党的政策好，
杨总
　　　　　　　祖国大地尽妖娆。

李总　杨总，你多年不回来，这次回来看我，吃喝住行费用，兄弟我全包了。喏，住就住在彩虹湾四星级大酒店，包一间高档房间，如何？

杨总　高档房间多少钱一晚？

李总　不贵，两千。

杨总　（舌头一伸）还说不贵？我不论出差还是开会，从来没有住过每晚二百元以上的房间。

李总　杨总，你和我是什么关系呀！从小一条河沟里抓泥鳅，一条田埂上掼泥炮，一个草堆里捉迷藏，从穿开裆裤到今天的西装革履，哪一点不像兄弟俩？不是一娘所生的亲兄弟，却胜似一娘所生的亲兄弟呀！你这次回来看我，我能不受宠若惊吗？我能马虎吗？（朝酒店大喊）何总！

何　总　（内应）哎！（出来见是李总，脸马上阴了下来）是你？！

李　总　何总，这位是广东大企业的老总，是我亲如手足的好兄弟，你把你那个高档房间开一间。（耳语）记我账。

何　总　对不起，高档房间没有了。

李　总　你不是有三个高档房吗？

何　总　三间都住满了。

李　总　你那个高档房从来都没有住满过，今天住满了？别糊弄我，腾一间出来给杨总住。

何　总　不行。

李　总　腾一间不行？

何　总　一间也不行。

李　总　真不行，还是假不行？

何　总　真不行。

李　总　你这么寡情？

何　总　不是我寡情，而是你……

李　总　你能有今天的辉煌，也有我一份功劳哇！

何　总　别说什么"功"呀"劳"的，你有功，但也有过，过比功大，你说你还有什么？

李　总　再给我一次面子吧？

何　总　不能给了。

李　总　你这不是寡情，而是绝情了。妇道人家，做事这么绝？（恼火地）除了你这个张屠夫我就不吃肉了？东方不亮西方亮，此处不留人，自有留人处。我找中华大酒店去。（端椅给杨总）杨总，你在这儿坐

一会儿，休息一下，我马上回来。（悻悻而下）

何　总　（走到杨总面前）杨总，听说你是广东回家乡的远道客人。我对李总这样说话，真有点对不住你！

杨　总　是呀，和气生财！

何　总　其实，李总也是好人，我这酒店能有今天，他有一份功劳，一点也不夸张。

杨　总　你这酒店高档房间一间没有？

何　总　不瞒你说，三间都是空的。现在生意难做，哪能住满呢？

杨　总　那你为什么说住满了？

何　总　这也是出于无奈呀！

　　　　（唱）李总做人很仗义，
　　　　　　　说话做事都大气，
　　　　　　　尽职责为人恪守礼，
　　　　　　　不负朋友负自己。

杨　总　这是一个人的美德呀！

何　总　（接唱）塘坝也会有干涸，
　　　　　　　　稠粥越捞越变稀，
　　　　　　　　家里米缸剩无几，
　　　　　　　　竭泽而渔何为继？

杨　总　（有所悟）啊！

何　总　（接唱）外面朋友尤其多，
　　　　　　　　朋友吃喝来往密，
　　　　　　　　光在我酒店消费的钱，
　　　　　　　　二十万元都不止。

杨　总　（惊）这么多？

何 总	比我还要多的……（对杨总耳语）
杨 总	（急得站起来）差银行四百万？
何 总	杨总，我在你面前讲了李总这么多不是……不中听吧？
杨 总	中听。你讲得好哇！否则，我……（转念）贵店有二百元一晚的标准间吗？
何 总	有哇！
杨 总	（沉稳地）这样吧，李总是个十分自信的人，性格要强，热情好客，这是他非常可贵的一面。为了不伤害他的自尊心，开一间二百元一晚的标准间给我住。李总要问起来，你就撒个善意的谎，就说腾一间高档房间让我住了。晚餐看人再定。款子由我支付。这个"谎"别向李总点破。这样，既保留了他的脸面，你也挽回一点朋友情谊。好吗？
何 总	这样好吗？
杨 总	好。这样安排，李总以为我真的住上了高档房间，他会对你心存感激，也可以消除对你的疑虑。
何 总	你是为我好，我一定照你的话去做。标准间早就收拾干净了，你去休息休息。（帮杨总拉行李箱入屋）

〔李总气冲冲上。

李 总	老话说，人弱怂被人欺，马弱被人骑，虎落平阳被犬欺。呸！
	（唱）我到中华酒店的店堂，
	声称要间高档房。
	指示牌上明明有，
	老板却说卖精光。
	我说能不能腾一间，

他说可以要现洋。
　　我低声求他行方便,
　　他虎下脸来"不赊账"。
　　以往都是好朋友,
　　赊着欠着也无妨。
　　自我戴上"老赖"帽,
　　朋友也把朋友防。
　　难怪他今天反常态,
　　冷眼相对无商量。

我再次厚着脸皮哀求他说,我广东药企老总回家乡考察,不住一间高档房间我过意不去,恳求他方便一下。他说,我方便你,你方便我了吗?你欠我账达二十多万,你有能力还吗?你企业要倒,还想把我大酒店也带倒吗?说完,把门"砰"地一关,离开店堂。我迎上去说话,他却不理我。

(接唱)我忍气吞声走出来,
　　　　双眼泪水唰唰淌。
　　　　堂堂正正总经理,
　　　　怎会落得如此下场?
　　　　欠他的钱挂他的账,
　　　　我就像小鬼见太阳。
　　　　人生在世穷不得,
　　　　一穷矮人半尺长。
　　　　待我一朝有钱时,
　　　　手指就点他的臭鼻梁。

(抹抹眼睛,鼓鼓勇气喊)何总!

何　总　哎，李总。

李　总　杨总人呢？

何　总　我安排杨总在休息。

李　总　是高档房间吗？

何　总　你的话我敢违背吗？

李　总　咳，还是何总够朋友！到底是大酒店的老总，有大气派！（忽想起）何总，杨总在高档房的东房南房还是西房？

何　总　（一时答不上）是东房吧？

李　总　怎么是"吧"呢？

何　总　南房……

李　总　南房，我去找他。（欲走）

何　总　可能是西房……

李　总　到底是哪个房？

何　总　杨总在休息，找他干什么？

李　总　我要问问他，住得可舒服、满意不满意！（欲入屋内）

何　总　（阻止）哎哎哎……

李　总　去看看杨总住哪一套房间。

何　总　（无奈地）他不在高档房……

李　总　你为什么不把杨总安排在高档房？

何　总　不就是一个杨总嘛，什么大人物值得你这么款待？

李　总　他是我最最要好的兄弟，是广东有名气的企业家。十五年未回家乡，首次回家乡住一间高档房还不应该吗？

何　总　他是你兄弟也好，亲戚也罢，你款待人家我没意见，拿我的宾馆做人情，我才不干哩！

李　总　　人不死债不烂，欠你的钱不都是要还的吗？

何　总　　你已经欠我二十多万了，我这个店能值几个二十万呀？

李　总　　那——

何　总　　住可以，要现钱。

李　总　　没有现钱不开单？

何　总　　少一个角子也不开。

李　总　　这么硬？

何　总　　这么硬。

李　总　　（深深叹口气，无奈地掏出手机）喂，刘会计吧，你在财务上拿四千元现金送到彩虹湾大酒店来。什么？财务账上没有钱，四千元现金都没有？没有。那你到职工食堂吴会计那儿拿四千元现金马上送过来。（对何总）开单吧，钱马上送来。

何　总　　钱到开单也不迟呀！

李　总　　（接电话）嗯，吴会计说，现金有是有四千元，那是职工食堂明天的买菜钱？刘会计，买菜钱你也拿过来送给我。什么？吴会计要我亲自去拿？我去我去。（急下）

何　总　　牛要打，人要逼，不逼他会拿钱吗？

李　总　　（急上，把钱往何总手中一拍）我李某人还少了你的钱吗？给，四千元。（又兴奋起来）晚宴还是两千档次的。我要把八大公司老总都请来，好好陪陪杨总，热热闹闹，一醉方休。

杨　总　　（急出门）李总李总，千万别客气，八大公司老总来陪我，我也担待不起呀！

李　总　　杨总，你是什么人物？对我们本地小企业来讲，你就是领军人物啊!

杨 总　过奖过奖。这么多年来,我从没有享受过什么高档餐饮,你还是不要请他们来。

李 总　不、不。这八大公司老总都是我的老铁哥,他们来了,场面会更热闹,也好体现体现乡亲们的一片热情,现在就打。(掏出手机)喂,你是金悦公司胡总吧,广东药企杨总十多年来第一次回家乡,我为他接风,今晚邀请你来陪杨总多喝几杯……啊,晚上有事没时间?(摇摇头又拨手机)喂,迪派公司黄总吧,今天广东药企老总回家乡考察,我做东,请你过来陪客。啊?晚上要打麻将?没空?(又拨手机)喂,你是木业公司方总吧,广东药企老总回家乡考察,我做东,请你过来陪陪客人……啊?(拍拍手机)电话挂断了?怎么一句话没讲,就挂断了?唉!这个方总,连我的电话都敢不接?(茫然地看着手机,生气地又拨)……

杨 总　李总,不要拨了。

李 总　怎么不拨呢,我兄弟首次回乡,我为他接风洗尘,总要找几个有脸面的朋友陪陪呀!我来找纸业公司的江总,他是我朋友中最要好的朋友,他不会不给我面子的。(拨手机)喂,江总吧,我来了一位大客人,广东药业老总回家乡考察,他是我比亲兄弟还要亲的兄弟,晚上我做东,请你来陪陪客人……喔,没空?要带孙子逛街?来吧来吧,带孙子叫老婆去带……又挂断了。(沉思)唉!

杨 总　不要拨了,再拨也……

李　总　哼！以前都是呼风唤雨的朋友，今天怎么悄无声息了？（不解地）啊？啊？

杨　总　李总，在我看来，甘蔗不甜，节里有窍啊！

李　总　（心虚地）没有窍，没有窍。

杨　总　有几个是铁的？

李　总　刚才电话讲的八大公司老总都是铁哥。

杨　总　那他们怎么不来？

李　总　（叹口气）唉，一言难尽。说句心里话，我认为多个朋友多条路。可事实并不像我所想，他们各有所思，各有所图……

杨　总　你说对了。人，都是有利益追求的，有利追之，无利弃之。家乡人如此，广东人也如此啊！我举个例子，在我厂附近有家工厂，他的老总就是因为朋友多，吃亏匪浅……

　　　　（唱）原想朋友越多路越宽，
　　　　　　　后来朋友多了成负担。
　　　　　　　吃喝玩乐心散漫，
　　　　　　　思维越惰身越懒。
　　　　　　　生产计划他不做，
　　　　　　　质量检查他不管。
　　　　　　　他厂你店乱转悠，
　　　　　　　打牌下棋尽情玩。
　　　　　　　工厂到了瘫痪时，
　　　　　　　他才如梦方醒坐不安。
　　　　　　　此时已经遭清算，
　　　　　　　宣布破产把门关。

　　　　　　大树一倒猢狲散，
　　　　　　朋友把他丢一边。
　　　　　　他大哭大号呼苍天，
　　　　　　世事无情悔恨晚。
　　　　李总，在广东，我看到家不当家当，事不当事做，负责人不负责任，这样的例子不少哇！明是朋友，暗是竞争，有几位朋友希望你比他高呢？

李　总　杨总，你说得对，有几位朋友希望我比他们做得好呢？垮了他们才暗暗高兴哩！

杨　总　你也不要责怪朋友，你左右不了他们，责怪有何用？但你唯一能做到的就是你自己能左右自己。经营上失利，要在自己身上找原因，查病根，自己给自己动真格地脱一次胎，换一次骨……

李　总　对对对，听君一席话，胜读十年书哇！你的话，正切中我的肺腑啊！
　　　　（唱）我深刻反省我自己，
　　　　　　作风漂浮不实际。
　　　　　　上上下下跑关系，
　　　　　　勤于交往荒于嬉。
　　　　　　工厂无心去管理，
　　　　　　质量检验不严厉。
　　　　　　产品销售成难题，
　　　　　　公司面临半倒闭。
　　　　　　员工薪酬不兑现，
　　　　　　银行贷款还不起。
　　　　　　讨债要钱人不离，

    我只有打躬作揖求延期。

    上个星期五，银行对我宣布"失去诚信"，戴上"老赖"的大帽子。杨总，我从一个堂堂的老总怎么一下就滑向"老赖"这个深渊了呀？我真是罪该万死，无地自容啊！（大哭）喔喔喔……

杨　总　你滑到了这种地步，为什么还要请我住高档房间、吃高档餐呢？

李　总　（抹抹泪）人，总是有感情的嘛！不能说有困难就毁了情谊呀！我是那种人吗？今天你杨总回乡看我，我砸锅卖铁也要好好款待款待你呀！再说，豆腐店倒了，架子在；财产倒了，人的志气在……

杨　总　志气在就好……

李　总　（抢说）我想，人混烂了，人家瞧不起你也正常，我能理解。谁叫你不争气呢？但我，倚歪就歪，瘫倒就放瘫。我绝对不会那么做。我只要有口气能呼吸，我就不服输！

杨　总　对，人就要有股不服输的劲头……

李　总　（抢说）我比谁少手少脚了？我比谁笨多少哇？从头再开张不是人干的吗？杨总，我李某人从小就有这股倔劲……

杨　总　好哇！你这股倔劲十分宝贵。有这股倔劲，就能起死回生。不经风雨磨炼，哪有彩虹出现？

李　总　（抢说）我听说你今天要来看我，我激动得一晚上没睡好，我想我在兄弟面前，不能有个孬样子，一定要是个和以前一样的风光汉子。财倒了，人不能倒，志气不能倒，精神不能倒，不能给兄弟丢脸……

杨总		（激动地一把握住李总手）对对，兄弟，好样的，有骨气……
李总		我卖车卖房住狗窝，也要从跌倒的地方爬起来……
杨总		不必了……你等等……（急忙进入屋内）

〔何总上。

何总		刚才，李总工厂职工食堂吴会计打来电话，说这四千块钱是职工食堂明天的买菜钱，职工的活命钱……说得我泪水涟涟。我陡然自责起来，我怎么一下变得这样心狠手辣……

　　（唱）我的做法太残忍，
　　　　　硬逼李总交现金。
　　　　　四千元是食堂买菜钱，
　　　　　四千元能解职工的饥。
　　　　　难道只顾我要钱，
　　　　　不管职工生死情？
　　　　　我怎能乘人之危把钱逼？
　　　　　我怎能落井下石残害人？
　　　　　快快将钱退李总，
　　　　　叫他回厂安人心。
　　李总，刚才我跟你开玩笑，谁要你交现金哩！我现在把钱退还给你，你去还给职工食堂……

李总		情况你知道了？
何总		都知道了。给！

〔杨总拖行李箱自屋内出。

杨总		（从衣箱掏出一张银行卡）兄弟，这是我一张五百万元的银行卡，拿着吧！

李　总　　杨总,你打死我,我也不能要你这张银行卡呀!
　　　　（唱）经营有错自反省,
　　　　　　　自酿苦酒自己饮。
　　　　　　　再大责任自担承,
　　　　　　　不能无辜连累您。
　　　　杨总,无论如何,我不能要。

杨　总　　我的好兄弟,你还记得吗?
　　　　（唱）十五年前的一个春天里,
　　　　　　　我的工厂奄奄一息。
　　　　　　　你拿出一百万元支票,
　　　　　　　硬是塞在我的衣兜里。
　　　　　　　你说兄弟别灰心,勇在船头立,
　　　　　　　时来运转会在业界扛大旗。
　　　　　　　谁能保证,创业路上一直春风得意?
　　　　　　　谁能保证,前进道中没个马失前蹄?
　　　　　　　你还说,兄弟不救谁去救?
　　　　　　　该救急时为何不出力?
　　　　　　　铮铮之言让我百感交集,
　　　　　　　暖心之语让我痛哭流涕。
　　　　　　　兄弟大义让我信念再起,
　　　　　　　兄弟大义让我看到人间希冀。
　　　　　　　我怀揣百万远走广东异地,
　　　　　　　在政府支持下办起了药企。
　　　　　　　踏实苦干不分白天黑夜,
　　　　　　　勤俭节约一分半文都珍惜。
　　　　　　　卧薪尝胆生命融入工厂里,

　　　　　小心翼翼生怕老骥再失前蹄。
　　　　　一步一脚印付出百般努力，
　　　　　长的是业绩瘦下来的是身体。
　　　　　十五载的心血十五载的汗水，
　　　　　才换来今天的一片新天地。
　　　　李总，我能有今天，首先要感谢的就是你这个大恩人哪！

李　总　钱你不都如数还了嘛！我只不过给你周转周转，算什么恩人？

杨　总　你看是周转钱，可我看是救命钱呀！没有你那一百万元做基础，我能发展起来吗？（将李总的手捏住，把卡往他手中塞）拿着。

李　总　（不肯地）这这这……

何　总　李总，你是好人，好人有好报，好报来了（将杨总未塞进去的卡拿过来，塞在李总手中），你就拿着。

杨　总　兄弟，你拿着这张卡，明天就办。先把银行贷款一分不少地还上；剩下来的钱，再把大大小小欠账，一家一家分文不差地付清。挽回你的诚实信誉，重塑你的人格魅力。我马上打电话回公司，叫财务部再打五百万元到这张卡上，帮你重振企业雄风。我再留下来一个月，帮你找找原因，理理思路，想想措施，定定制度，一定让你这个企业焕发光彩，重铸辉煌！

李　总　（唱）拿着兄弟这张卡，
　　　　　　　心潮澎湃且无话。
　　　　　　　拿着兄弟这张卡，

热泪盈眶泪不洒。
　　世间真情我悟化,
　　千头万绪搂一把。
　　狠跺三脚决心下,
　　辉煌重铸开新花。
　　待到彩虹高挂时,
　　远迎杨总再接驾。

(激动地拥住杨总)好兄弟!

〔追光打在他俩身上。

〔幕后合唱:

　　彩虹湾,彩虹湾,
　　彩虹湾人踔厉干。
　　争先恐后创前程,
　　彩虹湾里春满园。

〔在欢快优美的歌声中,内现道道彩虹……

〔天幕徐徐推出剧名《彩虹湾》。

〔灯暗。

—剧终—

总裁的格局

时　间：新时代。
地　点："红印戳"品牌服装有限公司。
人　物：
张红印——女，五十岁，"红印戳"品牌服装有限公司总裁。
王　总——男，四十多岁，"红印戳"品牌服装有限公司总经理。
陈小梅——女，三十岁，新入职女工。

〔幕启：总裁办公室。正中悬挂本公司"'红印戳'著名商标"图案的匾额。左边书有"产品格局中显大势"，右边书有"人品细微里见真情"，匾额上书有"初心永驻"。办公室一侧是办公桌、文件橱，另一侧是沙发、茶几、盆景等。

〔张红印坐在办公桌前皮椅上，沉思良久，站起来感慨抒发——

张红印　（唱）人生在世有几何，
　　　　　　　身历坎坷何其多。

十年前,我就将头把椅儿坐,
看是"皇冠"其实是块石头磨。
虽说创出名牌"红印戳",
饱含几多汗水几多愁。
人在椅上端端坐,
心却在盘算下一着。
经营企业如下棋,
一着失算全盘错。
处处是坑,
事事用谋。
市场博大如烟云,
云卷云舒无定笃。
幸亏厂里有王总,
大事小事一把握。
我放心大胆让他管,
省我厂内思考和运作。
不过他也有缺陷,
遇事心急好发火……

〔陈小梅上。

陈小梅 (唱)王总对我打压太厉害,
我不得不来找总裁。
人都说,总裁态度很和蔼,
员工都是她的爱。
真假虚实无须猜,
立马就去拜总裁。
(哆哆嗦嗦地进门)张总裁,你好!

张红印　　你是……

陈小梅　　回张总裁,我是缝纫工区八组九机机工陈小梅。

张红印　　有事吗?

陈小梅　　我有一事,请示总裁。

张红印　　说吧!

陈小梅　　(唱)我是附近农村陈小梅,
　　　　　　　　今年刚满三十岁。
　　　　　　　　公婆年迈儿女幼小丈夫又残废,
　　　　　　　　一家六口全靠我一人主外又主内。

张红印　　这种情况,你怎么能到我们厂来上班呢?

陈小梅　　(坚定地)能。
　　　　　(唱)我精心设置巧排难,
　　　　　　　　挤出八个小时来上班。
　　　　　　　　挣点工钱养家口,
　　　　　　　　为镇里村里减负担。

张红印　　你能坚持八小时上班不请假吗?

陈小梅　　张总裁——
　　　　　(唱)就为这事央求你,
　　　　　　　　替我秉公解难关。
　　　　　　　　那天婆母住医院,
　　　　　　　　我申请告假三五天。
　　　　　　　　王总大声一吼不准假,
　　　　　　　　老脸一黑去不还。
　　　　　　　　我气得不假而去就五天,
　　　　　　　　王总开除我为哪般?

张红印　　王总说开除你?

陈小梅　　（唱）王总拍桌当着众人面，
　　　　　　　　今天就叫我离车间。
　　　　　　　　干了两个月挣的钱，
　　　　　　　　分文不发抵罚款。

张红印　　（惊）有这事？

陈小梅　　（接唱）总裁莫信我一面词，
　　　　　　　　我可与王总面对面。

张红印　　（同情地旁白）在我这个工厂里还有这样的员工？王总为什么要开除她？她家有什么情况？我得先摸摸清楚。（对陈小梅）你家住得远吗？

陈小梅　　不远，走几十条田埂就到。

张红印　　我能到你家去看看吗？

陈小梅　　不行不行。

张红印　　为什么？

陈小梅　　我家太脏了，人都不像样，总裁你看了会……

张红印　　我想看看你家是什么样儿，人好人差我都不嫌弃。

陈小梅　　（思索）好吧！我带路。（陈小梅领张红印下）

〔王总不悦地上。

王　总　　（唱）陈小梅太没员工样，
　　　　　　　　上班三来三不往。
　　　　　　　　今天我决定开除她，
　　　　　　　　她又哭又闹去告状。
　　　　　　　　你去告状也枉然，
　　　　　　　　我决心已下不彷徨。
　　　　　　　　随你上天入地告，
　　　　　　　　不叫你走人我不姓王。

（敲张总裁办公室门）张总裁！张总裁！（无声）也不知她去哪儿啦！等会儿再来……（话没落音，张红印从外边走来，躲一边等待）

〔张红印心情愉悦地上。

张红印　（唱）陈小梅这人不寻常，
　　　　　　　从早到晚两头忙。
　　　　　　　一家六口老和小，
　　　　　　　所有重担一人扛。
　　　　　　　镇上村里经常帮，
　　　　　　　日日挣扎在脱贫线上。
　　　　　　　挤时间打工挣些钱，
　　　　　　　给家庭生活作补偿。
　　　　　　　我佩服她对家有责任心，
　　　　　　　我佩服她做事干练有主张。
　　　　　　　我佩服她善良又勤劳，
　　　　　　　我佩服她勇敢又坚强。

〔王总迎上。

王　总　总裁，你从外面回来啦？
张红印　我刚去陈小梅家走了一趟。
王　总　总裁，陈小梅来你这里啦？
张红印　来过。
王　总　她是来告我状的吧？
张红印　别把事情说得那么可怕，什么告状？她来反映你今天要开除她，有这事吗？
王　总　有。我就是为这事来找你的。
张红印　说吧！

王　总　（唱）陈小梅这人真难缠，
　　　　　　　两月来错误不间断。
　　　　　　　我批评她一句话，
　　　　　　　她对我回嘴再三。
　　　　　　　我再多讲她几句，
　　　　　　　她哭着闹着连骂带咒多半天。
　　　　　　　我没有办法管住她，
　　　　　　　今天我叫她滚回家园。

张红印　她顶撞你一回了？

王　总　岂止一回？不说十回，五回总有吧！

张红印　王总，别生气，陈小梅是我们厂员工，做领导的对她应该原谅点。

王　总　原谅？新员工刚入职肯定有些不熟悉，手脚不麻利，我跟她讲了多少回，她听吗？八号机工手把手教她几天，她脱手就出错。心不在焉似的，老断线，老停机。几天做了一百多件次品、废品，损失就有两万多。我看她是新来的，没多追究。可是，我批评她几句，她就跳脚骂我是黄世仁啦，包工头啦！我也不跟她一般见识，平平心算了……

张红印　算了算了，你是领导，她是员工，有什么好计较的？

王　总　可是，她不是一般违规，两个月违纪五次，我又不能批评她，怎么办？我这个总经理连一个女员工都管不住，留她在厂里做反面教员呀！

张红印　（笑）堂堂一个总经理，能管住全厂五百号人，却管不住一个女员工？

王　总　（无奈而气愤地）管不住。

张红印	（规劝）王总，你谦虚了。依我看，你能管住一个大工厂，也一定能管好一个人。陈小梅为什么这样难管，她背后有什么难处，心里有没有什么憋气的地方？我们做领导的应该帮她梳理梳理。
王　总	我梳理她干什么？五百号员工，谁家没有心事在心里闹着？心里闹着就到工厂找领导发泄？我们工厂，人员多，任务重，时间紧，压力大，能让她闹吗？
张红印	不能让她闹，这是对的。可是她为什么闹，我们要摸摸她的脉络。我刚才去她家走了一趟，她家生活困难是蛮大的……
王　总	（抢话）困难大，何必来上班？待家里不就得了……
张红印	王总，话不能那么讲——

（唱）这个女人不一般，
　　　做事泼辣身不凡。
　　　敢于领先不服输，
　　　困难面前肯登攀。
　　　这也是她的闪光点，
　　　不足之处会改变。
　　　我们把眼光放远点，
　　　浪子回头金不换。

王　总	哼，还金不换？

（唱）普通女人比她雅，
　　　能力不行但听话。
　　　听话女人好指挥，
　　　你指到哪她到哪。

可她总是反着来，
把领导问话当找茬。
这样的女人难驯服，
循循善诱也白搭。

别的不说，就拿她最后一次错误来说，也就是前几天——

（接唱）她说婆婆住医院，
需要请假三五天。
工区班长没同意，
来到我处就申冤。
我说班长不批有道理，
满负荷生产抢时间。
每台机子加班又加点，
停一台损失就几万元。
她不理不睬拔腿跑，
不辞而别整五天。

〔陈小梅内喊：我没钱吃饭了！（稍停静听）……

陈小梅	（上）王总，你在总裁面前告我的黑状吧？
张红印	陈小梅，王总是来反映厂里生产情况，没有告你什么黑状。
陈小梅	没有告我黑状？怎么说我不辞而别整五天？
王　总	我就是对张总裁说你不辞而别整五天，也是事实嘛，怎么叫告黑状？
陈小梅	（唱）婆婆脑梗住医院， 家中无人去陪伴。 只有我是身手全，

　　　　　我不照看谁照看?
　　　　　我找班组工区去请假,
　　　　　都说请假条子不能签。
　　　　　各级领导扪心问,
　　　　　婆婆住院我这儿媳管不管?
　　　　　若不管我这副心肠怎能安?
　　　　　若要管不批假条怎么办?
　　　　　所以我无奈之下奔医院,
　　　　　先把孝道尽在前。
张红印　陈小梅你做得有道理,但不对。因为我们是工厂,工厂有任务,有时效,一台机子一个人,如果领导批假了,他就会重新安排人,歇人不歇机。你不辞而别,领导不知道,没有安排,机子空下来,分配到机的任务就缺一块,全厂任务就完不成。王总讲得对,无论如何不能不辞而别,这是纪律……
陈小梅　(抢话)我怎么叫不辞而别?我从班组工区直到王总那儿,一级一级请假,他们就是不批,我走了,叫不辞而别吗?
王　总　(气愤地)强词夺理,领导没批你就擅自走人,无组织无纪律……
陈小梅　你们说说,是我婆婆人重要,还是你们任务重要?
张红印　当然人重要。
陈小梅　既然人重要,在你们坚持不批假条的情况下,我心急万分地走了,那怪谁呢?
王　总　厂有厂纪,班有班规,什么假能批,什么假不能批,是根据生产任务来决定的,不是你想走就能拨

	腿跑的。工厂,不是你家小菜园子。
陈小梅	工厂,是不是我家小菜园子,但特殊情况就不能特殊办一下吗?
王 总	你请假的时候,正是工厂任务最吃紧的关键时刻,耽误了交货期,是要重重罚款的,那当口,恨不得一人当两人用,你能撒腿就跑,五天不见面吗?
陈小梅	你不管我活,我就不管你……
王 总	(气得跳起来)太无理了!你、你、你回家去,你从现在起,被开除了。
陈小梅	哪有这样当总经理的?一天到晚就挥动"开除"大棒,谁做得不对,谁顶撞了你,你就要开除谁,应该吗?
王 总	没有什么应该不应该,你走人!
陈小梅	走人?今生今世我就是你们厂的人,想开除我……没门。
王 总	(气得再次跺脚)总裁,你看你看,这样的员工还能要吗?
张红印	陈小梅,你这张嘴是够不饶人的,以你这种行为,开除你不为过,够条件,也在理。但我的想法是,凡是加入我们厂成为员工,就是一家人,就是我们兄弟姐妹,有什么问题慢慢解决,何必开除人呢?
陈小梅	开除不开除,权力在你们手中。(提高嗓门)但是,不管怎样,要把我两个月做的工钱全给我,那是我劳动所得。
王 总	你给工厂造成两万多元损失,你两个月工钱不够抵扣,还好意思来要工钱?
陈小梅	我做工不要工钱要什么?我来厂两个月,一分钱没

	发过。我从家带的一千元花光了，今天中午就没钱吃中餐了。我到总裁这儿来，就是要钱买中饭吃。
张红印	我从你家看望回来，顺便到财务部过了一趟，特地问了你入厂以来共做了多少工钱。财务人员告诉我，你共做一万四千八百五十元，如果如数罚款，你还差六千多元……
陈小梅	那还要罚我一个月工钱？
张红印	不罚了。不但不罚，还要把两个月工钱全发给你……
陈小梅	真的？
王 总	不可能。
陈小梅	总裁说发，你说的不算。
王 总	总裁说发也没用，财务电脑里罚款已入账，无法更改了。
张红印	陈小梅，不要跟王总顶撞了。（从自己办公桌抽屉里拿出钱）喏，我已为你数好了。一万四千八百五十元，拿去吧！这是你劳动所得。
王 总	总裁，你？
张红印	（对陈小梅）拿去吧！从今天起你要好好干啊！
陈小梅	（高兴地接钱）总裁，从今往后我一定好好干。做更好的自己。（转身下）
王 总	总裁，我不知道你是有意还是无意，我把她一万四千八百五十元扣作罚款入账了，你却把钱发给了她……
张红印	（若有苦衷地）王总，你别介意。
王 总	我能不介意吗？我按照厂里规定，把她工钱作为罚

款扣下了。你却当着我的面把工钱一分不少地发给了她，这不是当着她的面打我脸吗？员工这样无理取闹，我惩罚她，你却护着她，若别人都跟她学，我怎么往下干？

张红印　我不是护着她，是激励她……

王　总　还激励她？你怎么不奖励她呢？你要嫌我干总经理不行，就直率地跟我讲，别绕着弯子捉弄我。（大声地）我是被人捉弄的人吗？

张红印　（欲说话，被王总抢话）我……

王　总　（气得不行）你再不要弯弯绕了，不要你开口明说了，我自己打辞职报告去。（急跑下）

张红印　（急追）王总、王总！（未追上，转过身来）
　　　　（唱）王总王总你心太急，
　　　　　　　误会了我的好心意。
　　　　　　　陈小梅在场我不便说，
　　　　　　　走后你只管发脾气。
　　　　　　　我心中有话对你讲，
　　　　　　　没有机会来提起。
　　　　　　　你气得拔腿就跑下，
　　　　　　　八头牛也拽不回你。
　　　　（坐下）人哪，无论是亲戚朋友，还是领导员工，都有被误会的时候，一误会，三句话不合，就崩盘。人性太脆弱了。王总这个人，管理能力很强，他当总经理八年来，生产效益、产品质量节节高；在创名牌的道路上功不可没。就是这样一位工作上的好搭档，就为我给陈小梅发两个月工钱，气得要和我分道扬镳……（苦笑笑，惋惜地）发展"红印戳"怎能没有你？

〔王总气呼呼地上。

王　总　（把手中一张纸抖得哗哗响，往张红印桌上一放）总裁，不干了，这是我的……

张红印　（笑道）嗬，还真写了这个？

王　总　（讥讽地）人家不要我，我还不自觉一点，等人家开除我，那我就太不识趣啰！

张红印　（旁白）这个王总，我看他有股骄气，此时想拧我一把，我也来反将他一军，杀杀他的骄气。（对王总）王总，你别拿捏我，你若敢把辞职报告往前推一尺，（佯怒拿起笔举着）我就签字，叫你走人。（催促地）推呀！叫你推嘛！

王　总　（假笑，怂了下来）张总裁，我也猜出来你不会签。我老王跟你后面干了八年，协助你把一个普通牌子提升到了全国著名商标的品牌，没有功劳，也有一点苦劳吧！

张红印　你拿辞职报告来敲打我、来拿捏我是吧？我实话告诉你，我今天弄不好还真要签你的字。你难不倒我，你后面的三位副总，随便提拔谁上来顶你那角色，都顶呱呱的……

王　总　总裁，我……

张红印　（唱）你的努力我清楚，
　　　　　　　　三千天来进和出。
　　　　　　　　风雪霜雨无缺席，
　　　　　　　　来去匆匆不停步。

　　　　　　这个工区那班组，
　　　　　　一针一线亲目睹。
　　　　　　稍有瑕疵不放过，
　　　　　　质量大关严把住。
　　　　　　八年创出大品牌。
　　　　　　你第一个记上功劳簿。
王　总　　哪里哪里，过奖过奖！
张红印　　（接唱）我们只是动动嘴，
　　　　　　　下面员工最辛苦。
　　　　　　　早上七点来上班，
　　　　　　　干到傍晚才回去。
　　　　　　　整天坐在机边守，
　　　　　　　目不转睛全贯注。
　　　　　　　一针一线按图走，
　　　　　　　横直弯扭不马虎。
　　　　　　　如有一针没到位，
　　　　　　　又要返工重新补。
　　　　　　　若做几件次废品，
　　　　　　　另加罚金当月除。
王　总　　那是必须，不然谁还小心去做活？
张红印　　（接唱）员工生活累和苦，
　　　　　　　要细心揣摩和关注。
　　　　　　　工厂就是员工的家，
　　　　　　　员工就是工厂的主。
　　　　　　　没有他们付出的苦，
　　　　　　　何来工厂的好前途？

养人要养人的心,
人心顺了百疴除。
员工所有积极性,
我们应该去呵护。
如果大小有点错,
也别大吼来吓唬。

王　总　　不就是一个陈小梅吗,我吓唬谁啦?

张红印　　我觉得陈小梅人品不错。上午,我到她家去看望,发现她家的确很穷,老的老,小的小,残的残,我把随身带的两千块钱送给她,改善一点生活。可是,陈小梅就是不接,她说我只要我劳动所得,其他什么钱一分不要。我递给她婆婆,婆婆不接;递给她丈夫,丈夫不要;递给幼小的孩子,孩子也节节退让,不接。我觉得这么一家人,虽然穷,但有骨气。我很受感动,回来……

王　总　　(抢话)回来就把财务部账目改掉,把罚款退出来,发给了她,是吗?

张红印　　(浅浅一笑)公司的账目我怎么能改呢?

王　总　　那你发给陈小梅的钱……

张红印　　是我上个月薪水用剩下来的。

王　总　　你私人给她的?

张红印　　她要她的劳动所得,我给她劳动所得,她就没有情绪了。

王　总　　(醒悟地)啊!是这样。

〔陈小梅一边说话一边上。

王　总　　(对张红印)她来了,我去避一避。(进入办公室里间)

陈小梅	（上）总裁，你好！
张红印	（亲切地）有事吗？小梅！
陈小梅	我问你一件事，你是不是为我今天和王总吵架的事，把王总给开除了？
张红印	怎么啦？
陈小梅	王总是个好领导呀！他一天到晚辛辛苦苦忙这忙那，一丝不苟的严肃态度，那都是为我们公司好呀！今天我一时气愤顶撞了他，是我的错，你怎么反而开除他呢？我们员工议论纷纷抱不平呀！（从怀里掏出一张白纸，抖得哗哗响）喏，这是我们工区五个班组四十九位员工联合签名写给你的信，（递信）一致要求挽留王总。请你请你……
张红印	（接过联名信高高举起，激动得热泪盈眶）我、我、我也和你们一样，挽留王总！
陈小梅	（高兴地抱住张红印）没有开除？那太好了，王总是个好领导，我们厂不能没有他！
王　总	（从内屋满脸泪水地跑出来，激动地拥住张红印和陈小梅）陈小梅你也是个好员工，我们厂也不能没有你！

〔三人抱成团扭动、扭动……渐渐演化成大有发展前景的"红印戳"著名商标图案……

〔造型亮相。

〔灯暗。

—剧终—

三 签约

时　间　当代。

地　点　林场场长办公室内外。

人　物

耿长林——男，刚退休的县长。

李场长——男，林场场长。

耿大婶——女，耿长林妻。

〔幕启：崇山峻岭，树木葱茏，绿波碧海，烟雾蒙蒙。近处，各式小楼掩映在翠绿之中，若隐若现，这是林场职工的家。

〔一座半掩半遮的花式小楼，楼下两间亮着明亮的灯，从窗外看去，室内清亮，洁净有序。这是李场长办公室。

〔室外的场地上，花草葳蕤，错落有致；石桌石凳，四周摆放。人称花园式小广场。

〔耿长林上。

耿长林 （唱）退休手续已办清，
　　　　　　昨日卷包回家门。
　　　　　　归家养老太冷清，
　　　　　　找李场长讨点小事情。
　　　　　　我想再当护林员，
　　　　　　劳动量不重也不轻。
　　　　　　协议草稿我拟好，
　　　　　　来找场长去签订。
　　　　李场长！
　　　　〔李场长从办公室走出。
李场长 （热情握手）哟，耿县长，今天又不是节假日，你怎么回家呀？
耿长林 船到码头车到站了……
李场长 凭你这钢板一样体魄，你永远也不会到站呀！
耿长林 是呀，所以我今天向你讨点小事情做做。
李场长 老县长，你是想批评我，还是想扇我呀？你来，就是向我作指示，有什么指示你说！
耿长林 李场长——
　　　　（唱）昨夜我翻来覆去老是想，
　　　　　　辗转一辈子舍不得老地方。
　　　　　　人劝我留在城里把精神养，
　　　　　　我总觉得回到林场最安详。
　　　　　　最后我把决心写在纸上，
　　　　　　吃喝拉撒喜怒哀乐不转场。
　　　　　　一滴汗水一腔热血奉献故乡，
　　　　　　生在林场死也要在林场安葬。

	我下定决心哪里也不去了，像一粒种子今天就下在你这个凼里了，讨点小事做做。
李场长	（笑）老县长别笑话我了，我一个够不上档次的小场长，你还向我讨事做。老县长，有什么指示，直说。你在位听你的，退休了仍然听你的。
耿长林	那好哇！我就直说了，我想讨个护林员当当。
李场长	护林员？老县长别开玩笑了。你如果回家来不想走，场房那边还有一大间房是空的，我稍稍整理一下给你做个办公的地方，你想办什么公就办什么公，场里订的报刊全放你那儿……
耿长林	李场长——

（唱）我原来就是护林员，
　　　横挎腰刀林中旋。
　　　哪里有凼哪有包，
　　　闭上眼睛也能点。
　　　虽隔二十年未进山，
　　　灭火防虫我常查验。
　　　林场与我结下缘，
　　　再回原点作奉献。

李场长，坐办公室都坐厌了，就想当护林员，在老林子里钻钻，回忆回忆青年时代……

| 李场长 | 老县长—— |

（唱）老县长呀这简单，
　　　何须为自己去作难。
　　　早晨起来展身板，
　　　吃过早饭去游玩。

> 趁着阳光正灿烂,
> 展眼去把林场观。
> 年轻曾经走过的道,
> 分着时段走一遍。
> 不便记忆的顺场过,
> 惹你回忆的仔细看。
> 看它变化大与小,
> 评它发展快和慢。
> 发展好的喜心间,
> 发展差的别埋怨。
> 优哉游哉无限乐,
> 哪要签约当护林员?

耿长林 李场长呀,我要有那份闲情逸致,还向你申请当护林员吗?世界这么大,中国这么广阔,哪里没我乐的地方呢?

李场长 对呀,好山好水多得是,你偏要在这个山旮旯里和我这个没出息的人做伴干吗啊?

耿长林 我就是这身骨头烧得很,闲不住,歇不得。要说为国家继续作贡献吧,那说大了;要说不是作贡献吧,申请做护林员又干吗呢?其实,我还真不是为这,就为这把老骨头有个铺排,把它摆布好了,我才有"戏"唱啊!

李场长 老县长,你想唱戏,在县城蹲几十年,那舞台可大呀,什么戏没你唱的?

耿长林 那舞台可不是我这号人登的,我这山窝窝里出身的人,还是在山窝窝里滚爬快乐。

李场长　　那你非要找我不可?

耿长林　　咳,我这泡臭狗屎就要屙在这块田里,你推得掉吗?

李场长　　老县长,我跟你说实话,你一个大县长退休,跑到我这山窝里过晚年太不值啦!我想到城里去,没本事,跑不去,你却光着头往刺窝里钻,这、这、这不是活回去了吗?

耿长林　　(大笑)小李呀,你还真说对了,我就是想活回去。活到当护林员那个时代去。(转题)废话少说,(从衣袋里掏出一张纸)申请书写好了,说明我自觉自愿要求当护林员的,你收好了。

李场长　　(不接受)老县长,你就是写十份申请书我也不能接呀!

　　　　　(唱)场内职工如知晓,
　　　　　　　骂我场长不知天高。
　　　　　　　县里领导若知道,
　　　　　　　批我场长是草包。
　　　　　　　不懂政策瞎签约,
　　　　　　　不问对象乱冒泡。
　　　　　　　到那时,撤我场长职事小,
　　　　　　　违反纪律责难逃。

耿长林　　(唱)你的担心不必要,
　　　　　　　你我签约是公道。
　　　　　　　职工没有理由骂,
　　　　　　　领导更无话题挑。
　　　　　　　谁要胆敢撤你职,
　　　　　　　我与他纪委监察走一遭。

李场长　你是国家干部,与我签合同法律上无效!

耿长林　这你就不懂了,我虽是国家干部,可是,退休之后就是自然人,自然人与法人签约怎么会无效呢?

李场长　不签合同不行吗?

耿长林　也行,但是我不许。我按规矩按条款办事三十多年,条款对我来说是约法三章的事。按章办事是有信誉有方向有规有矩把事办好的保障,它像一盏灯照在前方……

李场长　你干了一辈子革命,还不知道世事难料呀?有些事不必那么教条,灵活运用,见机行事……

耿长林　我就喜欢啃教条的人,我当场长十年、林业局局长十年、县长十年,最反对那些八面玲珑的人。不论何时何地,不按党委政府的一系列规定办事,给你严肃批评那是肯定的,严重的还要追究责任。

李场长　太啃原则啰!

耿长林　啃原则才能办好事。有章有法有准绳,走路才正。比如说,这次合同里规定什么职责是我必须做的,什么时间做好,达到什么质量,到头来有什么成果,有职责就有检查……

李场长　(昂首大笑)老县长,谁来检查你哟?

耿长林　你呀!

李场长　我?(笑起来)老县长,别犯傻啰,自己给自己松松绑,放点自由给自己吧!

耿长林　我从小就没享受过自由。十岁跟父亲上山栽树,规定每天栽一百棵,动作慢了,父亲上来一脚,到晚栽了九十九棵都不行。天黑了,把那一棵补栽起

	来，回家才有饭吃。
李场长	从小按规矩办事。
耿长林	对。你能理解我此时此刻的心情了吧？
李场长	什么心情？
耿长林	签约。
李场长	（旁白）老县长真发蛮，磨了这么长时间嘴皮子，他还是这么坚持。要不与他签吧，还真抹不过去面子。我从小在他眼皮子底下长大的，我能当上国有林场场长没有他提名可能也不成，他对我恩情不薄，哪能再三拒绝？（转身）老县长，我先问你几个问题，可以吗？
耿长林	问。
李场长	协议书写明工资报酬多少？
耿长林	（唱）国家已发工资了（退休金）， 　　　　不必再拿第二遭。
李场长	有没有补贴？
耿长林	（唱）发挥余热纯自愿， 　　　　任何补贴都不要。
李场长	如果签了协议，你在巡山中发生意外怎么办？
耿长林	由我个人负责，我会对自己安全尽心尽力，与林场不纠缠。这些我已在协议书里写得十分清楚。你看吧！（把自己拟好的协议书递给李场长）
李场长	（接过协议，看了一下，勉强地）写得是清清楚楚。那——好吧，签就签一个吧。（拿着协议书进办公室）
耿长林	嗬，终于同意啦！（心情高兴地）

（唱）朝阳当空彩霞照，
　　　　山山岭岭分外娇。
　　　　展眼望去无限绿，
　　　　一代代林业工人引为豪。
　　　　我在这里栽了三十年树，
　　　　我在此山浇了三十年苗。
　　　　虽然提干进了城，
　　　　我也时常多关照。
　　　　每逢节假回家来，
　　　　总要去林中走一遭。
　　　　当年亲手栽下的树，
　　　　如今长成一人抱。
　　　　自己越看越兴奋，
　　　　成就感幸福感如涌潮。
　　　　节假几天都想到林中走走瞧瞧，
　　　　退休之后又怎能不与林场打交道？
　　〔耿大婶上。
耿大婶　长林长林，太阳三竿高了，还不回家吃早饭？
　　〔李场长拿已打印好的协议书，出。
李场长　老县长，本协议一式两份，这份交给你。
耿大婶　（上一步抢过协议书）什么协议书？
耿长林　（欲抢）哎呀，我们男人的事，你女人管什么呀？
耿大婶　（看过协议有火，但压着，仍平静地）场长，协议书一式两份，还有一份呢？
李场长　在我办公室，我去拿。（回办公室）
耿长林　我只执掌一份，要两份干什么？

李场长　（将协议书递给耿大婶）两份一模一样……

耿大婶　（接过另一份，叠在一起，使劲撕碎）我叫你一模一样，我叫你一模一样……（将碎片抛向天空，又像雪花一样落在场地）耿长林，国家让你退休，颐养天年，你都退休了，还订什么协议书，你一生订协议书订得还不够多吗？（推搡耿长林）走走走，回家吃早饭！

耿长林　孩儿妈，你太不礼貌了，对我不说，你对李场长也能这样吗？

李场长　没什么。耿大婶好心，不让你累着。

耿长林　我是劳苦命，不干点事，浑身发胀……

耿大婶　浑身发胀，到儿子家带孙子去。（拉了拉耿长林，看耿长林没有想走的意思，放开手，叮嘱）马上回家吃早饭，啊！（下）

耿长林　李场长，女人见识，别往心里去。再从电脑里打印两份。

李场长　耿大婶都把协议书撕了，你还敢搞？

耿长林　她就那脾气。去，再打印两份。

李场长　（勉为其难地）唉！（回办公室）

耿长林　（唱）虽然退休但身体好，
　　　　　　　好似当年小伙样。
　　　　　　　两肩一扛百斤挑，
　　　　　　　双脚一迈百里跑。
　　　　　　　这样强健的好身腰，
　　　　　　　岂能善罢甘休窝在巢？
　　　　　　　与其颐养天年任逍遥，

不如自找事做生乐道。

李场长，搞好了吗？（走进办公室）

〔耿大婶复上。

耿大婶　唉，我家老耿就是耿，只要有事三餐不吃饭都行。这又上哪去了？（张望）

〔李场长拿着刚打印的协议书与耿长林一道走出办公室。

耿大婶　又在搞那玩意儿？

耿长林　孩儿妈，别再胡闹了。

耿大婶　（抢过协议书，撕碎，揉成团抛向场外）耿长林，协议书是我撕的，有本事你去告我。

耿长林　（无奈地）你、你、你太不讲理了……

耿大婶　是我不讲理，还是你不守常理？堂堂一个大县长，退休了，应该待在城里，有脸有面地享受县级待遇，怎么到林场当一个护林员？知底的人，知道你是奉献；不知底的人，还以为你犯了错呢！你这不是吃饱了撑的吗？

耿长林　不是我吃饱了撑的，是我身板这么硬，歇不住啊！

耿大婶　歇不住到儿子家里带孙子去。

耿长林　你看我粗手大脚的能带好一个天真活泼的三四岁孙子吗？孩儿妈——

（唱）退休之前我就想，

歇息之后何处往。

百种去处都想遍，

落脚林场最理想。

一是百年老窝未挪动，

二是我仍有用场。

大事小事天天做，

有益长寿与健康。

你说是吗？

耿大婶　　我跟儿子讲过了，等你爸退休就搬到城里住，你倒好，不跟我商量就自个儿决定，不走了。

耿长林　　孩儿妈，是我不对，没跟你商量。

耿大婶　　你个大县长，还和我这个家庭妇女商量？

耿长林　　孩儿妈，这样说干吗呢，现在补上跟你商量：我退休之后就在林场落脚，原封不动，你看可以不可以？

耿大婶　　（唱）在哪落脚我无主见，

仍住山沟我嫌烦。

心想老来搬进城，

与儿媳孙子去团圆。

现在愿望已落空，

想想心里好凄惨。

耿长林　　孩儿妈——

（唱）倒过来想想也不惨，

住在山沟已习惯。

抬头看见太阳红红天蓝蓝，

平眼望去满眼翠绿如画卷。

城里都是钢筋水泥人头窜，

哪有山沟空气清新与安然？

耿大婶　　我和儿子讲好了，还是搬到城里去住吧！

耿长林　　不搬了。这里有电有自来水和燃气，和城里住家一样方便。再说，根深蒂固就住这儿，习惯了，何必

	又换新环境？
耿大婶	你就是一根筋赖在这里……
耿长林	你说得对，我就一根筋不仅赖在这里，还是一根筋死在这里……孩儿妈——

（唱）解放前父母挑着一担箩，
　　　讨饭讨到这山窝窝。
　　　荒山秃岭树无一棵，
　　　他俩决定在这栽树过生活。
　　　年年栽树岁岁栽竹，
　　　一年一年栽满一坡又一坡。
　　　解放后绿油油满山壑，
　　　风吹绿浪滚滚向天际。
　　　成立林场是县委大举措，
　　　任命父亲当场长继续东扩。
　　　初建时父亲带着十岁的我，
　　　从朝阳升起干到夕阳西落。
　　　后来林场扩建人数渐渐多，
　　　我初中毕业又回林场把事做。
　　　父亲分配我当护林员，
　　　天天转山防止小偷把树凿。
　　　一干十年从来岗未脱，
　　　山山拐拐来来回回磨了又磨。
　　　哪片飘逸的树叶我未眼睃，
　　　哪棵挺拔的树干我没摩挲？
　　　这里的一草一木再熟悉不过，
　　　一星半点事也瞒不了我。

　　　　　　　我当林业局局长小半时间林场坐，
　　　　　　　我当县长这里"林长"我兼着。
　　　　　　　我一生几乎在这里劳作，
　　　　　　　我一世也离不开林场这个窝。
　　　　　　　生我养我这一块黑土地，
　　　　　　　生我养我的浩浩青波。
　　　　　　　写不尽我的故土眷念，
　　　　　　　理不清我的乡思愁寞。
　　　　　　　一滴细水照青天，
　　　　　　　大山人千金一诺。
　　　　　　　小车不倒尽管推，
　　　　　　　忠骨要埋在山窝窝。
耿大婶　　（感动地）耿长林，我真服了你——
　　　　　（唱）与你做伴将近四十载，
　　　　　　　你根根底底我全明白。
　　　　　　　我知你对林场一生钟爱，
　　　　　　　离开它怎么着也拉不开情怀。
　　　　　　　故土难离我也不例外，
　　　　　　　周周围围一石一木我青睐。
　　　　　　　看惯了天看惯了地看惯了老宅，
　　　　　　　真叫我搬进城我肯定泪洒两腮。
　　　　　　　你要是下决心签约从头来，
　　　　　　　与你同行无怨无悔同把忠骨埋。
耿长林　　（激动地一把搂住耿大婶）孩儿妈，我就知道你贤
　　　　　惠顺从，通情达理……
耿大婶　　（唱）谁叫我与你携手林场同恩同爱，

	也必定与你一路到底不分开。
耿长林	（唱）人活一世只求夫妻同恩同爱，
	共同拼搏永不懈怠且把新路开。
	孩儿妈，孩儿妈！（又一次两人激情相拥）
耿大婶	（相拥之后，激动地）把李场长喊出来，签约！（朝办公室）李场长，签约！
李场长	（捧着协议书）哎呀，老县长宝刀不老，耿大婶爱心不减呀！
耿长林	新翻一页，继续前进！
	〔耿长林与李场长在石桌上签字。
耿大婶	（上前一步）我也加个名字，加大支持力度。
	〔三人依次签字，造型。
	〔音乐起。
	〔幕后合唱：
	一纸合约三签订，
	故土难离继续耘。
	骨架未散拼老劲，
	踔厉前行是精神。
	〔大幕渐闭。
	〔灯暗。

—剧终—

乡村乐章

时　　间："新时代"刚提出的年月。
地　　点：芳芳水产养殖基地。
人　　物：
林　芳——女，二十四岁，农业大学毕业，回乡创业，从事龙虾养殖。
林　母——女，林芳母亲。
大　栓——男，二十六岁，林芳男友。
镇长、村长等领导、司仪、群众等。

〔幕启：改革开放以后，小芳村陆陆续续建了一些新房，在绿树掩映中，时隐时现，美如山水画图。

〔台右呈现房屋一角——林母的家。

〔林芳上。

林　芳　（唱）农大毕业半年多，
　　　　　　　未找工作没奈何。
　　　　　　　决心操起我所学，

办场养起水产族。
在校四年养殖课，
学以致用好处多。
流转农田五十亩，
各项手续已办妥。
将水田做成龙虾池，
一格一格有气魄。
虾苗三十万已购足，
今晨五点到现货。
尽快放到虾池里，
活蹦乱跳好热火。
尚欠贷款八万元，
想叫母亲补贴我。

妈！妈！
〔林母喜滋滋地出门来。

林　母　小芳，有什么事？

林　芳　妈，我办养殖场进了三十万尾幼苗，货送到了，现在还欠货款八万元，想请妈支持支持……

林　母　八万？哼，八千我也没有。

林　芳　妈，我办场不也是解决我的就业问题吗？要不然，我就在家当啃老族。

林　母　你都二十四了，啃老能啃几天呀？再说，我宁愿给你啃，也不愿拿八万块。

林　芳　妈，支持支持女儿嘛！

林　母　支持你？当初你耳朵长哪儿啦？
　　　　（唱）当初你就唱洋腔，

创办什么养殖场。
流转水田五十亩，
修成百块养殖塘。
那时我就对你讲，
女孩家休要想当然，
那是男人做的大文章，
女孩家哪有能耐去闯荡？
你却摇头死倔强，
闯下祸根要老娘来补偿。
我手中几个钱也不是大水淌，
让你败家我可不上你的当。

林　芳　妈——

（唱）大学生创业是方向，
国家鼓励又补偿。
振兴乡村春风浩荡，
干事不能前怕老虎后怕狼。
困难肯定节节有，
鼓足劲头向前闯。
遇到钉子将钉拔，
遇到大水用土挡。
林芳遵从老父志，
越有艰险越想上。
见事怕事图安逸，
不是林家好女郎。

林　母　芳儿——

（唱）孩儿别跟母亲犟，

妈过桥比你走路长。
古话说得叮当响，
女人见识短来头发长。
别拿上级鸡毛当令箭，
越叫你闯你越别闯。
不是妈执意阻挡你，
是妈人生总结的大良方。

〔大栓上。

大　栓　林芳，跟妈吵架了？
林　芳　没，没。
大　栓　干吗鼓嘴大憋气的？
林　芳　现在，我差八万块交货款，叫妈支持一下，她不肯。
林　母　凭大栓说说——
（唱）哪有女儿不听娘的话，
动不动就把娇来撒？
当初我劝她不要去养龙虾，
她偏避着我做了规划。

大　栓　伯母，您别气——
（唱）女儿大了不由母，
现时不止她一个。
她办虾场是好事，
大学生创业有许多。
林芳是个好样子，
敢闯敢做敢探索。

来，林芳，我借八万块钱给你，别再惹妈生气了。
随我来拿。（拉林芳）

林　芳　（矗着不走）我倒不懂，人家都肯借给我，为什么自己妈却不借？

林　母　（气得扭过身）就不借。

大　栓　还不是心疼你吗？生怕你有闪失。

林　芳　闪失？干什么事没有风险呀？

大　栓　别计较啦，老年人就是这样。穿钉鞋拄拐棍，小心翼翼过日子，怕出事，就是心疼钱。走吧！（拉林芳下）

林　母　（眼看林芳下）唉！
　　　　（唱）看在眼里疼在心，
　　　　　　　老娘不如别家人。
　　　　　　　外人能借八万块，
　　　　　　　老娘霸钱为哪门？
　　　　　　　眼看女儿求助的眼神，
　　　　　　　泪水直往肚里吞。
　　　　　　　心能忍，泪不停，
　　　　　　　泪能停，心不忍！
　　　　〔泪眼蒙眬下。
　　　　〔林芳拿款与大栓上。

林　芳　（唱）感谢大栓讲仁义，
　　　　　　　果断借钱救急情。
　　　　　　　要不是你慷慨来出手，
　　　　　　　此空我一时难填平。

大　栓　（唱）不用谢来不用敬，
　　　　　　　我俩本是同村人。
　　　　　　　全村农户二百整，

没有一个出头人。
你是第一个大学生,
村人个个称赞您。
你勇敢出击开大业,
来把本村头儿领。
八万块钱算什么,
你亏掉算我出股份。
只要你拿出劲头拼,
光明前程在相迎。

林　芳　（掂着手中钞票,心生疑问）嗯——
　　　　（旁唱）大栓哥哥本村人,
　　　　　　　　谁的家底谁都清。
　　　　　　　　他一无产业二无技能,
　　　　　　　　怎么随手拿出八万整?
　　　　（转向大栓）大栓哥,八万块钱是你挣来的呀?

大　栓　林芳妹妹,我虽无家产也无技能,蛇有蛇道,鳖有鳖路,没本事人也有没本事之路。你就放心用吧!

林　芳　大栓哥,放心用是放心用,可是,我今天把钱交给了卖虾苗的人,万一你要急用钱,我一时筹不上来,怎么办啊?

大　栓　林芳妹妹,你还是放心用吧!

林　芳　大栓哥,你不说,我不放心。钱没交到卖虾苗人手里,还是我的,一旦交了,就是人家的了。万一你三天两天要用……

大　栓　我大胆喊你一声我的小妹,你就放心用吧!

林　芳　大栓哥,我心里不踏实——

　　　　　（唱）你不说出钱来由，
　　　　　　　　我肯定不让钱出手。
　　　　　　　　如果造成你麻烦，
　　　　　　　　我心里永远是内疚。
大　栓　咳，你非要把我伤心事捅出来干吗呢？
　　　　　（唱）我的继父在城关，
　　　　　　　　有幢瓦房算遗产。
　　　　　　　　开发商人要拆迁，
　　　　　　　　分我继承费二十万。
　　　　　　　　买了一辆小汽车，
　　　　　　　　正好剩下八万元。
　　　　　现在继父不在了，母亲也走了，伤心不伤心……
　　　　　（欲哭）
林　芳　呀，呀，惹你伤心了，惹你伤心了，对不起，对不起……（替大栓擦泪）
大　栓　小妹，比这更伤心的——
　　　　　（唱）我妈妈临终留遗言，
　　　　　　　　林家小芳要多照看。
　　　　　　　　从小你妈我妈就商定，
　　　　　　　　两家结亲一家欢。
　　　　　　　　现在你是大学生，
　　　　　　　　我骑电瓶也难赶。
　　　　　　　　成天看你进和出，
　　　　　　　　有口不敢对你喊。
　　　　　　　　你背着坤包来和去，
　　　　　　　　有眼不敢朝你看。

　　　　　　今天有幸接上口，
　　　　　　我幸哉乐哉好喜欢。
林　芳　（惊）啊，大栓哥！
　　　　（唱）你今天把话已点破，
　　　　　　我小时也听妈说过。
　　　　　　这么多年早忘却，
　　　　　　你重新提起为什么？
大　栓　（傻笑）小妹，不为什么。
林　芳　（追问）为什么？
大　栓　（笑着退让）不为什么。
林　芳　（捶打追问）为什么？
大　栓　（唱）我不说，
林　芳　（唱）心有数。
大　栓　（唱）莫点破，
林　芳　（唱）蒙在心里好享受。
大　栓　（唱）我想说，
林　芳　（唱）别说出。
大栓、林芳　（合唱）暗暗鼓劲把事做，
　　　　　　　　　事业有成再宣布。
大　栓　小妹小妹，大胆干！
林　芳　大栓哥哥，别装憨！
大　栓、林　芳　（合唱）两段绳索一块拧，
　　　　　　　　　　水到渠成永结伴。
　　　　〔暗转。
　　　　〔五个月后。
　　　　〔台左挺好看的玻璃房一角，看得出既是林芳住所，

〔又是林芳办公地。外墙挂一块小黑板,用彩色粉笔记录着天气、水温、风力等;旁边有块白墙,上面有颗钉子。舞台正面,是大片田字格的养殖地……
〔林母从田字格间小径穿过。上。

林　母　(唱)八万没给女儿拿,
　　　　　　老娘心里总是有落差。
　　　　　　女儿气得五个整月没回家,
　　　　　　想得我夜夜落泪花。
　　　　　　世人都是上管下,
　　　　　　上不管下活着又干吗?
　　　　　　几个月来心欲碎,
　　　　　　老是觉得对不住女儿她。
　　　　　　今早起床梳洗毕,
　　　　　　前来养殖场内细观察。
　　　　　　女儿干得真不差,
　　　　　　水池全是田网化。
　　　　　　半大龙虾水中游,
　　　　　　就像宝宝蹦蹦跳跳过家家。
　　　　　　个个池塘全是虾,
　　　　　　秋来一定收获大。
　　　　　　小瞧女人是旧话,
　　　　　　连跷拇指直把女儿夸。
　　　　嗨嗨,我家小芳干得真好喂,这么大片龙虾,要卖多少钱哪!我这个死脑筋,真是该换换啰!(走近房屋)小芳!小芳!
〔林芳从屋内高兴地走出。

林　芳	妈，你怎么这大早就过来了？
林　母	睡不着喔，早点过来看看你。（抚林芳）女儿呀，你黑了，又瘦了……
林　芳	妈，你走过来，看龙虾长得怎么样？
林　母	好哇，好哇，还是女儿有本事，你，你吃大苦啦！
林　芳	妈，我辛苦还好，大栓真够辛苦哟……白天领员工一刻不停地干活，晚上夜巡，防黄鼠狼、防夜鸟破坏，真是太辛苦了……
林　母	大栓是个勤劳的孩子，在村子里是有名的，这孩子真好哇，真讨我喜欢！
林　芳	大栓忠厚老实，吃苦肯干……
林　母	小芳，（不好意思地）我有一句话，不知道该不该讲……
林　芳	妈，你想讲的话，在女儿面前都能讲呀！
林　母	你小的时候，我跟他妈像亲姊妹一样，有一天开玩笑，也不是开玩笑，我们两人击掌言定，大栓长大以后，做我的、我的……
林　芳	妈——
	（唱）做的什么呀？
林　母	芳儿——
	（唱）你猜猜。
林　芳	我猜——
	（唱）做儿子。
林　母	芳儿——
	（唱）没猜对。
林　芳	妈呀——

|林　母|（唱）是侄子。
|林　母|（摇头）芳儿——
　　　　（唱）更不对。
|林　芳|（故意想不出）妈唉，我想不出来啰！
|林　母|芳儿，别逗妈了，——是你的他啊！
|林　芳|妈，你想错了，我是大学生。
|林　母|大栓不也读到高中吗！
|林　芳|（逗妈）高中算什么，评职称都不算学历，招工都要大专以上的。
|林　母|你不就比他多念四年书吗！
|林　芳|少读四年书与我多读四年书的人，相配吗？
|林　母|配、配。
|林　芳|你曾经跟我说，比你少读一天书的人，都不许我与他谈对象……
|林　母|（尴尬地）那是什么时候说的？那是妈死脑筋时候说的。现在看到大栓勤劳会做，是个过日子的人。配这样的人，好得很！
|林　芳|好得很？
|林　母|好得很。
|林　芳|真好得很？
|林　母|真好得很。
|林　芳|你同意大栓做你的那个？
|林　母|我同意是同意，最后看你哟！
|林　芳|（抱住妈）妈，你同意，我还能不同意？
|林　母|（欣喜地）你也同意了？！
|林　芳|妈，我早就同意了。我怕你不同意，我想先斩后奏。

	你看，（亮出鲜红的结婚证）我俩昨天就到民政局领回来啦！
林母	死丫头，早告诉妈，让妈早高兴啊！
林芳	（捧出糖果）妈，今天就举行婚礼，你先吃喜糖……
林母	什么，今天就举行婚礼？这不打妈一个措手不及吗？（张望）大栓呢？
林芳	到镇上漆匠店扛牌子去了。
林母	扛牌子？结婚还要牌子？
林芳	不，我们水产养殖场要成立合作社。领导说，全村以我们合作社为中心，组成全村一品一业，做大做强，带动全村人共同发展，共同致富。上午9点，镇上书记和镇长、村上书记和主任，以及周边群众都来，宣布芳芳水产养殖合作社成立、挂牌；随后宣布大栓和我结婚……
林母	（慌张地）天啦，双喜临门呀！那我赶快回家讨彩礼去。（急忙下）
	〔镇书记、镇长，村书记、村主任，周围群众拥至台前，欢声笑语……
	〔大栓扛大红布遮挡文字的木牌上，挂在门外白墙上。
	〔大栓、林芳略化妆，站在台前。
司仪	庆贺大会，现在开始！
镇长、村主任	（合唱）我代表全镇村人民——宣布芳芳水产养殖合作社成立！挂牌！（拉下红布，赫然显现："芳芳水产养殖合作社"）

〔群众热烈鼓掌。

镇长、村主任 （合唱）我宣布：大栓、林芳结婚典礼，现在开始！

〔群众热烈鼓掌，喜糖抛撒，涌动起哄……
〔林母跑得气喘吁吁上。

林　母 （热泪盈眶地）我代表我家老伴，向大栓林芳婚礼表示庆贺！（高高举起八万块钱的大红包，向女婿女儿递去……又将自己带来的红盖头抽出，给女儿盖在头上……）

林　芳 （极其亲热地拥抱妈妈）妈，女儿对不起你，没先告诉你……

林　母 妈不怪你。常言道，女大不由母。小芳，你干得对，干得好，我代表你爸赞扬你！

〔锣鼓、唢呐、掌声热烈响起……
〔幕后合唱：

　　　　新时代号角已吹响，
　　　　豪迈的步伐更铿锵。
　　　　自主创业遍城乡，
　　　　振兴乡村奏新章。

〔大幕渐渐落下。
〔灯暗。

—剧终—

牵　手

时　间：当代。
地　点：城边的圩堤上。
人　物：
陈　可——男，二十八岁，某粮食加工企业的总经理。
李　杏——女，二十五岁，某医院护士。
瘦　叔——男，四十岁，社会无业人员。
胖　婶——女，三十六岁，瘦叔之妻。

　　　　〔大幕开启：一段圩堤横亘舞台。圩堤虽不能栽树，但初夏的堤埂边小花小草却如锦般地怒放着。圩堤那边是低凹下去的塘沟和广袤的沃野，一望无际的金黄油菜花和绿油油的麦苗，一片春光明媚的景象。
　　　　〔台左半遮半掩的小洋楼一角。
　　　　〔李杏身穿时髦春衫，显得俊秀、倩美、白嫩、娇柔。上。
李　杏　（唱）网上相恋已半年，
　　　　　　　至今没有见一面。

圆头大耳真帅气,
越看越觉他清甜。
说话声音多悦耳,
谈吐不凡忒酥绵。
家庭环境也不错,
有车有房有存款。
若能与他结良缘,
寄托一生把心安。
不知他人品是怎样,
今天我要用心细细观。

〔看表。踮脚远望。

〔陈可身着漂亮的白衬衫,红领带,西装革履,风度翩翩,上。

陈　可　(唱)有位姑娘叫李杏,
　　　　　　　微信说爱半年整。
　　　　　　　网上看去真白嫩,
　　　　　　　谈笑举止都轻盈。
　　　　　　　逗她发嗲百媚生,
　　　　　　　处处表现是清纯。
　　　　　　　不需亲自来体察,
　　　　　　　坚信她是意中人。
　　　　　　　今日就把她手牵,
　　　　　　　择日迎娶进家门。

(翘首向东喊)李杏!

李　杏　(高兴地)陈可,我在这儿。(看见陈可转身,惊喜)哟,真是帅如王子呀!

陈　可　（奔过来）李杏，你美如天仙呀！

李　杏　（害羞地）看你说的……

陈　可　（亲热地）把手伸过来吧！（自己把手伸过去）

李　杏　干吗？

陈　可　牵手哇！

李　杏　（有些惊奇）现在就牵？

陈　可　（意识到对方意思）啊啊，对。

李　杏　成功之后，再……

陈　可　（有点尴尬）是是是……（缩回手）

〔此时，瘦叔亦步亦趋地从堤埂那头走过来。他身材瘦小，穿着不整，显得穷酸，身上背一个旧布包。刚走到离陈可李杏不远处，轰然倒下，两腿笔直、豆气不叹①……

李　杏　（惊慌）呀，那边倒下人了，赶快看看。（欲跑去）

陈　可　（拉住）别急着跑。

李　杏　一个人倒下不动了，还不快去看看？（罩着跑过去）

陈　可　（跑过去拉住李杏）你知道他是什么情况？

李　杏　不管什么情况，救人要紧。（指瘦叔）看，一动不动，搞不好是心脏骤停。（立马脱去外衣，跪地欲去按压）

陈　可　你知道他是什么人吗？是真倒下还是假倒下？现在社会上怪事多嘛！

李　杏　不管怪事多不多，先救命要紧。（弯下腰去）

陈　可　（拉开李杏）先别急，让我看看。（轻声对李杏）好像不是真倒。

---

① 豆气不叹：方言，豆大的气都不叹的意思。

李　杏　别多疑了，救他要紧啊！他只有四分钟最佳抢救时间……

陈　可　我不是说不救他，依我看，他不是有病真倒，眼睫毛还有点点颤动……

李　杏　（观看）没有哇！（跪下欲对口吸气）

陈　可　你救他是好心，如果他家人来了，倒打一耙，咬住你搞的，怎么办？

李　杏　不会不会，哪有那样的人？（见瘦叔眼睛真的动了动，半睁开，高兴地）陈可，他醒了，他醒了……

瘦　叔　（坐了起来，四处摸包）我包呢？我的布包呢？

李　杏　（热心地）叔，你布包坐在你屁股底下，（拿出来递给他）在这在这。叔，心里还难受吗？

瘦　叔　（一捏布包，惊慌地大喊）呀，我布包里的钱呢？我布包里的钱呢？你们把我布包里钱拿哪儿去了？

李　杏　你刚倒下地，我去救你，没拿你的钱呀！

瘦　叔　没拿我的钱？我布包里的钱自己飞啦？（立即站起来，伸手）把钱拿来。

陈　可　叔，我俩只顾救你，没有拿你的钱。

瘦　叔　（唱）我包里刚装两万元，
　　　　　　跛跛颠颠到你面前。
　　　　　　突然头晕倒了地，
　　　　　　你趁机偷走我的钱。

陈　可　（埋怨地）李杏，我叫你少管闲事，你偏要去管，这下可好……

李　杏　陈可，你真聪明，一眼就看出问题。你说得真对，真遇到倒打一耙之人。

　　　　　（唱）叔叔不要乱开言，
　　　　　　　　我俩怎会偷你钱？
　　　　　　　　看你倒下救你命，
　　　　　　　　一片好心为你献。

瘦　叔　（唱）好心歹心我不管，
　　　　　　　　还我两万好解散。
　　　　　　　　没有这个数别想走，
　　　　　　　　莫怪我耽误你时间。
　　　　　（拉住李杏）把钱还给我。

陈　可　（拨开瘦叔手）放开她！
　　　　　（唱）瘦叔，你真是胆太大，
　　　　　　　　光天化日搞讹诈。
　　　　　　　　我打110来报警，
　　　　　　　　派出所民警将你抓。

瘦　叔　报警？报呀！
　　　　　（唱）派出所民警我不怕，
　　　　　　　　几次抓我都没抓。
　　　　　　　　我小错不断大错没啥，
　　　　　　　　他们见我头皮也发麻。

李　杏　（轻声）陈可，对这种沤不烂煮不熟的社会渣滓，还是别惹他好。我看，身上有几个给他，打发走就得了。

陈　可　也只有这样。

李　杏　（掏出钱）瘦叔，今天出门身上没带什么钱，只有一千块你拿着走吧！

瘦　叔　（乜斜一眼）一千块？你偷我两万，还我一千？

李　杏　瘦叔，我看你怪可怜的，身上只有一千全给了你，你还好歹不识？

瘦　叔　二十比一，我能收？

陈　可　我们是同情你，你别耍无赖啊！

瘦　叔　我要无赖？（从布包里掏出一张白纸和一支笔，边写边唱）

　　　　（唱）我是高中优等生，
　　　　　　　保送大学名已定。
　　　　　　　刚好一场恶病生，
　　　　　　　大学美梦未做成。
　　　　　　　后来就是病恹恹，
　　　　　　　一直打不起好精神。
　　　　　　　二十多岁才好清，
　　　　　　　保住一条瘦弱的命。

　　　　（摊开纸）你们看——

陈　可　字写得流利好看，不错不错。

瘦　叔　（接唱）人家看我孬包相，
　　　　　　　嫌我瘦弱厌我脏。
　　　　　　　我的才学未发挥，
　　　　　　　发挥出来有名堂。

李　杏
陈　可　（相视点头）此人，好好帮扶，弄不好还是块材料呢！

李　杏　瘦叔，你有没有名堂我不管，给你一千块钱你拿着走吧！

瘦　叔　（又耍赖坐在地上，拉住李杏裤脚）那不行……

陈　可　再添你一千。（从腰包里掏出一千元递过去）走吧，走吧！

瘦　叔　两千？才十分之一哩，叫我走？

李　杏　要多少？

瘦　叔　两万。少一个子儿也不行。

陈　可　（无可奈何地从包里掏出一扎钱）瘦叔，我看你也不是多大坏人，可能是穷了点。人穷志不能穷呀！不能这样耍无赖诈取别人。人要学好，讲道德讲良心。（递过钱）喏，给你一万块钱，你回家好好过日子。你放开她。

瘦　叔　（假装不接）只还一万？（想想还是接下，装入布包里）还差一万啊？！

〔胖婶从田埂那头迅速走来。

胖　婶　（靠近瘦叔，一打量）真是你呀？

瘦　叔　（惊慌地）你你你怎么来了？

胖　婶　你又在这里耍刁横呀，前天，派出所民警怎么教育你的，叫你学好……

瘦　叔　是是是……

胖　婶　人家给你一万，你还嫌不够？

瘦　叔　去去去！

胖　婶　我去？家里两个孩子没有衣穿，无钱上学，饿得嗷嗷叫，你整天不干事，尽在外面拆烂事……

瘦　叔　（火上来，举拳欲打）你……

胖　婶　你什么，还要打我？（对陈可、李杏）你们不要给他钱。越给他钱，他心思越不正道……

　　　　（唱）是人不能不要脸，
　　　　　　　人穷也要顾容颜。
　　　　　　　你三番五次搞碰瓷，

　　　　　　诈来钱你可心安？
　　　　　　诈来的钱你用得心安吗？
瘦　叔　你揭我的老底子，看我不打死你。（立即站起，捡块石头，直追胖婶打。胖婶绕着陈可、李杏身边打转，瘦叔拼命追打，陈可阻拦不了，胖婶直喊救命，瘦叔快追上胖婶，胖婶急得一下跳进堤埂下的水里，碰得浪花飞溅）
陈　可　（命令地）你快把她救起来。
瘦　叔　（吓得哭起来）我只想吓吓她，给她一点怕头，堵住她无栏关的嘴。哪知道她真的跳塘……呜呜呜！（急得要去救，却又不敢救，干跺脚）怎么办呀，怎么办……
李　杏　（推搡瘦叔）下去救人，光哭有什么用？
瘦　叔　（大声哭着）我下去抱不动她，她胖，我抱不动啊！怎么办……
　　　　〔陈可赶忙脱下外衣和领带递给李杏。
陈　可　李杏，你把我衣服拿好！（哗的一下跳下塘去，打得浪花飞溅）
瘦　叔　（哭着要跳）我我我……也跳……
李　杏　（一把拉住瘦叔）他去救了，你就不要跳了。
瘦　叔　（跪对李杏）好人、好人，大好人哪！
　　　　〔陈可把胖婶从埂那头背了过来，放在瘦叔面前，接过李杏手中的衣服，退下。
瘦　叔　（一把鼻涕一把泪地）老婆，我对不起你呀！
胖　婶　（全身湿透坐在地上）你还知道我是你老婆？要不是这位大恩人相救，你今天就闯下大祸喽！
瘦　叔　是啊，是啊！

胖　婶　不是老婆我教训你——
　　　　（唱）一个大男人不怕丑，
　　　　　　　游手好闲不觉羞。
　　　　　　　成天好肉又嗜酒，
　　　　　　　光靠碰瓷何时休？
　　　　　　　你不劳动哪来钱？
　　　　　　　没钱哪来酒和肉？
　　　　　　　你不干活哪来钞？
　　　　　　　没钞怎能养家口？
　　　　（拍打瘦叔）丑不丑？羞不羞？
　　　〔陈可更换衣服，上。
陈　可　瘦叔，胖婶讲得对。男女都是要劳动的，劳动改变世界，劳动创造财富呀！习近平总书记说，幸福生活都是奋斗出来的。不干，哪来发展？就拿我们公司来说——
　　　　（唱）我爸是公司董事长，
　　　　　　　走村串户忙收粮。
　　　　　　　老人也快六十岁，
　　　　　　　跨县上省找市场。
　　　　　　　忙得两脚不停歇，
　　　　　　　累得黄汗流了黑汗淌。
　　　　　　　我是公司总经理，
　　　　　　　却比工人更繁忙。
　　　　　　　早顶星星晚踩月光，
　　　　　　　米袋粮包照样扛。
　　　　　　　亲自指挥亲手干，
　　　　　　　多谋勤策出正章。

不是苦干加巧干，
怎有公司大兴旺？
劳动丰衣又足食，
才有幸福万年长。

瘦 叔　青年小哥哥，我也知道劳动光荣，我也想干事，可是我想干事，没有人家要哇！
（唱）各处招工我都报名，
人家瞄瞄我都不吱声。
我递上填好的招工表，
请他们过目和批准。
招工者乜斜几下小眼睛，
蔑视我这瘦小身。
说我从事工作难胜任，
将表退回我手心。
我气得当场热泪淋，
又到何处把冤申？
（从布包里拿出几张招工表）你们看，这么多招工表填好了没人接！

胖　婶　青年小哥哥，瘦子说的也是实话，我说他懒，其实他也不是真懒……
（唱）招工人戴的是有色镜，
百里挑一找能人。
眼看他瘦小身无力，
不录取他有原因。
不怪厂家无情义，
只怪父母没给他强壮身。

　　　　　他四处碰壁伤了自尊心，
　　　　　索性倚懒就懒成废人。

陈　可　瘦叔，你能干些什么事呢？
瘦　叔　出大力的事不行，其他事都能。
　　　　（唱）写呀算呀都在行，
　　　　　常给报刊写点小文章。
　　　　　脑子不笨也有思想，
　　　　　人家不收怎有好用场？
李　杏　（唱）我看你不是坏模样，
　　　　　不能自暴自弃把自伤。
　　　　　电视上经常在宣扬，
　　　　　缺胳膊少腿都自强。
　　　　　你抓住自身优势去闯荡，
　　　　　也许能闯出一片新辉煌。
瘦　叔　青年小姐姐——
　　　　（唱）市场我已去闯荡，
　　　　　成天吆喝无人来接腔。
　　　　　十多年求人泪淌干，
　　　　　久而久之我失望。
　　　　（想想落泪）呜呜呜……
　　　　〔陈可听到瘦叔吟唱，又看到胖婶、瘦叔饱含眼泪，遂生怜悯，同情之泪滚到脸颊，接着滴落下来……
陈　可　瘦叔，我要你，行不？
瘦　叔　（双眼放出异光，激动地）真的？
胖　婶　你那公司不是扛稻包就是搬米包，全是重活，他行不？
陈　可　我今天当面见了他，就不会为难他。我会安排他能

	干的事，比如：锁米袋呀，上下车粮包米袋记记数呀，还可以给我们公司写点通讯报道呀……每月给你五千。胖婶也来，给你个对折。
胖　婶	一共七千五？（高兴得倒吸一口气）那、那、那太好了！
瘦　叔	（激动地从布包里拿出那扎钱，递给陈可）老总，老总，我、我、我把那钱还给你、还给你……
陈　可	瘦叔，这钱你就不要还给我了。
胖　婶	要还、要还。你这么照顾我们，我们还能要这钱？（将钱硬塞给陈可）
陈　可	胖婶，这钱你拿回去，先给两个孩子买点衣服，送他俩上学；你和瘦叔下午到商场买点衣服，剃个头，洗个澡，打扮得干干净净，明天早上来上班，我在门口迎接你俩！
李　杏	（拍手欢喜）太好了，正合我意！
	〔瘦叔胖婶高兴得跳起来，与陈可、李杏握手道谢，快活而去。
陈　可	李杏，对不起，忙着跟他俩说话，慢待你了。
李　杏	你做得真好，我高兴得心都跳出来了啊！（唱）几句话激动我心房， 　　　我为你把赞歌唱。 　　　你身为公司总经理， 　　　可谓半个董事长。 　　　上班星星眨眼天未亮， 　　　下班月光如洗挂天上。 　　　既抓生产又管进出账， 　　　平时和工人把大包扛。

>　你不仅努力为公司大发展，
>　也勇把社会责任来担当。
>　救助瘦叔一家人，
>　是为他人担忧伤。
>　帅哥内外兼优好容光，
>　人品好超出我想象。
>　现在与你把手牵，
>　相守百年幸福长。

陈　可　走吧，还没聊哩！
李　杏　不用聊了，把手伸过来。
陈　可　干吗？
李　杏　牵呀！
陈　可　现在就牵？
李　杏　立马就牵。

〔陈可把手伸过来，李杏将陈可手挽住，头靠在陈可臂膀上，幸福地、慢慢地向前走去……

〔幕后伴唱：
>　一路芬芳情悠悠，
>　人品相貌两优秀。
>　双双牵手好入梦，
>　一梦醒来到白头。

〔大幕随歌声渐渐落下。

〔灯暗。

　　　　　　　　　　　—剧终—

老爸做媒

时　间：当代。
地　点：老爸家。
人　物：
老　爸——男，五十多岁，某县农业农村局局长。
娜　妈——女，五十岁，张娜娜母亲。
郑开亮——男，二十五岁，农大毕业后，回乡振兴乡村经济，接手父亲承包的五百亩土地，还计划承包大片荒山的有志青年。
张娜娜——女，二十四岁，老爸、娜妈女儿，农大毕业后，尚未找到工作，待在家中。
〔幕启：晨起，小别墅房前房后花木朵朵，姹紫嫣红。树间小鸟，叽叽喳喳，悦耳动听。客厅，较为新潮的桌椅、家用电器等。
〔老爸整理了一下衣服，趁空气清新，做几下深呼吸，忽然想起什么……

老　爸　（唱）春暖花开春潮滚，

万马千军闹春耕。

振兴乡村稳推进,

看在眼中喜在心。

前日有桩新鲜事,

令我心动起精神。

郑老桩独生小公子,

一表人才特精明。

听说他是大学生,

决心扎根新农村。

英俊无比令人敬,

作态大气有经纶。

农村不可多得的好人才,

前途无量一门生。

我若有可能招"驸马",

八世修来三生幸。

他前天在流转承包农户大会上表态发言,充分显示了他的才华和干练。我这个管农业的局长呀,喜之又喜,真想把他一把抓过来……(感到有些凉意,又练起太极拳)

〔张娜娜端一把漂亮的紫砂茶壶上,放在桌上。

| 张娜娜 | 爸,请喝茶。
| 老　爸 | 娜娜,你怎么不睡懒觉了?
| 张娜娜 | 爸,什么节气了,春暖花开,外面花儿香气都扑进房间里来了,能睡得着吗?
| 老　爸 | 是呀,春天真是个好季节呀,城里人还不怎么有感觉,可乡下,已是千军万马战犹酣了。一派欣欣向

荣的景象啊!

张娜娜　爸,这是你乐道的了。农业农村局局长天天在乡下跑,什么美景没看到过呢,哪块田缺水,哪家人有喜事,能瞒得了你?

老　爸　不假。前天,我还真碰到一件新鲜事儿。

张娜娜　什么新鲜事,说给女儿分享分享。

老　爸　(卖关子)想听?

张娜娜　想听。

老　爸　还真是你喜欢听的。(清清嗓子)前天下乡,碰到一个特别有才华的小伙子,长得高,生得帅,他爸原承包的五百亩土地想退出去,他一口接下来,他承包……娜娜,承包五百亩土地可不简单呀!可他在农户大会上表态:再加五百亩农田,把附近一大片荒山也包过来,办一个家庭农场。

张娜娜　那就家大业大啦!

老　爸　你看这个小伙子多有出息呀!老爸就喜欢这样有志气有抱负的年轻人。对于乡村振兴来说,太需要啰!老爸一眼就看中了。

张娜娜　看中田,还是看中人?

老　爸　人!

张娜娜　不信,你们农业农村局整天搞乡村振兴,看中的一定是业绩。

老　爸　不,人。

张娜娜　表态的那个人?

老　爸　对,就是他。(侃侃说起)这个小伙子呀,我平生还是第一次碰到,在农户大会上表态发言,字字珠玑、掷地有声，理想远大，措施得力。那个沉稳老练，胸有成竹的样子令人佩服。他侃侃而谈，疏密有致，滴水不漏，既有条理又有鼓动性，让人听了豪气十足，精神振奋。真是块具有培养前途的好料子……（停下，看了看女儿的表情，又说）娜娜，我想招他为"女婿"，你意下如何？

张娜娜　爸，你见到好的就想介绍给女儿？想抱外孙子啦！

老　爸　真的。爸就想挑一个志高气远不用扬鞭自奋蹄的一匹骏马做我的女婿……

张娜娜　你嫌女儿老蹲家里啃你们吧！

老　爸　那倒没有那个意思。爸妈工资够你啃的。我总想，我家女儿一定要配一个能配得上的人……

〔娜妈端早餐，上。

娜　妈　娜娜，你千万别听你爸爸鼓噪，他私心重，他管农业，就把你往乡下嫁，嫁到乡下怎么办？

老　爸　（端起饭碗）乡下怎么啦？乡村振兴起来，比城里还好哩！

娜　妈　那要到猴年马月呀！

老　爸　要人去创造哇！

娜　妈　要我女儿去创造？

老　爸　就是要他们这代人去创造，好日子哪有那么容易得来呀？是干出来的呀！

娜　妈　（痛苦地）我在乡下吃的苦还少吗？
　　　　（唱）灶膛里柴火上山砍，
　　　　　　　自家吃水从河沟里担。
　　　　　　　一担柴火全身汗，

两桶清水腰压弯。
自家吃菜双手种，
既挥锄头又动铲。
要想吃肉自养猪，
臊气臭气能熏天。
件件都要出粗力，
从早到晚汗不干。
忙得头昏眼花自打转，
累得腰酸背痛身发软。

幸亏你没日没夜干，当上了科长局长，好不容易脱离了苦海，搬到城里来。女儿大了，又要往乡下嫁，吃饱了饭撑的呀！

张娜娜　妈，你俩别争，爸再说，要我接口呀！

娜　妈　对，你把口封紧，看他怎么着。（气下）

老　爸　哼！（放下饭碗）你是农村出来的，回头来看不起农村，忘本。（挟公文包急下）。

〔郑开亮拎一纸袋材料，边寻边上。

郑开亮　（唱）承包协议已签好，
　　　　　　一堆材料要上报。
　　　　　　送到农业农村局，
　　　　　　局长大人未找到。
　　　　　　转身来找他的家，
（抬头望）对对对，就是这座小别墅。
（接唱）就是朝阳小区08号。
（敲门）张局长！

〔张娜娜开门。

郑开亮
张娜娜 （两人眼前豁然一亮，同时惊叫）怎么是你？

郑开亮 张娜娜！
张娜娜 郑开亮！（热烈握手）
郑开亮 你怎么认得我叫郑开亮？
张娜娜 那年，农大在我们县录取了郑开亮、张娜娜两名学生，我是张娜娜，你不就是郑开亮？
郑开亮 对对对，我也是这样晓得你的。（含情脉脉地）多么绵软的手。
张娜娜 （柔情绵绵）你也是！
郑开亮 在农大我无数次想握这双手。
张娜娜 我也是见一次想一次。
郑开亮 可就是见一回忍一回痛一回。
张娜娜 一回一回忍在思绪中，乱在脑海里。
郑开亮 唉，枉过了四年——
（唱）农大四年四春秋，
　　　我在西楼你东楼。
　　　第一次第一眼见到你，
　　　心一动来神一抖。
张娜娜 你既然第一眼见到我就心动神抖，为什么不喊我？
郑开亮 （唱）四个春秋心中有，
　　　只缘落差是隐忧。
　　　我住农村你住城，
　　　城乡差别是鸿沟。
　　　次次都想招呼你，
　　　自卑心理鲠在喉。

没有底气勇开口，

思你之念埋心头。

张娜娜　　咿呀咿呀，我每次见到你，你每次都是朝我一瞥就把目光移走了——

（唱）每次我与你目光逗，

总想你先开金口。

你好像没有我存在，

瞟我一眼朝前走。

心想唤你怕你笑，

你若不睬我丢丑。

我气得跺脚骂一句，

你是痴人烂木头。

郑开亮　　娜娜，你真是错怪我啰！

（唱）每次见你多俊秀，

侧目暗暗将你瞅。

多想见你莞尔笑，

你宛若公主昂着首。

张娜娜　　（唱）你也不要冤枉我，

你的帅气我羡慕。

我天呀地呀都不想，

一心想你小帅哥。

郑开亮　　（唱）世俗陈旧莫奈何，

乡下纳不下你小天鹅。

我心想与你比翼飞，

怕你骂我是癞蛤蟆。

好啦！不说啦！今天总算你开了金口，喊我一声郑开亮，我太高兴了。（贴近张娜娜，柔情轻唤）娜娜！

张娜娜　（伸出双手，甜蜜地）开亮！

〔二人贴近，互握双手。

〔幕后伴唱：

迟到的爱啊，

未忘的情。

绵绵思念到如今，

一朝相见欲断魂。

〔娜妈上。

娜　妈　娜娜，他是……

张娜娜　他是我同窗校友。

娜　妈　乡下来的吧？

郑开亮　对，我是乡下来的。

娜　妈　（瞥一眼郑开亮，拉住张娜娜）走，帮妈择菜去。

郑开亮　（识趣地）张娜娜，我，我走了。

张娜娜　（推妈）妈，他是找我爸的。

娜　妈　他找你爸到农业农村局去呀！

郑开亮　我是到农业农村局去的……（气下）

张娜娜　（埋怨地）妈，你这是干什么？他是我农大同学，在农大四年没讲过话，今天第一次接触第一次开口讲话，你就……

娜　妈　没讲过话就好，一个农村的男孩子有什么好交往的？

张娜娜　农村的怎么啦？农村人比你矮吗？

娜　妈　妈为你不下乡，跟你爸吵几回了，你倒好，和你爸一帮腔来了。哼！

张娜娜　（将妈一搡，气得哭出声来，夺门而出）我去找他……

娜 妈	（一屁股坐在地上，拍着大腿，号啕大哭）你这个没良心的，妈从小把你一把尿一把屎心疼大……

〔爸挟公文包上。

老 爸	（见状大惊）怎么啦？
娜 妈	你女儿把一个乡下男孩子带来家里，我讲他一句，她就跑了……（假哭）呜……
老 爸	（扶娜妈）这么大个孩子还能跑哪儿去吗，起来起来。
娜 妈	她去找那男孩子去了。（责怪地）就你早上说了句要把她嫁到农村去，她得了风就是雨，见农村男孩子就疯疯傻傻的。
老 爸	别瞎说，自己家的女儿还不知道？她是个有理想有信念的孩子，她不会轻易……

〔张娜娜领郑开亮进门。

郑开亮	（敬礼）张局长好，伯母好！
娜 妈	（不悦地）你怎么又回来了？
张娜娜	妈，他来跟爸办正事的。
老 爸	你俩认识？
张娜娜	爸，我俩是农大同学。
郑开亮	（拿出档案袋）张局长，这是我承包流转的田亩和山林的协议书和相关资料，已经办齐了。你说，要我亲手交给你……
老 爸	还真是不打不相识呢！你跟我女儿是大学同学，哈哈哈，太巧合了。
郑开亮	认识张娜娜，三生有幸。
老 爸	就是今生有幸。也算缘分吧！（正经地）材料我到办公室去看，现在你谈谈你的发展远景。

郑开亮	向领导汇报。（振作起来）十多年前，我父亲流转承包了五百亩土地，赚了一些钱，房有了，手头足了，就不想干了，小富即安。我听到后，心里不是滋味，刚好我农大毕业，振兴乡村经济不正是需要我们吗？我决心把父亲的产业一盘子接下来，再扩大扩大。我未来的一生，把精力全部放在这上面，不负时代，不负韶华。把乡村建设得美美的，和城里没有两样，甚至让城里人羡慕我们农村……
老　爸	（拍手）说得好！没有夸夸其谈，没有豪言壮语……
郑开亮	我要实打实地干，一声不吭地干下去！
老　爸	我就喜欢这样的……
张娜娜	我也喜欢闷声闷气做实事的人。
郑开亮	娜娜，你不是学果树栽培和药材种植的吗？
张娜娜	是呀！
郑开亮	我聘请你做我的顾问和指导老师，你同意吗？
张娜娜	岂止同意，你不请，我还要写"申请"加入哩！
郑开亮	（开心地鼓掌）局长家的千金小姐也这么平易近人？
娜　妈	（急忙制止）不不不，这不是儿戏，拍拍掌，笑几笑就能成的事。我来问你——
	（唱）你家有没有这个？（捻捻手指，意思是有没有存款）
郑开亮	（唱）没有日子怎么过？
娜　妈	（唱）你家可有我家多？
郑开亮	（唱）伯母把数告诉我。
娜　妈	（唱）五十万元足又足。
郑开亮	（仰面大笑）哈哈哈！

娜　妈　　笑什么？

郑开亮　　别说我吹！

娜　妈　　有多少？

郑开亮　　（接唱）是你五倍没说错。

娜　妈　　没说错？

郑开亮　　没说错。

娜　妈　　（惊愕捂口）哇！

老　爸　　（制止）你问人家这些干什么？

娜　妈　　问问有什么，做事要心中有底。（转身）你家有房吗？

郑开亮　　有。

娜　妈　　有我家房子好吗？

郑开亮　　（又一次仰面大笑）哈哈哈！

娜　妈　　又笑什么？

郑开亮　　别说我吹。

娜　妈　　多好哇？

郑开亮　　我家房子有照片。（打开手机给娜妈和张娜娜看，手机屏幕上的房子在大屏幕上同时显现）

　　　　　（唱）住处是个大杂院，
　　　　　　　　大小机具放里面。
　　　　　　　　前面两层小楼房，
　　　　　　　　红砖黛瓦映蓝天。
　　　　　这是我爸爸妈妈住的。

娜　妈　　（吃惊地）不错不错，很气派。

郑开亮　　我爸又为我造了一幢小洋楼，伯母请看——（亮出手机中照片，大屏幕同时显现：一幢三层造型独特、美观大气的别墅型小洋楼）

娜 妈　（边看边唱）三层小楼多新颖，
　　　　　　　　　设计独特巧而精。
　　　　　　　　　飞檐翘角徽派型，
　　　　　　　　　犹如琼楼落凡尘。
　　　　　哎呀，开眼界了，多洋气的楼房呀！太美啰！
老 爸　你对农村的看法该扭转扭转了吧！
娜 妈　（诚服地）该扭转了，该扭转了。只怪我——
　　　　（唱）进城已有二十年，
　　　　　　　从未下乡转一圈。
　　　　　　　年轻受苦受累事，
　　　　　　　至今还在脑中旋。
　　　　　　　殊不知农村已大变，
　　　　　　　新人新事好新鲜。
　　　　　　　新房排排多亮眼，
　　　　　　　新路萦绕在山前。
　　　　　　　城乡祥和差别小，
　　　　　　　心中疑团化笑颜。
张娜娜　妈，你理解了，就别穷问不舍了。
娜 妈　我穷问不舍还不是为了你？因为你爸要给你做、做……（"媒"说不出口）
张娜娜　我爸想做那个，最后还要你把关。
娜 妈　（笑）我不把了，你爸眼力准……
老 爸　我是农业农村局局长，满脑子装的就是农村，农村一天发展不快，我一天心不宁。现在，我和我的女儿，包括老伴，都要为乡村振兴迎难而上，竭尽全力把农村的事办大办好……（极其兴奋地）郑开亮、

郑开亮 张娜娜,老爸为你俩牵一根红线,如何?

张娜娜 (欣喜地)老领导老爸亲自做媒,太荣幸高兴啦!

〔大屏幕上礼花绽放……

〔幕后合唱:

　　新鲜事儿新鲜办,

　　老爸做媒第一鲜。

　　将女嫁到新农村,

　　为乡村振兴作贡献!

　　该赞!

　　该赞!

〔一家人欢天喜地的造型亮相。

〔幕闭。

—剧终—

幸福中国年

时　间：正月十三日。
地　点：王乐和家、广场。
人　物：
王乐和——纸扎匠。
翠　翠——王乐和妻子。
兔　兔——王乐和女儿。
岳　父——王乐和岳父。

　　〔幕启：王乐和家境较好。冰箱、彩电、沙发等家用电器一应俱全。立橱上放着王乐和为自己女儿兔兔精扎细绘的不同姿态的彩兔，栩栩如生，玲珑剔透。
　　〔兔兔怀抱一摞课本，从学校回家。她边跳边唱着新歌谣。上。

兔　兔　（唱）玩龙灯，看龙灯，
　　　　　　　龙灯扎得好生动。
　　　　　　　骄傲的龙头高高抬，

就是中国的好图腾。

老龙大张口，

发出最强音。

口中圆圆珠，

中国人的心。

老龙遍地游，

留下中国印。

老龙焕发了青春，

世界都惊醒。

老龙亲三亲，

共筑和平大家庭。

龙身抖三抖，

横扫阴霾除霸凌。

玩龙灯，看龙灯，

走街串巷去慰问。

昂首跃尾展雄姿，

喜看舞出好乾坤。

（进门）妈！

翠　翠	（内出）宝宝，书领回来啦？
兔　兔	今天下午，学校报名的人好多啊！
翠　翠	新生入学都有新鲜感，一说开学，都高兴抢在第一天报到。你幸亏下午去的，上午去领，人会更多。
兔　兔	并不是啊，主要是今天下午学校里举行花灯会演。挑选一支灯参加今晚县里举办的"舞动新征程、幸福中国年首届传统民俗灯会"，我爸扎的那条龙选上了，我好高兴啊！那条龙头颇高抬，雄风赳赳，

　　　　　气宇轩昂，威震四方。大家都说是大工匠之作。
　　　　　妈，我真佩服我爸好有本事啊！
翠　翠　还佩服你爸有本事，他那破扎匠手艺差不多是讨饭
　　　　　手艺，谈不上本事，比乞丐好不了一丝丝……
兔　兔　你别贬低我爸爸。他把一条龙扎得那么好，你扎呀！
翠　翠　我扎不到，我更不想扎。
兔　兔　（唱）别吃不到葡萄就讲酸，
　　　　　　　　爸扎纸龙就是炫。
　　　　　　　　一篾一纸似简单，
　　　　　　　　贴在龙身如绣绢。
　　　　　　　　每个环节细打点，
　　　　　　　　一红一绿去点染。
　　　　　　　　精工细作无差错，
　　　　　　　　落错一笔难还原。
　　　　　　　　什么事做好都不易，
　　　　　　　　小看我爸我心寒。
　　　　　妈，你不该这么说……
翠　翠　兔兔，我没有贬低你爸——
　　　　　（唱）扎匠本身就是烂，
　　　　　　　　雇人说好都犯难。
　　　　　　　　三天两头街边站，
　　　　　　　　无所事事享清闲。
　　　　　　　　妈叫你这一辈大改变，
　　　　　　　　把你的学习抓在先。
　　　　　　　　不让你重蹈覆辙继父业，
　　　　　　　　让你考上大学再考研。

兔　兔	妈,我今天晚上要去看灯……
翠　翠	(打断)不行。灯有什么好看?
兔　兔	就看今天一个晚上。
翠　翠	一个晚上也不行。从现在起我必须狠抓你学习。(把兔兔拉到身边,吻了一下,亲切地)我的小宝贝呀——

(唱)兔兔你今年已十三,
　　　小升初是第一关。
　　　第一粒纽扣要系好,
　　　人生路上处处鲜。
　　　昨晚我做了一个梦,
　　　牵你小手逛清华园。
　　　我只想你考清华,
　　　留学国外深钻研。
　　　学业有成再回国,
　　　报效祖国作贡献。
　　　一为祖宗争光耀,
　　　二为爸妈增容颜。

宝宝,妈最关心你的学习,昨晚的梦,就是我千思百想的梦……

兔　兔	妈,你的话我记住了。我求你放我今天一个晚上……
翠　翠	我说了,不行。
兔　兔	我就看一次……
翠　翠	半次都不行。玩灯这档事,最容易让人散心花心。你若看灯把心看散了,没有心思对着学习,我的清华梦就成泡影。你必须全心全意攻读课本,把点点

滴滴时间利用起来，成绩才能直线上去。（欲将兔兔推进房间）乖，宝宝到房内看书去。

兔　兔　（揉眼欲哭靠在门边）妈，我要看……

翠　翠　（哄）宝宝听话，只要你不看灯，妈给你拿好吃的去。（回自己房间）

〔王乐和从外面乐呵呵地上。

王乐和　（唱）正月里来正月正，
　　　　　　村村庄庄玩龙灯。
　　　　　　我两个多月忙个透，
　　　　　　今天抽空回家门。

（进门）哟，宝宝你怎么哭啦？

兔　兔　（见爸爸回来，如获救命稻草，哇的一声大哭起来）哇！爸爸——

王乐和　（抱起兔兔）谁欺负我家宝宝啦？

兔　兔　妈不让我去看灯。

王乐和　妈不让你去看灯，为什么？（朝内喊）翠翠！

翠　翠　（房内出）乐和，你还认得家呀？

王乐和　宝宝怎么哭啦？

翠　翠　我叫她晚上不去看灯，她就……

王乐和　看灯会好呀！增长知识呀！

翠　翠　嗬哟，我在前面卖辣椒，你在后面讲不辣。这倒好，我说和说和到现在，你一句话就抵消了……

王乐和　你为什么不让她看呢？

翠　翠　你不要问为什么，女儿是我生的，我不让她看，就是不让她看，没那么多为什么。

王乐和　你总要有个原因呀？

翠　翠　抓她学习呗!

王乐和　你抓她学习是好事,很对。不过,我有个建议,学习要抓,灯也要让她看。

翠　翠　你这是什么"建议"？针有两头快吗？一个纸扎匠口中有什么好"建议"？自己是纸扎匠,不量量自己,名没名,利没利,还不如我一个妇女在厂里挣得多,冤活了一个大男人。

王乐和　纸扎匠有什么不好？我王乐和活到今天很乐和呀？

翠　翠　你爸老扎匠培养了你这么个小扎匠,你接你老爸的班。难道还想把女儿培养成你的接班人吗？

兔　兔　(看不下去)好,别吵了,我进房去看书,圆你的清华梦!(摔门而入)

王乐和　(有些冒火)你嫌纸扎匠不好,是吧？翠翠!
　　　　(唱)老祖宗留下的职业有讲究,
　　　　　　纸扎手艺占一筹。
　　　　　　万事万物皆有品,
　　　　　　能工巧匠来造就。
　　　　　　譬如我扎一条龙,
　　　　　　雄姿威武高昂首。
　　　　　　中华民族好图腾,
　　　　　　祖先敬称为王侯。
　　　　　　炎黄子孙尊为神,
　　　　　　一代一代传嗣后。
　　　　　　是龙都是扎匠扎,
　　　　　　没有扎匠何所有？
　　　　翠翠,你能说扎匠不好吗？

翠　翠	乐和,别怪我说你,谈好,纸扎匠就是不好,你自己的屎不嫌臭呗。人家怎么看你？远不说,就拿今天早上来说吧,我买菜,李大姐说,翠翠买这么多好菜给扎匠老公吃呀！哎呀,扎匠老公一天可能挣几个钱呦,吃这么好？接着张阿姨又说,再挣不到,一天十块八块总差不多哟,不然光靠翠翠拿那几个,吃屁屙风呀！卖菜的大妈说,哎哟,一天挣那么点呀,翠翠,我这里缺一个人卖菜,叫你老公来我这里卖菜,一天赚一百二百我包着,总比做纸扎匠强多了。说得我身上冷汗直冒。乐和,你就改改行吧！
王乐和	改行？
翠　翠	对。
王乐和	你叫我卖菜？亏你想得出！ （唱）你放开胆子跟我讲, 　　　弄个小官给我当。 　　　我宁愿做纸扎匠, 　　　也不去把那滋味尝。 　　　那些女人穷嘟囔, 　　　根本动不了我心房。 　　　你也打断这个小主意, 　　　我不会改变这行当。
翠　翠	（唱）乐和乐和你别犟, 　　　别小看卖菜这一行。 　　　小买小卖赚钱多, 　　　暗暗赚钱一样香。

|||天天三百两百有进账,
不比你扎匠手艺强?
| 王乐和 | 啊,你想多赚钱?
| 翠 翠 | 持家过日子,不谈钱谈什么?
|||(唱)兔兔才把初一上,
用去大钞两百张。
往后年级岁岁高,
用钱的地方不敢想。
谁都知——
求学路上拐点多,
每个拐点要行赏。
哪个细节失了礼,
女儿前途都渺茫。
我想让兔兔考清华,
要多少金钱去铺张?
| 王乐和 | 咿呀,你非要想得那么高干吗呢?我觉得现在人走极端,都把自己孩子往高大上方向推,都去挤清华北大这条筒子楼。唉!人活得太累了。我老想,人应该活得轻松一些,自然一些……(规劝地)翠翠,我劝你不要把兔兔往什么清华北大死撑,她经过努力,能考到哪儿就哪儿吧!
| 翠 翠 | 哎哎!你千万不能在女儿面前讲这种话啊,你希望女儿接你班,我可不许啊!
| 王乐和 | 真正考不上去,接我的班也没什么大错哇!
| 翠 翠 | 你个屁股嘴。
| 王乐和 | 说到钱,我倒想起来了,(从衣服里掏出一沓钱递

给翠翠）我两个多月扎了朱村、李村、刘村、苍村四条龙，每个村塞一个红包，每个红包一万，两个月搞四万，不比卖菜强？过去搞不到，是因为上面不重视，民间灯会玩得少，扎匠没活干。今年，县委县政府高度重视，举办了"首届舞动新征程，幸福中国年民俗灯会"，以后，就会年年办了，只怕我像今年忙得连回家看你都没空呢！（苦口相劝）翠翠呀，社会职业没有高低贵贱之分，只是分工不同，事事都要有人去做啊！

（唱）我和你看法不一样，
　　　我不把钱顶头上。
　　　我细心琢磨搞独创，
　　　要把纸扎做成大工匠。
　　　不信今晚看我扎的龙，
　　　遨游苍穹欲飞翔。
　　　凡事做出来人人夸，
　　　那才开心和荣光。

翠　翠　（生气地）王乐和呀王乐和，你和我的想法八竿子打不着，那好——

　　　（唱）你有你的大理想，
　　　　　我有我的小主张。
　　　　　你河水不犯我井水，
　　　　　我带兔兔住一旁。
　　　　　从此你别再喊我，
　　　　　我也不向你把口张。
　　　　　我若有事再求你，

就怪我脸皮厚得像猪皮样。

〔岳父带礼品上。

岳　父　（唱）正月十三是新春，

　　　　　　　名为到女儿家看外孙。

　　　　　　　要我老头平心论，

　　　　　　　实为请女婿去扎灯。

　　　　（进门）翠翠！

翠　翠　（折回身）嗳，爸，你怎么来了？

岳　父　儿啊，爸好想外孙哟，兔兔呢？

翠　翠　（手嘬住嘴）嘘！别大声，她在房间里学习哩！

王乐和　（特别亲切地）爸，你来了，坐、坐！我去泡杯热茶来。

岳　父　怎么要你泡？翠翠去。

翠　翠　哎！（下）

王乐和　爸，今晚不走了，吃过晚饭去看灯。

岳　父　乐和呀，听说今年灯会规模大得很哇？

王乐和　是呀！全县有三十六支玩灯队伍哩！党的十八大以后，习近平总书记开启了新征程，人民的获得感、幸福感、安全感大大提升。老百姓开心，不欢乐干什么？过年，把老祖宗留下来的传统民俗灯会重新举办起来，一方面让大家热热闹闹过个欢乐的春节，另一方面也表达表达人民内心对共产党的感激之情啊……

岳　父　是啊，我们县许多村庄都在玩灯，热闹非凡，那个欢乐劲太感动人啊！看着看着，我们村那些青年人坐不住了，也想扎一条龙乐乐。他们说王乐和是全县有名的纸扎匠，请他来扎条最好的龙。他们知道你是我女婿，一齐委托我来请……

翠　　翠　（递茶）爸，喝茶。爸，年都快过了，还扎什么灯？

岳　　父　年还没过完哩，今天晚上县里不是举办传统民俗灯会嘛……我们这一次是赶不上了。可是，还有二月二龙抬头好日子，还有个闰二月，不是再有个二月二嘛，大伙出手练练，赶明年县里灯会！

　　　　　（唱）赶上二月初二也不迟，
　　　　　　　　大伙委托我请纸扎师。
　　　　　　　　我午饭没吃赶脚来，
　　　　　　　　要求女婿多支持。

王乐和　　（唱）岳父大人别客气，
　　　　　　　　本来去扎灯没问题。
　　　　　　　　只因家人在赌气，
　　　　　　　　暂时不能答应你。

岳　　父　你这样乐和开朗的人，和谁都赌不上气，怎么和家人赌上啦？和兔兔？

王乐和　　（摇摇头）不。

岳　　父　和住在东门大桥的父母？

王乐和　　（又摇摇头）更不。

岳　　父　那和谁呀，翠翠？

王乐和　　（笑起来）爸，你一口就猜对了。（又乐和起来）爸晓得，我一辈做扎匠，扎出来的东西狗像狗猫像猫，活灵活现，惟妙惟肖，大家都喜欢。外面人都喊我师傅短师傅长，我心里很滋润、很享受。可是，反倒家里人看不起我……我这口气……

岳　　父　纸扎匠是一门好手艺呀，自古到今，没有人说不好哇！

王乐和　　老祖宗传下来几千年，敬天敬地敬老人，是老家传呀！国家都说要继承好、保护好。我不信家人反对，非把自己手艺出落个大一点的"工匠"来不可，与众不同，这就是我的追求。

岳　父　好，我的女婿有出息。

王乐和　不过，爸，我有个条件？

岳　父　什么条件，钱？

王乐和　为老丈人干事，还谈钱？

岳　父　担心吃喝住？

王乐和　也不。

岳　父　那是什么条件？

王乐和　（笑）光你请我还不行，要你女儿翠翠亲自开口请。

岳　父　中中中。（走到厨房门口）翠翠！

翠　翠　（从厨房出来，靠在门旁）爸，有事情？

岳　父　（轻声地）你和乐和闹矛盾了？

翠　翠　也不是什么矛盾，争了几句口舌。

岳　父　还不是矛盾？我来请他不中，他要你开口请，他才去。快去赔个笑脸。

翠　翠　我又没惹他，赔什么笑脸？

岳　父　你不赔笑脸，他不去，我村上这堂灯没人扎啊！

翠　翠　那就不扎了呗！

岳　父　我说你这个丫头太不懂事了，村上人委托我来请乐和，没有请动，我回去怎么交代呀？我这张老脸能见人吗？

（唱）我劝丫头莫别气，
　　　给丈夫赔笑人不低。
　　　满面笑容喊乐和，

我代表我爸邀请你。

翠　翠　　唉，我发誓不喊他，没过五分钟，又要开口邀请他，怎么开口呢?

（旁唱）丈夫与我闹别扭，

　　　　我本不向他低头。

　　　　迫于我爸压力大，

　　　　只好与他来相求。

爸，我知道了——（转身来到王乐和身边）

（接唱）叫声乐和宽宽心，

　　　　老婆说话别当真。

　　　　我代表我爸邀请你，

　　　　给我爸爸去扎灯。

王乐和　　（装未听见）你叫哪一个哇!

翠　翠　　（尴尬地）你哩!

王乐和　　老婆叫我干什么事哟?

翠　翠　　给我爸去扎龙灯。

王乐和　　嘀嘀，老婆叫我去扎灯，（转对岳父）爸——

（唱）翠翠既然开了口，

　　　　我想不走也要走。

　　　　明日天亮到贵村，

　　　　吃过早饭就动手。

岳　父　　那太好了!

王乐和　　（转身）翠翠，不过，我对你还有个条件……

翠　翠　　什么条件?

王乐和　　今天晚上，我要带兔兔去看灯会。

翠　翠　　（犹豫了一下，转而痛快地）带吧带吧，你自己喊她。

王乐和	（走到兔兔房门口）兔兔！兔兔！
兔　兔	（开门）爸，叫我？
王乐和	对，晚上爸带你去看灯。
兔　兔	妈同意了吗？
王乐和	就是你妈同意的。
兔　兔	那叫我妈亲口喊我。
岳　父	干吗，你爸喊不动你？
兔　兔	我要我妈亲口喊。
翠　翠	非要妈妈亲口叫你干吗呀，你爸已经"捉弄"我一次了，你个小东西又来"捉弄"我？（心情开放地）快出来，跟外公爸妈去看灯会……

岳　父、王乐和
翠　翠、兔　兔　　（齐唱）正月里来正月正，
　　　　　　　　　　　　　家家户户看龙灯。
　　　　　　　　　　　　　一看龙灯玩得妙，
　　　　　　　　　　　　　二看龙爷保太平。
　　　　　　　　　　　　　三看党的政策好，
　　　　　　　　　　　　　四看幸福生活日日升。

〔兔兔挽着外公、妈妈的手，迈向会场……

〔暗转。大屏幕成为广场，变换着诸多景色：

〔夜幕降临，华灯初上，万家灯火齐明……

〔景灯扫射，错落有致，光霞璀璨……

〔数十条龙上下翻飞，龙腾虎跃，苍穹遨游，威震五洲；千盏狮灯、马灯、鱼灯、十兽灯、花篮、车上轿穿梭游弋，宛如仙境……

〔市民们涌入会场，人山人海，阵阵叫好，声声加

油,此起彼伏……

〔几束礼花,哧溜跃上高空,花瓣炸开,光彩夺目。会场左边"舞动新征程"和右边"幸福中国年"硕大宣传牌被繁花簇拥,万人瞩目……

〔兔兔一家站在高处,昂首欢笑,拍手助兴。突然——

兔　兔　（手指远处）爸爸,那是你扎的几条龙,多慷慨,多激昂,多帅气!

王乐和　是呀,那都是纸扎匠的功劳啊!没有纸扎匠心灵手巧、大胆创新,哪有今晚的大团小簇、五彩缤纷?没有纸扎匠的苦心孤诣、辛勤劳作,哪有今晚的星光灿烂,气势恢宏?翠翠,你说呢?

翠　翠　（头歪在王乐和肩上,已被幸福所陶醉,忽听王乐和对自己谈话,亲昵地反激）你就吹!

〔火爆场面,热闹非凡,锣鼓唢呐,响彻云霄,喜庆的氛围越来越浓……

〔幕后合唱:

　　　　万家灯火齐争艳,
　　　　千盏花灯舞翩跹。
　　　　新征程上奋楫舟,
　　　　恭贺幸福中国年。

〔大幕渐落。

〔灯暗。

—剧终—

喜凤借泵

时　间：改革开放初期，实行联产责任制的一个仲夏。
地　点：江南某农村。
人　物：
大　根——男，三十多岁，生产队长。
春　梅——女，三十岁，大根妻。
喜　凤——女，二十多岁，生产队电工。
布　景

〔蓝天高洁。下面是一望无垠的绿色稻田，田塍纵横，豆禾青青。舞台左侧为大柳树，浓荫覆盖，树根四突。附近横贯芙蓉河，翠荷亭立，荷花竞开，有一水泵管翘起。后有一根架线杆。
〔幕启，蝉声阵阵，泵口喷水如注。

春　梅　（唱）六月骄阳红似火，
　　　　　　　百日未雨旱倒了禾。
　　　　　　　幸得我家买了一台小水泵，

　　　　　　水清波流喜心窝。

　　　　（见水泵浪花，高兴跳起）哎呀，多好看。

　　　　（接唱）水泵扬水似花朵，

　　　　　　　翻江倒海波浪阔。

　　　　　　　我第一眼看见自家的泵，

　　　　　　　如龙喷浆落银河。

　　　　（抚泵管）水泵哎——

　　　　（接唱）稻禾要千恩万谢感激你，

　　　　　　　为它解馋又解渴。

　　　　　　　春梅我也要打躬作揖敬重你，

　　　　　　　为我扬扬威风摆摆阔。

　　　　　　　叫人家看你扬眉吐气高唱歌，

　　　　　　　看她还敢不敢把我当个蛤蟆脚。

　　　　〔喜凤背电工工具上。

喜　凤　（唱）适才听得德贵讲，

　　　　　　　他与队长已商量。

　　　　　　　队长愿意支援我，

　　　　　　　我满怀喜悦来抬泵。

　　　　春梅姐！

春　梅　（没好气地）哦，你家德贵叫你来抬泵？

喜　凤　春梅姐，是、是的……

春　梅　你看，那水泵圆滚滚的，黑漆漆的，闪亮亮的，油光光的，抬呀！

喜　凤　（信以为真）多谢姐姐！（捋袖欲扛）

春　梅　（严厉地制止）嗯——

喜　凤　（惊讶停住）哎呀，春梅姐……

〔大根背锹上。

春　梅　（冷峻地）向谁借了？

大　根　春梅，她家德贵跟我讲了。

春　梅　还有我呢？

大　根　（拉春梅）来，我对你说……

春　梅　有屁当面放嘛！

大　根　（气）你……

春　梅　（指鸡骂狗）我怎么啦，沾了谁的财气啦？

　　　　（唱）你心里没有那人在，
　　　　　　　那人金口也不开。
　　　　　　　水泵扬水多威风，
　　　　　　　看谁有胆将它抬？

喜　凤　（赔笑）春梅姐，我家德贵是个粗心人，早上跟队长说了，忘了招呼你，我代他赔个礼！

春　梅　哼，什么忘了，人家有气。

喜　凤　他是刚从厂里赶回来的。

春　梅　刚从厂里回来怎么样，传个三两句话还要周年半载呀！

大　根　春梅，说话不能平和些吗？

春　梅　厉害的还没来哩！

喜　凤　队长、春梅姐，我走了。

大　根　喜凤，这，这，怎么对得起……

喜　凤　没关系。二队有台电动机不转，叫我去看看。（下）

大　根　春梅，你俩原来亲如同胞手足，姐妹相称，今天怎么……

春　梅　哼，她是我什么妹妹，生产队大呼隆时，你是队长，有职有权，说话算数儿，见我姐姐长、姐姐短地叫得欢。现在搞生产责任制了，队长有职无权，她的私心就挂到脸上来了。想起那一回好不气人，（回忆地）她家大三亩在我家小三亩田上埂，她耘二交①草晒田要把水放掉，我叫她把水放到我家田里来，可她把淌水沟掏了又掏，把水放到顶顶②下面的自家一块田里去，硬是不方便我，多伤人心啊！

（唱）人生在世为争一口气，
　　　她做出缺德事气破我肚皮。
　　　我决心提出存款购买机器，
　　　自家有随时用不受人欺。
　　　今天叫我借给她用，
　　　除非是月落东方日出西。

大　根　你气来气去就为这点小事啊，咳，春梅呀！

（唱）这一点小事情无须介意，
　　　说和做更不能任着脾气。
　　　你今日能买这抽水机，
　　　全凭着党的政策得落实。
　　　党号召咱社员联心联产，
　　　团结互助发扬风格摆第一。

春　梅　（唱）"千字文"莫在我脸上写，
　　　马列主义要向喜凤多多教育。
　　　只因她顾本位惹我生气，
　　　也是她变脸色丢了情谊。
　　　她就是田干地裂禾苗枯死，

---

① 耘二交：方言，意思是耕第二遍稻田。
② 顶顶：方言，最的意思。

　　　　　自作自受与我有何关系？

大　根　春梅，不要光往人家缺点上想，要多看看人家的好处。以往，我家电灯坏了，电表要修，不都是人家早喊早来，晚唤晚修吗？

春　梅　哦，你把今朝当往昔，自从我俩为水闹意见连日来，她脚步可踏过我家门槛？

大　根　大旱之日，人家电工忙。

春　梅　分明是人家有志气。你看，昨儿电灯坏了，我宁愿跑三里路请赵老五，也不找她喜凤。她有的是志气，我有的是决心。

大　根　你不能那样想象人家，要是闹气，她还会把这么多电线支援我们呀！

春　梅　什么，这三根七断八截的破电线是她的？

大　根　嗯。

春　梅　啊哟哟，怎么能要她的东西？

大　根　你在银行取出来的钱恰恰只够买水泵，没钱买电线，不要怎么办呢？

春　梅　（气）好，你没办法，我有。（急下）

大　根　我们这儿水源倒不错，可提水工具十分紧张。我家现在买了台水泵，应该互相借着用一用，可是——

　　　　〔春梅背一大圈铁丝上。

春　梅　（唱）春梅咬牙决心定，
　　　　　　　　针锋相对不饶人。
　　　　　　　　一圈铁丝将电线换，
　　　　　　　　不沾他人一根针。
　　　　　大根，把这换上去。

大　根　　什么，你把准备做屋用的铁丝拿来当电线？

春　梅　　是呀，把烂电线拆下来还她去，我不想沾人家的，人家也别想沾我的。

大　根　　春梅，铁丝不能做电线。

春　梅　　骗我。王麻子那天不是用一截铁丝当电线嘛！

大　根　　那太危险！

春　梅　　你得想想办法呀！

　　　　　（唱）千丈青藤一条根，
　　　　　　　　十八瓣荷花一朵芯。
　　　　　　　　丈夫欢乐妻欢乐，
　　　　　　　　妻子的恨就是丈夫恨。
　　　　　　　　春梅叫你换电线，
　　　　　　　　你得欢眉笑眼恭耳听。

大　根　　（唱）该听的话儿当然听，
　　　　　　　　不该听的怎从命？
　　　　　　　　铁丝架线太危险，
　　　　　　　　出了事故谁担责任？

春　梅　　（唱）出了事故我担承，
　　　　　　　　打死人儿我偿命。
　　　　　　　　你只管换。

大　根　　（唱）触电事故重千斤，
　　　　　　　　叫我换线万不能。

春　梅　　你不架？

大　根　　不能架。

春　梅　　你、你、你怕死！好、好、好，你怕死，我来。（奔下）

大　根　　（没拦住）不能去……

〔幕后春梅"哎哟"一声,拉下电线,水泵停水,春梅直拍胸口,惊慌地出来。

春　梅　哎哟哟……

大　根　多危险哪!你看,线拉断了,水泵停水。这,这,还到底要不要打水抗旱?

春　梅　(看看手、看看线、看看泵)这这这,我的天哪!(蒙面泣)呜呜呜……

大　根　哭?哭能哭出水来?还不赶快去喊喜凤?

春　梅　(擦擦泪)喊她?哼!(掉头走)

大　根　上哪儿去?

春　梅　喊赵老五。(下)

大　根　嘿,她人走了,水泵又不能打水,倒不如叫德贵趁空把泵抬过去。(想了想)对,找他去。(下)

〔喜凤上。

喜　凤　(唱)金蝉枝头声声唱,

　　　　　万顷禾苗渐枯黄。

　　　　　喜凤我来去急匆匆,

　　　　　为除旱情日夜忙。

　　　　　涓涓细流润大地,

　　　　　汗珠入土稻花香。

　　　　　只要千家万户粮丰登,

　　　　　喜凤我脱皮掉肉心欢畅。

　　　　　眼下只有张桂芳,

　　　　　寡母幼子力不强。

　　　　　八亩禾苗卷了叶,

　　　　　再没水浇要遭殃。

呀，时间这么宝贵，春梅姐的水泵怎么不抽水？水泵坏了？（从工具包里拿出工具在电动机上测试）〔大根上。

大　根　哎呀，喜凤，我刚才到你家找德贵，没见着人，你来得正好，把水泵抬过去吧！

喜　凤　春梅姐同意啦？

大　根　她……要她同意干什么？我是队长，村上哪一户日子不好过，我都十指连心，疼呢！喜凤，不能依她。

喜　凤　队长，水泵是你们家花钱买的，春梅姐不同意借，不要勉强了。（走至泵边）队长，我刚才检查了，电动机没坏，怎么不抽水？

大　根　哎呀，犟脾气春梅把电线拉脱掉了。

喜　凤　哦？（看看电线脱头处）这三根线也破得实在不能用了，需要换一换……

大　根　凑合着用吧，这五黄六月哪有钱去买？

喜　凤　喏，我这里有五十块钱，拿去买吧。（递钱）

大　根　不……

喜　凤　抽水要紧。

大　根　我不能借你的钱，春梅为一小点意见，使你受了委屈。

喜　凤　队长，不要顾虑这些。春梅姐能够把仅有的一点积蓄拿来买泵就很好。即使解决你自己一户的旱情，对国家也是有利的。拿着吧！（再次递钱）

大　根　我不能要，就是我家田干成乌龟壳，也是春梅她自作自受。

喜　凤　不要那么想，你如果没时间去买——（思索）好吧，先把线架起来抽水吧。

〔喜凤入内,架电线,水泵喷水。

喜　凤　（出）队长,这线凑合用,可要注意安全啦!我走了。
〔喜凤下。春梅气喘吁吁上。

春　梅　（唱）赵老五出差到远乡,
　　　　　　　我东奔西走两头忙。
　　　　　　　请不来师傅水泵怎么修?
　　　　　　　急得我春梅汗水淌。
　　　　　　　眼看着清清流水难抽上,
　　　　　　　没有水怎能丰收多打粮?
　　　　大根大根,可不得了哇,赵老五出远门了,这线没人架怎么办?

大　根　寻死上吊呗。

春　梅　咦,是什么东西响?（转身）呀,谁把电线架起来啦?是你——

大　根　你看我架过电线吗?

春　梅　那是谁?

大　根　你的妹妹。

春　梅　哦!（旁白）她用这个小恩小惠来引我借水泵呀!（诡秘地一笑）喜凤哎,你不认认真真地、彻彻底底地向我春梅姐作个检讨,让我消消气,想借我水泵——没门!

大　根　（旁白）呀,她还是不肯借泵给她呀,咳,我家春梅脾气不好,硬做她工作怕不行,我来想个什么办法,把她俩拢到一起来,当面交换交换意见……
　　　　（思索）呃,有了——
　　　　（唱）我这里磨破嘴巴皮,

　　　　她那里不从又不依。
　　　　眼下只好施个小谋计,
　　　　要让春梅解难题。
　　〔速至开关匣子前,闸去电源,水泵呼地停水,他急缩回原处。

春　梅　（回首大惊）哎呀,水泵坏了?

大　根　（故装焦急）哎呀,该死的泵呀,怎么偏在这个节骨上打眼呢?田里干了裂了,缺一分钟水就少收几多粮啊!

春　梅　是呀,少收几多粮就多受几多罪啊!那,那怎么办?

大　根　这,这有什么办法呢?赵老五不在家,喜凤在家你又不愿请,那,只有等死啊!（故意双抱手坐在树根上不动）

春　梅　等死?等死?不不,不能……（越来越急）怎么能等死呢?你得想办法呀!

大　根　有么办法想哩,还不是去喊喜凤。

春　梅　喊喜凤?这——唉,这也是头撞南墙必回首啊!
　　　　（唱）眼看田旱禾苗黄,
　　　　　　　心想请她口难张。
　　　　（心肠一硬地）哎,不、不、不去喊她。

大　根　（伴说）这不是赌气的事哟,搞责任制包了产,要是田干掉不打粮,怎么交公粮啊?

春　梅　那——她会帮忙吗?
　　　　（唱）假如我没与喜凤把事闹僵,
　　　　　　　她一定会主动前来相帮。
　　　　叫大根找她去?呀,不行不行。

（接唱）	我有言语将她伤，
	眼下求她——她怎会有热心肠？

大　根	没有热心肠，你也要去请她。
春　梅	没有热心肠也要请她？（琢磨此话，旁白）呃，古话说：打死人偿命，哄死人不偿命，我来用个小点子哄哄她，既叫她为我修泵，又不叫她借泵去。（对大根）大根，我想了个好办法，叫她不愿帮忙也得帮忙。
大　根	什么好办法？
春　梅	就说我借泵给她。
大　根	你愿意啦？
春　梅	嗯——人到弯腰时，不弯腰怎么搞呢！
大　根	什么弯腰不弯腰，应该互相帮助嘛。好，我把喜凤请来。
春　梅	不，我们把泵抬送去。抬送去，只抬泵不带线，她为了自家打水，发现泵坏了当然要修，这呀，我可不担"请她修泵"之情。泵修好了，没线打水，还不是望天叹气！这时我们再抬回来，这不既赚里子，又赚面子嘛！嘿嘿嘿！
大　根	（旁白）春梅她忽然同意借泵给喜凤，而且要主动抬送去，不能说没有她的心算，她虽没说，我也能猜出个一二。原来我想把她俩弄到一块来说和说和，她现在要主动上门，这不是再好不过了吗？（故对春梅）你这点子出得好，出得妙！
春　梅	出得好，出得妙？嘿嘿嘿，拆泵。

〔大根拆线，春梅搬泵，二人抬泵，碎步圆场。

春　梅	（唱）	肩抬水泵步整齐，
大　根	（唱）	挑选近路走得急。
春　梅	（唱）	我送水泵是用计，
大　根	（唱）	我送水泵解难题。
春　梅	（唱）	无人修泵真急人，
大　根	（唱）	新泵怎么会坏的。
春　梅	（唱）	巧生妙计走活棋，
大　根	（唱）	正好送到她手里。
春　梅	（唱）	明明把她当成修理匠，
大　根	（唱）	恰恰达到她目的。
春　梅	（唱）	她还会姐长姐短多感激，
大　根	（唱）	她当然又是高兴又欢喜。
春　梅	（唱）	这着棋下得真高级，
大　根	（唱）	这着棋下得真呆气。
春　梅		大根嘞，走快点啰！
大　根		是的哟，我晓得时间就是粮食。（圆场）

〔喜凤背一圈新电线上。

喜　凤	（唱）	一路风尘汗水洒，
		快步如飞赶回家。
		买回电线送春梅，
		及早打水救庄稼。
		她虽对我有意见，
		我一如既往对待她。
		哟，那不是她吗？（喊）春梅姐——
春　梅		哟，她来了。我可不能鼓嘴别气露痕迹哩。（故作殷勤地）喃，喜凤妹妹呀，我给你送水泵来了。

喜　凤	你们家水抽够了？	
春　梅	我俩是多年的姐妹，应该有福同享嘛，我虽然还有几亩田没抽水……也要让你先用啊！	
喜　凤	那怎么行？你用过了借给我才是道理。	
春　梅	哎呀，我还是假心假意呀，既然水流汗淌地给你送来了，就是真心啦！	
大　根	（激将地）春梅有这份好心，你可要收下啊！	
喜　凤	（唱）春梅真是好姐姐，	
	遭灾之际急人危。	
	辛辛苦苦送泵来，	
	我不知怎么来感谢！	
春　梅	哎哟，要感谢什么事呀！咱姐妹俩还分什么彼此？我的就是你的。	
大　根	（激将地）春梅风格可高呢，她不但借给你用，而且还要借给村上人用。春梅，是吧？	
春　梅	（无奈）哎哎！	
喜　凤	春梅姐，我也是这么想的，你看——（放下新电线）春梅姐，那天队长找我借钱买电线，我包中分文没有，今早德贵带五十块钱回来了，刚才进镇子买电动机零件，顺便给代买了这些，不晓得姐姐可满意？喏。（递电线）	
春　梅	你给我代买的？	
喜　凤	是呀，你那架着的烂电线实在不能用了。姐姐，把水泵抬回去，我抓紧替你把新电线架起来。	
春　梅	不，这水泵应该你先用。	
喜　凤	哪有这个道理？我来抬。（二人抢抬）	

春　梅　不不不，你先用。

喜　凤　在这一碗水一碗粮的紧要时刻，你家的水泵应该让你把水抽够了……（抬泵上肩）队长，走！

大　根　好……

春　梅　（跺一脚，瞪一眼，小声地）能抬回去吗？（指泵）没修……

喜　凤　（旁白）哦，这里面还藏着蹊跷？我偏往回抬。（对春梅）姐姐，办事有先来后到，难道你的水泵叫我先用，我能过意得去？队长，我领头走。（掉过头去往回抬）

春　梅　哎，不能不能……

喜　凤　（旁白）她越说不能，我越要走。（对大根）队长，走哇！

春　梅　（拦住）哎哎哎……

喜　凤　队长，春梅姐为什么不准往回抬啊？

大　根　唉！依我看——

　　　　（唱）春梅对你有假心，

　　　　　　　泵坏要修难找人。

　　　　　　　故意抬来给你用，

　　　　　　　借泵是假，叫你修泵倒是真！

春　梅　（旁白）哎呀，他怎么猜到心思啦！

喜　凤　（先惊，后坦然地）啊，是这个意思呀？那好，水泵就放这块田吧。我来架线试泵。（扯线欲架）

大　根　放这块田？错着错着，你家田在顶顶下面。

春　梅　不错不错，这块田就是她家的。上回耘二交草放水，她就是从上边田，把淌水沟掏了又掏，把水放到这块田里来的。怎会错？

大　根　　我是队长，哪块田是哪家的还不知道？这块田是困难户张桂芳家的。

春　梅　　（忽悟）哦，是张桂芳家的？哎哟，那我就错怪了喜凤妹妹啰！原来她是帮助困难户，我还当她是王奶奶烘火往怀里扒——自私自利哩！

喜　凤　　啊，为这事对我有意见？

春　梅　　咳，喜凤妹妹——

　　　　　（唱）怨我心窄冤枉了你，
　　　　　　　　错把凤凰当草鸡。
　　　　　　　　你诚心诚意为村邻，
　　　　　　　　我辜负了你一片好心意。
　　　　　　　　面对妹妹把头低，
　　　　　　　　道过歉来再赔礼。

喜　凤　　姐姐不必道歉，不过——

大　根　　春梅呀——

喜　凤　　　　　　姐姐

　　　　　（同唱）奉劝　　眼要明！

大　根　　　　　　春梅

　　　　　　　　　分田切不可分了心。
　　　　　　　　　全队实行责任制，
　　　　　　　　　村邻更要团结紧。
　　　　　　　　　相互支援共富裕，
　　　　　　　　　同夺丰收报党恩。

春　梅　　（难受地）哎，是是！

喜　凤　　队长，张桂芳抽水的田亩数记在我账上，我明天一

	把交租钱给你。
春　梅	什么，还交租钱？
喜　凤	对，按劳取酬，你家泵应该按田亩收租钱。喏，别的生产队租金价格都定好了……（递纸片）
春　梅	那、那，喜凤妹妹……
喜　凤	队长，线架好了，试泵吧！

〔大根一扳闸刀，水泵浪花四溅。

大　根	看，多美！
春　梅	你你你不是说水泵坏了吗？
大　根	你思想通了，它也就……哈哈哈。
春　梅	什么，你也在用计？

〔幕后合唱：

　　荷花出水吐芬芳，
　　欢天喜地送水泵。
　　齐心协力夺丰收，
　　稻香千里笑声朗。

〔三人造型、亮相。

〔幕徐落。

——剧终——
（1982年3月）

老救济买瓦

时　间：1981年，深秋。
地　点：某县城，张明家内外。
人　物：
老救济——原名金卫国，男，五十多岁。
张　明——男，四十岁，民政局股长。
秀　梅——女，三十多岁，张明妻。
布　景

　　　　〔一块景片将舞台一分为二。室内，一桌二凳；室外，一棵红枫。
　　　　〔幕启：张明手拿信封，焦急地上。

张　明　（唱）接到书信好焦急，
　　　　　　　　双手挠头无主意。
　　　　　　　　老同学明天上门来，
　　　　　　　　看我可买到了电视机。
　　　　　　　　我将他买机之款购了瓦，

　　　　　瓦在这里扯了皮。
　　　　　他对我一贯很信赖，
　　　　　询问此事我齿怎启？
　　　〔秀梅拿提包上。
秀　梅　（唱）丈夫顿生一场病，
　　　　　　　休养半年未出门。
　　　　　　　最近上班体质弱，
　　　　　　　说话做事慢吞吞。
　　　　　　　今日一反常态满屋转，
　　　　　　　焦躁不安是何因？
　　　　　张明，你……
张　明　（指信）你看你看，那位老同学明天要来讨电视机了。
秀　梅　到货了？
张　明　五金公司小杨说昨天到了五十台飞跃牌的。这是紧缺货，缓一缓就买不到了，有货不买，人家跑那么远路来了，怎么交代？
秀　梅　也怪你，怎么能拿人家买电视机的钱替我表哥买瓦呢？
张　明　咳！
　　　　（唱）他托我代买三千块瓦，
　　　　　　　分文不丢光留一句话。
　　　　　　　亲戚之托我心中挂，
　　　　　　　一遇缝隙就把针儿插。
　　　　　　　那天窑厂出了瓦，
　　　　　　　想得我转来转去无办法。
　　　　　　　我怕僧多粥少买不着，
　　　　　　　就拿此款先垫下。

	实指望他带现钱来取货，
	谁知道他中途变了卦。
秀　梅	这——（思索）呃，不打紧不打紧，转手卖掉。这么大个县城不能说没人做屋啊！我这就去居委会打电话，查查哪户居民要盖院……
张　明	对对对，你快点动身，快点快点。
秀　梅	你等着好消息。（下）
张　明	咳，她表哥跟我讲得好好的，买瓦买瓦，昨天突然带信来说今年无钱做屋，不要瓦了。这不坑坏了我吗？要是今天倒腾不出钱来，明天不就出洋相？唉！（烦闷地坐下）
	〔老救济匆匆上。
老救济	（唱）花开花落一整年，
	年前年后不一般。
	去冬踏雪进城要救济，
	今秋腰缠几千元。
	全家老小一身衣服新崭崭，
	又将做屋五大间。
	眼前一应齐全单缺瓦，
	瓦一到家就动手干。
	朋友介绍张股长家中有瓦卖，
	我怀揣便条把路赶。
	多亏好心人勤指点，
	左弯右拐才摸到张家门前。
	顾不得身累腿酸汗满面，
	举手敲门将张股长喊。

（咚咚叩门）张股长！

张　明　（唱）坐在家中好闷烦，

　　　　　　　　不知谁在门外唤。

　　　　谁呀？

老救济　张股长，我哇。

张　明　（门缝里瞧，惊）呀，是他！

　　　　（旁唱）他是胡搅蛮缠的老救济，

　　　　　　　　一定是来找麻烦。

老救济　张股长，开门呀！

张　明　（无奈开门）老救济，你……

老救济　张股长，我今天特地来找你——（掏便条）喏，这条……

张　明　（厌烦地挡回）我不看我不看，什么这条那条，你人一到，比什么条还说明问题。（旁白）不就是要救济的报告嘛……咳，果真是——

　　　　（旁唱）老救济定期来上"班"，

　　　　　　　　坐镇龙庭死要钱。

老救济　嘀，不看条子就晓得什么事？

张　明　（没好气地）当然晓得，你来还不就是那回事？

　　　　（旁唱）老救济实在讨人嫌，

　　　　　　　　人穷志短眼光浅。

　　　　　　　　月月找民政局从不间断，

　　　　　　　　既要定补钱又要救济款。

　　　　　　　　他一入座就是老半天，

　　　　　　　　不救济几块钱难出门槛。

　　　　　　　　今日我有急事怕他绵缠，

　　　　　　　　批准他十块钱好把家还。

	（拿笔批条，书毕）老救济，到办公室办手续去吧！
老救济	（接过纸条）难为你难为你！（出门）我那朋友真够交情咧，大概昨天就把情况跟张股长讲好了，不然，我一句话没说，事办妥了。嘿嘿，这倒省得我一场嘴巴皮子磨。好好好，交钱取货去。（下）
张　明	（唱）一张纸条买个安，
	十块钱推走了穷苦汉。
	我再细细寻思好办法，
	定要让瓦变现钱。
	〔老救济持纸条复上。
老救济	咦，怪了，我朋友说，他表妹婿张股长替他私人买的瓦，由于他没钱做屋，决定不要瓦了才转让给我买，这既不涉公家事，又不沾公家钱，干吗叫我到办公室去办手续呢？难道……呃，我得多句话，去问一声。（叩门）张股长！
张　明	（开门）哎呀，你怎么回来了？
老救济	张股长，我大字不识……
张　明	你这人真没法说，过去你老缠王股长，今天又缠起我来了。
老救济	不是我缠你，这、这张条子……
张　明	怎么，批你十块还少吗？
老救济	（误听）哎呀，十块怎么行？既不能盖鸡窝，更不能遮烟囱……
张　明	那你要多少？
老救济	我要三千块。
张　明	（误听）什么，要三千块？

老救济	没有那么多,我那五间屋怎么盖?
张　明	嗜,你虽然打了很多仗,有不小的功劳,可、可,你那五间屋总不能要民政局给包下来吧?
老救济	你替我想想,批十块,能做啥用呢?
张　明	哎呀,你真是人心不足蛇吞象。平时王股长批你三块两块你都高高兴兴地走了。我最近上班才接王股长手,一回就批你十块钱,还嫌少?
老救济	什么,钱?哎呀,我不要钱。
张　明	那、那你要什么?
老救济	要瓦。
张　明	(旁白)咄,别看他老实巴交的,倒挺会耍名堂的哩。说不要钱要瓦,瓦不就是钱,钱不就是瓦嘛,一毛五分钱一块瓦,三千块瓦就是四百五十块钱。这么一大笔数字,连局长也不敢批啊!(对老救济)老救济哎——
	(唱)我干干脆脆告诉你,
	批你十块钱是你的福气。
	民政局钱也不是好要的,
	捞几块是几块切莫扯皮。
老救济	(唱)我知道民政局钱不是好要的,
	可是我并非为钱找你扯皮。
	只因为有人介绍你家有瓦卖,
	我这才紧追慢赶到你家里。
张　明	(旁白)嘿,他的点子还真多咧,要钱不行说要瓦,要瓦不成又说买瓦。买瓦,他能买得起瓦?谁不知道他老救济穷得屁股打板凳响?王股长一见他来就

时代号角篇

眉头打皱，心里发愁。王股长移交给我的时候，还向我特别交代过他的情况哩！他今天说买瓦，倒不如说骗瓦。我不能像王股长，几句好话一说就让他骗着了，我可要把心肠放硬点。（对老救济）老救济，我再次郑重告诉你——

（唱）任凭你巧嘴说得天花坠，
　　　任凭你缠劲大坐不离舍。
　　　要钱只能批你整十块，
　　　要瓦不会给你半块泥做的坯。

老救济　你家到底可有瓦卖哟？

张　明　我家又不是砖瓦窑厂，哪有瓦卖？

老救济　那、那这张条子还你。（递条、出门）

张　明　哟，人穷脾气倒不小咧，十块钱嫌少。嘿嘿嘿！好，还我就还我，哪怕你一辈子不找我。（关门入内）

老救济　唉！

（唱）两腿赶路跑扭了筋，
　　　原来是喜鹊含泥空折腾。
　　　来时浑身劲抖抖，
　　　去时腿软步沉沉。
　　　农民该是倒霉的命，
　　　愁眉度日难称心。
　　　过去家贫手头空，
　　　添床被单也事难成。
　　　如今翻身有了钱，
　　　心想买瓦却无门。

这、这、这怎么办呢！

	（接唱）急坏老汉心一颗，
	再奔他处细打听。
	〔秀梅上。
秀　梅	（唱）个个居委会已询问，
	回音均无买瓦人。
	秀梅任务没完成，
	怎安丈夫焦急的心？
	该死的表哥喂，别怪我在路上骂你，你要做不起屋，就别害我家人替你买瓦吵……
老救济	（一愣）哋，听她口气，好像有瓦卖不出去！哎，我来试探试探。（故作自语）瓦……
秀　梅	（旁白）哋，看他神态，好像是个买瓦的！哎，我来试探试探。（也作自语）瓦……
老救济	哎，小大姐，请问你，哪里有砖瓦窑厂呀？
秀　梅	你问砖瓦窑厂做嘛事吵？
老救济	想买瓦。
秀　梅	要多少？
老救济	三千块。
秀　梅	（欣喜地迎上）哎呀？这可太好了。大伯，我家正有三千块瓦要卖。
老救济	咳咳，这真太巧了。小大姐，赶快带路。
秀　梅	大伯跟我来！
	（唱）喊破嗓子无觅处，
老救济	（唱）赶巧且不费工夫。
秀　梅	（唱）欣喜有了好顾主，
老救济	（唱）幸亏大姐多援助。

秀　梅	（唱）得了现钱解忧虑。
老救济	（唱）有瓦好做新房屋。
秀　梅	到了到了！大伯，你在门外稍等一会儿，我——（进屋）
老救济	（左看右瞧）呃，这不就是张股长家嘛！这位是他的老婆，姐姐，还是妹妹？咳，老头子猜这干轻型呢，不管是他什么人，有瓦卖就行，等就等。（找块砖头就坐下）
秀　梅	张明，张明！
张　明	（内出）哟，你回来喳，有好消息？
秀　梅	（旁白）我家这个丈夫哇，只晓得摸眼钉钉，头脑没有活络劲儿。这回我来急急他，（一本正经地）有么好消息呢，电话四门打高了，没人买瓦。
张　明	这可怎么办呢，瓦不出，电视机不进，这不要挨老同学骂吗？
秀　梅	那就揉揉头皮，任他骂个透呗。
张　明	那可不行。你在家，我去找。（欲走）
秀　梅	（拦住）哎哎，不能走。
张　明	我得找买瓦人去。
秀　梅	（拦住）哎哎，你还是不能走。
张　明	（推开她）咳，我都急得一头大汗了，你还有心思打趣！
秀　梅	看把你急得——我给你找位客人来了。
张　明	（跳起）真的！那太好了！
	（唱）忽闻秀梅传捷讯，
	顿化焦躁为安宁。
	转身我将妻子问，

秀梅——
　　　　顾客是个么样的人？

秀　梅　　嗯——农民吧！

张　明　　（不悦）农民，干吗找个农民？

老救济　　（不耐烦地）嘿嘿，进去就进去吧？有瓦无瓦倒要出来回句话呀，让老等……

秀　梅　　啊！不不，可能是工人。

张　明　　（嬉笑）工人好工人好，他们有钱。秀梅，把糕点碟子端出来，先招待招待他。

秀　梅　　我卖东西还兴这个？

张　明　　哎，这样事情会办得顺利些，别看瓦是紧缺货，急买买不到，急卖卖不掉啊！客人来了可不能让他跑了，去！

秀　梅　　（噘嘴）我……

老救济　　算着算着，张股长已经说过没瓦，如果傻等，瓦没买着，还耽搁了我的工夫。走，上别处……（渐下）

张　明　　你不愿，我来。（入内，双手端糕点碟子复出）看你发呆，快请客人进屋呀！

秀　梅　　大伯，请你进屋。（发现无人）咦，人呢？（喊）大伯，大伯——

老救济　　（转回）小大姐在喊我？（应）哎！

秀　梅　　（拖住他）呀呀，你怎么跑了哟？我家那位还特地请你堂上坐咧。

老救济　　嘀嘀，还特地请我……

秀　梅　　听说你来了，他不知多高兴呢！
　　　　〔秀梅领老救济进屋。

张　明　（大惊）呀，是老救济！

老救济　张、张股长……

秀　梅　怎么，你们认得？

张　明　哎哎哎！（强忍怒火，速搬小凳放在门外）老救济，你还坐这里吧，外面空气新、新鲜。

老救济　（旁白）咃，说特地请我堂上坐，怎么又叫我坐门外去？

秀　梅　你不是请他进屋吗？

张　明　（拖秀梅）你怎么把他领来了？

秀　梅　只有他买瓦呀！

张　明　你知道他是什么样的人吗？

秀　梅　有鼻子有眼的老大伯……

张　明　咳，你不了解他的底细啊！

　　　　（唱）他解放前夕打过仗，
　　　　　　　朝鲜战场负了伤。
　　　　　　　以此为荣功劳簿上躺，
　　　　　　　依赖国家手向上。
　　　　　　　儿多女幼吃口重啊，
　　　　　　　民政局一年包他半年粮。
　　　　　　　全县有名的老救济户，
　　　　　　　缺衣少食闹饥荒。
　　　　　　　他哪里有钱能买瓦？
　　　　　　　分明是借口骗瓦要搞什么鬼名堂。
　　　　　　　这个当我们不能上，
　　　　　　　你赶快打发他远去他乡。
　　　　　　　秀梅，他没钱买瓦的，叫他走吧。

秀　梅　（唱）你怎知他腰包中空空荡荡？
张　明　（唱）刚才他已与我缠了半晌。
秀　梅　哦，他已经来过了？
　　　　（唱）他亲口说过没有钱？
张　明　（唱）何须说，你看他那副寒酸相。
秀　梅　（唱）世人怎能看貌相？
张　明　（唱）有名的老救济怎有钱藏？
秀　梅　（唱）草灰也有发热时。
张　明　（唱）睡梦中抱金娃岂能想象？
　　　　秀梅，闲话少说，打发他走吧！
秀　梅　不！
　　　　（唱）我要问明情况辨雌黄。
张　明　（唱）你切莫惹火上身把祸闯。
　　　　不要问！
秀　梅　偏要问。（欲走）
张　明　（拦住）不能问！
秀　梅　定能问。
　　　　（唱）我出门再将大伯访。
张　明　唉，真拿她没有办法噢！
　　　　（唱）我快将糕点房中藏。（急收糕点入内）
秀　梅　大伯，买瓦会用钱吧？
老救济　嘿嘿，还有买瓦不用钱的？
秀　梅　（喜跑门内）张明张明，他有钱的。
张　明　（内出）不是说不用钱，就是说他腰包中没现钱，他把瓦弄到手，今日交五块，明天送八块，猴年马月才交得齐？

秀　梅	说得也对，没现钱电视机不得进门啊，我再去问问。（又至门外）大伯，把钱交给我吧！
老救济	瓦讲妥了，我就去拿钱。
秀　梅	（喜跑门内）他说瓦讲妥了就去拿钱。
张　明	你怎么尽相信他的话，他上哪儿去拿钱？
秀　梅	说不定能拿得出呢，人家都说乡下责任制好。
张　明	责任制再好，他这个穷得不能再穷的老救济户子，一年两年能翻身？你要知道，我这一笔就是四百五十块，他能随手拿出？不行啦。
秀　梅	那——
张　明	你干脆对他说，没有瓦。
秀　梅	还是多问几句好……
张　明	不必糟掉那口仙气，你不说我去。（走至门口）老救济，我早跟你说了，没有瓦没有瓦！
老救济	刚才那位小大姐不是说……
张　明	（窘住）啊啊……（灵机一动）那是人家托她卖，她已经卖掉了。
老救济	（失望地）啊！卖掉了，又白等……那，我走了。（走几步，转念）呃，不大对头唉，小大姐刚才明明白白说有瓦卖，眼下突然变卦，内中必有原因……对，我到窗下来听听，看他搞么玩意儿。（潜入窗下）
张　明	（闩门进屋）秀梅，老救济走了。
秀　梅	你这样把人打发走……
张　明	你净做傻事儿，把这么个穷老头招进门来。你晓得，我现在急要的是现钱。
老救济	（窗下）急要现钱？

秀　梅	你这样小瞧人家，我总感到不安。
张　明	我小瞧他！哈哈哈！他不来要救济款就是天大的喜事啰！还有钱买瓦做屋？
老救济	（大惊）哦？原来是这样！
张　明	秀梅，我要换件衣服到城建局去，问问可有买瓦的。（拉秀梅入内）
老救济	（唱）身陷迷阵不知情，
	一语道破方觉醒。
	原来是，并非他家无瓦卖，
	而嫌我，身无分文购瓦金。
	张股长呀张股长，你太门缝瞧人了。（忽然想起）咳，我朋友写给张股长的便条还揣在我腰里，他没见着——我现在想个办法交给他，看他什么态度。（探望）哟，那边来了个小家伙。（走至枫树下）小朋友，请你帮我做件小事行不行哇？
	〔幕后童音：老伯伯，什么事？
老救济	（伸出便条和存折）你把这封信和小黄本子，从后门交给这个屋子里的大人，好吗？
	〔幕后童音：好。
老救济	难为你啊！（转身，踮脚望院内）乖乖，那儿一堆堆的不是红瓦吗！嘿嘿，他硬说没有。这种人……
	〔幕后童音：张叔叔，你家的信。
	〔幕后男者：啊好，谢谢胖娃。
	〔张明穿戴整齐地与秀梅看信上。
张　明	啊，你表哥来的。（展信念）"表妹婿表妹，你们代我买的瓦我不要了，现介绍我的朋友金卫国同志前

时代号角篇

来购买……"哎呀，这才真正找到了好顾主啦，你看，存款折子也带来了。

秀　梅　太好啦，省得跑啊，快把干净衣服脱下来吧。

张　明　好好好，总算老天有眼。（脱衣）

老救济　再去找他。（叩门）张股长。

张　明　（开门）哎呀，你怎么又来了。

老救济　买瓦呀！

张　明　我话讲三遍了，没有瓦。

老救济　你家院子里堆的……

张　明　早就跟你说卖掉了。

老救济　卖给哪家哪户，姓什么叫什么？

张　明　打破砂锅璺（问）到底，我说出来你认得吗？

老救济　本县人，老汉有多少不熟？

张　明　叫金卫国，你知道是高是矮？

老救济　（好笑）金卫国！金卫国不是跟我一样，大穷汉子吗？

张　明　哼，人家像你？你三天上县，五天进城，不是要救济就是要补助，缠死缠活，没完没了。

老救济　那你认得金卫国啰？

张　明　嗯——当然当然，高高个儿大大脸，既有身份又有钱。你看，人家多大方啦，人没到，存款折子先带来了。

老救济　张股长，今天我也要买你的瓦。

张　明　不行不行，一女不嫁两家，人家先买下了。

老救济　他凭什么买的？

张　明　存款折子呀！

老救济　哈哈哈……存款折子能买瓦！那——我也有这个——（高傲地递过一本存折）

秀　梅　（接过一看）金卫国，存款六百二十元。（惊对老救济）什么，你叫金卫国？

老救济　你没说错，本人姓金名卫国。

张　明　（大惊）什么，你就是金卫国？

老救济　不信？请看。（又递过一本存折）

秀　梅　（接过一看，暗拉张明至一旁）阿嚏，这一本存款还多些哩，七百多块哟，我说人家有钱，就你不信，这……

张　明　他哪来这么多钱？我得问问他。（对老救济）老救济，你怎么有三本存折？

老救济　三本存折！哈哈哈，张股长，你仔细听着——
　　　　（唱）土地是块刮金盆，
　　　　　　　既出金来又出银。
　　　　　　　自从实行责任制，
　　　　　　　枯草逢春又发青。
　　　　　　　我家大小劳力有七个，
　　　　　　　个个如虎下山行。
　　　　　　　饲猪喂兔养鸡鸭，
　　　　　　　责任地里把瓜种。
　　　　　　　一年收入三千元，
　　　　　　　粮食打了一万多斤。
　　　　　　　老伴为了好记账，
　　　　　　　分项收入分项存。
　　　　　　　这本五百是卖猪款，（递存折）
　　　　　　　这本六百是卖兔金。（递存折）
　　　　　　　这本七百卖粮钱，（递存折）

这本千二是卖瓜银。（递存折）
老伴她，当地辣椒嫌不辣，
偏存县城银行才放心。

张　　明　啊！这样，那你以往——

老救济　　以往——咳！
（唱）那些年，生产队干活大呼隆，
　　　　出勤只把时间混。
　　　　一个工值一角八，
　　　　一亩只收二三百斤。
　　　　再说我家吃口重，
　　　　不靠救济怎活成？
　　　　找政府救济跑断了腿，
　　　　"老救济"辱名背在身。
　　　　现如今，我身缠千元腰杆硬，
　　　　谁再敢，把我"老救济"喊一声？

秀　　梅　（捣捣张明）你听你听，人家说难过话了，这，这多难为情！

张　　明　是呀，对不起人啊！金大伯——
（唱）只怨我势利思想在作怪，
　　　　伤害你老实不该。
好，金卫国同志，这瓦就是卖给您的。

老救济　　卖给我？咳咳咳！刚才我在后院外看了，红瓦质量不好，老汉不要了。（故装要走）

张　　明　（急拦）哎呀呀，大伯大伯，是好瓦是好瓦，今天无论如何请大伯买下，请大伯买下。
（接唱）大伯莫将我气在怀，

	张明有错迅速改。
	秀梅,快把糕点碟子端出来,
老救济	(唱)你有瓦硬说无瓦卖,
	三次撵我出门来。
	你、你、你你你……
秀　梅	(端碟子上)大伯!消消气吧。
	(接唱)秀梅代夫来赔礼,
	盼望大伯多谅解。
	大伯,把你气成这样,我心不安。
老救济	咳咳,张股长,不瞒你说——
	(接唱)要不是小大姐说得乖,
	你这堆红瓦我偏不买。
张　明	谢谢大伯,请到后院点货去。
老救济	不,按照我们乡下人习惯,一手交猫,一手交鸡。我还是把钱先取来,不然人家不放心。
张　明	放心放心,先点货、先点货。
老救济	不,不……(欲走)
秀　梅	张明,照大伯话做吧,我们陪大伯一道去,顺便把电视机买了带回来。
张　明	好,陪大伯一道,走!
	〔在欢乐的音乐声中,三人起舞、造型、亮相。
	〔幕徐落。

—剧终—

(1981年11月)

赠 蜜

时间：现代，春。

地点：江南某农村。

人物：

王小亮——男，三十岁，农民。

张春芳——女，二十多岁，王小亮妻。

珍　嫂——女，三十多岁。

表　哥——男，近四十岁，乡农科站站长。

布景：

〔远处，青山如黛，村庄隐现；近处，苗青麦秀，桃红李白，菜花点点。台左为王小亮家一角，红砖青瓦，飞檐翘角，屋山头有新砌院墙，栅门通内；台右伸出桃枝，粉花繁密，门口有石凳。

〔大幕在轻快的音乐声中徐启。

〔珍嫂上。

珍　嫂　（唱）紫燕双双绕高粱，

　　　　　　　桃花朵朵吐芬芳。

　　　　　　　　眼下是，抱鸡孵鸭正当令，

　　　　　放蜂养鱼好时光。
　　　　　只见到，别人副业搞得多红火，
　　　　　小日子过得好排场。
　　　　　现如今，发展生产门路广，
　　　　　我也想把家庭副业搞兴旺。
　　　　　我穿村过店走得急，
　　　　　为求蜜蜂找小亮。
　　　　我听说，王家垱的王小亮，两年前在党支部会上表过态，为了让大家富起来，谁想养蜜蜂，他愿意赠送四箱蜂种。徐家垴的徐大宝，张家墩的张老实，都在他家领过四箱蜂种。两年来，都得了利。今天，我也想求他帮一把……（甜声地）小亮！小亮！（见无人应，又敲门）小亮兄弟！
　　　　〔王小亮从栅栏门出，取下面罩。

王小亮　　（唱）正在西院擦蜂箱，
　　　　　　　　忽听院外喊小亮。
　　　　　　　　慌忙起身迎宾客，
　　　　　　　　只见客人立门旁。
　　　　　嗬，珍嫂！
珍　嫂　　呀，小亮兄弟，只见你身上灰头粘草的，在扒弄个什么哟？
王小亮　　桃花开，梨花放的，要让蜜蜂出来挣钱啰！
珍　嫂　　你真是个挣钱能手哇。（不好意思地）嘻嘻嘻，小、小亮兄弟，不、不瞒你说，我今天来，想、想找你要几箱蜜蜂……
王小亮　　（稍惊）要几箱蜜蜂？

珍　嫂　听说你在党支部会上表过态……我想，你们党员说话是一星唾沫一点泡的，走路也是一步一个脚板印……

王小亮　是呀！不过……

（旁唱）珍嫂上门来求援，

　　　　叫我小亮好为难。

　　　　二十箱意蜂已赠走，

　　　　剩下四箱做种源。

　　　　如这四箱再赠她，

　　　　自家的副业怎发展？

（思索）这……

（接唱）珍嫂家境多贫寒，

　　　　孤儿寡母力气单。

　　　　支部会上我表过态，

　　　　扶贫致富我应流汗。

　　　　帮助了徐家和张家，

　　　　对珍嫂我怎能袖手旁观？

（决断地）珍嫂，行呀！

珍　嫂　（欣喜地）真的？

（唱）张老实起先也是领四箱，

　　　两年来人变气派房改样。

　　　那时我孩未成年无力养，

　　　今长大养蜂采蜜年正当。

　　　珍嫂我今天也把四箱领，

　　　定叫它铁匠开张炉火旺。

小兄弟，那就太感谢你了。

王小亮　珍嫂，别这么说。走，到西边院子搬蜂箱去。

〔王小亮、珍嫂进栅栏门,下。

〔张春芳背锄上。

张春芳　（唱）春日融融人倍忙,
　　　　　　　耕田撒种把蜂放。
　　　　　　　农业副业两手抓,
　　　　　　　日子越过越兴旺。
　　　　　　　你看那——
　　　　　　　红砖灰瓦勾缝墙,
　　　　　　　窗明几净耀眼亮。
　　　　　　　水泥场地平如镜,
　　　　　　　空花院墙围三方。
　　　　　　　人人都把我的小亮夸,
　　　　　　　劳动致富多荣光。

〔王小亮挑蜂箱出栅门。

王小亮　（唱）肩挑蜂箱出栅门,
　　　　　　　了却珍嫂一片心。

张春芳　嗬,你今天就开箱放蜂了?

王小亮　不,有人求援,我想就给这四箱蜂。

张春芳　你呀,支援人家拿东院的中国蜂呀!

王小亮　春芳,要支援人家就得拿家里的好品种。它个头小、产蜜量高,那才能让人家发财快。

〔珍嫂上至栅门内。

张春芳　意蜂只有四箱了哇……

〔珍嫂在栅门内独白（画外音）:"呀,他家只有四箱了!难怪我找遍西院没见蜂箱呢!"

王小亮　这个人丈夫去世几年了,家境很困难。眼下孩子刚

	长大，搞别的副业不中，养养蜂还是蛮合适的，就帮她走一条生财之道吧！
张春芳	难道她想发财，我们就该破财……
	〔珍嫂在栅门内独白（画外音）："是呀，不能发了我家倒了他家呀！"
张春芳	（发觉栅门内珍嫂）哦，是她！不行不行不行，我蜜蜂再多，也不支援她。
珍 嫂	哦！这……（走出栅门，亲热地）春芳妹子！（春芳扭对一旁）小亮兄弟，这四箱蜂我给挑送西院去。
王小亮	不，送给你了。
珍 嫂	小亮兄弟，我刚才跟你说着玩的。
张春芳	（速转身）你是说着玩的？
珍 嫂	说着玩说着玩……
张春芳	你看你看，闹了半天还是说着玩的。我就晓得珍嫂是个广结广交的人，什么生财之道不好找，稀罕你这几箱吵死人的蜜蜂儿？帮她忙的人，有！
珍 嫂	（旁白）这是什么话？
张春芳	（对王小亮）你也太老实了，珍嫂跟你开句玩笑，你就裁缝弯腰——捡个针（真）了。
王小亮	她不是开玩笑……
张春芳	（截断王小亮话）还不快给珍嫂倒水喝去？
王小亮	哦哦，看我傻的……（进屋）
张春芳	（指石凳）坐。
珍 嫂	（推托地）不，不坐了。我还要到樊家沟办点事。这，这就去。
张春芳	贵人多忙事，那就不留你了，我也急着去换稻种。

〔珍嫂下。王小亮端茶碗，出。

王小亮　春芳，珍嫂呢？

张春芳　她走了。

王小亮　你怎么让她走了？

张春芳　哟，问得真怪，她说她到樊家沟办事去，我能拉住她？难道她走了，还有什么留念的？！

王小亮　看你说的……

张春芳　哼，这个寡妇我看不起她，丈夫才死几年就偷鸡养汉了。

王小亮　瞎说些什么？方家塘的人都说珍嫂为人稳重、大方，过日子刻苦、本分……

张春芳　算了算了，你晓得个屁。

　　　　（唱）去冬她忽然得一病，

王小亮　不错，听说她是病了几天。

张春芳　（接唱）触动春芳恻隐心。

　　　　　　　　杀只母鸡整个儿炖，

　　　　　　　　连钵带鸡送上门。

王小亮　你俩是一个村出来的姑娘，是得互相照应点。

张春芳　可是，我在村上金凤家玩了一会儿，回来路上碰到一桩怪事情。

　　　　（接唱）她女儿小娟把篮拎，

　　　　　　　　急急忙忙往镇里行。

　　　　　　　　我一看还是我那装鸡的钵，

　　　　　　　　一揭钵盖热腾腾。

　　　　我问，小娟，你把这炖鸡送哪里去呀？（学小娟声）"送给叔叔去。"谁是你叔叔？（学小娟声）"我妈叫我不说。"你看你看，她哪有什么叔叔呀，明摆着是个野汉子。从那天起，我就不理她了！

王小亮　咳，送蜂种是为了帮她治穷，和这有什么关系？

张春芳　没关系呀，关系可大啰！

（唱）你若再赠她蜜蜂，
　　　不知她又送谁人。
　　　人情未做倒事小，
　　　还会落得坏名声。
　　　如果卷进浑水坑，
　　　倾三江水也难洗清。
　　　到那时，悔也迟来恨也晚，
　　　不如现在早绝情。

老实说，像她这样的人，我再多蜜蜂也不能支援她。

王小亮　这……

张春芳　不要这呀那的，还是快点把蜜蜂送进西院去。（送锄进屋）

王小亮　唉，真是寡妇门前是非多。（将茶碗放石凳，远眺）她说珍嫂到樊家沟有事，到樊家沟怎么朝方家塘走呢？

（唱）眼看珍嫂已去远，
　　　不免心中起波澜。
　　　她满怀希望高兴来，
　　　却逢春芳吐怒言。
　　　她此去，绝不是到樊家沟把事办，
　　　而是她身撞南墙自转弯。
　　　为避双方多尴尬，
　　　借故解脱把家还。

　　　　　她两手空空归屋里,

　　　　　岂不叫她心如箭穿?

　　　　　春芳呀春芳,你好不该哟!

张春芳　（拿一只布袋出）小亮,你昨晚不是说农业副业一把抓嘛,播种季节到了,你昨天没搞到"新农一号"优良稻种,现在我到农科站找表哥开点后门去。

王小亮　你不要去找表哥的麻烦了。

张春芳　这有什么,他当上农科站站长了,找他这点事……没问题。（急下）

王小亮　（招呼）哎,哎!

　　　　（唱）春芳对珍嫂论短长,

　　　　　　　胡猜乱疑实不当。

　　　　　　　我若赠她四箱蜂,

　　　　　　　担心春芳把闲话讲;

　　　　　　　如果无情拒绝她,

　　　　　　　又怕珍嫂多哀伤。

　　　　　　　怎么办……怎么办,

　　　　　　　到底顾太子,还是顾娘娘?

　　　　（思索）唉,这可难坏我啰!（急转）——

　　　　（接唱）肝胆相照闪闪亮,

　　　　　　　王小亮做事冠冕堂皇。

　　　　　　　蜜蜂决定送珍嫂,

　　　　　　　亲自挑蜂把门上。

　　　　　　　纵使春芳有意见,

　　　　　　　再做工作也无妨。

　　　　走!（挑蜂箱下）

〔张春芳拿布袋上。

张春芳　（唱）为换稻种心气疼，
　　　　　　　找到表哥脸如冰。
　　　　　　　我好话讲了三大箩，
　　　　　　　他一开腔言不逊。
　　　　　　　"现在党风正好转，
　　　　　　　哪里还兴开后门？"
　　　　　　　说得我好像瘟鸡头难抬，
　　　　　　　脸红一阵白一阵。
　　　　　　　大话已跟小亮讲，
　　　　　　　空手回家怎见人？

咳，实指望胳膊往里拧，是亲帮三分，谁知他这么翻脸无情……唉，小亮问我稻种搞回来没有，我怎么回答呢？（坐下）姑妈在世时，表哥对我特别好，我对他比亲哥还亲。表嫂死了以后，我格外同情他，尊敬他，可他……真是新官上任三把火，帽子一戴嘴就歪。

〔表哥上。

表　哥　（唱）刚才一时不冷静，
　　　　　　　得罪表妹心不忍。
　　　　　　　匆匆忙忙上门来，
　　　　　　　一致歉意二赔情。

春芳！（春芳扭身不答）春芳！（春芳又扭身不答）春芳表妹！

（接唱）口喊表妹声声亲，
　　　　妹气表哥紧闭唇。

张春芳　（唱）我学人家心肠狠，
　　　　　　节骨眼上不认亲。

表　哥　春芳，我是特地来向你道歉的。

张春芳　道歉不道歉，只不过舌头打个滚，那没什么，要紧的是替我搞到优良稻种。你们站当真一粒没啦？不信！

表　哥　"新农一号"是从外地引进的，怕土质不适宜，种进得很少，真的全分到几个种植示范户了。

张春芳　那我想死了也是空的啰！

表　哥　这——（忽想起）对，方家塘金凤一家到镇上开店了，她刚刚退回了一袋稻种，能种五亩田，那就拿到你家去试种。我来做技术指导，好不好？

张春芳　（高兴地）好好好，快拿来快拿来！

表　哥　不过，我还有个条件呢！

张春芳　什么条件？

表　哥　给我四箱意大利蜂。

张春芳　给你意蜂？（旁白）哼，动不动要我西院里的意蜂，我家东院那么多中蜂就不能要？（对表哥）给你中蜂！

表　哥　不行，要就要好的。

张春芳　这——（旁白）哎，昨晚小亮说，家里意蜂少，还想花钱买些进来。家里那四箱就给他。舍不得金弹子，打不着巧鸳鸯啰。（对表哥）好，看在表哥面上，给！不过，各计各价。

表　哥　行！（伸手）拿来。

张春芳　不行！这得一手交鸡，一手放猫。

表　哥　好，一言为定！（下）

张春芳　（唱）五亩田良种已商定，

　　　　　我笑在眉头喜在心。
　　　　　大话落我春芳讲,
　　　　　快向小亮报喜讯。
　　　小亮小亮,报告你好消息。稻种搞到了……你把蜂箱整整好,擦擦干净……(无人应)咦,怎么没人答应?我去看看。(进栅门,复出)呀,那四箱意蜂呢?不好,靠住是小亮让珍嫂挑走了。(又想)哎呀,不对,如果珍嫂挑走了,小亮会在家呀!这——哎,说不定是小亮亲自挑送去了。这不中,这不中!我得抄近路赶去,要叫那女人把我四箱蜂,完完整整、静静悄悄地送回来。(气下)
　　　〔王小亮上。

王小亮　(唱)蜜蜂送到心该轻,
　　　　　可是小亮心倍沉。
　　　　　珍嫂虽然笑脸迎,
　　　　　却推三推四不引进。
　　　　　我好说歹说才收下,
　　　　　她望蜂箱泪淋淋。
　　　〔幕后伴唱:
　　　　　求人如此受屈辱,
　　　　　弱户发家多艰辛。

王小亮　现在总算好了,她有蜂了。
　　　　(接唱)蜜蜂乔迁歌嘤嘤,
　　　　　蜂箱就是聚宝盆。
　　　　　但愿她母女辛勤把蜂养,
　　　　　从此后挖掉穷根扎富根。

咳咳咳！小亮我也算尽到一份责任了啊！（下）

〔珍嫂挑蜂箱，上。

珍　嫂　（唱）肩挑蜂箱重千斤，
　　　　　　　两脚如坠步难行。
　　　　　　　蜂箱纵是摇钱树，
　　　　　　　王家财气我无份。
　　　　　　　不怪春芳将我骂，
　　　　　　　怪我命苦落穷坑。
　　　　　　　现挑蜂箱去王家，
　　　　　　　先致歉意后道明。

　　　　　小亮！小亮兄弟！

王小亮　珍嫂，（见蜂箱，惊）你这是……

珍　嫂　小亮兄弟，你好心好意将蜂挑送给我，这份人情我领了。不过，这担蜂还是还给你。

王小亮　怎么，嫌少？

珍　嫂　哪里话，有这四箱就很多了。

王小亮　是我心不诚？

珍　嫂　你真心真意送我的。

王小亮　那——为什么送回来？

珍　嫂　（急中撒谎）我，我有门路了。

王小亮　有门路？

　　　　（旁唱）在她家问财路她说无门，

珍　嫂　（旁唱）我说过弱女人财路真难进。

王小亮　（旁唱）却为何这么快就把财路生？

珍　嫂　（旁唱）眼下里也只好把谎言编成。

王小亮　（旁唱）分明是心有怨退回赠品，

珍　嫂　（旁唱）我也知退蜜蜂对人不尊。
王小亮　（旁唱）是不是言不慎暗伤她心？
珍　嫂　（旁唱）待日后珍嫂我上门赔情。
王小亮　珍嫂，是不是我说话有对不起你的地方？
珍　嫂　你做得很好，话也养人心，我很感谢你。小亮，你别胡猜乱想了。
王小亮　那、那你得挑回去。
珍　嫂　不，不不……
王小亮　还是我给你送去。
珍　嫂　不不，不……
王小亮　珍嫂，你你你为什么不要哇？
〔沉默。
珍　嫂　我问你——
（唱）你家意蜂有几箱？
王小亮　（唱）意蜂多少你莫管。
珍　嫂　（唱）意蜂断种怎么办？
王小亮　（唱）小亮再把意蜂搬。
珍　嫂　怎么搬？
王小亮　这——
珍　嫂　（唱）你自己花钱再去买。
王小亮　听谁说的？
珍　嫂　……
王小亮　（旁白）这句话，我只在昨天晚上跟春芳商量过，未对别人说呀！莫非春芳她……
〔张春芳上至树后。
珍　嫂　（接唱）我收你意蜂心怎安？

	小亮兄弟,你是党员,思想好,肯帮助人。我虽是妇道人家,也不能将福就福接受啊!就是春芳妹子不讲,我、我……
王小亮	珍嫂,我家春芳是辣椒嘴、汤圆心,只要是我支援你的,数落话,她是不会说的!
张春芳	(冲出)会说的,会说的! (唱)珍嫂家就是我去的, 　　　要回蜜蜂也是我主意。
王小亮	什么,珍嫂这担蜜蜂是你去要回来的?
张春芳	嗯。怎样? (唱)蜜蜂是我家小劳力, 　　　为她效劳我不依。
王小亮	(气愤地)你、你、你……
珍　嫂	(冷静地)小亮兄弟! (唱)小亮不必动火气, 　　　春芳说话也在理。 　　　只怪我做事草率欠周密, 　　　破你财路无情义。 　　　我连连道声对不起…… 春芳妹子,我、我对不起……(欲急下)
张春芳	(接唱)上门磕头我不受礼。
珍　嫂	(下至台口,稍转身,旁白)嚯!张春芳对我还有这么大意见哪?人怕伤心,我倒要听听她对我究竟有什么意见。(藏入树后)
王小亮	春芳,你到底去说了些什么呀?
张春芳	(傲慢地)我什么也没说,我要我的蜜蜂。

王小亮　这四箱蜜蜂能往回要吗?

张春芳　咳,有什么不能要,她能给我优良稻种吗?

王小亮　稻种,你不是去农科站了,没搞到?

张春芳　嘿。我春芳办什么事落过空?不但有,而且表哥还要亲自送来。

王小亮　(旁白)党风还是不大正啊!昨天有人去联系,他说没有了。可他表妹今天去就能搞到,还亲自送来……(无奈地摇摇头)春芳,多少斤?

张春芳　够种五亩田的。

王小亮　那么多?

张春芳　我去,表哥能给少吗?不过,一个条件——我要给他四箱意蜂。

王小亮　要这四箱?

张春芳　是呀,他送稻种来就顺带挑蜂回去。

王小亮　(旁白)咳,要挟!做交易!表哥哇表哥,人家说你工作踏实、作风正派,这不是枉传虚名吗!我那支援穷家弱户的四箱蜂,你用一袋稻种就夺了去,你像个站长吗?难道你没有扶贫的责任?(对春芳)表哥要蜂在东院挑。

张春芳　不,他指定要意蜂。

王小亮　他那袋稻种是金种、银种,我也不要!

张春芳　什么,你不要稻种?

王小亮　不要!

张春芳　为什么?

王小亮　问你表哥去。

　　　　(唱)农科站长刚上任,

　　　　　　怎能趁人之难横插棍？
　　　　　　我送珍嫂蜜蜂为扶贫，
　　　　　　他要蜜蜂为哪门？

张春芳　哟，你真管得远呐。
　　　（唱）表哥与我是至亲，
　　　　　　送几箱蜜蜂是常情。
　　　　　　何况他还送良种，
　　　　　　两厢有利何不能？

王小亮　（唱）锣鼓听声话听音，
　　　　　　分明是你俩做戏文。
　　　　　　看我送蜂给珍嫂，
　　　　　　故意编唱刁难经。

张春芳　（唱）小亮说话太难听，
　　　　　　说什么我唱刁难经。
　　　　　　任你怎么嚼舌根，
　　　　　　想送珍嫂万不能。
　　　　　　哼，你不要稻种，我要！

王小亮　你要，它从东边门进，我就西边门摔出去。

张春芳　哼，大话落不着你说。

王小亮　你你你，好，你等着瞧——
　　　（唱）春芳做事太过分，
　　　　　　三气珍嫂热泪盈盈。
　　　　　　是人该有怜悯心，
　　　　　　你却心狠故作梗。
　　　　　　今天偏要气气你，
　　　　　　二挑蜂箱送上门。

	走!（挑起蜂箱，欲走）
张春芳	（见小亮真走）啊，你你真是要送?
王小亮	半点不假。
张春芳	（拉住绳）不能送。
王小亮	我偏要送。
张春芳	要送送给表哥去。
王小亮	我要送给珍嫂去。
	〔自行车铃响。
张春芳	（气极地）好，东不成来西不成，我叫你箱蜂两离分。我叫你送!（高举蜂箱，欲摔下）我叫你送!
王小亮	（抢住）你敢、你敢……
珍　嫂	（从树后冲出）不能摔、不能摔……（抢住蜂箱）春芳，你，你……
	〔表哥背袋急上。
表　哥	哎啊。你们在练武功呀，还是耍杂技?
珍　嫂	
表　哥	（目光相碰）你……
张春芳	（放下蜂箱，速接稻种）表哥，你可累了。
王小亮	（鄙视地）哼!（气坐一旁）
表　哥	（指王小亮）春芳，小亮他……
张春芳	别理他，来，坐。
表　哥	不能坐了，我时间算得可紧啦!
张春芳	也好，把这四箱意峰挑去。
珍　嫂	（悄问表哥）你要蜂做什么事?
表　哥	（对珍嫂悄语）金凤退稻种给我，她说你要蜜蜂受了春芳的委屈，我就留意在心上了。

珍　嫂	是这样……（对王小亮）小亮兄弟，既然春芳妹子不愿，那就让她表哥……
张春芳	你看你看，珍嫂都这么说了，你……
王小亮	（不耐烦地）珍嫂，你就不要再客气了。我说支援你就是你的，别人牵九条牛也拉不去！
表　哥	春芳，那那就让给珍嫂吧。
张春芳	少啰唆。我答应你的你挑去。别人派三挂汽车也拖不走。（托担给表哥，边推边说）挑走，挑走！
王小亮	（吼道）谁敢挑走？（走至表哥）我问你，这四箱意蜂是支援穷家弱户的，你能挑走吗？咳！（抢过蜂箱担，进屋）
张春芳	什么穷家弱户，不就是为了这个不、不大正道的……
珍　嫂	（一震，速恢复常态）我不大正道？难道我有什么地方不检点？不对呀！我珍嫂坐得稳、立得直，没有什么不正经的地方呀！
张春芳	哟，你倒王婆卖瓜，自卖自夸哩——我问你，去年冬天，我杀只又肥又大的老母鸡，炖好了送给你，你吃了吗？
珍　嫂	（苦笑笑）噢，为这事对我有意见哪！不错，你送的那只鸡，我是没吃……
张春芳	（威逼地）送给谁吃了？
珍　嫂	（既不好意思又出于无奈）一、一个男人……
张春芳	（对表哥）你看你看。她，她多不要脸哪！
珍　嫂	（惊）啊？你……
表　哥	（拉春芳至一边）表妹哎，那鸡，她，她送给我吃了，那时我正生病……

张春芳	（大惊）啊？那、那，那你怎么不对我说？
表　哥	那时还没有谈成熟，我不不好意思……
张春芳	（顿悟）哎哟，这我就冤枉了珍嫂啰！（跑到门口）小亮小亮，快把蜜蜂挑出来，送到珍嫂家去。快、快快！
王小亮	（挑蜂箱出）怎么，你想通了？
张春芳	（对王小亮耳语）……
王小亮	（喜悦地）啊，表哥爱上珍嫂啦！（转对表哥）表哥，那我刚才就错怪你喽！
张春芳	不是错怪，是误会，误会！小亮，那我们就赶快送去。
珍　嫂	春芳妹子，这四箱意蜂真送给我？
张春芳	真送、真送、真送啊！
王小亮	（挑担）走！
表　哥	（抢担）我来挑！
张春芳	（推开二人）你俩别抢，这担蜜蜂呀，只有我挑……
众	哈哈哈……

〔幕后合唱：

　　春日融融百花艳，
　　蜜蜂嘤嘤舞翩跹。
　　富家穷户心连心，
　　生活似蜜甜人间。

〔在热烈的锣鼓声和欢快的音乐声中，四人起舞，造型，亮相。

〔幕徐落。

―剧终―

（1982年）

文明新貌篇

清风悠扬

时　间：新时代。
地　点：公园和公园旁代销店。
人　物：

安平妈——女，五十六岁，某镇政府办事员母亲。
书记妈——女，六十岁，某镇党委书记母亲。
店老板——男，四十多岁，代销店老板。

〔公园里，矮树丛丛，繁花簇簇。有小亭、石凳、石椅等。

〔安平妈坐在石凳上拿一条香烟磨蹭磨蹭之后又放进红色塑料袋里，站起来将塑料袋提起来，走走停停，眼睛老是往塑料袋里张望，将信将疑不放心似的。

安平妈　（唱）儿媳单位人好评论，
　　　　　　　　评论乡镇干部的升迁经。
　　　　　　　　谁谁谁谁受表扬，

谁谁谁谁职务升。
一谈到办事员王安平,
人群霎时没有声。
儿媳当场很尴尬,
脸上一阵来紫一阵青。
回家就跟丈夫闹,
大呼小叫吵不停:
"人家不当科长当主任,
喊出来声音多中听。
就你王安平不长进,
老少都直呼你的名。
我听这声音多刺耳,
你当个小组长我也高兴。"
儿媳昨晚又劝我,
送点厚礼到书记家中。
我想她说的有道理,
今备礼金去暖暖书记心。

有人说,提干要送礼。说到送礼,我儿子跟他死去的老爸一样,脑子就是一个榆树疙瘩。他说,(学儿语气)"不提拔就不提拔,送什么礼?当书记当办事员不都是为人民服务、为群众办事吗?"儿媳妇看法就不一样了,她觉得丈夫头上有顶官衔,她脸上有光,在人家面前说话声调都要高两度。我倾向儿媳妇观点,送点礼就送点礼,儿子头上有官衔,儿媳妇脸上有光,我做娘的脸上不是也有彩嘛!(把塑料袋里香烟拿一条出来左看右看)我清早来代销店买了两条中华香烟,把一条烟横头轻轻拆开,腾几包出来,把三万块钱塞进去刚刚好,像整条烟一样,只是横头封口有一点点损……(将香烟抹抹平平又装回塑料袋)我这就给书记妈送去。

〔书记妈上。

书记妈　(唱)蓝天白云无限高,
　　　　　　　艳阳高照轻风绕。
　　　　　　　我一到公园看风景,
　　　　　　　二来蹓跶身体好。
　　　　(一眼发现)哟,安平妈,你怎么有空到公园里来啦!

安平妈　(高兴地)哎,书记妈,真巧,我就是要上你家去哎!

书记妈　到我家去?有事呀!

安平妈　没事没事,就是想看看你这位老姐姐呀!

书记妈　我有什么好看的,老黄脸婆子!

安平妈　你虽然是黄脸婆,倒有黄脸婆价值呀!

书记妈　(笑)老黄脸婆还有什么价值?

安平妈　价值就是有胆。

书记妈　胆?

安平妈　你有个好儿子,好儿子就是胆。

书记妈　看你说哪里去了,儿子是儿子,是我什么胆?

安平妈　有个当书记的儿子,你这个黄脸婆跟我这个黄脸婆价值就大不一样啰!

书记妈　哪里不一样?

安平妈　看你多有福气!你和我做姑娘时在一个生产队,一起栽秧一起打稻,一对一地干。后来,同年嫁到这

文明新貌篇

个村，又同年生了个胖儿子，那时多年轻，多漂亮！如今成了黄脸婆啰！可是，你儿子今年三十五岁，就当镇的党委书记，一把手；我儿子今年也三十五岁，在镇政府还是个办事员！

书记妈　别管什么书记、办事员，只要能拿到工资养家糊口就行了。

安平妈　那就大不一样喽，书记是领导干部，钱拿的多；办事员是跑腿的，听人使唤，钱又拿的少……

书记妈　听说你儿子王安平工作干得不错……

安平妈　干得不错有啥用？领导不赏识，干得再好也没用。我家安平工作十多年了，还是个办事员呐！

书记妈　你要相信，领导眼睛是雪亮的。

安平妈　就为这事，我家媳妇跟我家儿子没少吵架。

书记妈　儿媳妇为这事吵架？

安平妈　就是呀！儿媳妇埋怨儿子没长进。

书记妈　这……

安平妈　丈夫没长进，妻子在单位没脸面。

书记妈　哎呀，老妹呀，现在日子这么好，还计较这个干吗呢？小干部少烦神，还落得睡个安稳觉。

安平妈　我也这么想，可儿媳妇她不这么想呀，她常说……
（唱）女人打扮成一枝花，
　　　也靠着丈夫享荣华。
　　　丈夫有官妻潇洒，
　　　丈夫无职妻装傻。
我儿子没长进，她在单位听闲话听得太多了，脸上无光。

书记妈	你儿媳妇想得也对，人生在世不就是为一张脸吗？有脸面、有光彩，那活得才有精神哩！不过——
	（唱）老妹你替我告诉她，
	就说书记妈把话发。
	有志女人要独立，
	莫靠老公享荣华。
	老公有官活精彩，
	老公无衔也潇洒。
安平妈	是呀！
书记妈	老妹子回去劝劝儿媳妇，不要急，慢慢来，儿子总会有光彩的。
安平妈	我劝她哟，她就是等不及，最近老和我儿吵……
书记妈	吵也吵不来呀！
安平妈	（不好意思）所以呀，我买两条烟送给你家当书记的儿子抽抽。（从塑料袋里拿烟）就两条烟，不成敬意。
书记妈	（按住塑料袋）不哩不哩！
安平妈	（强拿香烟出来）老姐呀，你要不收，就太看不起我这个老妹妹了。
书记妈	你要送烟，就把我老姐看贱了。
安平妈	是看得起你，敬重你这个老姐。我就想……（不好意思开口）
书记妈	想什么？
安平妈	我就想……（仍不好意思说出口）
书记妈	想什么？老姐老妹俩，还有什么话不好说？
安平妈	唉，我真不好意思说。
书记妈	有什么不好意思，是让我给你做媒人？

安平妈　　哪里哪里！

书记妈　　是让我借钱给你？

安平妈　　更不是……

书记妈　　什么事，这么神秘呀？

安平妈　　（展展喉咙）我想拜托你，在你儿子面前，代我儿子说几句好话……我儿子坐冷板凳也十多年了。

书记妈　　嘀嘀，叫我帮你儿子在我儿子面前说几句好话？！行，行！（推烟）可是，这烟我不能收。

安平妈　　你帮我儿子说几句有分量的话就行了。烟，一定要给书记抽喔！（打躬作揖）重重拜托了。（留下烟，一溜烟跑下）

书记妈　　（拿起塑料袋追赶）哎哎，烟、烟、烟！（未追上）唉！社会风气就让这些人给搞坏了。提干送礼、当兵送礼、上学送礼、结婚送礼……（想想）哎，安平爸又不在了，家里生活靠儿子媳妇拿点工资，哪来这么多钱买两条中华香烟……（又想想）我要是把香烟直接送回她家，她到这个店来退就退不掉，糟了八百块钱。我这书记妈呀，在这里还有点好印象，我帮她退了，送八百元现金给她，她就没有损失。（进代销店）老板！

　　　　　　〔店老板上。

店老板　　（一见书记妈，热情地）您老好，需要买点什么东西呀？

书记妈　　我是来找你一点小麻烦……

店老板　　不麻烦，东西总是要卖的嘛！

书记妈　　我不是来买东西的，是来卖东西的。

店老板	卖东西?我这店是趸进零卖,不零散进货。
书记妈	老板,早上安平妈来买东西了吗?
店老板	对,安平妈来买了两条中华香烟。
书记妈	就为这两条香烟麻烦你了!
店老板	两条香烟卖走了,有什么麻烦?假的吗?
书记妈	不假。
店老板	发霉了?
书记妈	没有发霉。
店老板	有缺陷?
书记妈	没有缺陷。
店老板	有损坏?
书记妈	没有损坏。
店老板	那有什么麻烦?
书记妈	我想把这两条香烟退给你。
店老板	安平妈买走的,怎么你来退?
书记妈	是我替她退。
店老板	书记妈,我卖出去的香烟,如果不假不霉不损不坏没有问题的话,那就不能退。
书记妈	帮个忙哟!
店老板	书记妈,如果大家都像你这样,买走了又来退,我这个店还开不开?
书记妈	老板,帮个忙哟!
店老板	这个忙……
书记妈	帮一个帮一个,向你作揖了。
店老板	我倒不解,安平妈买的烟,怎么要你来退?
书记妈	店老板——

店老板	

（唱）我俩娘家在一队，
　　　从小就是好姐妹。
　　　一个学校把书念，
　　　中考未取把家归。
　　　大了又嫁同一村，
　　　一东一西两相对。
　　　今天帮她退香烟，
　　　不枉姐妹情一回。

店老板　（无奈地）书记妈——

（唱）看你是书记的妈，
　　　拿你真是没办法。
　　　只好把烟接过来，
　　　给你八百无差价。

（拿烟一看）哎哟，书记妈，这条烟横头好像动过的，有点损。

书记妈　这点损有什么？能卖能卖。

店老板　（不悦地）整条烟卖给人家人家不会要啰，只有拆零卖。

书记妈　那就拆零卖吧！

店老板　（递钱）喏，八百块钱给你。

书记妈　我把八百块钱这就给安平妈送去。（转身下）

店老板　（发泄地）你做人情，拿我开涮！（气得将损坏的整条烟往货架一撂）。

〔安平妈躲在公园树丛里，观察着书记妈动静。

安平妈　咦？书记妈刚把红塑料袋拎到代销店里去了，现在怎么空着手出来了？（又观察一会）呔，书记妈怎么朝我家那条路上走去了？（思索）难道她把两条香烟又卖给代销店了？（突然紧张起来）呃，不，她要是把两条烟卖给了代销店，我塞进三万块钱的那条烟，假如店老板又卖给了别人——三万块钱是当着礼金送给书记的，想叫书记关照关照我儿子。最后书记没收到，反倒便宜了买烟人。（着急地）这不行，这不行，我得赶紧找代销店去。（进代销店）

安平妈	店老板，刚才书记妈来过吗？
店老板	你这不是佯问吗？她就是为你而来，你还在装？
安平妈	为我而来？
店老板	不是为你她来吗？她从来不在我店里买东西，她家吃的喝的用的都是她儿子媳妇从镇上买回家的。
安平妈	你说为我而来，到底为什么事呀？
店老板	安平妈，你就不要装了，你早上来买的两条烟，上午就找书记妈来退。我这店是顾客要买就买，要退就退的吗？要不是看在书记的面子上，你退不掉，她也退不掉。
安平妈	（知底了，反而高兴地）嘀嘀，书记妈是来退香烟的。退了吗？
店老板	不退怎么办呢，我把八百块钱又如数退给了她，她说她再把钱送还你。唉，我遇到你，真算倒了八辈子霉了。
安平妈	（旁白）这……烟给书记妈退给他了，三万元钱在整条烟里怎么办？（思索）只有再把这两条烟买回来，钱才能神不知鬼不觉地回到我手上。对，也只

文明新貌篇

	好如此了。(转对店老板)店老板,别生气,为了让你不受损失,我再把两条烟买回来。
店老板	(没好气地)不卖。
安平妈	哟,卖俏啦,(点八百元大钞送过去)喏,八百块钱点给你,把烟拿给我。
店老板	不卖。
安平妈	店老板,你是做生意哩,还是赌气呀?我现钱买现货,为什么不卖呀?
店老板	你寅时买,卯时又来退,我没那份闲工夫招待你。
安平妈	你看不起我妇道人家是吧?说了你别生气,我脾气比你这般大老爷们还硬哩!
店老板	你脾气比我这般大老爷们还硬?
安平妈	对。
店老板	买回去不退了?
安平妈	不退。
店老板	(龇牙笑了)那,卖、卖。(拿两条新烟往安平妈面前一放)
安平妈	(拿起一条烟观看是刚才买的烟,又拿另条烟观看,不对……不是她装钱的那条烟)店老板,你这是书记妈退给你的两条烟吗?
店老板	买两条烟拿两条烟给你不就得了,还要买书记妈退的那两条?
安平妈	哎,我就要书记妈退的那两条。
店老板	为什么?
安平妈	不为什么。
店老板	(旁白)这个安平妈真难缠,打死那个和尚还要那

个和尚。（对安平妈）这是两条新烟，无论送人也好，自己抽也好，都是正品。

安平妈　不，新缸没我旧缸光。

店老板　（不耐烦地）你那个"旧缸"早就被你和书记妈磨破了口啦！你送人送不掉，我换了一条新的给你，好送人。

安平妈　那是我的事，我就要那条破口的。

店老板　（无奈地把那条破口的烟，从厨架上拿下来撂给她）你要破口的，送人送不掉，不准来退。

安平妈　（高兴地拿起烟左看右看）哪里破口啦，哪里破口啦？

店老板　（拿起烟的横头）这不是破口吗？这不是破口吗？

安平妈　（生怕店老板发现秘密，连忙将烟抢过来。在抢的过程中，一拉一拽，烟的横头被两人拉开，人民币哗哗哗飘落一地，安平妈极其尴尬地）这、这、这……

店老板　（惊愕地）这这这……安平妈，你这是变魔术呀！香烟里怎么变出这么多钱呢？

〔安平妈正急于弯腰拾钱，手机铃声骤响。

安平妈　（急忙接听）谁呀？喔，是儿子呀，什么，你提拔为副镇长了！刚才党委书记在干部大会上宣布的。太好了！儿子，你要好好工作啊！为党为人民多做贡献啊！（放下手机，自问）不送礼，也能提拔干部了！？（忽然高兴地跳起来）不送礼，也能提拔干部啦！提拔干部，不用送礼啦……（发自内心感慨，竖起双手拇指，大声赞美地）风清气正多好哇！今天这个新时代，太好啦！哈哈哈！哈哈哈！

文明新貌篇

〔幕后合唱:
　　清风拂地艳阳照,
　　时代新风涌春潮。
　　世人莫把坏习染,
　　干净担当是正道。
〔造型亮相。
〔灯暗。

—剧终—

奉献高堂

时　间：新时代
地　点：嘟嘟家。
人　物：
妈妈——女，六十岁。
春花——女，大儿媳。
嘟嘟——男，大儿子。

　　　　〔幕启：嘟嘟家。
　　　　〔妈妈愁容满面，上。
妈　妈　（唱）老伴发烧三十九，
　　　　　　　医生诊断患脑瘤。
　　　　　　　住院费用要十万，
　　　　　　　我又是急来又是愁。
　　　　　　　他小病小闹多时日，
　　　　　　　手头积蓄已没有。
　　　　　　　思来想去无路去，

只有找两个儿子来相凑。
刚去小儿子家已回绝,
她说她家买油买盐钱不够。
小日子过得很拮据,
拿钱给爸免开口。
我再去找大儿子,
不知他手中有没有?

我大儿子嘟嘟很孝顺,从小就不淘气。做事就想逗妈一笑,妈笑了,他乐得跟什么似的。大了也一样。我这去,就怕他手中没有。(喊)嘟嘟!

〔春花正在做事,一双湿手在围裙上擦拭着。

春 花	哟,妈,是你呀,快进屋坐,快进屋坐!
妈 妈	春花,嘟嘟呢?
春 花	嘟嘟不是在外面打工吗,最近没有回来。
妈 妈	(失望地)没有回来,这……
春 花	妈,你找他有事?
妈 妈	也没有什么大事,来看看他。那、那我就走了。
春 花	妈,你大老远跑来,水都没喝就要走?
妈 妈	哎哎,我不渴。(欲起身)
春 花	(扶住妈)妈,你脸色有些不对,来,肯定有什么事,我给你倒水去。(递水)妈,慢慢喝。妈,你来肯定有什么事啊!
妈 妈	(忍不住)事是有点事,嘟嘟不在家,我就不说了。
春 花	妈,嘟嘟不在家,有事可以跟我说呀!
妈 妈	(为难地)跟你说……
春 花	嘟嘟是你儿子,我是你儿媳妇,不都是一家人吗,

	分什么彼此呀！说吧！
妈 妈	（无奈地）那，妈就说了——
	（唱）你公公发烧三十九，
	医生诊断是脑瘤。
	医疗费用要十万，
	我也无法把钱凑。
	前来你家借点钱，
	看你能不能伸援手？
春 花	（惊）怎么，爸脑子里生瘤啦！
妈 妈	是的，医生看过片子说的。
春 花	脑子里生瘤，肯定要治疗的啊！
妈 妈	是呀！不能看着你爸老发烧……
春 花	钱，十万块钱我拿一半。
妈 妈	（欣喜地）哎呀，我家春花真痛快！
春 花	还有一半叫小儿子噜噜拿。
妈 妈	小儿子噜噜家我去过了，小媳妇尖尖说他家买油买盐钱都没有。
春 花	你怎么找尖尖呢，尖尖这个人你还不知道呀，又算计又尖滑，找她要钱岂不是惹一肚子气？找噜噜。
妈 妈	噜噜在外面打工。
春 花	在外面打工也不行呀，没有钱也要想办法凑呀！老父亲生重病，儿子不出血怎么行？我找噜噜。（掏出手机）
妈 妈	（按住春花手机）别打了。尖尖把话说死了，她一毛不拔。（气愤地）一毛不拔！气得我快要吐血。你若再找她，她讲话冲，别把你身子也气坏了。

文明新貌篇

春　花　　我找她说说理……

妈　妈　　小媳妇蠢，说理也是歪理，你讲不过她。

春　花　　那——

妈　妈　　春花，你手头没有也就算了。我走了。（欲起身）

春　花　　（安抚地）妈，你不要生气啊！（想想）这样吧，我银行卡里正好有十万块钱，你拿去先给爸爸交住院费，（递卡）密码是嘟嘟生日的最后六位数字。

妈　妈　　不行，这么多钱不能叫你一个人出……

春　花　　妈，别再说了，给爸爸看病要紧。快去吧！（将银行卡硬塞给妈妈）

妈　妈　　（擦擦眼泪，无奈地）那我就先把你这钱交住院费去，救人要紧啊！（心事重重地走下）

〔摩托车声戛然而止，嘟嘟一路小跑地上。

嘟　嘟　　（唱）今天在工地捡个巧，
　　　　　　　　　丰田汽车五万就买到。
　　　　　　　　　打工朋友急用钱，
　　　　　　　　　火急火燎将车抛。
　　　　　　　　　我回家拿出五万元，
　　　　　　　　　貌如新车就到手了。
　　　　　　春花，心爱的！

春　花　　（忙出门）嘟嘟，今天回来特别高兴，有什么喜事要告诉心爱的？

嘟　嘟　　心爱的，我真有喜事要跟你分享！
　　　　　　（唱）我同工地的东大哥，
　　　　　　　　　父亲生病急用钱。
　　　　　　　　　他把新车卖给我，

　　　　　只要半价五万元。
　　　　　下午五点就成交，
　　　　　今晚我开车到你面前。
　　　　　心爱的，从今天下午五点起，我家就告别祖宗八代没有小汽车的历史了。打工的人，也有小汽车开啰！高兴吗？心爱的！

春　花　高兴。农民也有自家的小汽车，当然高兴啊！

嘟　嘟　心爱的，我多年就想有一辆自己的小轿车，我早就学会了驾驶，取得了驾照，就是买不起汽车。今天，这个梦想终于实现了！（高兴地跳起来）我今天晚上就把车开回家。今后，开进开出多风光！夜夜都能和心爱的在一起啰！（吻春花）多幸福啊！

春　花　（沉浸在喜悦中）是呀，芝麻开花节节高，新时代了，应该有的都会有！

嘟　嘟　心爱的，把银行卡拿来，我到银行取五万元出来，马上送去，越快越好啊！

春　花　（一惊）什么，银行卡？

嘟　嘟　是呀，银行卡里不是有十万块钱吗？

春　花　卡里是有十万块钱，可是……

嘟　嘟　可是什么，卡丢啦！

春　花　（摇头）没有……

嘟　嘟　既然没丢，还不痛痛快快拿出来，舍不得吗？

春　花　不是。

嘟　嘟　我不只要五万块吗？卡里还有五万块存着哪！办大事，别小气。

春　花　谁小气？

嘟　嘟　唉，女人就是女人，拿点钱这么吞吞吐吐的……
春　花　不是我吞吞吐吐的……
嘟　嘟　那就把卡给我呀！
春　花　那卡、那卡给你妈妈拿走了。
嘟　嘟　给我妈拿走了？我妈拿卡干吗呀？
春　花　妈说，你爸爸脑子里生了一个肿瘤，住院费要交十万块钱，我、我就给她了……
嘟　嘟　爸爸脑中生肿瘤？太意外了。（想想）哎，就是爸爸生重病，住院费要十万，也得我们兄弟两个人摊呀，干吗把十万块钱的卡全给了妈呢？
春　花　我也这么想，嘟嘟和噜噜两个儿子各出一半，大儿子小儿子各拿五万块才对，可是噜噜老婆不答应！
嘟　嘟　你见过噜噜老婆了？
春　花　我说找噜噜老婆，妈不让。
嘟　嘟　妈不让你找？
春　花　妈说，她已经找过小媳妇了，小媳妇一口回绝她没钱，买油买盐的钱都没有……
嘟　嘟　说什么呢？噜噜工地和我的工地相隔不远，昨天噜噜打电话给我说，他半年工钱结了五万块钱，前天送回家了。噜噜老婆腰里怎么没钱呢？
春　花　妈说小媳妇把话说死了，一毛不拔。
嘟　嘟　她装穷，你装阔；她嘴硬，你嘴软，把十万块钱给妈了？
春　花　爸爸病重，病急，先拿给妈妈去交住院费，救命要紧。
嘟　嘟　那我这个五万块钱怎么办？难道这个便宜不捡了？
春　花　不捡又怎么啦？
嘟　嘟　这个便宜不捡，你这个人不是太痴了吗？

春 花	我问你,你那个东大哥为爸爸治病急用钱,贱卖汽车都行,难道你要买汽车,放弃给爸治病?
嘟 嘟	你这是什么话?
春 花	我的话,就是问你——

（唱）你要向东大哥看,
　　　为父治病卖家产。
　　　你却要买汽车取五万,
　　　不顾父病为哪般?

嘟　嘟　你的意思……

春　花　（接唱）兄弟两个莫争论,
　　　　　　替父治病最要紧。
　　　　　　谁先有钱快尽孝,
　　　　　　莫负父母养育恩。
　　　　　　时间和病魔在赛跑,
　　　　　　耽搁险情不饶人。

嘟　嘟　春花,你讲得在理。可是、可是我就是舍不得这个"便宜"呀!（思忖）这样吧,妈走多久了?

春　花　刚走。

嘟　嘟　你把妈追回来,我先从卡里取五万把车买了,还有五万叫妈先交五万,我五天内再筹五万送到妈妈手中,可以吗?

春　花　叫我把妈追回来?

嘟　嘟　是呀!

春　花　这,我做不到。

嘟　嘟　那,我这个便宜汽车不买啦?
　　　〔妈妈一脸不高兴,转回。

妈　妈	嘟嘟儿，你不是要春花追我回来吗？我回来了……
嘟　嘟	（大惊、旁白）呀，妈听到啦？看妈脸色，好生气哟！我、我、我不能给妈添愁哇！（笑迎妈妈）妈，你耳朵好好啊！
妈　妈	我在小路旁听到你们说话了，春花给我这张卡，你拿去吧！（递银行卡）
嘟　嘟	妈，你这……
春　花	妈，嘟嘟的意思不是要你手中卡，他是想买车……
妈　妈	春花讲你想买车……
嘟　嘟	妈，我听了春花的话，觉得很有道理。这车我决定不买了！ （唱）今天本想把车买， 　　　爸爸生病我主意改。 　　　打电话过去回个信， 　　　请东大哥另找买主把车卖。
妈　妈	（唱）你要买车你就买， 　　　不买以后将妈怪。 　　　爸爸年纪已七十， 　　　治与不治无大碍。
嘟　嘟	妈，你说什么呢？ （唱）谁吃五谷不生灾？ 　　　给爸治病儿应该。 　　　用钱多少都担待， 　　　快去交钱把住院单子开。 妈，春花把银行卡给你，做得很对。你养育我们，时时刻刻疼在心里，恨不得把心把肺掏给我们。今

		天，你们老了，生病了，我们也要把心和肺无条件、毫无保留地奉献高堂呀！妈，什么都能计较，唯独儿女跟父母不能计较……父母的恩情比天大！
妈　妈	那你为什么要春花追我回来？	
嘟　嘟	妈，你误会了。我喊春花追你回来，不是要你手中卡。因为春花说你想抄近道走小路上医院去，走那条小路上医院要走多久哇！追你回来，我骑摩托车带您一道上医院，一个小时就到了，多快！	
妈　妈	（微笑）怕妈妈走得太累，是吧？	
嘟　嘟	对呀！妈妈走得太累，儿子心里疼啊！	
妈　妈	（指点嘟嘟笑起来）还是我儿子孝顺，你从小就这样逗着妈笑！（转身对春花）春花，你虽然是我媳妇，却比我儿子还要孝顺哩！（指点儿、媳）有你们两个，妈心里就满足啦！（大笑）哈哈哈！	
嘟　嘟	（拥住妈）妈，你一笑，我就乐了。嗬嗬嗬！	
春　花	嘟嘟，我也去。妈这么大年纪了，伺候爸不行，我去吧！	
嘟　嘟	（高兴地）好，把门锁上，坐我摩托车，一道上医院！	

〔摩托车声由近而远……

〔灯暗。

—剧终—

守花护朵

时　间：当代。
地　点：农村。
人　物：

孩儿爸——男，五十多岁。
孩儿妈——女，年龄比孩儿爸小好多。
亲家母——女，年龄与孩儿妈相差无几。

〔幕启：丘陵，房屋就在村道旁边。屋内屋外都是杂乱东西，远处，可见田野、水塘、沟壑……
〔孩儿妈忙活了一阵，将衣襟掀起擦擦手，从屋内走了出来。

孩儿妈　（唱）孩儿爸是个憨厚人，
　　　　　　　满脑只转一根筋。
　　　　　　　他说那事就那事，
　　　　　　　八条牛也拉不回。
　　　　　　　不远处有座小学校，

留守儿童有五十名。
他耐不住清闲与安静,
有空就往学校奔。
老师拿的是工资,
他去帮忙无分文。
人家教育孩子是责任,
他去添乱为哪门?
我跟他讲了多少遍,
他认为我话不中听。
他说他要去学校,
对留守儿童要关心。
今天我要叫他听我话,
"罚"他挖菜地三大棱①。
让他累得浑身疼,
稳住他的心拴住他的人。

呃,话是这么讲,真要把他累得哼哼,我这心里还有点疼……他已经挖老半天了,一定渴了,我得送杯茶去。(拿茶杯下)

〔孩儿爸背一把钉耙上。

孩儿爸 (唱)老婆今天下"命令",
　　　　　罚我挖地三大棱。
　　　　　四齿钉耙重四斤,
　　　　　老举胳膊有些疼。
　　　　　挖了一半松松劲,
　　　　　背起钉耙回家门。

---

① 棱:方言,畦的意思。

（将钉耙靠在门旁，坐下，喘气）时间已到十一点了，快要放中午学了。坐会儿，我就要到塘边上、沟壑旁转转——大热天，留守儿童缺乏大人照看，一溜儿就跑到塘边去洗冷水澡。为防止儿童溺水事故发生，我这个"义务巡逻员"就要多多留神啰！

〔孩儿妈复上。

孩儿妈　哎，孩儿爸，你怎么回家来啦？
孩儿爸　（憨笑）哎呀，挖得腰酸背疼的，想休息休息……
孩儿妈　今天不挖了？我叫你今天挖三棱菜地，挖了一半就不挖了？
孩儿爸　今天挖一半，明天再挖一半不行吗？
孩儿妈　不行不行，今天任务今天了，明天又有新任务到。
孩儿爸　（有点不悦）我说不挖了，就不挖了。
孩儿妈　你说你听我话，今天怎么不听了？
孩儿爸　我什么时候说的？
孩儿妈　结婚那天——

　　　　（唱）结婚那天你把话发，
　　　　　　　我听了浑身有点麻。
　　　　　　　你说宝贝我的宝疙瘩，
　　　　　　　我是你未来的孩儿爸。
　　　　　　　从今以后是一家，
　　　　　　　大事小事你把主张拿。
　　　　　　　我天天都听你的话，
　　　　　　　你说到哪我做到哪。

　　　　孩儿爸，此话可是你说的？
孩儿爸　好像吧！

孩儿妈	好像吧？明明是你亲口说的。
孩儿爸	就算我说的，这么长时间了还有效？
孩儿妈	嗯，男人结婚是第二人生开始，那天发出的承诺，一辈子都有效。
孩儿爸	喔嗬，那我天天都要听你话喽？
孩儿妈	天天听，时时听，尤其眼下要听……
孩儿爸	孩儿妈，尤其眼下我不能听……
孩儿妈	为什么？
孩儿爸	我巡逻时间到了。十一点多了，中午快放学了。
孩儿妈	你天天巡逻巡逻，是哪个上级命令你的？
孩儿爸	（摇摇头）没有……
孩儿妈	你欠谁家的？
孩儿爸	（摇摇头）不欠……
孩儿妈	你是想捞个劳动模范当当？
孩儿爸	（更摇摇头）没有那个想法。
孩儿妈	想挣个铁饭碗捧捧？
孩儿爸	（笑起来）老农民疙瘩还有那个想法？
孩儿妈	那你图什么？
孩儿爸	我什么也不图。我只是想，现在生活这么好，村子建设得这么漂亮，都是共产党领导得好。我是一个农民，在村里得听党支部的话。村支书和村主任两位领导叫我帮着照看照看村上的留守儿童，怕他们斗气打架、下塘洗澡。说明书记重托我，主任信任我，我能不帮吗？再说，村里的年轻人都出门打工了，留下自己的儿子女儿在当地，我们在家的人不帮着管管，他们在外面打工也不安心呀！

孩儿妈　　不安心就让他们不安心呗！你操什么心？

（唱）现在人心硬对硬，

　　　　有什么人情不人情。

　　　　给他做了好事他听任，

　　　　他觉得你做的是应分。

　　　　莫说提只鸡鸭来感情，

　　　　递根香烟都手难伸。

打个比方吧，去年夏天，你下塘去救了丁大保儿子，自己差点儿淹死。他丁大保怎么样？他在外面赚了那么多钱，回家盖房买车，对你不但没有一句感谢话，连一根香烟、一粒水果糖也没有递过来，多寒人心哟！现在你一提到塘边转转我就来气，不准你去。

孩儿爸　　（嬉笑地）不看僧面看佛面，看在村支书、村主任的面子上，看在左邻右舍的情分上，我也该去转转呀！

孩儿妈　　丁大保暗暗塞给你钱啦？

孩儿爸　　（连连摆手）没有没有，半分半文都没有。

孩儿妈　　（唱）既然不给你半分文，

　　　　为什么对他们有热心？

　　　　自己吃苦齐腰深，

　　　　两手空空为哪门？

孩儿爸　　（唱）人做好事莫留名，

　　　　只做不说是本分。

　　　　不需人家来感恩，

　　　　只图自己心安稳。

再说，我家也有孙子，儿子媳妇也在外面打工挣钱，

孩儿妈	孙子也是留守儿童,在家里也需要大家帮着照看…… (抢词)我家孙子小龙不需要别人照看。媳妇走时,把自己家妈妈接过来了,由外婆专门管着。外婆照看可严哩! (唱)上学她俩手牵手, 　　　放学她在校门候。 　　　玩耍她站在场四周, 　　　难走路上背着走。 　　　眼光不离孙子身, 　　　安全叮嘱不离口。 　　　我家小龙很安全, 　　　不须别人瞎担忧。 孩儿爸,我劝你就别自作多情了,吃家里饭,肥别人田的傻事就别再干了……
孩儿爸	孩儿妈,你说这老半天,全是左边脚穿右边鞋——别扭!我家孙子有外婆带,别人的孩子不一定都有外婆带呀,大家相互帮忙看着点,不也是积德行善吗?人,不能光顾自己啊!
孩儿妈	(没好气地)这么说,这一半菜地你今天不挖啰?
孩儿爸	不挖了,巡逻时间到了。(欲走)
孩儿妈	你不挖,我去挖。(气愤地去拿钉耙)
孩儿爸	咦咦咦,(制止孩儿妈拿钉耙)孩儿妈,你知道这钉耙有多重吗?(恳切地)这张钉耙有四斤多重,你那麻秆粗的胳膊举得起吗?
孩儿妈	你晓得我举不起,你为什么不挖?
孩儿爸	明天挖。

文明新貌篇

孩儿妈　　不行!
孩儿爸　　下午挖。
孩儿妈　　也不行,我就要你现在去挖。
孩儿爸　　现在挖不成了,巡逻时间到了。(欲走)
孩儿妈　　(拉住)我就要你现在去挖。
孩儿爸　　(倔强地)现在我就不去挖。
孩儿妈　　(撒娇地往地上一坐,哭闹起来)呜呜呜……
孩儿爸　　哎呦呦,(见孩儿妈哭,便心疼地去扶她)我最见不得女人哭,你一哭,我心就疼,眼泪就要掉下来……
孩儿妈　　(忽然站起来)你挖不挖?
孩儿爸　　(想了一会,连连点头)挖、挖。
孩儿妈　　(拿钉耙递过)你去挖,我给你烧午饭去。(欲下,又转身)哼,我就是不让你去塘边转转……(扭身下)
孩儿爸　　咳,打死人犯法,哄死人不犯法。喏,她叫我去挖,我要硬说不去,她又是哭又是闹。我答应去挖,她心里平和了。我从菜地那边一条小路去塘边巡逻不也一样通畅吗!咳,活人不能给尿憋死。

　　　　　(背起钉耙,哼着小调,下)
　　　　　〔孩儿妈系着围裙,上。

孩儿妈　　(朝外面张望)嘀,孩儿爸真去挖地啦?!人不在,钉耙也不在,那就是真挖地去了。孩儿爸,孩儿爸,今天总算把你制服了。

　　　　　(唱)孩儿爸,好听话,
　　　　　　　叫他挖地就去挖。
　　　　　　　大热天挖地汗如雨,
　　　　　　　打心里舍不得他扛钉耙。

（对菜地方向张望）咦，他人怎么不在菜地那里，人去哪儿啦？（到处张望）哟，那边塘埂上怎么有许多人，别又出什么事了？我去看看。（忽又觉得不妥）饭锅要开了，我走了，锅开了怎么办？不能走。（又穿上围裙回屋里）

〔孩儿爸穿一身湿淋淋的单衣上。

孩儿爸　（唱）赤日炎炎似火烧，
　　　　　　热浪滚滚将人燎。
　　　　　　大人寻找蔽荫凉，
　　　　　　小孩喜往塘边跑。
　　　　　　要不是我箭步速赶到，
　　　　　　一场惨祸就发生了。

　　　　　咳，多危险呀！先换衣裳去。（下）

孩儿妈　（上）什么危险？（没看到孩儿爸）人呢？

〔提一套湿衣裳复上。

孩儿爸　别提了，想想都后怕。要不是我飞快下塘……（忍住）

孩儿妈　（有些火）你又下塘了？提了这么一套水淋淋衣裳？叫你挖地不挖地，不叫你下塘，你偏下塘……

孩儿爸　（更有火）还挖地？再要挖地，一场大祸就发生了！

孩儿妈　什么大祸，这么大脾气？

孩儿爸　（唱）我幸亏今天脑开窍，
　　　　　　走菜地小路抄近道。
　　　　　　我远看塘边三儿童，
　　　　　　脱下衣服赤条条。
　　　　　　站在塘埂甩甩手，
　　　　　　准备下塘去洗澡。

>　　我大声喝止迅速跑,
>　　其中一个已下跳。
>　　跳进水里就下沉,
>　　人不露头光冒泡。
>　　我赶紧喝止那两个,
>　　纵身跳塘将孩儿捞。
>　　山塘坡陡水又深,
>　　推举孩子往岸漂。
>　　幸亏孩子入水时间短,
>　　满肚恶水已吐掉。
>　　如若无人来发现,
>　　三个孩子全、全、全没了……

孩儿妈　（惊）啊？这么危险？

孩儿爸　太危险了。

孩儿妈　谁家的孩子？

孩儿爸　不……知……道。

孩儿妈　孩子是你救起来的，谁家的你不认得？

孩儿爸　认得是认得，不能讲哎！

孩儿妈　丁大保家的？

孩儿爸　（摇摇头）不是。

孩儿妈　王小明家的？

孩儿爸　（摇摇头）不是。

孩儿妈　到底哪家的？讲出来，我知道谁家欠咱家一个人情呀！

孩儿爸　我讲出来，你要哭。

孩儿妈　我不哭，你讲。

孩儿爸　讲出来，怕你要晕。

孩儿妈	人家孩子,我晕什么?你照讲。
孩儿爸	(想了半天,还是摇摇头)不能讲。
孩儿妈	孩儿爸,你要不讲出来,你手里拎的这套湿衣裳我就不给你洗。
孩儿爸	(高高拎起这套湿透的衣服,左看右看,拎着欲走)那我自己洗去……

〔亲家母急急忙忙,上。

亲家母	(一步迈进,随手接过衣服)我来洗我来洗……
孩儿妈	(一把抢过衣裳)亲家母,我家孩儿爸的衣裳怎么能让你亲家母洗呢?
亲家母	(又抢过衣裳)亲家公这套湿衣裳本来就要我来洗嘛!
孩儿妈	不行不行,亲家公的衣裳能要亲家母洗吗?情理不合呀!
亲家母	合、合,亲家公下塘是打捞我的外孙子,你家孙子呀!是我管看外孙子小龙一时疏忽大意,让他发生了这么大危险……多亏亲家公啊……
孩儿妈	(大惊)什么?孩儿爸下塘救起来的是我的孙子??(大哭)小龙哇……小龙……(双手捂头,晕了过去,倾倒)

〔孩儿爸、亲家母惊慌地替孩儿妈掐人中,做胸压……

孩儿爸	亲家母,孩儿妈百般疼爱孙子小龙啊!说孙子有个三长两短,她怎么能经受得住呢?……我到现在都没有话说哩!
亲家母	(欲哭)我哪知道亲家母这么不经风呢!我想,亲家公做了这么大好事,我能不讲吗?起码要记亲家

文明新貌篇

公一个人情呀!

〔孩子妈渐渐苏醒了,慢慢站起来。十分动情地扶住孩儿爸。

孩儿妈 (唱)原以为孩儿爸自作多情,
烈日下塘前沟后去出巡。
现在人情义薄好事不认,
冷淡了想做好事人的心。
今儿个溺水事教训极深,
人在世切不可自顾自身。
一定要互帮互助相互信任,
才能够互补有无心想事成。
若今日孩儿爸不管不问,
失去生命绝非我孙子一人。
将心比心,谁家孩子不是父母命,
谁人不对自家孩子百般心疼?
在外打工时刻将儿女安宁挂在心,
在家人对他们多加关照应有情分。
我不该责怪孩儿爸友爱精神,
想起来满面羞涩愧对亲人。

孩儿爸,现在我明白了,懂你了,……你不听我的话是有道理的。你不仅为照看左邻右舍的留守儿童,也是为国家守花护朵啊!(敬佩地竖起拇指)你,是好样的。(停停)如果你听了我的话,我家孙子小龙就、就……(哭出声来)

亲家母 莫哭莫哭!亲家母,不幸中的万幸,小龙把喝进肚里的恶水全挤压吐了出来,现在又和同学到操场玩去了。

孩儿妈 （擦干眼泪，欣喜地）又玩去了？那太好了。

孩儿爸 孩儿妈，没别的事，我挖菜地去。

孩儿妈 不！（感动得热泪盈眶，充满爱意和柔情地）孩儿爸，下午我放你半天假，你太辛苦了……（迅速拥抱孩儿爸，头深深埋在孩儿爸怀里，久久不抬。）

〔强烈音乐起。

〔幕后合唱：

　　　艳阳高照蓝天下，
　　　朵朵花儿似朝霞。
　　　人人都把花儿护，
　　　百花园中更芳华。

〔灯渐暗。

—剧终—

文明新貌篇

一盒连衣裙

时　间：某一天。
地　点：网购店外。
人　物：

小师傅——男，二十二岁，送货员。
老板娘——女，四十岁，网购店老板娘。
大　妈——女，五十多岁，消费者。

〔幕启："苏杭服饰网购服务店"招牌横在门头。室内悬挂各式各样服饰。室外，一辆送货三轮车停在不远坪地。老板娘正在室内弯腰整理将要送走的物件……然后直起腰，喜悦地……

老板娘　（唱）网店开业一年整，
　　　　　　赚了二十万元零几分。
　　　　　　平生捞得第一桶金，
　　　　　　喜在眉梢乐在心。
　　　　　　今天又是一个红火日，

　　　　　　迎来生意第二春。
　　　　　　人气越来越旺盛,
　　　　　　不怕财源不广进。
　　　　　　女人就是钱要紧,
　　　　　　凑成整数不拆零。

　　　〔大妈肘挎竹篮,竹篮里装一个精美包装盒,边走边找门面……

大　妈　（唱）儿子今年三十整,
　　　　　　最近相得一门亲。
　　　　　　姑娘没说金和银,
　　　　　　要一条真丝连衣裙。
　　　　　　虽然家境不很好,
　　　　　　也不能让姑娘冷了心。
　　　　　　我托村里会计去网购,
　　　　　　昨天送来一盒连衣裙。
　　　　　　谁知儿子早有心,
　　　　　　已经网购送上门。
　　　　　　这多余的裙子想退货,
　　　　　　今天一早赶进城。

　　　　（张望）哟,这不是苏杭服饰网购服务店吗!（喊）老板!

老板娘　（热情地）大妈,你想买什么服装?
大　妈　老板娘,我不是来买服装的,我是来卖服装的。
老板娘　你卖服装?哎呀呀,你走错了店,我这个店只卖不买。走吧,走吧!
大　妈　老板娘,我在你店给未过门的儿媳妇网购了一条真丝连衣裙，谁知儿子给她已经网购了一件，我买的这件就多余了，想把这多余的一件退给你……

老板娘 我寄去的货物品种错了？

大　妈 没错。盒子上标明是真丝连衣裙。

老板娘 里面货物坏了？

大　妈 没坏，我还没拆封哩！

老板娘 没装错，衣没坏，你来退什么货呢？

大　妈 刚才不是说了吗？同样的真丝连衣裙儿子已经买了，我网购的这一件就多出来了……

老板娘 那你叫你儿子退他那件呀！

大　妈 儿子网购的那件，未过门的儿媳妇已经拆开试穿了，好喜欢。我这件昨天傍晚才送来，儿媳妇还不知道，我偷偷来退的。（从竹篮中取出包装盒，将竹篮放在门边）

老板娘 你是网购，在电脑上操作，电脑上卖出去的货是不能退的。

大　妈 老板娘，我家在农村，家境贫寒，还是国家脱贫攻坚的时候，我家才脱贫的。我想把这件连衣裙退了，腾出两千块钱再做其他安排。两千块钱对我家来说，多重要啊！

老板娘 （没好气地）两千块钱对你重要，对我就不重要吗？（旁白）哼，一个农民大妈，来我这里退什么货？再说，两千块一退给你，我二十万整数就破了……（狠狠心对大妈）不退。

大　妈 （疑惑地）不退？

老板娘 不退。

〔小师傅穿工装，悄悄上。

大　妈　　那，送货的小师傅怎么说能退呢？
老板娘　　送货给你的小师傅说能退？
大　妈　　是呀，他还说七天之内无理由退货哩！
老板娘　　他是聘请的临时送货的毛孩子，你信他说的？

〔小师傅突然站到老板娘面前。

小师傅　　老板娘，那不是我说的，是国家《消费者权益保护法》上规定的。
老板娘　　小师傅，你是国家聘请的？还是我发工钱给你？你怎么吃里扒外呢？
小师傅　　这不叫吃里扒外，这叫宣传国家政策。
老板娘　　你说啥呀，七天无理由退货，我喝西北风去？
小师傅　　这位大妈家境的确不好，我昨天送货到她家，给我的感觉，穷。我们做生意的……
老板娘　　她家穷，我家富吗？我家要是富，我就不会开网店混日子了。小师傅——

（唱）我说小师傅自掂量，
　　　别在我面前打官腔。
　　　她是农村老大妈，
　　　不退给她能怎样？
　　　你一不亲戚二不友，
　　　替她讲话为哪桩？
　　　你端的是我家碗，
　　　我怎讲你就该怎讲。
　　　我说不退你别说退，
　　　不能和我唱反腔。

小师傅	老板娘——
	（唱）我不是和你反着唱，
	做生意也要把良心讲。
	农村人挣钱好辛苦，
	一分一厘都要算细账。
	退货得到两千元，
	又能排上大用场。
	你把钱退给老大妈，
	诚信经营多荣光。
老板娘	（发火地）小师傅，你别再搅浑水了，你再搅浑水，我就开除你！
大　妈	来，来，来……（大妈害怕地拉小师傅到门外的三轮车旁边）小师傅，小师傅，你别和老板娘吵了，我、我、我不退了。
小师傅	大妈，退是你的权利，你完全可以退的。
大　妈	（更害怕地护着衣盒）不，不，不退了，我不退了。
小师傅	大妈，你把衣盒给我，我替你退去。
大　妈	不不。小师傅，老板娘不退也就算了，免得她开除你。
小师傅	大妈，我能退掉。
大　妈	（半信半疑）你能退掉？
小师傅	我能退掉。
大　妈	真能退掉？
小师傅	真能退掉。
大　妈	那倒好哩！（抖索地递衣盒）
	〔小师傅拿起衣盒进屋找老板娘。
小师傅	老板娘，不讲大道理了，就讲点同情心吧。她家的

	确困难,帮她一把,退了吧!
老板娘	小师傅哇,你帮我家送货也有一个年头了,你端着我家碗,怎么去种别人家田呢?
小师傅	老板娘,我为网店着想,做生意讲诚信,诚信立业嘛!
	〔老板娘虽然心肠硬,但讲到政策也有所触动,边整理物件嘴里边叨念"诚信立业、诚信立业……"
小师傅	老板娘,退了吧!
	〔老板娘边理物件边叨念,似乎没有听到小师傅说话,无动于衷地仍旧理她手中货……
小师傅	(气丧地转回身)唉,老板娘不理睬我了——不理睬我啰!

(唱)嘴头说振兴新农村,

　　不少人还在欺负乡下人。

　　见大妈老实憨厚不发声,

　　老板娘越发嘴头硬。

　　我若与老板娘来去撞顶,

　　争来吵去有失文明。

　　如若不吵又不争,

　　大妈之事办不成。

(挠头)怎么办呢?(思忖)唉,有了——

(接唱)倒不如我拿两千将裙买,

　　就说老板娘货退清。

　　我替老板娘顶个名,

　　好让大妈高高兴兴回家门。

嗨,昨天老板娘刚好发我两千块钱工钱,买下连衣裙够了。(从自己衣袋里掏出两千块,点了点,笑嘻嘻走近大妈）大妈，钱退回来了。

大　妈　（喜笑颜开地）嗬，小师傅哇，还是你们青年人能啊，走去就退回来啦！

小师傅　老板娘很开通，见你是农村的，二话没讲就退了。（递钱）给！

大　妈　（双手接钱）哎呀，太感谢你了。除了谢你，还要感谢老板娘啊！小师傅，那我就回家了。

小师傅　我送送你……

大　妈　不不。我去拿竹篮儿啊！

〔走到网店门口，将竹篮拿起，老板娘走来……

大　妈　老板娘，真的谢谢你！

老板娘　谢我什么？

大　妈　你把钱退给我了。

老板娘　什么，把钱退给你啦？

大　妈　是呀！（从口袋里掏出钱）喏，两千块钱，一分不少喂！

老板娘　（一惊）这……（旁白）这么说，难道是小师傅他……（转对大妈）是小师傅把钱交给你的？

大　妈　是呀！小师傅还说老板娘很开通，见我是农村人挣钱难，二话没说，钱就退了。

老板娘　（心中有底了，旁白）难怪小师傅说诚信立业，诚信立业，难道是他帮我解的围？（对大妈）大妈，我没有退钱给你呀！

大　妈　你没有退钱给我，这钱……（更加摊开手中钱）哪来的？

老板娘　可能是……小师傅……

大　妈　（思虑地）是小师傅退给我的？我怎么能要他贴钱退给我呢？我退还他去。

〔大妈回到三轮车边，老板娘急步跟随。

大　妈　小师傅，是你把这盒真丝连衣裙买下去的吧？

小师傅　（有些局促）嗯……啊，不，不……是老板娘退给你的……

〔老板娘有些愧疚了……

大　妈　老板娘说，她没退哎！

小师傅　（更加局促）这这这……

大　妈　（旁白）难道小师傅把这条裙子买回去给家人穿？……（转对小师傅）小师傅，有老婆吗？

小师傅　（摇头）我才二十二岁，还没结婚哩！

大　妈　谈恋爱了吗？

小师傅　（直摇头）没没没。

大　妈　有女朋友吗？

小师傅　（更加摇头）大妈，这些人都没有。

大　妈　有姐姐吗？

小师傅　没有。

大　妈　有妹妹吗？

小师傅　没有，爸妈只生我一个。

大　妈　你妈多大年纪？

小师傅　跟你差不多。

大　妈　小师傅，你既然没老婆、没女朋友，姐妹都没有，你花这么大价钱把这盒真丝连衣裙买下去，做什么用场呢？

小师傅　我也不知道。

大　妈　　那我把这盒连衣裙钱还给你。(递钱)

小师傅　(推辞)不不不。大妈,你们农村人挣钱不容易,明明能退掉的东西,你却退不掉,这种委屈,你在默默承受着……

大　妈　　(伤心擦泪)……

小师傅　我不忍心看你辛辛苦苦拎来的裙子,却又伤心地拎回去,那样太心亏了。

大　妈　　我们农村人挣钱不容易,我也不能让你白白吃闷心亏呀!

小师傅　老板娘不退钱,我再不买——你怎么办?你怎么办啦?

大　妈　　自作自受,自作自受哟!(把钱硬往小师傅上衣口袋里塞)收下,收下!

小师傅　(忽然心酸,跪下流泪)大妈,我不能眼睁睁地看你受委屈……我只有这个办法为你解困啊!

大　妈　　孩子,大妈再穷也不能让你无缘无故地蒙受这么大的损失呀!(抱住小师傅痛哭)

〔老板娘感动得热泪盈眶。

老板娘　(唱)我这个心肠硬过了分,
　　　　　　　自搬石头砸自身。

〔老板娘迅速上前扶起大妈。

老板娘　(深情地)大妈嘞——
　　　　(接唱)只怪我经营思想不端正,
　　　　　　　三只眼睛小看人。
　　　　　　　大妈你老实憨厚心单纯,
　　　　　　　不会吵来不会争。
　　　　　　　我看你家住农村,

　　　　　　　即使有冤也难申。
　　　　　　　现在看来是我缺德，
　　　　　　　不退给你不容情。
　　　　　　　两千块钱快快退，
　　　　（递钱）大妈！
　　　　（接唱）请你容我一时浑。
大　妈　（激动地接过钱，又从口袋里掏出钱）小师傅，谢你了，我也把钱退给你！
　　　　（唱）大妈从来没遇见，
　　　　　　　小师傅这般好心人。
　　　　　　　你替大妈受委屈，
　　　　　　　大妈鞠躬谢你恩。
小师傅　（接过钱，拥住大妈）大妈！
老板娘　（唱）转过身来谢师傅，
　　　　　　　一片真心赤如金。
　　　　　　　你一再劝我守信誉，
　　　　　　　你的忠言我不听。
　　　　　　　商业道德我未守，
　　　　　　　你却帮我守诚信。
小师傅　不用谢，这是我应该做的！
　　　　（唱）自己虽是临时工，
　　　　　　　我却当着店一员。
　　　　　　　卖货送货都一样，
　　　　　　　做人应在经商先。
老板娘　对，做人在先，经商在后。（握住小师傅手）请你开车，专程送大妈回家！

小师傅　是!(拉开三轮车车门)大妈,请你上车!
老板娘　大妈,我扶你上车。
〔音乐起……
〔老板娘朝三轮车远去的方向,深躬致歉。
〔幕闭。
〔灯暗。

—剧终—

艺苑芬芳

王京林 著

下册

中国戏剧出版社
CHINA THEATRE PRESS

恭迎三宝

时　间：新时代。
地　点：某乡镇。
人　物：
小　琴——女,大宝、二宝的妈妈。
方　正——男,小琴丈夫。某乡政府分管民政、计划生育等工作的副乡长。
婆　婆——女,小琴婆婆。
妈　妈——女,小琴娘家妈妈,退休职工。

〔幕启：远景,农村一片新气象,红色小楼,连成一片,宽阔大道,纵横交错。近景,小琴的家,看上去比较富裕,家具电器样样有,摆得有条有理,让人悦目。

〔婆婆从里间拍打拍打双手,上。

婆　婆　（唱）昨夜神情老发呆,
　　　　　　翻来覆去不自在。

文明新貌篇

想想方家连三代，

只有男丁无裙钗。

现在政策已出台，

鼓励妇女生三孩。

我意生个小孙女，

小琴能否把口开？

（喊）小琴！

〔小琴里屋出，身体有些虚弱，面容憔悴，刚忙完两个儿子穿戴，听婆婆喊，慌忙上。

婆　婆　小琴呀！大宝二宝衣服穿好了？

小　琴　刚穿好。大宝还好穿，二宝调皮，特别难……婆婆，找我有事呀？

婆　婆　也没有什么大不了的事。我听说，国家出台了"三孩"生育政策，我想跟你合计合计，能不能在下半年生一个孙女来……

小　琴　（一笑）婆婆，你想孙女啦？

婆　婆　生一个孙女，两男一女，儿女双全呀！你跟我儿子商量商量，下半年……

小　琴　（假装脸一拉）当是鸡下蛋呀，说生就生下来。

婆　婆　（尴尬地）这不是跟你商量嘛，拉脸……

小　琴　（笑着拉住婆婆）婆婆，跟你说着玩哩，你别见怪。其实，我跟你想到一条路上去了……

婆　婆　（笑起来）是吗？婆媳俩不隔心，冤家能成亲。想什么都能想到一块儿。

小　琴　人都说——

　　　　（唱）娘生儿子不讨巧，

　　　　　养个女儿才是宝。
　　　　　儿子长大将娘忘，
　　　　　女儿是娘的"小棉袄"。
　　　　　儿子长大满天飞，
　　　　　女儿始终在身边绕。
　　　　　嘘寒问暖母女情，
　　　　　跪乳反哺将恩报。
　　　　　老来病痛难自理，
　　　　　女儿床前床后茶水倒。
　　　　　即使骂她三两声，
　　　　　她也会对娘微微笑。
　　　　　女儿好，女儿孝，
　　　　　生个女儿来养老。
　　　　婆婆，我也想生个女儿哩！

婆　婆　（情不自禁地）小琴儿，你跟婆婆同样想法，那就生呗！

小　琴　不过，我还得看看我妈妈的态度。

婆　婆　（不解地）什么，你嫁到我方家来，就是我方家人，我方家生儿育女还要看你妈妈态度？

小　琴　婆婆，我妈是个很能干很要强的人，退休前在单位里拿过许多奖状呢！自从前几个月爸爸走后，她就是孤孤单单的一个人，出门一把锁、进门一盏灯的日子，她特别不习惯，像变了一个人似的。无精打采，眼皮耷拉下来，半天懒得说一句话……我妈好可怜啊！

婆　婆　劝劝你妈打起精神来，人生走到这一步，死想死

	怄，把头脑子想坏了，还是自己吃苦头。还是想开些好。
小　琴	她就是想不开呀！我前天回娘家，跟妈睡了一夜，跟她讲了我想生三孩这个事……
婆　婆	你妈怎么说？
小　琴	她只摇摇头，没有具体表态。（停停）如果，我妈不同意我生三孩，我硬要生，这不是给妈本来就不太好的精神上雪上加霜吗？
婆　婆	也对，不能给可怜的单身妈妈再添烦恼了。（忽然想起）哎，你妈妈喜欢外孙子吗？
小　琴	喜欢呀！特别喜欢我家大宝、二宝。她连连埋怨我怎么不把大宝、二宝带回去给她看看……
婆　婆	只要你妈妈喜欢大宝二宝，那就好办……

〔方正挟文件夹，上。

方　正	母亲，什么事"那就好办"？
婆　婆	儿啊，妈正与小琴商量一件事……
方　正	什么事？
婆　婆	你爸和我都老了，整天盘算着一件心事，上两代都是单丁独苗，到了你这一代呢，又生了两个公鸡头子，妈就想有个丫头……就劝小琴生个女儿。
方　正	妈，你想哪去了，整天盘算这个干什么？你和小琴将爸伺候好，再把大宝二宝带带好，不就行了……
小　琴	老公，婆婆也是好心，让我再生一个女儿，到老来，婆婆和我俩都有个贴心的人……
方　正	哎呀，什么贴心不贴心……
小　琴	到老来，假若我俩有个伤风感冒倒在床，连个送茶

递水的人都没有……

方　正　老来？哈哈，你到老来还有多远？母亲老了，你可以递茶倒水，等我俩老了，不也有两个儿媳妇吗？你们不要在家没事，干饭吃饱了，找些无谓的心来操。母亲，小琴——

（唱）我劝你俩别瞎操心，

　　　社会进步快得很。

　　　新事新办要跟进，

　　　别把前面旧事记在心。

　　　有男有女当然好，

　　　有男无女也称心。

　　　顺其自然是常理，

　　　生男生女天注定。

婆　婆　（唱）我儿说话不近情，

　　　男人不解女人心。

　　　母亲想件"小棉袄"，

　　　又贴身来又贴心。

小　琴　老公，你错解母亲话的意思了，母亲是为我俩好，才叫我再生一个女儿哩！

方　正　那不是要生第三孩吗？

小　琴　母亲就是这个意思。

方　正　小琴，母亲这个意思能实现吗？

小　琴　老公，你昨天晚上跟我讲，你今天下午在全乡干部大会上作报告，就是宣讲鼓励有意愿的妇女生第三孩吗？

方　正　是呀！国家鼓励妇女生第三孩，不是就要我家生第三孩呀！
小　琴　啊，你是讲给别人听的，自己可以不……
方　正　怎么讲话哩，你知道三孩是什么概念吗？
婆　婆　（唱）你的概念我不解，
　　　　　　　我只知道一胎二胎是男孩。
　　　　　　　心想生个三孩是女儿，
　　　　　　　有男有女才和谐。
方　正　母亲——
　　　　（唱）男孩女孩自然生，
　　　　　　　强求男女难呼应。
　　　　　　　倘若三胎又是男，
　　　　　　　你的心情怎平衡？
　　　　母亲，别自顾自想。我们乡有个九十多岁的老书记，那年月生了两个儿子，想一个女儿，生三孩，三孩又是儿子；又生四孩，四孩又是儿子；想最后赌一把，结果第五孩还是儿子；累得老书记生活穷困潦倒。他气道，天不应我啊！（停停）母亲，你的心情我理解，小琴身体又瘦弱，就不要再生了。
婆　婆　我不信那个邪乎。老书记是老书记，我方家是方家，两家还能一个样呀？（赌气地）小琴儿，你生，婆婆给你撑腰！
小　琴　老公，我也不信老书记那一套。听婆婆的，（拍拍腹部）我就生。
方　正　（愁苦地）母亲，小琴，别再逼我了，你生下来，总要我抚养呀！现在的生活负担就不轻了，一个月就拿那么几千块钱工资，就这么多粉，只能做这些粑粑……

婆　婆　古话说，一棵草，顶一颗露水珠子……

方　正　那是旧话。那时经济困难，给点吃的穿的，拖拖拽拽也就大了，现在呢——

（唱）三岁就上幼儿园，

　　　幼儿园要钱不一般。

　　　一个学期交五千，

　　　全年就是一万元。

　　　大宝二宝兄弟俩，

　　　万元就要加两番。

婆　婆　（唱）你好在现职是副科，

　　　一月工资六千多。

　　　奖金补助算在内，

　　　一年十万还宽绰。

　　　培养儿女花点钱，

　　　支付两万算什么？

方　正　（唱）小学中学十二年，

　　　十二年花费多少钱？

　　　寒暑两假补习班，

　　　花花的大钞往外点。

　　　大学四年多少钱，

　　　目前不好来估算。

　　　想想头毛皮发麻，

　　　多一个孩子添多少难？

婆　婆　我说儿啊——

（唱）你先别考虑那么远，

　　　　　　　口咬甘蔗节节甜。
　　　　　　　儿孙自有儿孙福，
　　　　　　　车到山前路自转。
　方　正　我的好母亲，不考虑那么远行吗？
　　　　　（唱）转眼就到儿成人，
　　　　　　　儿子成人要结婚。
　　　　　　　结婚条件高得很，
　　　　　　　有房有车才成亲。
　　　　　　　一套新房多少钱，
　　　　　　　新房行情年年升。
　　　　　　　一辆新车开口价，
　　　　　　　再去看看售车行的价格屏。
　　　　　　　两个儿子是两份，
　　　　　　　少一个角子都不行。
　　　　　　　钱虽好用却难挣，
　　　　　　　市场经济硬碰硬。
　　　　　　　母亲啊——
　　　　　　　你可曾为我考虑到，
　　　　　　　往后的负担有多沉？
　婆　婆　儿子——
　　　　　（唱）不管负担有多沉，
　　　　　　　千金万银买不到人。
　　　　　　　该拥有时你不拥有，
　　　　　　　你要悔自己后半生。
　　　　　〔妈妈拎着大宝、二宝喜欢吃的土特产，上。
　妈　妈　（唱）日出东方三竿高，

> 退休在家太无聊。
> 脑海整天想两宝，
> 今到女儿家走一遭。

小　琴	（迎上）妈，你来了。	
婆　婆	（端凳）亲家母，稀客，快坐。	
方　正	（拉妈坐）妈，你请坐。妈，你们先谈着，我下午还要在全乡干部大会上作一个报告，我得先去准备准备材料。（下）	
妈　妈	（急切切地）不坐不坐，我先去看看我家两个外孙大宝二宝哟！（入内）	
婆　婆	小琴儿，你妈那么喜欢外孙子……	
小　琴	我妈在家特别冷清，……（忽然想起）哎，婆婆，我突然想到了一个主意……	
婆　婆	什么主意？	
小　琴	（对婆婆附耳言语）你看中不中？	
婆　婆	（喜不胜喜地）哎哟！琴儿，我俩又想到一条路上去了。我在先不是说了嘛，只要你妈喜欢大宝二宝，那就好办……中，中，就照你想的办。亲家母来着，我去烧几个好菜。（喜滋滋下）	

〔妈妈笑得合不拢嘴，复上。

妈　妈　我家两个乖乖多好玩啰！

（唱）粉团团的脸蛋肉嘟嘟，
> 天真活泼好可爱。
> 外婆喊得多亲热，
> 我喜在眉梢乐在怀。

小琴呀，两个宝宝多可爱哟，我抱在怀里真舍不得放下来哎！（忽想起什么）呃，我刚才进门看见你们三个面红耳赤的，是吵架啦？

小　琴　没有吵架，那是他娘儿俩为我生第三孩问题，发生争执。

妈　妈　要你生第三孩？

小　琴　（点点头）……

妈　妈　这个问题，照理说我不该多发言，这是方家的事。可是，你是我女儿，我不得不参加一点意见：不要生第三孩。

（唱）三胎生下谁来带，
　　　吃喝浆洗忙不开。
　　　若把身子累坏了。
　　　我怎向你九泉下的父亲作交待？

小琴呀，你在家做姑娘又白又胖，现在又瘦又黑，像变了一个人似的，妈看到心酸啊！你还要生三孩，不要命啦？

小　琴　妈，不累哩，有大宝二宝一天到晚嬉闹，女儿真的高兴不已。（掉转话头）妈，我上次回家，你愁眉苦脸，郁郁寡欢，今天怎么又说又笑啊？

妈　妈　自从你爸走后，妈就孤孤单单一个人，连个搭话的人都没有，太孤苦伶仃了。今天看到外孙子那么活泼可爱，一声声外婆外婆亲热热地喊，我精神就兴奋起来……

小　琴　你若怕孤单，如果有适合的再找一个人嘛！

妈　妈　（嗔怪地）傻丫头，妈是那种人吗？年龄都这么大了，还再找一个人？

〔内声：奶声奶气的幼儿音：外婆，外婆，快来哟！

妈　　妈　　嗬嗬，小乖乖叫我啰！（对女儿）大宝二宝喊得多亲热哟！（入内）

小　　琴　　（拍拍腹部）唉，我肚子里已经怀有两个多月了，想把她生下来，丈夫这么反对，我妈也不支持，怎么办？生又不能生，做掉我又不甘心。进和退都不成，这这这不难坏我吗？

〔妈妈笑，复出。

妈　　妈　　（旁白）两个外孙可心疼人了！人说隔代疼，隔了一代格外疼啊！咳，我要有一个大宝或者二宝在身边……那多好啊！（对小琴）小琴，两个宝宝我都疼到心里去啰！

小　　琴　　（试探地）妈，你这么喜欢宝宝，就抱一个回家去……

妈　　妈　　那是方家的孙子，我能随便抱回家吗？

小　　琴　　大宝二宝是我生的，我说话能算一半。

妈　　妈　　大宝二宝一对兄弟，吵打嬉闹，亲密无间，岂能分开？

小　　琴　　（更进一步试探）妈，要莫这样，我生一个第三孩给你带……

妈　　妈　　生第三孩给我带？

小　　琴　　嗯。

妈　　妈　　这……

小　　琴　　妈，你一个人太孤单太寂寞了，有个外孙女陪陪你，和你说说话，陪你睡觉，陪你调皮，一天二十四小时在你身边热乎，多快乐呀！

妈　　妈　　好倒是好，我母女俩说着不算呀，怕你婆婆……

小　琴　（高兴地）那我去问问。（急下）

妈　妈　（扪心自问地）这，好，还是不好呢？

　　　　（唱）假若婆婆不答应，

　　　　　　反引婆婆起疑心。

　　　　　　要是她嘲弄反问我，

　　　　　　抢她方家子孙为哪门？

　　　　　　我虽本意无此心，

　　　　　　到时有嘴辩不清。

　　　　　　儿女成亲本是互信任，

　　　　　　此举反成陌路人。

　　　　　　罢！罢！罢！

　　　　　　不找麻烦不添乱，

　　　　　　安分守己做单身。

　　　　　　自己孤寂自己受，

　　　　　　谁叫我是苦命人？

　　　　〔小琴高兴地上。

小　琴　妈，我婆婆答应了。她说，成，成，亲家母要一个外孙女贴贴身，千百年大好事哩！

妈　妈　小琴儿，妈不抱外孙回家了。

小　琴　为什么？

妈　妈　我不愿意引起不必要的麻烦。日子长，蒙蒙雨，你婆婆今天这样说，能保证以后不改口吗？

　　　　〔婆婆系着围裙，喜上。

婆　婆　不会改口的。亲家母，我也是女人，知道女人的苦处。女人没了男人，就失去了依靠，心里特别孤独，特别失落……有个外孙在身边调皮调皮，蹦蹦跳跳，逗逗笑笑，家里一下子就热闹起来了，精彩起来了！

妈　妈　　还有方正，女婿同意吗？

〔方正也兴奋地上。

方　正　　我同意。（扶住妈妈）妈，你们刚才说的话我在房间里都听到了，好感动啊！妈，只要你快乐、舒心，我都同意啊！（停停）母亲、妈、小琴，你们都能拥护政府出台的鼓励妇女生育三孩的政策，我是一个干部，还顾虑重重，想想多惭愧啊！现在，有你们支持，我在下午的报告席上，就向大家表态：带头欢迎三宝诞生！

〔婆婆、妈妈、小琴鼓掌。

〔全场掌声热烈地响起来……

灯暗。

—剧终—

艺苑芬芳

浪波湾

时　间：新时代。
地　点：浪波湾小区。
人　物：

李奶奶——女，七十岁，浪波湾小区老住户。由于人物之间年龄相差不大，李奶奶呼张大伯为大兄弟，呼张大妈为老妹子。

张大伯——男，六十岁，农村刚搬迁入户的新居民。称李奶奶为老人家。

张大妈——女，五十八岁，张大伯妻，称李奶奶为老大姐。

〔浪波湾小区。一排排六层小楼，洁净美丽。草木葳蕤，错落有致；花开多姿，芬芳艳丽。

〔幕启：小区岔路口。竖有核心价值观、文明公约、垃圾分类等宣传牌版，有石凳几尊。

〔李奶奶面带愠色，匆匆上。

李奶奶　（唱）新时代，新风尚，

　　　　　人人都把文明讲。
　　　　　垃圾要求分类装，
　　　　　污水要从管道淌。
　　　　　环境保护无小事，
　　　　　约法三章有保障。
　　　　　不知哪个捣蛋鬼，
　　　　　废料堆放我院旁。
　　　　　臭气怪味呛鼻孔，
　　　　　漆气冲眼泪汪汪。
　　　　　是谁做出害人事，
　　　　　物业不管为哪桩？

我家住房有点偏，和院墙形成了一个拐旮旯，谁家装修拆下来的废料，趁黑夜偷偷倒在这里。我以为堆个一天两天就会运走。谁知，半个多月了也无人问津。我要向物业办报案，老伴说，不要报案，等会儿我花几个钱叫一辆垃圾运输车把它拉走不就得了？一个院内的人，闹得沸沸扬扬，事情是处理好了，却把人得罪了。何必呢？我觉得他讲得有道理。可我气不打一处来，不报案情，不找出这个人来，我心里——

（接唱）我整整衣衫去暗访，
　　　　　跑遍小区细细望。
　　　　　找出此人亮亮相，
　　　　　让他行为曝曝光。（下）

〔张大妈挎菜篮子上。

张大妈　（唱）养个儿子把老防，

此话一点没错讲。
儿在城里买了二手房,
叫父母进城把福享。
本来二手房也漂亮,
他拆了旧饰又重装。
师傅拆卸乒乒乓,
我随后捡起堆一旁。
板片碎石堆小山,
儿请小工连夜搬出房。
我从乡下搬进屋,
才满半月好时光。
电视看得满堂彩,
悠闲自在把福享。
乡下带来的菜吃完,
今天下楼把采购当。

（感叹地）哎呀,城里住得好闷人呀!我们乡下一清早百鸟鸣叫,多好听!晨风一吹,精神爽快。城里住家天天要买菜,好麻烦。菜市场在哪里哟?

〔李奶奶从另一条路上。

李奶奶 （唱）瞧过一幢又一幢,
幢幢都是雪白的墙。
一家一户仔细望,
没有破绽无异样。
难道外面小区偷运来,
让我为他来销赃?

〔李奶奶与张大妈在岔路口相对遇上。

李奶奶 张大妈	（同时地）请问……（同时相对笑起来）
李奶奶	对不起，老妹子，你先讲吧！
张大妈	老大姐，你年龄大一点，你先讲。
李奶奶	老妹子，我想问一下，你可知道我们小区最近有哪一家在搞装修？
张大妈	（谨慎地）我初来乍到，搞不清哪一家对哪一家，不晓得。我倒问你，我第一次买菜，菜市场在哪里啊？
李奶奶	你初来乍到？
张大妈	是呀！
李奶奶	走亲戚？
张大妈	不是。
李奶奶	投靠儿女？
张大妈	算，也不算。
李奶奶	这是什么话？
张大妈	说算，这二手房是儿子给我买的；说不算，我又不和儿子一起住，我老两口单独住。
李奶奶	（理解地）啊！（转问）儿子代你买的二手房有没有重新装修？
张大妈	老大姐，你问这个干什么？
李奶奶	我要看看是哪个没良心的，把装修废料倒在我家院外，老不拉走，气味难闻死了。
张大伯	嗯，垃圾堆在家门口，是难闻啊！
李奶奶	你家最近没装修？
张大妈	（声音放低）我家最近没装修。
李奶奶	（故意放大声音）哼，我要找到是哪一家干的缺德

事，看我不……（瞥了她一眼）

〔张大伯大步上。

张大伯　孩儿妈，你跟这位老人家吵架啦？

张大妈　没有没有。（怕惹事拉张大伯）走走，我们买菜去。

李奶奶　我要找到哪家干的缺德事，我非找他不可！

〔张大伯跟张大妈走了一截路，听后面老人家仍带火气地在骂骂咧咧，回身问张大妈。

张大伯　孩儿妈，这位老人家骂谁呀？

张大妈　别理她。（又说）我刚走到岔路口，她问我最近有哪家搞过装修。我说，不知道，她就火上脑门了。

张大伯　谁家搞不搞装修，跟她有什么关系哟？

张大妈　人家把装修拆下来的废料堆在她家院墙外面，腥臭难闻。

张大伯　哎，你没说不久前我家搞过一次？

张大妈　她问"最近"。

张大伯　半个月前，不也是"最近"吗？

张大妈　那是最近吗，你别多事了，城里妇女不知道有多泼辣，你若惹上身，吃不掉，兜着走——

（唱）城里妇女多泼辣，

　　　天不怕来地不怕。

　　　芝麻小事惹上身，

　　　她不斗赢休不罢。

　　　乡下人羞面又笨口，

　　　哪有闲情与她摆八卦？

走吧，斗不起，躲得起，买菜去。

张大伯　孩儿妈！

(唱)别把城里人说得那么坏,
城里人有刁也有乖。
讲道理讲友爱大有人在,
你不能看人不顺乱把心事猜。
我以前挑担蔬菜进城来卖,
认不得哪条街对着哪条街。
我一问路许多人抢把口开,
有一人还亲自给我把路带。
这说明多数人心中有爱,
帮别人伸援手胸怀永开。

张大妈　你看那老大姐的火气,像要吃人一样,我能对她讲吗?

张大伯　人家问你事,不知道没办法,知道的闷着不讲,那是不尊重人家。

张大妈　我还要尊重她?

张大伯　人与人都要互相尊重啊!假若有人这样对待我们,我们又会怎样想?

张大妈　嗯……

张大伯　(拉着张大妈)走吧,告诉人家去。

张大妈　(挈回)自找麻烦干什么啊?

张大伯　不是自找麻烦,而是把自己心亮出来,让人家看看,我们没有做那种龌龊事,让人家放心。你越远离人家,人家越疑心哩!

张大妈　老大姐也没说是我做的。一大小区的人,刚好怀疑到我?你主动去讲,是消除她疑虑呢,还是不打自招呢?

张大伯　讲清楚,总比不讲好。

张大妈　　你讲出来，她正没主儿，一口咬定你怎么办？

张大伯　　世上哪有这个理？没有那个事还能咬出那个事？你不去，我去。（丢下张大妈，自个走到岔路口对李奶奶）老人家！

李奶奶　　（从石凳站起来）大兄弟，回头啦，有话说？

张大伯　　老人家，我家是搞了一次装修，不过，不是最近。

李奶奶　　是哪个时候？

张大伯　　前个把月。

李奶奶　　（一拍大腿）就是前个把月的事呀，弄不好，那堆废料就是你家堆放的。

张大伯　　老人家，我家装修那些废料，我花钱找人全部运走了。

李奶奶　　运哪了？

张大伯　　运哪了我不知道，我的确花三百块钱叫一位师傅运走了。

李奶奶　　（肯定地）不用查了，那就是你家。

张大伯　　老人家，别瞎怪人，那种损人事，我不会干的。

李奶奶　　大兄弟，别犟了——
　　　　　　（唱）你家干的你莫犟，
　　　　　　　　　不要与我辩端详。
　　　　　　　　　五百户人家未装修，
　　　　　　　　　只有你家拆旧换新装。
　　　　　〔张大妈赶上来，拉下张大伯。

张大妈　　（唱）你这老大姐真刁钻，
　　　　　　　　谁把废料往你家搬？
　　　　　　　　你没凭没据随口喊，
　　　　　　　　坏了我名声可不好办。

	（咬牙切齿地又捶又拉张大伯）你个死老头子，我叫你别跟她嚼舌头，你偏和她讲清楚，讲清楚了？你把什么人都当温良恭俭让吗？一口咬不死你啊！
张大伯	咬就咬上啦？是真讲不假，是假讲不真啊！
张大妈	（拖张大伯）还咬死理！走，买菜去！（下）
	〔李奶奶呆呆地站在那里，听到张大妈老夫妻对话，心里也有所感触。
李奶奶	是呀！事情也有特殊性啊！假如她真的花三百块钱请人把废料拉走了，我硬要说是她，那就冤枉她了，坏了她的名声，我自己良心也过不去呀！这……（思忖）老妹子说得对，无证无凭空口喊怎么行？对，凡事要有证据，那堆废料不就是证据吗，我去找找。（下）
	〔张大伯张大妈提菜篮子上。
张大妈	（唱）城里住家真方便，
	买菜就在小区边。
	品种多样且不贵，
	难怪哟，家家都往城里搬。
张大伯	（唱）一是共产党领导好，
	城镇建设热火朝天。
	二是儿媳多孝顺，
	买新房给我度晚年。
张大妈	（唱）老房装饰也很好，
	不该拆旧换新颜。
	费时费力又费钱，
	还落下疑点遭人谴。

	老头子哎，万一老大姐咬住你，你也一口否定，看她怎么着。
张大伯	她既不能一口咬定，我也不能一口否定，世间总有一个理啊！就是法院判决，也要有个证据啊！

〔李奶奶手中拿一片木片，上。

李奶奶	（唱）垃圾车正要开着走，
	我高呼大叫才停留。
	我从废料中找啊找，
	抽出一片带名的破木头。
	哎哎，大兄弟老妹子，你家新房是不是二手房呀？
张大伯	是呀！
李奶奶	卖给你房的那一户姓什么叫什么？
张大妈	（抢答）不知道，我买房还管人家姓什么叫什么？
张大伯	老人家，这房是我儿子媳妇买给我们的，什么手续都是他们办的，我们真的蒙在鼓里。
李奶奶	不知道没关系，买卖房屋有合同，你把购房合同拿过来一对，不就清楚了？
张大伯	一定要看合同吗？
李奶奶	一定要看合同，不然谁对谁错，空口无凭不行啊！
张大妈	（倔犟地）我没有合同。
李奶奶	你说没有合同，（威胁地）那，找社区主任去。
张大妈	（一把拉过张大伯）我说城里人刁，你不相信，还说她们讲理，好吧，这下要到社区找主任去！
张大伯	（发火地）讲理就讲理嘛，莫说到社区找主任，就是找大县长，理只有一个哇！有理走遍天下，无理寸步难行。你怕什么？

张大妈	我才不怕呢!
张大伯	不怕就行,躲躲藏藏干什么?
张大妈	我才不躲呢!
张大伯	不躲就好。回去,把购房合同拿来。
张大妈	你你你怎么就不听我的话呢?(低声地)这合同能拿吗——

(旁唱)这件事情我心明,

第一下问我心就惊。

我怀疑那个送废料人,

是否是他把废料扔。

当时随便喊的农民工,

现在又到何处找其人?

只有不与老大姐去对证,

看她还念哪门经。

(拉张大伯)走,回家烧饭去。

张大伯	孩儿妈,你回家把购房合同拿来。咳,不做亏心事,哪怕鬼敲门。拿去!

〔张大妈非常不服,黑了张大伯一眼,悻悻下。

张大伯	(走近李奶奶)老人家,你家院外那堆废料真不是我家倒的,我家花钱找人把废料运走了。不信,马上合同来一对,你就会相信我了。
李奶奶	大兄弟呀,做没做不重要,我气那种做了错事又不敢认账的人……

〔张大妈拿购房合同,上。

张大妈	(唱)一份合同有三张,

不知是阴还是阳。

     我心中怦怦如敲鼓，

      倘若对号多把面子伤。

    （生气地给张大伯）给！

李奶奶 （竖起一块木条）这块木条有名有姓，是我刚从废料堆里抽出来的——

    （唱）我先举起小木条，

      与你合同对对号。

      木条上写着戴家瑶，

      合同上写谁不知晓。

张大伯 （打开合同一看）售房方：戴家瑶。（惊呆地凝视李奶奶，顿时表情僵硬，显得特别尴尬、难堪……）这这这……

    〔幕后伴唱：

      天湛蓝，白云飘，

      木条合同戴家瑶。

      不是奇，不是巧。

      真理只一条。

李奶奶 （进一步地）拿过来，拿过来，跟我这根木片子对照一下，合同上是不是戴家瑶。

张大伯 （极为难堪地低声说）是戴家瑶。

李奶奶 （仍不罢休地拿过合同亮相）嚯，签字正是戴家瑶。（嘲弄般地哈哈大笑，忽然看到张大伯特别尴尬的面容，觉得自己过了分，感到不妥，紧急收住笑容）

张大伯 （涨红着脸，难堪地）老人家，废料是我家堆放的……（深深躬下腰板）赔礼！赔礼！

李奶奶	大兄弟呀,不必如此。人吃五谷,谁没有一左二右的时候呢?
张大妈	老大姐,这不是我们家的错,是我儿花钱请人把废料运出去的,肯定是那个运料的人投机取巧,没把废料运到城外垃圾场,偷偷堆放在你那儿。我俩刚从农村搬上来的,不明了这个情况……
李奶奶	你俩刚从农村搬来的?
张大妈	是呀,搬来才半个月哩!
张大伯	(严肃地对张大妈)不要强调理由,错了就是错了。
李奶奶	(忽然醒悟,反思,自责地)唉,早知如此,我也不会如此啊!

　　　　　(旁唱)是我办事太认真,
　　　　　　　　卯是卯来榫是榫。
　　　　　　　　强调此卯对此榫,
　　　　　　　　太过认真毁人情。
　　　　　　　　人家也是上年纪的人,
　　　　　　　　何必逼人陷窘境。
　　　　　　　　凡事留步一小寸,
　　　　　　　　日后见面分外亲。

　　　　　(对张大伯)大兄弟呀,怪我老奶奶性急呀!我老伴对我说,花几个钱叫辆垃圾车把废料拉走算了,别找人家麻烦。可我,非要穷追不舍,使你们尴尬,让你们难堪,我还嘲笑你俩,我做得过分了……(深深鞠躬)对不起,我为难你们啦!

张大伯	(扶起李奶奶)老人家,你没有错。
李奶奶	古人说,凡事只能打九九,不能打加一,可我……

张大伯	老人家,管理不到位是我的错。我立即改正。我马上叫一辆车把你家那堆废料全部清运干净……
李奶奶	不用了。我老伴已经花四百元叫车把废料清运干净了。
张大伯	那四百元清运费用,我出。
李奶奶	也不用了。你们刚从农村搬来,不明了,不知情,不怪你们。你们已经出过钱了,这点清运费就算了……
张大伯	我们一定出!
李奶奶	(边下边摆手)算了,算了……(下)
张大伯	不能算了,不能算了——

    (唱)文明建设抓在先,
      社会面貌展新颜。
      人人不可看简单,
      个个重视做模范。
      小区是社会一个点,
      清洁卫生在眼前。
      一丁一点小垃圾,
      都是小小污染源。
      环保大事人有责,
      谁也不能站外边。
      谁的责,谁该担,
      农民也不能把责免。
      垃圾虽然非我倒,
      我也该把全责担在肩。

    孩儿妈,回去讨四百元现金来,马上给老人家送去。

张大妈	老大姐不是说不要我们付钱了吗?

张大伯 那是人家客气,我们不能当福气。去,把钱拿来!

张大妈 回去拿合同的时候,我就拿了钱放在腰包里,(从腰包里掏出钱)给!

张大伯 (亮出四张红色人民币,拉张大妈,高兴地)走,给老人家送钱去!

〔幕后合唱:

  社会营造好风尚,

  人人都把文明讲。

  环卫之歌齐唱响,

  浪波湾永展新气象。

〔张大伯、张大妈高高兴兴送钱去……

〔造型亮相。

〔灯暗。

—剧终—

捧心相援

时　　间：2022年3月底至4月初，上海新冠突然暴发，疫情封控最严峻的那些天。

地　　点：某地。万亩蔬菜合作社联合社门前。

人　　物：

保书记——男，五十岁，万亩蔬菜合作社联合社党支部书记。

肖聪明——男，三十岁，万亩蔬菜合作社联合社理事长。

胖会计——女，四十多岁，万亩蔬菜合作社联合社会计。

矮个子——男，二十多岁，办公室人员。

〔幕启：万亩蔬菜合作社联合社办公室，门前场地宽阔，招牌显眼。办公室外，前前后后都种植着各色各样大棚蔬菜，裸露出嫩绿花红，一望无际。

〔肖聪明上。

肖聪明　（唱）新冠肺炎真奇怪，

一茬一茬接着来。

前年武汉遭大灾，

最近肆虐大上海。
上海人口两千万，
家家抢把食品买。
紧急封控措施猛，
一时紧缺是蔬菜。
上级令我二百吨，
今晚九点抵上海。
我心中喜欢财神到，
趁机我把价格抬。
少说一斤加两块，
多卖八十万元囊中揣。
社员多分两千多，
谁不嘴巴笑歪歪？
到那时，人人夸我干得"帅"，
我喜在心头乐在怀。
时间紧迫不我待，
我这就去把价格定下来。

（喊）胖会计！

〔胖会计腆着臃肿的身子，歪打歪打地上。

胖会计	理事长，有事？
肖聪明	你快把运到上海去的蔬菜账，一样一样理出来。每样蔬菜多少吨，每吨价格算出来，马上我来加一点价。
胖会计	加一点价？
肖聪明	加一点价。这么好的机会不加点钱，那不是傻子吗！
胖会计	怎么加？
肖聪明	这你就不要问了。你把所有蔬菜种类各多少吨，每

	吨价多少，摊到每斤蔬菜价格多少列出来就行了。
胖会计	每样菜多少吨，不是保书记从县里打电话回来定的数字吗？大蒜二十吨，莴笋二十吨，大白菜五十吨……
肖聪明	（阻止）别报了，别报了。你就按保书记电话数字计算，每斤当地价是多少钱列出，然后，具体价格我来加。
胖会计	你加？
肖聪明	对呀！
胖会计	理事长，保书记没发话，你不能随便加吧？
肖聪明	怎么不能加？
胖会计	保书记没开口加，你要加，也要等他回来。他是书记哟！
肖聪明	书记怎么讲，群众利益他能阻挡？
胖会计	群众利益，书记当然不会阻挡，可是……等他回来再加……
肖聪明	他在县里开会，谁知道他什么时候回来？今晚九点货要到上海，来得及吗？
胖会计	（语塞）这……反正，我按当地价总价目表已经做好了……
肖聪明	你把总价目表拿给我。
胖会计	总价目表在电脑里，等保书记回来商量好了，打印几份就行了。
肖聪明	现在打印一份不行吗？
胖会计	（拖延地）不是不行……
肖聪明	那就去打印。
胖会计	（不情愿）嗯……

肖聪明	胖会计，我在履行理事长职责！
胖会计	我也在履行会计职责哩！
肖聪明	胖会计——

    （唱）你相信一把手是对头，
       相信我二把手也不过头。
       不是我在这里抢风头，
       而是为全体社员赚利头。
       书记是群众的好带头，
       他不会在利益面前来摇头。
       今天放开你笔头，
       明天你进账会点头。

胖会计 （唱）上海有难四方惊，
       八方支援是众人心。
       二百吨蔬菜是纾困，
       趁机加价心不忍。

肖聪明 什么心不忍？大上海是中国最有钱的地方，哪家不是住的高楼大厦，穿的不是高档衣服，还在乎蔬菜涨点价？

    （唱）上海是国际大都市，
       市民生活很惬意。
       在他们碗里挖一点，
       眼不眨来牙不龇。

胖会计 （不同意地）呜！

肖聪明 别嗯呀呜的，保书记回来同意了，看我怎么说你。

胖会计 （摇摇头）我看保书记不……

肖聪明 不同意？

胖会计　（点点头）……

肖聪明　我算笔账给你听，你就明白了——

（唱）一斤蔬菜涨两块。

二百吨涨出多少来？

保书记自己多分钱，

不信保书记眼不开。

胖会计　（唱）保书记不是贪财人，

为人干净很本分。

身为书记严律己，

不为多拿公平心。

肖聪明　胖会计，我俩打个赌——我敢肯定我们联社二百八十户社员，我认为百分之八十会同意加价，你说说！

胖会计　（笑笑）你敢肯定？

肖聪明　胖会计，你讲不算，我讲也不算，群众说了算，如何？那，这样吧，我们来个社员投票，一决胜负。一家一户无记名投票。看谁得的票数多。如果我的票数多，不罚你，只要你弯下腰朝我鞠一个躬；如果你得票多，罚我真金白银一千，怎么样？（转身得意地）咳咳咳，谁怕钱多烫手呢，瞎子见钱眼都开嘛！你能赢？（大喊）矮个子！

〔二十多岁的矮个子应声跑出。

矮个子　（毕恭毕敬）理事长，有什么吩咐？

肖聪明　理事长分派你一件事——

矮个子　什么事？大事干不来，重事干不动，有言在先。理事长，你说吧！

肖聪明　（拿来一只贴有"投票箱"字样的旧方盒，递给矮个子）你把这个箱子捧着，每家每户跑，（又把一叠小方块白纸递过）见到每户家主，就把这个小方块白纸交给他，问他同意加价，就在小方块上打"√"，不同意加价的，就在小方块上打"×"，然后将小方块投到纸箱里，不准偷看，不准漏户，就像选举投票一样严格。跑完每家每户后，把纸箱带回来交给我。懂了吗？

矮个子 （高兴地）懂了。

肖聪明 快去快回。

〔矮个子捧箱子，快步下。

肖聪明 （旁白）人说我小聪明，聪明就聪明在这儿，我就用这特殊的方法，人家想不到的方法来治你。一旦群众投票成功，形成多数票同意加价的局面，就你保书记不同意加价，恐怕也没有抵抗力啰！（高兴地）咳咳咳！（进屋）

〔保书记急步，上。

保书记 （唱）代表大会未开完，

　　　　我就请假往回赶。

　　　　任务重大时间短，

　　　　理事长在家力量单。

　　　　上级指令无折扣，

　　　　完成任务要圆满。

　　　　二十辆大货车即将进菜园，

　　　　不知家里安排可周全？

　　　　我三步并作两步走，

　　　　不觉来到办公室前。

（喊）理事长！

〔肖聪明满面笑容跑出来。

肖聪明　（十分欢迎的样子）哎呀，总算把你盼回来啦！我又安排人，自己又造表，都快忙晕了……

保书记　安排好了吗？

肖聪明　一切都按你的电话精神办妥了。

保书记　二十辆大型货车马上开过来，能及时上货吗？

肖聪明　能！

保书记　大蒜安排在哪？

肖聪明　九组哇，他们那里大蒜长势最好。

保书记　二十吨莴笋呢？

肖聪明　十一、十二两个组。

保书记　大白菜……

肖聪明　（抢话）哎，保书记，你就不要一一问了，各组都把菜打捆码在地头，车一来就上货。晚上七八点钟到上海没问题，提前一两个小时哩！

保书记　好哇！（上前握手）你太辛苦了。

肖聪明　我再辛苦，也没你辛苦呀！

保书记　胖会计把价格表列出来了吗？

肖聪明　（不知怎么说好）嗯，算是可能算好了，不过……

保书记　不过什么？

肖聪明　不过……

保书记　哎呀，老兄弟了，还有什么不好说的哟！

肖聪明　（有些心虚，仍想绕弯子）嗯，不过，书记也好，理事长也好，都是全体党员全体社员选出来的，他们选出了我们，我们就要为他们谋福利哟！

保书记	没错。我不为大伙谋福利,冤当了这个书记啊!
肖聪明	哎对对对,保书记这句话说到我心坎上了。(鼓起勇气递价格表)那就请保书记过目。
保书记	(拿过价格表,怀疑)呀,这张表有些不对呀?(对内)胖会计,你来看看这张表……

〔胖会计不慌不忙,上。

胖会计	(看表)大蒜五块五一斤?
肖聪明	对。
胖会计	莴笋六块钱一斤?
肖聪明	也对。
保书记	这是平时卖的价吗?
胖会计	平时卖价没有这么高。
肖聪明	保书记——

(唱)这次机会很难得,

　　　失去机会我舍不得。

　　　抓住机会就了不得,

　　　社员分红就多得。

蔬菜一次卖出这么多,历史上从来没有过的,而且从我们这个小地方一下卖到大上海,要不是疫情突发,找遍世界也找不到这个好机会呀!抓住机会每斤蔬菜加点价,给合作社每家每户多赚一点……

保书记	给社员多赚一点,这个想法没有错,可是,这个价格能加吗?
肖聪明	怎么不能加?每斤加个两块三块,对上海千家万户来说,不感到有压力,可就这三块两块累积到我们身上,那就是比较惊人的数字啰!

文明新貌篇

保书记 （笑）哈哈哈！那倒是啊！

肖聪明 （以为说对路了）保书记，你也同意我的想法？（碰碰胖会计）快把我这张价格表输到电脑里去。

胖会计 （犹豫）这……

保书记 （拿起两张价格表一对比）理事长，你这张表比会计表多出不少钱呐！

肖聪明 不多出钱，每户能多分两千多吗？

保书记 这就有点不对头啰！

（唱）我一对比两张单，
　　　心里顿觉不安然。
　　　前后多出八十万，
　　　价格陡涨近一番。
　　　理事长，你这单子……

肖聪明 （唱）菜农种菜多辛苦，
　　　夜起干到日落土。
　　　没有周末没有假，
　　　弯腰撅臀汗飞舞。
　　　卖不上价干瞪眼，
　　　卖上价时何不补？

保书记 理事长！这能补吗？

（唱）去年夏天风暴狂，
　　　大雨倾盆水猛涨。
　　　两丈高堤大决口，
　　　万亩菜地变汪洋。
　　　一方有难八方帮，
　　　上海送来衣和粮。

　　　　　　　捐来的衣服你穿身上，
　　　　　　　捐来的大米缸里装。
　　　　　　　历历在目如昨日，
　　　　　　　这份深情怎能忘?

肖聪明　（唱）书记你不要这样讲，
　　　　　　　我为大伙找福享。
　　　　　　　有这机遇你不抓，
　　　　　　　错失良机为谁忙?
　　　　　　　情谊与情谊应来往，
　　　　　　　我对上海没把感情伤。
　　　　　　　只是每斤加个三两块，
　　　　　　　蔬菜涨跌很正常。
　　　　　　　你抱着情分把善良讲，
　　　　　　　大伙福祉有没有放心上?

保书记　（唱）我深知大伙对我们满怀希望，
　　　　　　　提高收入改善生活是我们衷肠。
　　　　　　　我觉得同胞们同生同长，
　　　　　　　手足情哪怕是蹈火赴汤。
　　　　　　　既然支援上海去纾困，
　　　　　　　夹带小九九令人神伤。
　　　　　　　此情此景加一分，
　　　　　　　良心何处去安放?

肖聪明　（唱）我夹带小九九是为群众着想，
　　　　　　　为大伙办实事紧抓不放。
　　　　　　　群众所思我所思，
　　　　　　　群众所望我所望。

　　　　　　不打边堂鼓,

　　　　　　不要官样腔。

　　　　　　多办一件是一件,

　　　　　　办好一桩是一桩。

保书记　（唱）为群众办实事勿投所好,

　　　　　　小局和大局不能颠倒。

　　　　　　小家与大家切勿混淆,

　　　　　　更不能趁机玩花招……

肖聪明　保书记,别争了,我看这样吧,我刚才把同意加价的和不同意加价的分成两类,叫矮个子逐家逐户投票。加价也好,不加价也好,让票数说了算,一捶定音,好吧?（喊）矮个子,把票箱捧上来!

〔矮个子捧票箱上。

肖聪明　（对矮个子）把票箱里的票倒出来,分打"×"和打"√"两类,统计好数字后,马上报上来。

矮个子　是。（捧票箱下）

肖聪明　保书记,非常对不起,在你没回来之前,我自作主张地对群众搞个测试,要是群众多数同意加价,你能不能服从我呢?

保书记　理事长,相信群众相信党,群众意见我当尊重……

肖聪明　（揶揄地）保书记,你说话得算数啊!

〔矮个子拿统计表上。

矮个子　（大声）报告理事长,一共二百八十张票,其中打"√"的二十五张,打"×"的二百五十五张,完毕。

肖聪明　（大惊）怎么,同意加价的只有二十五张?

矮个子　对,只有二十五张。大伯大妈都说,我身上穿的是

　　　　　　上海去年送来的衣裳，米缸装的还是上海人捐来的粮食，今天他们有困难，我们支援一点蔬菜还要加价？（比画着）他们把手一画"不加"，于是就在小方块纸上打"×"。
　　　　　〔肖聪明气得往地上一蹲，抱头欲哭。
保书记　（走过去）理事长，不必难过，你的做法也没有什么大错，大家也不会责怪你。只是你"一方有难，八方支援"的抗震救灾精神领悟得不够透。中国最大的特点，是中国情、民族心，团结一致向前进。在大爱面前，挺身而出，无私无畏，真情实意，捧心相援，这就是中国人的禀性和品格。你懂了吗？
肖聪明　（忽地往起一站）保书记，我懂了。
胖会计　（调侃地）哎哎，理事长，你还欠我一千块真金白银哩！
肖聪明　（不服地）去！
　　　　　〔二十辆大型货车的轰鸣声由远而近……
保书记　大货车来了，我们都去上货。
众　　　对，都去上货。
　　　　　〔造型亮相。
　　　　　〔幕闭。

—剧终—

花荷包

时　　间：1982年，春。
地　　点：进城路上。
人　　物：
王青山——男，五十多岁。
亲家母——女，五十岁。
小　　翠——女，二十多岁。
布　　景

〔远处，青山如黛，城郭隐现。近处，麦苗青青，菜花点点，桃红柳绿。舞台左边有一棵偌大的银杏树，粗壮老态，旁有石凳，是来往行人歇脚之处。

〔幕起，在音乐声中，王青山上。

王青山　（唱）春耕生产迫眉睫，
　　　　　　　天旱无水难下犁。
　　　　　　　几户想买一台潜水泵，
　　　　　　　春荒无钱干着急。

今儿个，小翠婆婆带她进城去扯衣，
昨晚间，我已与小翠达协议。
劝她少扯几件衣，
省钱与我解难题。
小翠满脸笑眯眯，
叫我亲自与她婆婆去合计。
我只得随小翠一道把城进，
但愿得一欢二喜三顺利。

呃，事情不是我想象得那么简单嘞，小翠是在国有林场做小工时与那个小伙子自由恋爱的。大前天定亲的日子我在田里忙活，抽不出空，叫小翠妈去了一趟。听小翠妈回来说，她家姓丁，寡母独子，由于那里责任田搞得早，儿子又勤劳，家境很不错，小翠妈挺满意的咧。他家日子好过，我这个穷亲家呀，一不要她家彩礼，二不讲究他家东西，就这么一回困难，求她借几个钱解决解决，大概不成什么问题吧？（转念）可是，那位亲家母我还没见过面呢，头一照面就开口向她借钱——这不太丢人了吗？（思索）呃，蠢人有蠢办法，到了城里，我隐在旁边，叫小翠先去与她婆婆商量。商量好了，我再迎上去，客客气气地和亲家母会第一面。商量不好，我死不露面，也丢不了多少脸。对，就这个主意！（向后喊）小翠嗳，快点啰！

〔幕后声，"哎，来着。"小翠快步上。

小　翠　（唱）爸爸前边唤一声，

　　　　　　小翠两脚添了劲。

　　　　　为到城里见婆母，
　　　　　协商买泵大事情。
　　　大前天定亲的酒席上，婆母约定今天到城里去给我扯新衣，爸爸想买台水泵解决几户人家的旱情问题，这的确是件大事。春种不下，秋收不上，日子怎么过？莫说叫我少扯几件衣，就是一件不扯我也能答应。可是，婆母她的意见如何呢？我是未过门的媳妇，有些话怎么好说呢？我只得攀爸爸一道，让他自己去商议商议。（对王青山）爸嗳，到了城里你可要先开口哦！

王青山　哎呀，翠，话要你先说呀，你婆婆我一面未见，开口就提这事，多难为情！要是她回口不答应，我这副老脸往哪搁吣！

小　翠　我跟婆母也才见三两面，又怎好开口呢？

王青山　（为难地）那，这趟城就莫去喽！

小　翠　这——（忽想）爸，到了城里边打边相吧，好说的地方我说，我不好说的你开口。

王青山　那——唉！好吧，日升三竿了，快走！
　　　　〔圆场。

王青山　（唱）春风催我大步蹽，

小　翠　（唱）一路秀景无心瞧。

王青山　（唱）我脸虽笑心好焦，

小　翠　（唱）我心虽焦脸露笑。

王青山　（唱）百亩良田遭灾难，

小　翠　（唱）天干地旱难插苗。

王青山　（唱）但愿亲家母慈心高照，

小　翠　（唱）哀求婆母依我这一条。

王青山　（忽然发现一物）这是什么？（低头一看）呀，是花荷包。（慌忙用脚踩上）

小　翠　爸呀，怎么不走哇？

王青山　（旁白）我女儿是个共青团员，她要是知道我捡到一只花荷包，一定会送还人家去。这，可不能让她看见着。（佯装揉腿）哎哟，哎哟……

小　翠　怎么啦？

王青山　腿，腿转筋啰！

小　翠　腿转筋，我来替你揉揉。

王青山　（动动脚，旁白）咳，花荷包这么硬硬实实的，说不定里面装了那、那个哩！嘻嘻，（对小翠）哦，不不不，我这腿转筋不能揉。

小　翠　以往腿转筋，揉揉不就好了吗？（蹲下欲揉）

王青山　哎哎哎，这回不能揉。

小　翠　能揉！（扳腿欲揉）

王青山　不、不能揉！（忽然瘫坐于地，揉腹），哎哟哟，肚子又痛了喔！

小　翠　（作急地）爸爸，可能是刚才走急了，赶快到石凳上坐一会儿。（欲扶）

王青山　就这里好，就这里好！

小　翠　我给你捶背。

王青山　（旁白）小翠在这里怎么办呢，总不能老坐在地上噢，（思索）呃，来他个调虎离山计——（对小翠）翠吔，我不能走了，你赶快回家喊你妈去吧！

小　翠　喊我妈干什么事？

王青山　　你妈跟你婆见过面，好说话些。

小　翠　　已经跑这么远了，我又往回去呀！

王青山　　青年人，跑点路怕什么事呢！

小　翠　　你肚子痛，我怎么能离开呢？

王青山　　不要紧，我肚子痛三两碗茶功夫就会好的。

小　翠　　那——稍坐一会，等你肚子不痛了，我们再走就是了。

王青山　　（语塞）这——（大声地）你是我女儿，我叫你喊你妈去，你就得喊你妈。

小　翠　　（亲昵地晃身）唔——我不去。

王青山　　（故装愤怒）你不去，看我不打死你这鬼丫头。（举拳欲打又怕起身露出花荷包，又捂腹）哎哟哟……（歇斯底里地）快去！

小　翠　　（不悦地）唉！

　　　　　（唱）爸爸一声威严令，

　　　　　　　　吓得小翠冷汗淋。

　　　　　　　　父令如山难拗过，

　　　　　　　　只得遵命转回程。（无奈地下）

王青山　　（唱）逗得女儿回家转，

　　　　　　　　翻身且把花荷包看。

　　　　　　　　嘻嘻，内装一本小存折，

　　　　　　　　嚙嚙，上有存款三百元。

　　　　　呀，这么大一笔数字该还给人家吧？原来我估计十儿八块的小意思，捡个进城点心钱，谁料这么多！（思忖）嗜，饥饿不择食，急难莫讲情，我把这笔钱取来，买台小水泵不正好吗！省得我卖老脸皮去求亲家母吔，是捡的又不是偷的，怕什么呢？对，这就去取钱去!

〔亲家母焦急地寻找着,从台右上。

亲家母 （唱）儿娶媳妇我笑在眉,
　　　　　　匆忙进城与新媳会。
　　　　　　慌乱之中丢了花荷包,
　　　　　　眼下我急急匆匆又找回。

　　　　咳,前头有位同志沿路走来,我上前冒失问一声。（一抵面）呀,人家这么大年纪,我能随便问得的?（不好意思地）老哥,你、你、你刚才从哪条路上来,可瞧见路上有、有……东西?

王青山 什么? 东西? 老嫂子,你走错了方向吧?（故指方向）这左是东,右面是西。

亲家母 不不,我是问你可瞧见路上有、有件小东西。

王青山 （旁白）妇道人家会有什么小东西掉哟,不是包头用的手巾,就是扎腰用的围裙呗,这我哪看见着呢?（对亲家母）我走路有个坏习惯,两肩夹头朝天瞧,两脚穿鞋大步躩,路上有堆大牛屎,糟了两脚也不知道。

亲家母 那,没瞧着啰!

王青山 你怎么不相信人,瞧着了还不早对你说了?

亲家母 （歉意地）老哥,我冒失了,对不起你。

王青山 没,没什么……（旁白）哎呀,好一场虚惊啊,我得赶快离开这块是非之地……（急下）

亲家母 这一路找来都未看见,怎么办呢,唉!
（唱）怨我生来八字苦,
　　　他爸命短早离我。

　　　　　　我苦做苦累半生多，
　　　　　　拉扯个儿子力刚足。
　　　　　　娶房媳妇该欢喜，
　　　　　　船将靠岸起风波。
　　　　　　真好比，单支火柴焰才起，
　　　　　　偏遇凉水当头泼。
　　　　　　也是我命中有灾难，
　　　　　　人财两旺难求索。
　　　　（坐上石凳，低头暗泣）呜呜……好苦的命啊……
　　　〔小翠上。

小　翠　（唱）父命虽严我有策略，
　　　　　　退回三里住了脚。
　　　　　　现在转回叫爸爸，
　　　　　　一道进城莫耽搁。
　　　　（喊）爸爸！（见无人）吔，他走啦？那太好了。爸爸病除了，这我也放心了。好，追他去！
　　　　（接唱）爸爸病除我心欢喜，
　　　　　　两腿生风步更阔。
　　　　吔，什么人在哭，（走近石凳）大婶，你啥事一个人坐在这里伤心哟？

亲家母　（低头泣说）小大姐，今天我领新媳妇进城扯衣，可是我，我把花荷包……丢了。

小　翠　啊，花荷包丢了？

亲家母　（抬头发现小翠，又惊又喜）啊，是翠儿，你、你走累了吧！

小　翠　（惊喜地扶起婆母）是伯母？伯母，花荷包里装了

　　　　　　钱没有?

亲家母　　(掩饰地)啊,没没有……
小　翠　　伯母,你刚才流泪,不是说——
亲家母　　那是说着玩的,玩的。
小　翠　　说着玩的?伯母呀!
　　　　　(唱)你忠厚善良直心肠,
　　　　　　　眼下怎把谎话讲?
　　　　　　　刚才明说丢了花荷包,
　　　　　　　顿时又把头摇晃。
　　　　　　　伯母啊,
　　　　　　　小翠我也是懂情知礼人,
　　　　　　　不会责怪好心的娘。
　　　　　　　只要抓紧时间细查找,
　　　　　　　也许物还原主呈吉祥。
　　　　　　　即使丢失无着落,
　　　　　　　你灾难再重我半担当。
　　　　　伯母,实说吧!
亲家母　　唉,翠儿——
　　　　　(唱)鸡叫三遍起床来,
　　　　　　　烧锅做饭忙出差。
　　　　　　　心想赶到你家去约你,
　　　　　　　走到这里想想又不该。
小　翠　　难怪你绕路绕到这里来了啰!
亲家母　　是呀!
　　　　　(接唱)我转身又往城里走,
　　　　　　　　迎面大风眼难开。

　　　　　我常掏手帕擦泪水，
　　　　　花荷包不知何时离了怀。
　　　　　里面装着存款折，
　　　　　上有存款三百块。
　　　　　原想把钱全取出，
　　　　　好绸好缎任你买。
　　　　　可眼前身无分文，
　　　　　这叫婆婆我对你怎安排？
　　　　翠儿，婆对不起你……
小　翠　伯母，你不要过早地难受。
　　　　（唱）新社会风尚处处新，
　　　　　　　村村落落都有拾金不昧人。
　　　　　　　也许在你不知不觉中，
　　　　　　　花荷包送到你手心。
亲家母　要是一直没有人送来呢？
小　翠　（接唱）你强园①给我扯了绸和缎，
　　　　　　　　只当花衫绿裙穿在我的身。
亲家母　（接唱）小翠儿倒是达理又通情，
　　　　　　　　可叫我做婆母的怎忍心？
小　翠　伯母，存折是在哪个银行存的？
亲家母　城里银行呀！
小　翠　你在这里等着，问问来往行人，我到县银行挂失去。在这之前钱没取走的话，那这笔钱就取不走了，伯母放心吧！（急下）
亲家母　（唱）新媳妇才托人讲定，

---

① 强园：方言，权当的意思。

　　　　　这一来是否能马上成亲?
　　　　　她口中讲的是一番情理话,
　　　　　心里头念的是哪本经?
　　　　　也许她当着我面把弯转,
　　　　　也许她暗施小计想赖婚。
　　　　　如今的姑娘情绪难稳定,
　　　　　见高攀高大有其人。
　　　　　左思右想事关要紧,
　　　　　回家去卖肥猪将事办成。
　　　唉,我还是再找一趟,再找不到的话,只得回家卖肥猪去。(下)
　　　〔王青山上。
王青山　(唱)三百块钱已装在身,
　　　　　却总是心虚胆怯神不定。
　　　　　想买水泵又怕女儿她发觉,
　　　　　我只好装着若无其事转回程。
　　　　　待得三五七日风浪过,
　　　　　若买水泵再把城进。
　　　〔亲家母心慌匆急地上,王青山意乱神迷地下,二人正撞满怀,亲家母跌坐在地。
亲家母　哎哟,哎哟……
王青山　(忙扶起)哎呀哎呀,对不起对不起。
亲家母　不怪你不怪你,只怪我家有急事心中作慌,撞到你身上,我对不起你哩。
王青山　老嫂子,家中有么急事这么慌张?
亲家母　我在路上丢了件东西没有找着,你看可急人?哦,

	前几时我还问过你呢！
王青山	哦，还是说丢了什么毛巾，围裙一类小东西？
亲家母	不是小东西，是花荷包。
王青山	（惊）花荷包？
亲家母	不光花荷包，里面有个重要东西。
王青山	还有重要东西？
亲家母	是呀，上有三百块钱的存折。
王青山	（旁白）哎呀，原来就是她的呀！这位妇女还真不简单啦，这个——（思索）咳，不能讲，刚才她问过我，我说没瞧见，眼下一说，她不说我不老实吗？"不老实"这名声多难当呀！再说，存折已经变成了钱，怎么好还她呢？（横下心地）咳，咬咬牙关，不说。（对亲家母）老嫂子，那可是个不小的数字呀！
亲家母	是啊，钱倒事小，误了我一房儿媳，事可大咧！
王青山	丢了钱，怎么会误了一房儿媳？
亲家母	老哥，你哪知道——
	（唱）母子俩省吃俭用日苦捱，
	零聚整才存得现金三百块。
	为的是娶儿媳添置点穿戴，
	款失落手头空何以安排？
王青山	（无话找话地）怎不早安排？
亲家母	安排也算快的哟，我婆媳俩就约是今天进城扯布做衣的。
王青山	哦，可不是……（对亲家母）你儿媳是哪家的？
亲家母	（唱）我儿子和儿媳自由恋爱，
	哪一村哪一户我道不出来。

　　　　　　　大前天定亲日只见过亲家母，
　　　　　　　亲家公未露面不知高矮。
王青山　　多像……（对亲家母）媳妇名字也不晓得？
亲家母　　晓得哟，叫小翠儿。
王青山　　（大惊，旁白）哦，原来是亲家母！这，这，这……
亲家母　　老哥哇，我这笔钱一掉，只怕儿媳她……（拭泪）
王青山　　（更加意乱地）不会不会……你儿媳不是那样的人……
亲家母　　难说啊！
　　　　　　（唱）小翠儿嘴上说得有情礼，
　　　　　　　　谁知她心里下的哪盘棋？
　　　　　　　　倘若有打马回头反悔意，
　　　　　　　　岂不是雨打梧桐凤凰离？
王青山　　这——
　　　　　　（旁唱）眼看着亲家母十分焦急，
　　　　　　　　我怎能咬牙关只字不提？
　　　　　　　　倘若把来龙去脉实相告，
　　　　　　　　羞人事句句道双唇怎启？
　　　　　　　　假如她得此情指眼骂鼻，
　　　　　　　　这不是头一面就大伤和气？
　　　　　　　　如果我紧闭口一瞒到底，
　　　　　　　　会急瘦亲家母一身肤肌。
　　　　　　　　也坑苦小翠儿穿不上新衣，
　　　　　　　　我心何忍，自将己欺！
　　　　　　（夹白）这这该怎么办呢？是说还是不说，是不说还是说？钱啊，钱啊，你有时会使人眉开眼笑多欢喜，有时也使人如坐针毡无主意，唉——

　　　　　　（接唱）这真是毛猴捡了块老姜蒂,
　　　　　　　　　　吃不下甩不得成了难题。
　　　　　　（沉思）嗬,有个好办法了——
　　　　　　（接唱）且不必明讲暗说兜底细,
　　　　　　　　　　我来个巧设妙计下楼梯。
　　　　　　（对亲家母）老嫂哎!
　　　　　　（接唱）你先不要干着急,
　　　　　　　　　　勤访细找定有利。
　　　　　　　　　　只要你对我不嫌弃,
　　　　　　　　　　我愿陪你找三里。
亲家母　　哎哎,你这位老哥心肠真好啊,这、这我怎么感谢你呢!那好,走!
　　　　　〔二人圆场。
王青山　　（唱）我为脱难巧设计,
亲家母　　（唱）死马当作活马医。
王青山　　（唱）三跑四转是假相,
亲家母　　（唱）东张西望也无益。
王青山　　（唱）加快步伐朝前去,
亲家母　　（唱）两腿酸痛渐后离。
王青山　　（唱）我把三百块钱放这里,（丢钱于地）
亲家母　　（唱）哎呀,那是何物飘下地。
　　　　　（白）喂,老哥,老哥——
王青山　　喊"老挝",叫泰国,我也不能答应了喔。(急下)
亲家母　　（近前一看）哎呀,是钱啦?（拾起一数）三百块。嗬嗬,他要是发觉钱丢了,不也和我一样着急吗?还不知道他揣这么多钱,要办什么大事咧!我得赶

快送给他。(喊)老哥——(下)

〔王青山上。

王青山　（唱）回头只见她把钱捡，

　　　　　　　物归原主我才坦然。

　　　　　　　总算我计策用得巧，

　　　　　　　不露马脚渡过了难关。

〔亲家母上。

亲家母　（唱）三百元在手如捧炭，

　　　　　　　没交给失主心不安。

　　　　　　　腿酸脚疼难坚持，

　　　　（夹白）哎，（揉膝）再忍忍。

　　　　（接唱）再疼痛，也要拦住老哥把钱还。

　　　　（紧赶几步，抓住他）老哥老哥，你的钱……丢……

王青山　我、我、我，没丢钱。

亲家母　你、你摸摸衣袋，我看见你从腰中落下地的。

王青山　没、没、没……

亲家母　是，是你丢……

王青山　没、没没……

亲家母　老哥，是你丢的。

王青山　没、没、没，我今天到城里去了一趟，就因为没带钱，饭都没吃上，我还得赶回去吃午饭哩！

亲家母　噢！（自语）难道我看花了眼？（揉揉眼）也许是风吹泪水打的闪。那，我上哪儿去找失主？

王青山　找失主？

亲家母　是呀，失主掉了这么多钱不急坏了吗？我得赶快找他去。（欲走）

王青山　　（拦住）哎呀，我说老嫂，你捡了三百元，可你也掉了三百元，把这笔钱冲给你不正好吗？

亲家母　　怎么能干这种事呢？
　　　　　（唱）我掉钱神魂难附体，
　　　　　　　　将心比心，人家定比我更焦急。
　　　　　　　　万事不能自己顾自己，
　　　　　　　　急人所急，物还原主才是正理。

王青山　　老嫂子，这三百元你收下去，你不说，我不说，谁能知道？

亲家母　　话可不能这么说呀！就是人家不晓得，昧心事也不能做。老哥呀——
　　　　　（唱）路是路来桥是桥，
　　　　　　　　掉钱捡钱怎能混淆？
　　　　　　　　人家丢的要还人家，
　　　　　　　　自己掉的再仔细找。
　　　　　　　　金钱虽好莫乱爱，
　　　　　　　　捡钱万不能上腰包。

王青山　　（触动）金钱虽好莫乱爱，捡钱万不能上腰包。

亲家母　　是呀，人的品行最重要，人生在世一点一滴都要做得干净、光明，人家东西是块金也应该还人家去。你说对吗？

王青山　　（尴尬）哎！

亲家母　　（唱）此钱既然不是你所掉，
　　　　　　　　我还要往前赶快把失主找。（又走）

王青山　　（旁白）哎呀，要是她赶到前面，真被哪个昧心家伙冒领了去，这不真的坑害了亲家母？（追出几步，

亲家母	拖住）呀呀，你不能往前找……
亲家母	不，我一定要把失主找到，不然人家会急得口渴心焦，说不定还会出事咧。
王青山	老嫂子，我看这样吧——你大早跑路也够累了，歇歇脚，定定神，就不必去找失主了，这笔钱暂时放你身边，人家找来你就还给人家去……
亲家母	不，不行。

  （唱）广播天天在我耳边噪，
    儿子也常常在我面前穷叨唠。
    有人为找失主跑千里，
    有人为找失主去登报。
    我在羊肠小道上捡了钱，
    我不作声谁知晓？
    岂不是不想昧钱也是把钱昧，
    说的再甜也是假一套。
    我宁愿腰疼腿酸脚板起泡，
    也要让失主转悲为喜破涕为笑。（欲走）

王青山	……不能。
亲家母	一定要去！
王青山	不，不能去……
亲家母	不找到失主我心不安哦。

〔他俩正一来一往拉扯，小翠上。

小翠	（唱）存款已被人取走，
	小翠顿时气心头。
	是谁品行这样恶，
	光天化日行抢偷。

文明新貌篇

王青山　（旁白）哟哟，女儿来了，这怎么办？这这……我得躲开去。（躲至树后）

小　翠　伯母！

亲家母　翠儿。

小　翠　伯母，钱被人家取走了。

亲家母　啊！（踉跄，翠扶住）多没良心的……（渐清醒）这种人和刚才这位老哥的品德怎能比啊！
　　　　（唱）老哥的品行实在好，
　　　　　　　没掉钱就说钱没掉。
　　　　　　　不愿冒领昧心钱，
　　　　　　　反为我掉钱把心操。

小　翠　那心肠确实好啊！

亲家母　是呀！
　　　　（接唱）苦心劝我莫焦急，
　　　　　　　　耐心陪我细寻找。
　　　　翠儿你看，我在路上捡到这么多钱——（二人数钱）

王青山　（走出树后、羞愧地）唉！
　　　　（唱）她在那里把我夸，
　　　　　　　我在这里羞得脸皮如刀刮。
　　　　　　　欲钻地洞无裂缝，
　　　　　　　想入云层无系腰的霞。

小　翠　（感慨地）哎呀，这人思想太好啦！伯母，那位老哥在哪里？我要当面谢谢他。

亲家母　喏，在那边——

小　翠　（走至树东，王躲至树西）伯母，在哪里呀？

亲家母　就在树那边嘛！

小　翠	（找至树西、王躲至树东）没有哇！
亲家母	你再上一步。
小　翠	（抱树转）呀，是爸爸！你真好真好！爸，她就是我婆婆，你去见见吧。
王青山	不，不不，我不去见她。
小　翠	她还夸你好哩，去客气客气呀。
王青山	（愧色）翠儿，爸做了件错事，见不得人。
小　翠	错事，什么错事？
王青山	那钱是我拾到的……
小　翠	（大惊）啊，你、你怎么做出这种事？
王青山	唉，怪就怪那会儿——一时糊涂。
小　翠	哪会儿？
王青山	就那会儿——

　　　　　（唱）我在路上装肚疼，
　　　　　　　　脚下是只花荷包。
　　　　　　　　里面装着小本本，
　　　　　　　　一瞧顿时起了心。
　　　　　　　　我故意打发你回家转，
　　　　　　　　捡起存折跑进城。
　　　　　　　　本来没想昧心财，
　　　　　　　　见财起意铸成恨。

　　　　这下怎见你婆母？

小　翠　（接唱）你自作自受莫怨人！
　　　　（旁白）咳，我这爸爸……这，这真难坏我小翠哟！
　　　　（唱）爸爸本是老实人，
　　　　　　　怎会做出无脸的事情？

文明新貌篇

我若将真情对婆母讲,
说不定她一翻脸面,大骂不停。
如果她横心一下决不与这种人攀亲,
岂不是棒打鸳鸯两边分?
要是我将真情瞒,
那是不孝不敬不诚不实的王家子孙!
我怨父不得,怪婆母不能,
小翠我真成了难挨的磨心。

哎,想来思去还是如实讲啊!
(接唱)婆母要骂也无口辩,
　　　　真要退婚我也只好饮泣吞恨。
爸爸,钱呢?

王青山　在她手里啰!(递过空荷花包)把这个也递给她……(无地自容地)翠儿,我这老脸……

小　翠　(接过荷花包)花荷包哇!
(唱)手捧花荷包颤抖不定,
　　　壮壮胆强装无事探探婆母心。
(转对婆母)伯母,你说的那位好人就是我爸爸。

亲家母　(大喜)啊,是亲家公!哎呀,多好的亲家公啊!

小　翠　(低沉地)不,也不那么好!(递花荷包)喏——

亲家母　哦,你给捡到啦,这太好了。

小　翠　不,是……我……爸……

亲家母　(直捏空荷花包)那,那钱……

小　翠　就你手里那……钱。

亲家母　(大惊)啊!(踉跄几步)
(旁唱)原来花荷包是他捡,

　　　　　　他花言巧语将我蒙骗。
　　　　　　我痛恨人做事不顾情面，
　　　　　　依脾气我就要骂他半天。
　　　　（怒指树后）你……
小　翠　（惊起）……伯母，你……指……
亲家母　（婉言地）嚄，那、那棵树上有只雀……
　　　　（接唱）无奈是与儿媳亲家初见，
　　　　　　强忍恨转欢颜随方就圆。
小　翠　伯母，我爸原想找你借钱买水泵，路上捡了个存折临时起的念头。他做错了，伯母，别见怪呀！
亲家母　（转笑）不怪，不怪！小翠，我还真应该感谢感谢你爸爸咧，要不是他捡着，还真会落到别人手里去。哈哈……哦，不说那个，不说那个。你爸爸想买水泵借钱，你的意思——
小　翠　我想照爸爸的话办。不知伯母——
亲家母　办啊，办啊。（拉过王青山）亲家公，种田人就是春旱抽水要紧，先买你的水泵，剩下的钱给我翠儿扯花衣……
王青山　亲家母，我对、我对不起。
亲家母　哎，亲家见面应该高高兴兴。嗳，闲话少说，都进城，都进城去。
小　翠　好，二老先行！
　　　　〔三人起舞，造型亮相。
　　　　〔幕徐落。

——剧终——

（1982年）

新娘子抬轿

时　间：20 世纪 80 年代初。
地　点：某山区农村。
人　物：
金　龙——男，二十多岁。
银　凤——女，二十多岁。
金龙妈——女，五十岁。
陶奶奶——女，七十多岁。
布景
　　　　〔峰峦重叠，山道弯弯，花开遍野。
　　　　〔台左有一棵柳树，一段栅栏；台右有一组山石。
　　　　〔幕启，音乐声中，陶奶奶身着毛衣、手持扫把上。
陶奶奶　（唱）满目青山晚霞染，
　　　　　　百鸟婉转唱树间。
　　　　　　锣鼓声声庆婚典，
　　　　　　当地风俗庆三天。
　　　　　　瑞气高照满门福，
　　　　　　我心中似蜜好香甜。

我家孙媳妇进门第三天了，火炮放了好几阵，锣鼓敲了老半天，门庭酒席刚结束，真叫我高兴到心里去了。我腿脚不便，在家做不了什么事，把门前火炮纸屑扫扫干净去。

〔银凤兴高采烈地上。

银　凤　（唱）花儿朵朵满山红，
　　　　　　　山道弯弯隐花丛。
　　　　　　　斜阳西照我走得急，
　　　　　　　怀揣戏票乐融融。

我婆家地处山区，三两户一沟，五七户一洼，虽然户儿稀，人儿少，新道德新风尚洼洼可见，好人好事沟沟都有，文明得很。我婆家还贴了一张文明户的大红奖状哩！乡规民约规定，新娘子到婆家头三天，要为婆家人做三件好事。我和金龙前天结婚，昨天，我把在娘家早准备好的几件东西从陪嫁的箱子里拿了出来。第一件，为全家每人做了一双新布鞋，那布鞋牢实、合脚，婆婆夸我针线活好；第二件，为全家人都打了毛线衣，那毛衣紧密、贴身，婆婆又夸我手儿巧；这第三件嘛，我到镇上买了四张戏票，让全家人高高兴兴，欢欢喜喜看场戏。他们要看到这戏票呀，又不知怎么夸奖我啰！嘻嘻……哎，奶奶！

陶奶奶　哎呀，我的心肝儿凤，你从哪里来哟？
银　凤　我到镇上买了戏票，请你、妈、金龙，我们一道去看戏。
陶奶奶　我也去看戏？（想想）你们去吧。
银　凤　你不去？奶奶，这戏好看啰！
　　　　（唱）镇上来了大剧团，

>   买票排队一串串。
>   老戏演得好精彩，
>   　如若不看太遗憾。
>   　　奶奶，您要去。

陶奶奶　哎呀，你这么孝顺，奶奶还能不去？好，去看去看！
银　凤　奶奶，我来扫。（接过扫把）
陶奶奶　那我回屋给你倒茶喝去。（下）
　　　　〔幕后：砰、砰敲击声。
银　凤　（发现金龙）哎，那不是金龙吗，我来吓吓他。（走至栅栏门大声地）金龙！
　　　　〔金龙持一工具自栅栏门出。
金　龙　银凤，你回来了，买到戏票啦？
银　凤　买到了。你看——（示戏票）哎，你在扒弄什么东西哟？
金　龙　修土轿子。
银　凤　搬弄它做么事哟？
金　龙　（打趣地）抬你去看戏呗。
银　凤　嘀嘀，你真怪哩，我当新娘子都未坐轿，今个儿都旧娘子了还坐么轿子哟，看你想的！
金　龙　这是和你开玩笑。说实在的，把它修修好，等会儿抬陶奶奶去看戏的。
银　凤　什么话，还要抬她去看戏？
金　龙　陶奶奶腿残了，要抬！
银　凤　啊呀，糟啦。刚才她是说她不看，要留下，我还劝她去哩。（想想）嗳，你给转个弯吧，就说我不了解情况，瞎劝她一顿，然后就劝她留下来，怎么样？
金　龙　这可不行，陶奶奶一定要去看戏的。

银　凤　　还一定要去看啦?
金　龙　　是哟!
　　　　　（唱）爸和妈把奶奶视若亲妈,
　　　　　　　　对奶奶冷和暖肯把心花。
　　　　　　　　为治病爸将中药送回家,
　　　　　　　　为补养妈把老母鸡炖化。
　　　　　　　　做衣裳开剪给奶奶做褂,
　　　　　　　　吃炒米首先给奶奶几把。
　　　　　　　　我爸爸在城里经常带回话,
　　　　　　　　教我们敬祖母重于敬爸妈。
　　　　　　　　往日里赶热闹一场不落,
　　　　　　　　今日里怎让她一人留下?
银　凤　　那我们全家人扶她走去不中吗?
金　龙　　不中。奶奶在家跛跛走走还勉强,走远路会痛苦的。
银　凤　　这么点路走都痛苦,何必让她老人家去凑热闹,受那份罪呢?
金　龙　　这不是她凑热闹,是我们敬重她。
　　　　　（唱）陶奶奶,七十三,
　　　　　　　　好比夕阳挂山沿。
　　　　　　　　双眉已稀薄,
　　　　　　　　两鬓如霜染。
　　　　　　　　老年易生孤独病,
　　　　　　　　晚辈应该多问安。
　　　　　　　　热闹让她多看看,
　　　　　　　　幸幸福福度晚年。
银　凤　　这——那你得找个棒劳力抬啰!

金　龙　银凤，我想，我想今天不找人抬。

银　凤　那谁抬？

金　龙　你做的两件事都对都好，我都欢喜。不过，这第三件，你买了戏票还只完成一半，下一半就是抬轿。我想不必找人，就我俩抬。

银　凤　什么，你抬、我抬，咱俩抬？

金　龙　是呀，你抬前，我抬后，我们两个抬着走。

银　凤　（旁白）这怎么行呀，那要把我脸上四两油抽（丑）光着（稍思）。呃，我来诌个理由跟他说说。（对金龙）金龙，你看我——

　　　　（唱）脚板儿小腿儿细，

　　　　　　　踩在烂泥上滑叽叽。

　　　　　　　十指好像嫩笋米，

　　　　　　　扶杆换肩不流利。

　　　　　　　扭伤了我的腿儿，

　　　　　　　坑害的是你自己。

金　龙　不会的！

　　　　（唱）你和我腿脚差不离，

　　　　　　　脚也大来腿也不细。

　　　　　　　十指伸出十根桩，

　　　　　　　扶杆换肩有力气。

　　　　　　　不会扭你腿，

　　　　　　　请你先莫疑。

银　凤　会哟，会哟，你再看我——

　　　　（唱）腰肢儿软怕得力，

　　　　　　　双肩好像有残疾。

　　　　　　两条轿杠压肩上，
　　　　　　身子发抖步难移。
　　　　　　摔坏了陶奶奶呀，
　　　　　　我我我怎得罪得起？

金　　龙　银凤呀，我们虽然刚结婚，你的底细我也晓得一多半呐。这你就不要谦虚啰！
　　　　　（唱）脚大腿粗的棒姑娘，
　　　　　　腰圆膀阔体力壮。
　　　　　　上镇下县来回挑，
　　　　　　担水劈柴两头忙。
　　　　　　娘家村里的假小子，
　　　　　　谁不夸你是铁肩膀！

银　　凤　哟，你打人打起脸来，揭人揭起短来了。我就是能挑能抬，今天也不能去挑去抬呀，金龙呀——
　　　　　（唱）新事新办该有界，
　　　　　　哪有新娘子把轿抬？
　　　　　　新婚日，我脚上没穿红绣鞋，
　　　　　　头上没把红巾儿盖。
　　　　　可是移风易俗？

金　　龙　是！

银　　凤　（接唱）没坐汽车没坐轿，
　　　　　　　　二十里山道我双脚踩。
　　　　　可算新事新办？

金　　龙　算！

银　　凤　（接唱）今要我抬轿去串街，
　　　　　　　　岂不把三村四邻人笑坏？

金　龙　你莫看我们山区人少世面窄，可人人都蛮开通的哩！
　　　　（唱）陶奶奶坐轿名在外，
　　　　　　　出远门总将她抬去又抬来。
　　　　　　　以前是，
　　　　　　　我和妈一前一后慢慢捱。
　　　　　　　今天是，
　　　　　　　你和我一后一前步步快。
　　　　　　　人看见只会翘指将你夸，
　　　　　　　文明村又添一位好人才。
银　凤　（指栅栏门内）你看你看，这种土轿多丑呀！抬在肩上……（皱眉）哼！
金　龙　土轿子虽然不美观，可它用处很大，既简单又轻便……
银　凤　那你到那边山沟找人抬去。
金　龙　春耕生产开始了，人家都忙，我家离别的人家隔山隔沟，喊人也不方便。再说，自家劳力留着不用，去请人家，话也不好出口。多年来抬陶奶奶来来去去，从未请过人，都是我和妈妈抬……
银　凤　（不悦地）那你还是和你妈抬去！
金　龙　以往是没有办法，妈只好充当劳力。今天，你这个胖胖实实的姑娘来了，戏票也是你亲手买回来的，你不抬，难道能让上了年纪的妈妈去抬吗？我看，这一回就委屈你喽！
银　凤　这——
　　　　（旁唱）我好似藤裹树自抱自缠，
　　　　　　　悔不该买戏票自找麻烦。
　　　　　　　如上镇退戏票时间已晚，

　　　　　　不退票又必须抬奶奶去看。

　　　　　　手捏戏票如捏炭，

　　　　　戏票呀，戏票——

　　　　（接唱）你真叫我好为难！

金　龙　银凤，我看你脸色发黄，眉毛微皱，好像心事……

　　　　（唱）银凤你可不必面带难颜，

　　　　　　我劝你壮壮胆欣然承担。

　　　　　　村人夸奶奶声声称赞，

　　　　　　既有里又有面里外双圆。

银　凤　（旁唱）结婚后才三天不好翻脸，

　　　　　　金龙他男子汉不顾女人难。

　　　　　　左说服右动员口气不变，

　　　　　　我好比一只羊已赶至难关。

　　　　　　事到此势态逼我该怎么办？

　　　　（思索）这……如果我硬坚持不抬，村人知道了，会说我不贤；奶奶知道了，会说我不孝。这这这，真难坏我喽！（灵机一动）哎，有了——

　　　　（接唱）我现在用一计将事态扭转。

　　　　（捂腹）喔唷，喔唷，喔唷……

金　龙　（慌忙扶起）怎么拉？银凤！银凤！

银　凤　（假装生气）别管我，别管我。喔唷……

金　龙　（更慌地）是肚痛还是哪里不舒服？

银　凤　痛死我喽，痛死我喽！

金　龙　（心疼地）来，我抱你进屋去。

银　凤　我不进屋，我不进屋。喔唷……

金　龙　我扶你在树下休息会儿。（扶至树下，金龙替她捶

　　　　　　背，银凤手挡，二人有些闹别扭）

〔金龙妈上。

金龙妈　（唱）银凤儿真是我的好儿媳，
　　　　　　　一进门两件事做得如我意。
　　　　　　　她心灵手巧能粗能细讲情又讲理，
　　　　　　　乐得我整天笑眯眯。
　　　　哎呀，太阳挂山沿了，凤上哪儿去了，怎么还没回来？

金　龙　（喊）妈！

金龙妈　龙儿，凤儿呢？

银　凤　（假装更痛地）喔唷！喔唷妈吔！

金龙妈　（见状，急奔去）凤儿，你你你怎么搞的哟？

银　凤　（指腹）痛！

金龙妈　（牵衣角替她拭头汗）噢哟，痛得多厉害哟，头上都痛出汗了！凤儿！

银　凤　（装哭）妈吔……

金龙妈　（焦急地）这、这、这……（对金龙）龙儿，凤儿肚子这么痛，你你你怎么还站着哟！还不快背她到医院去？

金　龙　对，银凤，来来来，我背你上医院（欲背）。

银　凤　（旁白）哎哟不好，假戏我妈倒真唱起来着。（对妈）妈吔，我这肚子痛，不能背呀！

金龙妈　（想想也对）是呀，肚子本来就痛，这么一背，腹压着背，不越压越痛吗！那——龙儿，你快些把土轿搬出来，抬她去。

金　龙　（旁白）嗳呀，用土轿子抬她？陶奶奶年纪大，个头小，身子轻，我和妈勉勉强强能抬得起，走得

　　　　　　动。眼下，我和妈抬她，怕、怕、怕……
金龙妈　　龙儿，快去搬呀！走，我也去。（拉金龙进栅栏门）
银　凤　　坏着，妈动真家伙了，这……
　　　　　（唱）我不装病我抬人，
　　　　　　　　穿村过街难为情。
　　　　　　　　我若装病人抬我，
　　　　　　　　压伤母子心不忍。
　　　　　　　　难为情，心不忍，
　　　　　　　　哪头重来哪头轻？
　　　　　〔母子俩抬土轿出栅栏门。
金　龙　　银凤，来，坐吧。
银　凤　　（愁容满面地）这……我不坐……
金龙妈　　凤儿，病要及时看，耽误一分钟都不行。快坐上去，我和金龙抬你。
银　凤　　妈，我我不想上医院。
金龙妈　　不行，不上医院病越拖越重的。
银　凤　　不……
金　龙　　妈，陶奶奶不是常帮人看肚痛病嘛，先请奶奶看一下吧。
金龙妈　　对对，龙儿想得对。（对内喊）陶奶奶！
　　　　　〔内应：哎！陶奶奶端茶水瘸出。
陶奶奶　　（唱）孤寡老人遇福星，
　　　　　　　　金龙爸真是我大贵人。
　　　　　　　　二十年前我跌坏了腿，
　　　　　　　　收留在家如亲母亲。
　　　　　　　　吃的比全家人好，

	穿的比全家人新。
	出门轿子送和迎,
	陶奶奶我不知怎么感大恩。
	龙儿妈喊我,我顺便端碗茶给我心肝儿凤喝。
金龙妈	陶奶奶,凤儿肚子痛,你老快给看看吧。
陶奶奶	哎哟,我的心肝儿,刚才还好好的,怎么一会子就肚子痛啥!我来看看。(放下茶碗,欲摸)
银　凤	(避让地)奶奶,奶奶……
陶奶奶	啊嗬嗬,你看你看,我老糊涂啰!

(唱)新婚姑娘羞答答,
　　　怎好意思把病查?
　　　我老糊涂轻动手,
　　　她脸红成山茶花。

银　凤　(旁唱)不是银凤羞答答,
　　　　　假病怎当真病查?
　　　　　倘若奶奶摸这又摸那,
　　　　　问长问短我怎解答?

金龙妈　凤儿,肚子哪里痛,你让奶奶找找病根子哟!

银　凤　我……

陶奶奶　龙儿妈,那就不找了吧,就是找到病根子,手头也没有药治,还是赶快送医院去。

(唱)医生搭脉知病情,
　　　打针吃药除病根。
　　　比我土法治病来得快,
　　　早去早医早安神。

金龙妈　好,听奶奶话,凤儿坐吧。

银　凤　（不愿地）妈！

金　龙　银凤，我们全家都听奶奶话，爸爸在城里当局长也听奶奶的。奶奶说了，你还不快坐上去？

〔金龙强按银凤坐轿上，金龙、金龙妈速抬起，圆场。

〔陶奶奶瘸入栅栏门内。

金　龙　（唱）夫抬妻子去医院，

金龙妈　（唱）婆抬儿媳两脚跐。

〔陶奶奶提热水瓶复出。

陶奶奶　（唱）我手提用具跟后面，

银　凤　（唱）我坐轿好比坐针毡。

金　龙　（唱）但愿妻子病早愈，

金龙妈　（唱）但愿儿媳开笑颜。

陶奶奶　（唱）我尽心尽意去服侍，

银　凤　（唱）我糟害老人心悲酸。

〔作上坡下坡状。

银　凤　（唱）我挺身回首偷偷看，

　　　　　　　上坡下坡路绵绵。

　　　　　　　婆母抬轿暗暗哼，

　　　　　　　身子发抖腿打颤。

　　　　　　　奶奶喘气声声粗，

　　　　　　　一走一跛好艰难。

　　　　　　　银凤我再也不能把轿坐，

　　　　　　　心到愧处自觉寒。

　　　　妈，我要下轿。

金龙妈　你要下轿？

〔歇下轿子。

陶奶奶　我的心肝儿凤,你能走了?

银　凤　(点点头)嗯。

金龙妈　凤儿,你真不痛了?

银　凤　(难堪地)不痛了,(又觉不妥)啊不,还有点痛。

金龙妈　还有点痛,就还要抬,不然会越走越痛的。来,坐。

银　凤　我,不不……

陶奶奶　我的心肝儿凤,听你妈话,坐吧。

银　凤　奶奶,我不坐这轿子……

陶奶奶　(深思地)不坐这轿子?什么事不坐这轿子?莫非嫌它不好?

金　龙　奶奶,你说到她心里去了,她嫌这土轿子太……(做丑状)

陶奶奶　嫌它丑?

银　凤　(转过身去)不……

陶奶奶　咳呀,你还嫌它丑?

(唱)竹念青山儿念娘,

　　　我念土轿情谊长。

　　　讲功它能写上光荣榜,

　　　论德该为它竖牌坊。

银　凤　啊,还有那么大的功德呀?

金龙妈　奶奶说得对。沟沟洼洼里谁家老人要出门,就来借这顶土轿子抬出去,接进门;谁家老人生了病,也来借这顶土轿子送去接回。一年到头送往迎来,忙得很哩,人人都喜欢它。

金　龙　奶奶,听说这顶土轿子来历还不浅呢!

陶奶奶　是呀!土轿子很简单,可意义却很深啊!这些事我都没跟你们说过。(回忆地)二十多年前,我一个孤寡

	女人，手拎讨饭篮，沿沟沿洼，挨家挨户讨饭吃——
银　凤	（旁白）啊，奶奶原来讨过饭？多可怜呀！
陶奶奶	在一个月黑风高的夜晚，北风呼呼，冷气袭人，我——
	（唱）那一夜我走到荒山岭，
	正往前村急投奔。
	忽见路边躺一人，
	披头散发在呻吟。
	我俯身一看是女子，
	身子发作要临盆。
	幸亏不远有人家，
	我敲门呼唤一老人。
	老人搬出一土轿，
	抬上孕妇往镇里奔。
	刚到医院一刻钟，
	一个女婴就降生。
银　凤	咳呀，那多危急呀！
陶奶奶	是呀，要再晚一刻，不是大人没了命，就是小人……
银　凤	（旁唱）奶奶说得泪盈盈，
	一段经历多惊心，
	小时候，我听妈妈也说过，
	类似的事，妈妈身上曾发生。
	（对陶奶奶）奶奶，那件事发生在什么地方？
陶奶奶	我是外乡人，当时也不知道是什么地名，后来听说那地方叫桃花湾。
银　凤	（惊）桃花湾？那不是我妈带着我孤儿寡母和外婆早先住过的村庄吗？后来外婆死了，妈妈带着五岁

文明新貌篇

的我改嫁到大湾冲里的人家之后，竟把桃花湾忘了。奶奶，那以后呢？

陶奶奶　以后哇……

（唱）走出医院风更紧，
　　　讨饭篮丢在路边小草坪。
　　　那篮中有衣有鞋是我命根，
　　　我匆匆忙忙又回寻。

银　凤　找到了吗？

陶奶奶　（摇摇头）没有哇！

（唱）云重路黑夜沉沉，
　　　腹空体乏头昏昏。
　　　山道弯弯难辨认，
　　　一错走到霸王岭。
　　　山陡峭，路不平，
　　　一跤跌倒在山根。
　　　左腿骨断痛难忍，
　　　喊叫呼救声连声。

银　凤　（抚奶奶腿）奶奶，就这条腿吧，那、那怎么走回来的呢？

陶奶奶　这就要感谢你公公的大恩大德啰！

（唱）那天你公公有急事，
　　　连夜匆匆回家门。
　　　走到岭下听呼救，
　　　循声找到受伤人。
　　　一摸我左腿断了骨，
　　　连忙背起往家奔。

>听说我是孤寡女,
>
>收留在家认母亲。

银　凤　　我公公真好,妈也好。奶奶,那以后呢?

陶奶奶　　再以后哇——

（唱）产妇听说我伤了腿,

>躺在医院泪淋淋。
>
>她出钱买下这顶土轿子,
>
>托人送来谢我救命恩。

唉,事情过去二十多年了,说来惭愧,由于腿脚不便,我也没有去打听那位产妇家住哪里,姓甚名谁了。（拭泪）

金　龙　　（心酸地扶陶奶奶）奶奶,坐。

银　凤　　（旁唱）听奶奶,道真情,

>鼻酸心惨热泪盈。
>
>奶奶说得很详尽,
>
>我越听记忆越鲜明。
>
>生我前几天,爸爸得绝症,
>
>三天之内命归阴。
>
>丢下妈妈无依靠,
>
>她投奔外婆好寄生。
>
>走至荒山岭,忽然肚子痛,
>
>妈知道,腹中姣儿要降生。
>
>前不着店后不临村,
>
>倚在石旁苦呻吟。
>
>荒山野岭已绝望,
>
>忽见一个老妇走近身。

　　　　　　　问长问短询病情，
　　　　　　　不一会儿，喊来一顶土轿两个人。
　　　　　　　抬起孕妇就飞奔，
　　　　　　　一进医院门，姣女就降生。
　　　　　　　小时妈妈常教我，
　　　　　　　永记两位老人的救命恩。
　　　　　这位大恩人是不是就陶奶奶？（暗泣）妈妈呀，你死得太早了啊！要是在世的话，你还能亲眼看看陶奶奶，亲口谢谢陶奶奶啊！
金龙妈　凤儿，你不要发呆了，还是赶路要紧，坐上去吧。
金　龙　（把土轿抬近些）银凤，快坐吧，早去早回。
银　凤　（看轿、抚轿）土轿呀，土轿——
　　　　（旁唱）听往事看土轿思绪万千，
　　　　　　　红光光油亮亮你是证件。
　　　　　　　许是你驮孕妇进的医院，
　　　　　　　没有你银凤我怎有今天？
　　　　　　　陶奶奶搬出你救我母女俩，
　　　　　　　我却不抬恩人……枉活人间。
　　　　　我我我愧对死去的妈妈，愧对德重功高的土轿……
　　　　（转对金龙妈）妈，我不坐轿了，我要抬轿。
金龙妈　什么，抬轿？你抬哪个哟？
银　凤　我这里有四张戏票，我请全家人去镇上看戏的。眼下，我要和金龙抬奶奶去。
阿奶奶　我的心肝儿凤，你肚痛有病，应该抬你，我、我……
银　凤　（扑向陶奶奶）奶奶，我，我对不起你。
陶奶奶　奶奶没给你什么，你给奶奶打了毛衣，做了新鞋，对得起啰！

银　凤　　奶奶——
　　　　　（唱）金龙他尽孝意坚持抬你，
　　　　　　　　我怕人落笑柄就是不依。
　　　　　　　　他再三劝说我没了主意，
　　　　　　　　顿生计将他骗也将你欺。
　　　　　奶奶，我肚痛是装病的。

金龙妈　（惊喜地）凤儿，你肚子真不痛？（对金龙）龙儿，这就是你的不对了，你硬逼得她……

银　凤　　妈，不是他逼的……

陶奶奶　龙，你再三要她抬我做么事哟？我能慢慢走。

金　龙　　奶奶，抬你去看戏，是我们晚辈应该做的。

银　凤　　奶奶，金龙说得对，我们应该抬你去，让全家人和和气气，欢欢喜喜，高高兴兴看场团结戏。

陶奶奶　你是新娘，到家才第三天。让你抬轿……呃，这一回看戏我就免了吧。

金龙妈　奶奶，这戏要看。凤儿身子骨嫩，抬不动，我跟金龙抬。

银　凤　　妈，我能抬得动。

金龙妈　凤儿，奶奶话对，你是新娘子，抬这土轿……

银　凤　　妈，新娘子抬轿，好！
　　　　　〔在欢悦的音乐声中，二人抬轿，起舞，造型亮相。
　　　　　〔幕徐落。

—剧终—

（根据石螺、黄萍同名小故事部分情节改编）

（1985年9月）

闪亮的徽章

时　间：新时代。
地　点：某医院。
人　物：
妈　妈——女，五十多岁。
小　红——女，二十岁，大学生，妈妈之女。
大　明——男，二十八岁，某机关干部，妈妈之子。
护士长——女，四十岁，某医院护士长。
龙主任等。

〔幕启：医院单人病房。里外间由一块蓝色布帘拉着。外间有衣柜、座椅等。
〔妈妈十分焦急地从外走进病房……

妈　妈　（唱）老伴今年六十整，
　　　　　　　本命年上生大病。
　　　　　　　前天救护车送急诊，
　　　　　　　今天手术台上救性命。

　　　　　　医生对我谈话虽然镇静，
　　　　　　眼中却闪烁着焦急神情。
　　　　　　虽劝我莫着急不要过分担心，
　　　　　　他却是言语短行动急眉皱如绳。
　　　　　　想必是老伴手术异常要紧，
　　　　　　否则不会紧张得如此逼人。
　　　　　　人都说手术中最关键是主刀医生，
　　　　　　切不可忽视主刀医生那一份……
　　　这一次主刀医生是主任医生亲自操刀，人们都喊他龙主任，讲他医术高超手术高明，我千万千万要把龙主任打理好……（喊）小红，小红！
　　　〔小红自布帘内出。

小　红　哎，妈！
妈　妈　（唱）你爸病情发展快，
　　　　　　今日就上手术台。
　　　　　　人都说手术关键在主刀，
　　　　　　千万不能望他的"呆"。
　　　　　　我准备红包两千块，
　　　　　　交给龙主任收下来。
　　　小红，这个红包妈想叫你送给姓龙的主任医生。（递红包）。

小　红　什么，叫我送？
妈　妈　这有什么大惊小怪的？你到龙主任办公室，看看周围没人，就把红包往龙主任办公桌抽屉里一塞，说："我爸病全靠龙主任关照了，我们全家感谢你，这是一点心意。"说完，立即转身回来。

小　红　妈，我长这么大，从来没干过这种事，话也不晓得讲，假如龙主任不收，我不难堪死了？

妈　妈　这几句话都不晓得讲？你读十四年书塞牙缝了？

小　红　这不是书读多读少的问题，社会上的那些客套话，我说不出口，人家听了也不顺耳，要把事办砸了……你自己去……

妈　妈　我自己去？妈这么一大把年纪，假如人家怕出事，把红包推还我，我脸往哪里搁？你们孩子家破点面子不要紧，我破了面子，下面的事就尴尬啰！

小　红　妈，要不就叫哥哥去，他当这么多年干部，有经验！（想想反转）不不不，叫哥去也、也、也……

妈　妈　你哥哥去不合适。他当干部，最忌讳的事就是红包。他反对人家送红包，现在叫他送，他干吗？

小　红　那怎么办？

妈　妈　小红，时间太紧了，龙主任等会儿就要进手术室了，快去吧！乖、乖、乖！

小　红　（不愿意地接过红包，夹在书里）妈，去我去，能不能完成任务，我可不管啊！（下）

妈　妈　（唱）只要小红包送到，
　　　　　　局面就算打开了。
　　　　　　你知道来我知晓，
　　　　　　谁又会把歪事挑？
　　　　　　医生执业是人道，
　　　　　　为人除病德性高。
　　　　　　虽然纪律拒红包，
　　　　　　又有几人能做到？

　　　　　他精心把你病治好，
　　　　　辛勤付出知多少？
　　　　　收下一个小红包，
　　　　　又有什么大不了？

　　　　〔大明上。

大　明　妈，我刚才遇到小妹，问她上哪，她闭口不说，你叫她上哪儿去啦？

妈　妈　你爸马上就要动手术，我叫小红给主刀医生龙主任送一个红包去。

大　明　你怎么叫她送呢？她才大二，还是一个黄毛丫头，谁信得过她？

妈　妈　这是一桩暗暗做的事，小姑娘送过去，别人才不会介意哩！

大　明　小妹还未涉足社会，社会上复杂的事情，人前人后的话她会讲吗？送红包是一件充满智慧的事。

妈　妈　如果你妹妹没送好，你去试试……

大　明　我才不会做呢！

妈　妈　（唱）你嫌妹妹做不好，
　　　　　　　喊你做你又做不到。
　　　　　　　你爸就要上手术台，
　　　　　　　是好是歹全靠那把手术刀。
　　　　　　　家属不对主刀塞点钱，
　　　　　　　人家会把你低一个档次瞧。
　　　　　　　切莫小看这一招，
　　　　　　　有四两拨得千斤妙。

大　明　妈——

（唱）你要理解儿出道，
　　　机关干部最忌贪污受贿送红包。
　　　不是儿子我对父不孝，
　　　工作制度有律条。
　　　不许别人做的事，
　　　首先自己关把好。
妈，小妹红包送到了也好，没送到也好，你可不要叫我。（转身进帘内）
〔小红气愤地上。

小　红　妈，你真害我。
妈　妈　我害你？
小　红　不是吗，我把红包轻轻从书中抽出来，急速递给龙主任。龙主任一看，板起脸来，批评道：
（唱）你这个丫头年纪小小，
　　　哪里学来的这一套？
　　　来院看病就看病，
　　　为何还要送红包？
我羞得脸通红，结结巴巴对龙主任说：
（唱）我爸病情有点糟，
　　　全靠你高明的手术刀。
　　　感谢你付出的心血多，
　　　我们全家略把心意表。
龙主任又对我说：
（唱）家属的心情我知晓，
　　　希望我精心把病瞧。
　　　我是共产党员要求高，

会对每一位患者责尽到。
手术刀在我手不会偏离丝毫，
请你们别为病人过分把心操。

龙主任边说边挺起胸，双手捧起戴在白大褂上的党徽。徽章在灯光下金光闪闪，他说：我是共产党员！

妈　妈　共产党员！（想想又说）共产党员也要吃饭哪，也要用钱哪！小红呀，可能是你话没有讲到位……

小　红　到位了呀，我完全照着你的话讲的嘛！

妈　妈　（思索片刻）还是你年龄小，嫩了些，龙主任怕你嘴巴不牢靠，把此事漏出去，不敢接手啊！

小　红　妈，不是……

妈　妈　不是什么？什么人不想钱？黑眼珠见到白银子，谁不想往口袋里揣点？

小　红　不是，龙主任不像那个想揣的样子……

妈　妈　真不想揣？要么怕你漏嘴，说出去他要倒霉，要么就嫌钱少了……（思忖）再加两千，你给送去。

小　红　妈，你再加五千，我也不送了。

妈　妈　为什么？

小　红　送红包太难为人了。

妈　妈　你不送，叫你哥哥送。（朝帘内喊）大明！

大　明　（帘内出）妈！有事？

妈　妈　大明，小红把红包送给龙主任，他没收，可能嫌钱少，现在加了两千，包有点沉了，你给龙主任送去。

大　明　（惊叫）我送？

妈　妈　小红送过一趟了，龙主任没收，她怎么好再送第二趟哩。你大些，老练些，你送比她送好。

大　明	妈，爸生病住院，不是交了住院费手术费了吗，还要送红包？再说，送红包是违纪的事呀！
妈　妈	违纪妈知道，上面知道了才违纪，不让上面知道不就不违纪了吗？
大　明	这种冒险事叫我干……
妈　妈	为爸爸的病，再大的险儿子也要去冒啊！儿子要孝顺，平时好好的要你孝顺干吗呢，只有在有灾有难时才更需要孝顺啊！你好好想一想，你爸辛苦劳累了一生，就是为你们上学读书，买房结婚。现在他老了，生病了，是你们尽孝的时候了，你们能逃避吗？女儿小红尽过一趟孝了，眼下，轮也轮到你了！
大　明	（摸摸后脑勺，为难地）妈，这我知道……
妈　妈	知道还跟妈犟嘴？
大　明	我不是犟嘴，我是为难呀！
妈　妈	（有些恼怒）什么为难？孝顺就不为难，赴汤蹈火也去，不孝顺处处难。

（唱）父亲为你们吃过太多苦，
　　　你们现在多享福！
　　　大学毕业当了干部，
　　　小家日子过得多热乎！
　　　今天爸生大病要手术，
　　　你苦着眉眼把难数。
　　　孝顺儿子不会讲一个"不"，
　　　顶风挡浪也要赌一注。

大明，我对你讲，为了给你爸治好病，你眉毛皱成柴火疙瘩也要去。喏！（递过加了钱的红包）拿着，去！

大　明	（无奈地接过红包）唉！	
	（唱）母亲一言戳在心，	
	儿女怎忘父母恩？	
	他们年轻拼命挣，	
	就为我们有好前程。	
	眼前老人生大病，	
	我责无旁贷去孝顺。	
	漫说送礼这般事，	
	即便违纪也要行。	
	妈，我去。（下）	
小　红	妈，你怎么让哥哥去送呢？	
妈　妈	你哥送比你送好。	
小　红	哥送比我好？	
妈　妈	对呀，你才大二，可你哥大学毕业考上公务员，当干部又有几年了，懂得比你多，他知道随机应变。	
小　红	哥是干部，你知道干部最讲纪律，送礼是违反纪律的。	
妈　妈	这不是偷偷送吗，谁知道？	
小　红	偷偷送虽然没人知道，干部要自律呀！党的八项纪律二十大以后又作了修订，更加严厉了，是不能触碰的，你想让哥哥犯错误呀！	
妈　妈	偷偷送犯什么错误呢？万一让人知道了，受了处分，比起你父亲重病来，还不是小巫见大巫，值得！	
小　红	（仍想反驳）值得？	
妈　妈	别犟嘴了，没人知道，不就像没发生一样嘛！	
小　红	假若哥哥送去，人家龙主任又不收，怎么办？	
妈　妈	你哥哥不像你那么嫩生，他老练着呢！再说，人心

文明新貌篇

都是肉长的，都有一种欲望，谁不想把日子过得好一点？不像有的人，假正经，人前人后大话连篇，不收礼、不收礼。"脑白金"广告词说得好，"今年过年不收礼，收礼就收脑白金"，他前面说不收礼，后面为什么还收脑白金啊，它把人心说透啦！其实呀，喊得越响的人，他们心里越想着有人送呢！不收小的收大的，不收少的收多的，不收明的收暗的，世上还真有不想钱的人？

〔大明上。

大　明　妈，我再怎么讲，龙主任就是不收。我苦口劝他收下，他把佩戴在胸口的共产党员徽章亮出来给我看，他说："我是共产党员！"

妈　妈　（陷入窘境）这共产党员的"针"是插不进去啰？

大　明　妈，龙主任这根"针"不插了。

妈　妈　（有些火地）不插？你能保证你爸的命在龙主任手中不出问题，那就依你；你要没把握还得听老娘的。不插，这个红包就是"钢火"，钢火不插在刀刃上，往哪儿插？你爸心脏骤停了两次都是龙主任抢救过来的，现在到了非手术不可的这一步，还能马虎？是好是歹，就在龙主任这一刀上了。你说这根"针"见了这个"缝"插不插？我不把龙主任心养得好好的，抹得顺顺的，让他知道我们家属懂人性、知世故、敬重他，把他捧得高高的，他才愿意集中精力和智慧去操那把鬼门关的手术刀。他如果大意一丝丝，多割点或者少切一块，你爸性命就要交给阎王爷了。这对于龙主任来说，不是大事，可对于我们家来说，可就天塌地崩啦？（思忖）我千方百计求神磕头也要让他收下……

小　　红　　我也知道爸爸的命在他手里捏着，可他不收，怎么办呢？（急得跺脚）

大　　明　　（故装冷静）不至于那么严重吧？

妈　　妈　　还不那么严重，亏你做儿子的说得出口……（发怒）你们这两个没用的东西……老娘再加一千块钱，把礼包加厚一点，老娘自己送去。（匆匆下）

小　　红　　（看着大明）哥，依你看，龙主任是真不收还是假不收呀？害得妈紧张成这个样子。

大　　明　　人思想是活的，我也猜不准。依我看，是真不收。看得出来，他老把佩戴在胸前共产党员徽章托起来，亮晶晶地给你看，显示他是共产党员……

〔妈妈高高兴兴跑上场……

妈　　妈　　（唱）走出办公室好高兴，

　　　　　　　　他终于收下这份情。

　　　　　　　　我心里拨浪鼓敲不停，

　　　　　　　　这下子才算是安了半个神。

　　　　（拍拍胸脯）唉，求人真是难呀！

　　　　（接唱）我真是好话已讲尽，

　　　　　　　　好比放赖又打滚。

　　　　　　　　我为老伴去求人，

　　　　　　　　下的决心深又深。

　　　　　　　　幸亏龙主任没绝情，

　　　　　　　　看来老伴又能获新生。

　　　　　　　　我喜上加喜难表心境，

回房报喜让儿女吃一惊。

（进病房）大明，小红！

大　明
小　红　（同声）妈，回来啦？

妈　妈　大明小红，我白养了你们兄妹两个呀，你俩花费九牛二虎之力，都说龙主任不收不收。我怎么一送去，他就收下啦？哈哈哈！老娘哪像你们两个傻帽，大道理讲了一大箩筐，人家龙主任就是不睬不理……（故弄玄虚地）我不讲什么大道理小道理，就这么把红包往龙主任办公桌上轻轻一放……

小　红　妈，龙主任收了吗？

大　明　肯定没有收啊！

妈　妈　龙主任看了我一眼，什么都没说，就把红包拿起来，叫后面办公室一位女的——大概是护士吧，收下了。多利索，多爽快！妈没费吹灰之力就把事办成了！哈哈哈！这下子，我心里就踏实了……

大　明
小　红　（同声地）妈，你真有本事！

妈　妈　（兴奋地手一画）走，龙主任进了手术室了，我们在手术室外面等你爸手术后顺利出来……

〔暗转。

〔六个小时后。

〔妈妈、大明、小红、护士长、护士等推着躺在床上手术完毕的老人，匆匆进入后面布帘，将病人安顿好之后……

护士长　大妈，你们出来，我告诉你们两件事情……

〔人员全部出来。

护士长 （唱）龙主任手术做得精，

六个小时没分一丝神。

该切除的不留一分分，

应安放的环环贴得紧。

手术堪称完美十分精准，

老爷子危急性命又获新生。

请诸位家属尽管放心！

〔全家拍手高兴。

护士长 （掏出红包举起来）喏！

（唱）红包是你们一分情，

寄托家属希望和尊敬。

红包又是一分毒品，

腐蚀人格和党性。

本来龙主任他拒收，

考虑到术前家属悬吊的心，

不如暂时收下来，

抚慰家属不安的神。

龙主任肩负着党员一分责任，

会对每一位病人尽职尽责去献身。

眼下老爷子手术顺利完成，

退回红包体现共产党员纯真。

〔递回红包。

妈　妈
大　明　（推辞）护士长，这怎么可以……
小　红

文明新貌篇

护士长	大妈,这不是龙主任第一次退红包了,他在我们科室十多年,已经拒收和退回红包二百四十五次了。他是我们医疗界的优秀共产党员……
妈 妈	(寻找)龙主任来了吗?
护士长	龙主任在手术台站了六个小时,十分疲倦,他休息一下,肯定会来看病人的(转身)啊,你看,龙主任来了!

〔龙主任面带倦容和微笑,向病房缓缓走来。他白大褂胸前那枚共产党员徽章,金光闪闪……

大 妈	
大 明	(十分感激地拥上去)龙主任!
小 红	

〔拥抱亮相。

〔灯暗。

—剧终—

五彩家园篇

感　恩

时　间：某天上午。
地　点：某小区。
人　物：
小　哥——快递小哥。简称小哥。
小　姐——残疾女青年。
小　妹——高中三年级毕业生，小姐之妹。

〔幕启：某小区一幢住宅楼前。

〔快递小哥穿着快递员服装，拿一包快递邮件，轻快地唱着，上。

小　哥　　（唱）我当快递员两冬春，
　　　　　　　两个目的记分明。
　　　　　　　一为挣钱养父母，
　　　　　　　二寻恩人报恩情。
　　　　出事当天，我就用电话向文明办和报社作了报告，请求他们帮助我代找救命恩人。虽然他们也花了好大功夫寻找，好长时间也无音讯。后来，我决心自己找，特意找了快递员工作，一边送千家万户，一边找千家万户。可是，至今也无……

（接唱）小城旋了千百转，

　　　　恩人始终未现身。

　　　　一天不见恩人面，

　　　　一天心神不安宁。

（掏出手机）喂！你的快件到了，请你来拿！（拿起快件观望）哎！又是化妆品。现在的姑娘真是爱打扮，个个都买这个……

〔楼房下，小姐站在一丛绿叶婆娑的盆景旁，倾情地看着快递小哥。

小　姐　嗬，这个快递小哥长得真帅。难怪小妹两次来接快件，两次回家描述快递小哥的帅气。唉，真是太帅了。

（唱）高挑个儿挺直腰，

　　　稚气未脱现年少。

　　　五官端正恰到好，

　　　英俊帅气颜值高。

（嗲嗲地）快递小哥，我在这里哩！

小　哥　（醒过神来）喔，来啦！（定睛一看又愣住）呀！她好美呀！

（旁唱）亭亭玉立绿丛中，

　　　　两颊飞霞映日红。

　　　　蓬松青丝披双肩，

　　　　樱桃小口笑春风。

小姐，这是你的快件！

小　　姐　（嫣然一笑）麻烦你了，快递小哥！

小　　哥　（直愣地望着小姐）不麻烦，给！（发现什么，又缩回手）（旁白）呃，这么近距离一看，我好像与她见过一面，她好像就是我要找的那个人。我来问问她——（对小姐）你是哪里人？

小　　姐　城里人。

小　　哥　住过农村吗？

小　　姐　没有。

小　　哥　你知道城南有个三丈桥吗？

小　　姐　嗯——不知道。

小　　哥　这也没有，那也不知道，我怎么对你好有印象呢？

小　　姐　（旁白）呃，他这么一说，还真让我对他有些面熟哩！

小　　哥　两年前，你好像救过一个人！

小　　姐　两年前我好像救过一个人？

小　　哥　如果我没有看错的话……

小　　姐　（旁白）难道，他就是那个把我姐妹俩吓得拔腿而逃的水鬼？（略镇静）难怪，两年前来过一个报社记者，询问我有没有做过这样的好人好事……

〔画外深沉的男音：做人做事要低调，做了好事莫留名。

小　　姐　（接着说）当场我脑海里就响起父亲生前凝重的话语：做人做事要低调，做了好事莫留名。父言如山，家训如金。晚辈的我，理应遵从。我当面跟记者谎说"没有"，瞒过了记者。事隔两年了，都忘了这事，难道今天又调过头来承认？那就更没有必要了。（转对小哥）你看我缺手腕少指头的，能救谁？

小 哥　这……

小 姐　（抢过话头岔开）小哥，你有什么急事吗？

小 哥　（掩饰地）喔，没什么急事，没什么急事！

小 姐　没有急事，怎么把你急得满头大汗？

小 哥　嘀嘀，热的热的。

小 姐　（掏出纸巾，给他擦拭）快递小哥，你太辛苦了。我给你擦擦汗。

小 哥　（高兴地欲抢纸巾）我自己来……

小 姐　我来，我知道你哪里汗多！（替小哥擦拭）
　　　（旁唱）脸上汗珠亮晶晶，
　　　　　　快递小哥好艰辛。
　　　　　　我与他素不相识，
　　　　　　为何对他很心疼？

小 哥　（旁唱）小手灵巧脸上拭，
　　　　　　喜在眉梢暖在心。
　　　　　　我与她萍水相逢，
　　　　　　为什么对她加倍亲？

小 姐　（有心地）快递小哥，你淌了这么多汗，一定口渴了，到我楼上喝口水吧！

小 哥　喝水？

小 姐　是呀！我家就在楼上，电梯一溜就到。

小 哥　不好吧？

小 姐　（假嗔地）那有什么不好哇，都什么时代了，还封建？

小 哥　（旁白）我正想到她家去看看，多追问她几句，多瞧她几眼。（乐意地）哎，好，好！
　　　〔转景。

〔二十楼客厅。厅内物品摆放清爽，合理、养眼。

小　哥　（观赏厅内）多清静呀！
　　　　（旁唱）精心布局很别致，
　　　　　　　　窗明几净多温馨。

小　姐　（旁唱）瓶中开水清凌凌，
　　　　　　　　泡杯绿茶迎客人。

小　哥　（旁唱）环境与人一样美，
　　　　　　　　满屋芳香伴丽人。

小　姐　（端椅）快递小哥，坐！刚才你问了我，现在该我来问你了……

小　哥　问吧！

小　姐　（唱）莫嫌我问话不中听，
　　　　　　　家中共有几多人？

小　哥　（唱）上有父母下有我，
　　　　　　　全家共有人三名。

小　姐　（唱）家住小区何名称，
　　　　　　　住房几幢又几层？

小　哥　（唱）我家住在农村里，
　　　　　　　三间平房无楼层。

小　姐　（唱）家境贫寒衣食紧，
　　　　　　　没有跨过学校门？

小　哥　那倒不是！
　　　　（唱）十六年寒窗已坐尽，
　　　　　　　大学学业待完成。

小　姐　咳，你这个小哥学问高，讲话就是蹊跷，说出来的话叫我听不懂！（埋怨地）大学毕业就说大学毕业，大学没有毕业就说没有毕业，说什么大学学业待完成？

小　哥　咳，这你就有所不知了……

（唱）毕业考试已临近，
　　　挑灯夜战时间紧。
　　　忽然手机铃响起，
　　　打破深夜寂无声。
　　　那头传来妈声音，
　　　边讲边哭语不清。
　　　原是父亲病在床，
　　　三天三夜水不沾唇。
　　　高烧发到四十度，
　　　满脸通红身发青。
　　　双眼泪水默默淌，
　　　声声呼唤儿的名。
　　　听完脑海一片白，
　　　丢下一切往外奔。
　　　父母就是我命中命，
　　　当晚打的回家门。

我奔向房间，父亲眼光暗淡、泪流满面，我握着他的双手，亲着他的双颊，父亲气息奄奄对我说……

（接唱）临终看一眼儿的面，
　　　　死在黄泉闭眼睛。

我看着父亲有气无力，羸弱的面容，心如刀绞，泪如泉涌啊……

（接唱）说得我心酸又心疼，
　　　　口涎泪水湿衣襟。

跪在床前抱父哭，
泪水淌干喉失音。
一定要把父亲救，
竭尽全力报父恩。
乡村道窄路难行，
背着父亲去看医生。

（擦泪）小姐，你说这个时候，我还考虑毕业的考试吗？这个时候，我还顾及有没有大学毕业证书吗？

小　姐　快递小哥，看得出来，你是特别敬重父母的……

小　哥　（抢话）父亲就是我们家的顶梁柱，就是我们家的天……这个时候，我不尽孝道什么时候尽孝道？这个时候，我不负起对家庭的责任，什么时候负起家庭责任？这个时候，就是毕业文凭，我也把它置之度外呀！

小　姐　（擦泪）快递小哥，你做得很对，你做得很对，有什么恩情比父母的恩情更重呢？五年前，我们一家乘公车到外地办事，不料，公交车一下子翻到山底下，情况不妙，父亲护着妹妹，母亲将我紧紧搂在怀里。结果，父母因车祸远去了，我和妹妹却活了下来。我虽失去了一只手腕和左手两根指头，但我没有失去生命……（泪流满面）世界上还有什么爱比父母的爱更伟大、更纯真吗？（抓住小哥双手）可惜，我没有机会去孝敬父母了，你——可要珍惜这段时光去孝敬……

小　哥　（感慨地）是呀！后来，经过两个多月的治疗，挽救了父亲的生命。父亲回到家中仍然胃口不好，什么东西都不太想吃。有一天，他对我说，儿子，我想吃小时候常吃的紫桑果子，你能摘一些回来吗？我一口脆响地答应，爸，我马上就去摘。（抓住小姐双手）小姐，你想想，这个时候，莫说父亲想吃紫桑果子，就是要天上星星，我也借天梯去摘呀！

小　姐　对，他说要水中的月亮，你也会跳海去捞的，你是铁血汉子，有担当的男人。我很敬佩你。

小　哥　就在离我家不远处有道三丈桥，桥下是道河，河不宽却很深，河边有棵老桑树，歪脖子，树梢伸到了河中间，每到那个时候，就结满了紫桑果子。父亲说他小时候就喜欢摘这棵树上的果子吃。今年，树下半部紫桑果子被人摘光了，剩下来的全在桑树顶上。人家怕掉到河里去，不敢上顶端去摘。我心里只记着父亲想吃这树上果子，全没了敢不敢的想法，手脚并用一个劲地爬上树梢头，刚摘了一大把果子，树枝噼噼啪啪断下去，我一下栽到了河里……

小　姐　（大惊）哎呀，那太危险了，你……

小　哥　下面就是我要找的大恩人了……

小　姐　恩人？

小　哥　（唱）我从来没有玩过水，
　　　　　栽到河里往下坠。
　　　　　满口吸水冒气泡，
　　　　　肚子胀得当鼓擂。
　　　　　越是下沉越挣扎，
　　　　　越是挣扎越下垂。

　　　　　　我心想，就此断了报恩愿，
　　　　　　就此成了水中鬼。
　　　　　　忽然水面光一闪，
　　　　　　投来树枝弹手背。
　　　　　　我抓住树枝死不放，
　　　　　　岸上人拼命往上扯。
　　　　　　我爬上浅滩哇哇吐恶水，
　　　　　　吓坏了我的恩人俩姐妹。
　　　　　　我披头乱发像鬼魅，
　　　　　　俩姐妹拔腿就跑快如飞。

小　姐　（旁白）啊，原来我在这里与他照过一面……

小　哥　当我哇哇猛吐肚中恶水时，一抹脸上水珠，蒙眬看见两个小姑娘吓得嗷嗷叫喊，飞跑远去……

小　姐　从水中冒出来一个人，人不人，鬼不鬼，那是太吓人了……

小　哥　（盯住小姐）她莫非就是……

　　　　（旁唱）我驾小车跑满城，
　　　　　　　心心念念找恩人。
　　　　　　　踏破铁鞋无觅处，
　　　　　　　也许得来不费神。

　　　　（对小姐）小姐，我冒昧问一句，如果我没看错的话，那两个飞跑远去的小姐妹，其中一个就像你……

小　姐　快递小哥，你看走眼了，像我不是我呀！

　　　　〔小妹：身着学生装从电梯口上，听见里面有男女声音……

小　妹　怎么，姐姐在谈恋爱呀？（故意藏到门后）

小　哥	那姑娘头发像你这么长……
小　姐	头发像我这么长的女人，很多呀！
小　哥	衣袖也有你这么长……
小　姐	女人怕胳膊晒黑，穿长袖子的也很多呀！
小　哥	不，你的衣袖和别的女子长得不一样……
小　姐	（下意识缩缩手）有什么不一样？有什么不一样？
小　哥	说你莫生气，右胳膊的衣袖空出来一截，跑起来一甩一甩的……
小　姐	（竭力否认）那有什么稀奇呀，凡是穿长袖的女人，谁跑起来衣袖不是一甩一甩的？
小　哥	（点头，自语）也有道理，相似的人也多。（思忖）这……我看错了？不是她，又是谁呢？（转对小姐）这样吧，既然不是你，我得继续找下去。我走了。（走到台角又转身）呃，小姐，你们女子朋友多，拜托你代我关注关注……
小　姐	（旁白）快递小哥这么执着，感恩欲望这么强。（欲对小哥倾吐，又把话头咽回，转对小哥）快递小哥，找不到也就算了，你找了两年，你感恩心意尽到了，这个恩人也会感受到的……
小　哥	不，我一定要找到她。（欲下）

〔小哥欲下，和正想出来的小妹，险些撞个满怀。

小　妹	哟，这不是快递小哥吗？什么时候像小鸽子一样飞到我家姐姐身边来了？
小　哥	送了一包快件。你是……
小　妹	我是我姐姐的妹妹，不认识了，我不是接过你两次送来的化妆品快件吗？

| 小 哥 | （笑）嘀，对对对，好眼熟好眼熟！
| 小 妹 | （小妹拉小姐到一旁，悄悄说）姐，我几次对你说，送我家快件那位小哥，真帅！特别帅，你今天看见了，帅不帅？
| 小 姐 | （不好意思地捶了小妹一下）死丫头……
| 小 妹 | （接着追问）帅不帅？
| 小 姐 | （大胆地）帅！比你讲的样子还要帅！
| 小 妹 | 姐，你爱不爱？
| 小 姐 | （正话反说）我不爱！
| 小 妹 | （故装生气）不爱，就让他走吧！
| 小 姐 | 哎哎，爱又怎么讲？
| 小 妹 | 爱，我就把你心里的"小秘密"点"破"！
| 小 姐 | 这……小妹，别别别……
| 小 妹 | （转身对小哥）快递小哥，你拜托我姐帮你关注关注你那个恩人，怎么就不拜托我呢？
| 小 哥 | （不好意思地）嘀嘀，我也拜托你拜托你！
| 小 妹 | 那——（扳动手指）我给你测算测算（故弄玄虚地）快递小哥，你的大恩人哪，我能测算出来吧！
| 小 哥 | 你能测字算命？
| 小 妹 | 不。快递小哥，看我测得对不对呀！
（唱）城南有座三丈桥，
| 小 哥 | （欣喜地）对对对，有座三丈桥！
| 小 妹 | （唱）桥下是河水滔滔。
| 小 哥 | 也对也对！
| 小 妹 | （唱）一对仙女桥上过，
| 小 哥 | 仙女，两个仙女？

小　妹	（唱）忽见水中人头冒。
小　哥	那是我在河中淹的！
小　妹	（唱）仙女迅速往河下跑，
小　哥	嗯，仙女来搭救我，该应我不得死！
小　妹	（唱）拿起断枝水中抛。
小　哥	对对，是树枝是树枝！
小　妹	（唱）水中之人缠枝头，
小　哥	对对对，我抓住救命之物死不放！
小　妹	（唱）仙女拉着树枝往浅滩靠。
小　哥	是呀是呀，最后我被拉到浅滩上了。
小　妹	（唱）上岸人哇哇吐恶水，
小　哥	淹在水中吸满一肚子恶水，肚子胀得像大鼓一样，上岸来就哇哇吐……
小　妹	（唱）仙女吓得转身飞跑。
小　哥	小妹，你测算得太准了。我再请求你再给我测算测算，那两位仙女现在哪里？
小　妹	（装模作样）现在呀……
小　姐：	（向小妹眨眼）小妹，别测了……
小　哥	测测，小妹，你不测，我不走。
小　妹	快递小哥，我测出来，你别激动！
小　哥	不不，不激动！
小　妹	远——
小　哥	远在天边呀……
小　妹	近——
小　哥	近？近在眼前！（一把握住小妹手）小妹，那个仙女就是你呀！

小 妹	不对，近在旁边。
小 哥	（特别高兴地握住小姐双手）小姐，我说是你，原来我看对了。（激动得抹泪）小姐，为你我找得好苦哇！
小 姐	快递小哥……
小 哥	我刚才还问到你，说你是我的恩人，你就是不认。
小 姐	快递小哥，我姐妹俩不就是递那么一根树枝吗，算什么恩人？
小 哥	你要知道，就递那么一根树枝，却救了我一条生命啦！大恩人……幸亏小妹来得及时，不然我又不知道要找到哪个牛年马月哟！你为什么不早认呢？
小 姐	快递小哥，我父母在世时有言道——
	（唱）勤劳善良家风正，
	高调做事低调做人。
	见难相助不图报，
	做了好事莫留名。
	这是我父母常对我俩说的四句话，我认为是家训。遵从父母教诲，坚守家训，不也算是对父母尽一点孝道，感一点恩情吗？
小 哥	（激动地）那是，那是……
小 妹	姐，明天就是高考了，我想，我不参加了……
小 姐	那怎么行？考大学是人一生的转折点呀，也是未来的希望呀！
小 哥	你姐说得对，你考上大学，努力学习知识，将来才能报效祖国啊！
小 妹	对是对，可是，我考大学走了，家里就你一个人，你右手没了，左手又缺了两个指头，握不成笔，每

五彩家园篇

天谁给你化妆呢?

小　姐　这……

小　哥　（试探地）小姐,如果你不嫌弃,我来给你化妆!

〔三人同笑,略静片刻。

小　姐　（爱意地）就算你来给我化妆,化一天也不成哪?

小　哥　那就化两天。

小　姐　化两天也不成哪!

小　哥　（鼓足勇气）那就化、化、化一辈子!

〔三人同笑,沉静片刻。

小　姐　那你跑快递,中午别在外面买吃,就到我家来吃中饭!

小　哥　吃一天不成啰!

小　姐　那就吃两天。

小　哥　吃两天也不成啰!

小　姐　（羞涩而大胆地）那就吃、吃一辈子!

小　哥　一辈子!

小　姐　一辈子!

〔二人相拥,沉浸在幸福的爱河中……
〔一束追光打在他俩身上。
〔幕后合唱:

　　快递小哥心真诚,
　　千旋百转寻恩人。
　　好人好心终有报,
　　恩将恩报一世情。

〔切光。

——剧终——

英雄出征

时　间：2020年初，武汉新冠肺炎疫情最严重的日子。
地　点：某城市。
人　物：
陈　丽——女，某医院重症科医师。
院　长——男，某医院院长。
妈　妈——女，陈丽母亲。
阿　姨——女，陈丽未来的婆婆。
许国生——男，陈丽未婚夫，在大屏幕上出现。
欢送人群、锣鼓队等。
序曲：

　　　　　　　新冠病毒，突袭武汉。
　　　　　　　情势危急，八方支援。
　　　　　　　举国之力，力挽狂澜。
　　　　　　　白衣天使，奋勇参战。
　　　　　　　十万火急，刻不容缓。

生命之托，勇往直前。

〔幕启：陈丽的家。冰箱、大屏电视机、洗衣机、电脑、被褥等高档陪嫁物品一一摆列，一摞待贴的大红"囍"字披挂在崭新的被褥上。妈妈乐不可支地整理着嫁妆。

妈　妈　（唱）小丽周岁二十八，
　　　　　　　聪明伶俐人人夸。
　　　　　　　她在医院当支书，
　　　　　　　更是锦上添了一枝花。
　　　　　　　她工作起来不要命，
　　　　　　　恨不得有个星期八。
　　　　　　　叫她恋爱她装傻，
　　　　　　　托媒讲亲她把火发。
　　　　　　　幸亏自谈了解放军，
　　　　　　　职务军医她爱他。
　　　　　　　原订今年春节把喜事办，
　　　　　　　谁知军训耽搁下。
　　　　　　　推迟到后天她生日，
　　　　　　　终于把喜事办成啦！
　　为女儿办一场喜事，老娘忙前忙后累得腰酸腿疼。现在好了，一切办就了，就等许国生请假回来与小丽成亲了！哈哈哈！（又乐滋滋地忙活嫁妆）

〔陈丽欢快地上。

陈　丽　（唱）新冠病毒在肆虐，
　　　　　　　胆战心惊度日月。
　　　　　　　医者责任促前行，

　　　　　恨不能插翅去灭"火"。
　　　　　幸好院长早班通知我，
　　　　　叫我回家收拾妥。
　　　　　参加驰援武汉医疗队，
　　　　　下午三点就集合。
　　　妈！
妈　妈　（高兴地）哎！宝贝回来了。
陈　丽　妈，看把你累的！（替妈擦汗）
妈　妈　后天就是你大喜之日了，今天还不请假回来帮着忙活忙活？
陈　丽　妈，这些天不要在外面瞎跑了，新冠肺炎病毒可闹得厉害！武汉一个接一个地被感染……
妈　妈　是呀，电视上天天都放这个，武汉封了城，社区都封掉了，老百姓都不给出门。我们小区也传出话来，也要设岗查哨……
陈　丽　新冠肺炎疫情形势危急，习近平总书记号召举全国之力，驰援武汉……
妈　妈　是呀！我在电视上看到，全国各地的医护人员组成医疗队连夜赶往武汉。唉，武汉人民太遭殃了。
陈　丽　妈，告诉你一个消息，我们医院也派人驰援武汉了！
妈　妈　只要不派你，管她派不派哩！
陈　丽　假若派到我哩？
妈　妈　不会不会，你后天就办大喜事了，怎会派你去呢！
陈　丽　妈，（欲说却止）妈！（欲说又止）妈，派到武汉去的光荣不光荣呀！
妈　妈　光荣。到武汉去的医疗队员都光荣。电视上把到武汉去驰援的医护人员叫英雄。英雄两个字可不是随便叫的,朝鲜战场上下来的才叫英雄呢!再大的光荣也与你无关,你羡慕什么!

陈　丽　妈,我们医院派出去的这位英雄,就是……
妈　妈　就是什么?
陈　丽　就是……
妈　妈　就是什么?
陈　丽　就是我呀!
妈　妈　什么?是你?
陈　丽　妈,是我。
妈　妈　你你你跟我开玩笑吧?
陈　丽　妈,我没跟你开玩笑。刚才院长通知我回家收拾衣物,下午三点到市政府楼下集合,组织欢送英雄出征。六点钟到省城集中编队,连夜飞往武汉。
妈　妈　你答应啦?
陈　丽　答应了。
妈　妈　女儿啊,你这不是猪头脑子吗?你后天结婚,你答应了怎么办?
陈　丽　再延期不就得了?
妈　妈　再说,武汉能去吗?那里的新冠肺炎感染飞快,死人就像死老鼠一样,你去,这不是送死吗?
陈　丽　我不是去送死。救死扶伤是我医护人员的天职,武汉遭遇突如其来的大灾难,我能见死不救吗?
妈　妈　妈就你一个独生女儿,妈一天不见你心里都过不去,你这一去……
陈　丽　妈,不会有事的,我是医生,医生都有一整套防护

妈　妈	措施。
妈　妈	后天的喜事……
陈　丽	往后推推，等我回来再办也不迟。
妈　妈	你说得轻巧，都是大男大女了，去年定下来今年春节办，春节说国生要参加军事训练，推迟到你生日这一天。后天是你生日，今天你又要到武汉去，这桩婚事到底办不办了？
陈　丽	办，肯定办，推迟一点办。
妈　妈	已经推迟一回了，婚姻大事能一推再推吗？嗨呀，你这桩婚事多难办呀！（欲哭）妈求求你，找找领导，换一个人去行不行？
陈　丽	这是纪律，找人也没用。（看表）妈，快十点了，我要赶快收拾行李去。（下）
妈　妈	我不信，现在不就是托人找关系嘛，我去找她大舅，她大舅是老市委……

〔阿姨慌慌忙忙上。

阿　姨	哎呀，小丽妈哎，这可怎么办嘞，我们两家后天就办大喜事，我家儿子许国生明天就从部队请假回家，听说你家女儿今天要到武汉去，可是真的呀？
妈　妈	真的真的哟！
阿　姨	那那那怎么办哪？
妈　妈	我有个想法，托人找关系，说说我家特殊情况，要求领导发发慈善之心，改改主意，派其他人去。
阿　姨	找哪个关系呢？
妈　妈	找我女儿她大舅，他是老市委，才退休在家，找他出面讲讲话……

五彩家园篇

阿　姨　不成不成。人说，退出办公室，什么都不是。在职领
　　　　导还会听退休人的话？（思忖）我看，哪个单位派
　　　　她去的，就找哪个单位领导。
　　　　（唱）把个人情况说清楚，
　　　　　　　我家事由很特殊。
　　　　　　　要求领导多照顾，
　　　　　　　改派他人两不误。

妈　妈　对对对，谁主管谁负责嘛！她是医院选派去的，我俩
　　　　到后面把头发梳梳好，直接找院长去！（拉阿姨下）
　　　　〔陈丽推行李箱出。

陈　丽　（唱）武汉武汉我的兴奋点，
　　　　　　　想起武汉我感慨万千。
　　　　　　　这座城市是英雄的城市，
　　　　　　　写下了许多壮丽的诗篇。
　　　　　　　我曾在那里读书五年，
　　　　　　　睡梦中也时常把那儿挂牵。
　　　　　　　如今突遭新冠肺炎，
　　　　　　　全国人民都难入眠。
　　　　　　　党中央一声命令下，
　　　　　　　举全国之力八方支援。
　　　　　　　消息传到我们医院，
　　　　　　　我当然第一个写血书请战。
　　　　　　　今天我已请战如愿，
　　　　　　　白衣天使逆行而上把使命担。
　　　　（看表）快到十一点了，还有四个小时就要集合
　　　　了……

(接唱)双手打开行李箱,
　　　　它伴随我度过了好时光。
　　　　医学名著放箱底,
　　　　洗换衣服摆面上。
　　　　牙膏牙刷随包带,
　　　　胭脂口红角上放。
　　　　装好行李搁一边,
　　　　整装待发赴战场。

〔院长手持大红花,急上,

院　长　(唱)我院感到很荣光,
　　　　陈丽选上英雄榜。
　　　　下午三点就启程,
　　　　快把光荣花献上。

　　　　陈丽!

陈　丽　院长!

院　长　(递大红花)医院医护人员祝贺你被选入驰援武汉医疗队,他们亲手赶扎了一朵大红花献给你,重托你代表他们完成歼灭新冠肺炎疫情的美好心愿。给!

陈　丽　(激动地)谢谢同事们!

院　长　医院党委研究决定,颁给你"英雄出征光荣证书",给!

陈　丽　(更加激动地)谢谢党组织,谢谢领导。

院　长　陈丽呀,这次你出征武汉,任务很特殊,很艰巨,党中央国务院高度重视,你可要百倍努力,不怕艰难,圆满完成这一光荣而艰巨的任务啊!

陈　丽　(敬礼)请党组织和领导放心,我是一名白衣战士，更是一名共产党员，还是重症科的党支部书记，我会以最大的努力、最大的牺牲，把治疗新冠肺炎患者当作第一要务，一定把这一次围剿战、歼灭战打好打胜，决不辜负党和各位领导的殷切希望！

院　长　好、好，不愧是英雄！我等着你凯旋。
〔妈妈、阿姨边理头发边上。
妈　妈　谁呀？
陈　丽　妈，我们院长来了。
妈　妈　（旁白）正好，不请自到了。（对院长）小丽呀，院长来了，还不去泡茶来？快去快去。
陈　丽　好嘞！（下）
妈　妈　院长，你亲自上门来了！
院　长　我们医院二十位要求去武汉的请战者，她们没有获得批准，陈丽被选上，她们亲手扎一朵大红花来表示祝贺！我是亲自送大红花来上门的。
妈　妈　嘀嘀，送花送花……（正经地）院长，我家小丽她……
院　长　（抢唱）陈丽好是真正好，
　　　　　　　　勤学苦钻医术高。
　　　　　　　　重症患者把拇指跷，
　　　　　　　　面面锦旗满墙飘。
妈　妈　（抢话）不是不是，我是讲我家小丽有特殊……
院　长　（抢话）是特殊呀！
　　　　（接唱）新冠病毒袭武汉，
　　　　　　　　危害程度超空前。

> 特殊情况特殊办,
> 精兵强将去驰援。

妈　妈　　院长,我不是讲那个特殊,我是讲我家小丽事情特殊……

　　　　　（唱）她后天就把喜事办,

阿　姨　　（唱）我儿子明天往回赶。

妈　妈　　（唱）我女儿今天要去武汉,

阿　姨　　（唱）这场婚事到底办不办?

院　长　　（惊）什么?陈丽后天要办喜事?

妈　妈
阿　姨　　（合）是啊!

院　长　　陈丽没有跟我们讲过哩!

妈　妈　　她爱面子,羞口。

院　长　　哎呀,她要跟我们讲了,我们知道这个情况,在研究的时候,派其他人去就是啰!

妈　妈　　是呀,现在我的想法就是要求院长关照关照,换其他人去。

院　长　　结婚是一个人一生中的大事,谁不结婚哩!（急得搓手）这,这怎么办呢?

阿　姨　　（唱）院长是个好心人,

妈　妈　　（唱）拜托院长多关心。

阿　姨　　（唱）只要领导决心办,

妈　妈　　（唱）没有事情办不成。

院　长　　这样吧,我赶在中午下班前到市卫健委去,向领导反映反映。（急下）

五彩家园篇

妈　妈	
阿　姨	（合）这下好啰，我家女儿 我家儿子 喜事就办成啰！

〔陈丽端茶杯上。

陈　丽　妈，院长呢？

妈　妈　小丽，院长可好啦，我把你后天要办喜事跟他一说，他就非常自责，他说要是知道你后天办喜事，他就会决定另派他人到武汉去。

陈　丽　院长呢？

阿　姨　他听你妈这么一说，他一路小跑赶在中午下班前找市卫健委领导反映情况，调换你下来。

陈　丽　妈，你怎么能这样做呢？我们院长是个诚实善良的人，在医院里他十分关心、爱护医护人员，你这么一刺激，他会急得……（稍倾，有些怨气）妈，你辛辛苦苦培养我读书十七年，为的是什么？

妈　妈　培养你多学习知识呀！

陈　丽　学了知识不去用，干什么呢？

妈　妈　学了知识就要用啊！

陈　丽　在最需要用的地方不去用，在哪个地方用？

妈　妈　……

陈　丽　在最紧要关头不去用，又在什么时候用？

妈　妈　……

陈　丽　（提醒地）妈！

妈　妈　（恼羞成怒地）小丽，你问妈妈什么呢？妈为你把心都操碎了，你还这样对待妈？

　　　　（唱）妈妈培养你十七年，
　　　　　　　哪天不心疼不挂牵？

　　　　　　　天不亮就给烧好饭，
　　　　　　　中午傍晚接你回家园。
　　　　　　　我打工从早忙到晚，
　　　　　　　接送你都是抢时间。
　　　　　　　风霜雨雪不间断，
　　　　　　　再苦再累气不叹。
　　　　　　　你在武汉读医大，
　　　　　　　夏寄单衣冬寄棉。
　　　　　　　我在家里喝稀粥，
　　　　　　　每月给你寄两千元。
　　　　　　　生怕你挨了饿，
　　　　　　　生怕你受了寒。
　　　　　　　既怕你苦学累坏了身，
　　　　　　　又怕你只身在外不安全。
　　　　　　　妈虽然身体在家里，
　　　　　　　心却挂在你身边……
陈　丽　（一把扶住妈）妈，怪女儿不孝，怪女儿冲动……
　　　　（唱）从我呱呱坠下地，
　　　　　　　就是妈妈宝心肝。
　　　　　　　含在嘴里怕化了，
　　　　　　　放在外面又怕寒。
　　　　　　　送我上学肩上背，
　　　　　　　放学接我把手搀。
　　　　　　　你一天要打几份工，
　　　　　　　一元一角慢慢攒。
　　　　　　　钱没用完你又寄来，

春夏秋冬把新衣换。
年年月月过得快，
妈妈皱纹爬满了脸。
父母恩情处处在，
女儿点点滴滴记心间。
妈妈啊！
只缘女儿长大成骨干，
应把报国之责担在肩。
舍小家是为大家更圆满，
忘私事是为国家大发展。
妈妈啊！
女儿这次去征战，
妈妈莫要把心担。
待到胜利把家归，
我跪在妈妈面前把恩感。

阿 姨　小丽，你妈也是含辛茹苦把你养大，如果院长与卫健委领导商量好了，换你留下来，你可要听妈的……我儿子许国生明天就从部队请假回来……

陈 丽　阿姨，等我驰援武汉胜利之后，再办喜事不好吗？

阿 姨　不是不好。我总想，喜事办了，才是一家人，都大男大女大了，怕夜长梦多……

陈 丽　阿姨，请放心！
　　　　（唱）我和国生读医大，
　　　　　　　同窗五年共学涯。
　　　　　　　五年学友五年爱，
　　　　　　　五年绽放并蒂花。

　　　　　　互帮互学共进步，
　　　　　　相亲相爱如一家。
　　　　　　直到毕业他参军，
　　　　　　立下誓言且画押：
　　　　　　他非我不娶，
　　　　　　我除他不嫁。
　　　　　　身在两地共勉励，
　　　　　　心心相印洁无瑕。
　　　　　　待到花开结连理，
　　　　　　海枯石烂是一家。
　　　　　妈，我的行李箱呢？
妈　妈　　（毫不掩饰）妈藏起来了。
陈　丽　　妈，为什么要把我的衣箱藏起来呢？
妈　妈　　不让走呗！
陈　丽　　妈，你心疼女儿，娇惯女儿，怜爱女儿，但你不了解女儿的心。我学医五年，学了那么多知识，就想到有用的地方去用，在艰苦的环境里磨炼自己，施展自己的才华，为病人解除痛苦，为患者挽救生命，实现人生价值。这次机会多好哇！（亲昵地）妈，你会藏，我会找喂！（下）
　　　　〔院长上。
阿　姨　　（指前面）小丽妈，院长来了。
妈　妈　　（高兴地）救星来了，我有希望了。
院　长　　陈丽妈，陈丽阿姨，你俩好！
妈　妈　　院长，你是我俩救星，一定带来好消息吧！
院　长　　（自豪地）是好消息。陈丽参加驰援武汉医疗队是省卫健委直接点名要的，刚好我们选派的也是陈丽，省里市里意见高度一致，一拍即合。说明我们的眼光是高超的，决定也是明智的。

妈　　妈　（大吃一惊）啊？省里点名要陈丽去呀！这这这……（捂头站不稳）

阿　　姨　　　　小丽妈，小丽妈！
院　　长　（合扶）
　　　　　　　　陈丽妈，陈丽妈！

阿　　姨　院长，怪来怪去就怪你呀！

院　　长　也怪我。怪我没有深入调查，没有深入到二十位请战者去问询近期的各个家庭和个人情况……

阿　　姨　对呀，你没有问询陈丽的家庭和个人情况，就草率决定……

院　　长　也不怪我。一是陈丽没有把自己情况如实告诉我；二是陈丽第一个写下请战书按下红手印；三是市卫健委昨晚九时才给我们下达任务，今天下午三点就启程，时间紧迫。我连夜召开党委会研究，不派第一个请战的人去，而派第四个请战者或第八个请战者去，第一个第二个请战者会不会有意见呢？阿姨，作为院长也很为难哪！

妈　　妈　（晕缓过来）院长——
　　　　　（唱）第一步没走好我不怪你，
　　　　　　　　是小丽没说情况我怪小丽。
　　　　　　　　第二步没走好是你没努力，
　　　　　　　　改换他人留下小丽才是道理。

院　　长　（唱）陈丽在医院里确实很好，
　　　　　　　　人品正作风端医术也高。

|||省里边点她名更是需要,
|||你应该为女儿感到骄傲。
|妈　妈|　|你也晓得结婚是人生中第一件大事,她虚岁三十了,人家女人像她这么大,孩子都八九岁了,可她连结婚都这么不顺利,两次拖延,两次揪心,叫我做母亲的怎么骄傲得起来呢?
|阿　姨|　|小丽妈,你也不要太着急,我倒有个办法看小丽能不能留下来……
|||(唱)人民军队威望高,
|||国生在部队表现好。
|||只要军人不同意,
|||地方组织要重思考。
|||也许重新来研究,
|||也许换人把包调。
|妈　妈|　|(眼前一亮)嘿,这倒是个办法。(对内喊)小丽!
|陈　丽|　|(出)哎!妈。
|妈　妈|　|你打个电话给许国生,看看他愿不愿让你去。
|陈　丽|　|本来我打算到武汉之后再打电话给许国生,先斩后奏,既然妈要这样,我只有先奏后斩了。我打视频电话给他。(掏出手机点击视频,视频出现,手机视频幻化成大屏幕。大屏幕上同时出现视频。陈丽在舞台上对着手机视频讲话)国生,亲爱的,你好!
|||〔大屏幕上出现许国生。此时许国生正穿着白色而十分臃肿的防护服、防护帽和防护面罩,看样子正准备到重症病房去。听到铃响,拿出手机,连忙拉下脸面防护罩,露出嘴巴说话,他也对着手机视频

陈　丽	说：陈丽，你更好，我好想你！
陈　丽	（对手机视频）国生，我报告你一个好消息，我被选派到驰援武汉的省医疗队了，下午三点就集合……
	〔大屏幕上许国生对手机视频讲话：陈丽，你知道我在什么地方吗？
陈　丽	（对手机视频）你在什么地方？
	〔大屏幕上许国生对手机视频讲话：我已经在武汉金银潭医院治疗新冠肺炎病人有很多天了。我是中国人民解放军驰援武汉的医疗队。
陈　丽	（对手机视频）你到武汉去，怎么没告诉我呀？
	〔大屏幕上许国生对手机视频讲话：怕你着急啊！这里疫情十分危急，病人一个接一个住进医院，我已一天一夜没有合眼了，抢救危重病人重要啊……
陈　丽	（对手机视频）知道了，你已经在武汉了。（递手机给阿姨）阿姨，你跟你儿子讲几句吧！
阿　姨	（接过手机对手机视频）儿子，妈妈好想你啊！
	〔大屏幕上许国生对手机视频讲话：妈，儿子更想你了。
阿　姨	（对手机视频）家里定了，后天就是你结婚的日子。我昨天打电话给你，你说你明天回来。
	〔大屏幕上许国生对手机视频讲话：妈，你辛苦了！你昨天打电话给我，我正在给一位重症病人治疗，手机铃响，是别人帮忙拿着手机贴在我的嘴边，我说不能回来。由于隔着面罩，声音不清楚，你听成了明天回来！误听了。

阿　姨　（对手机视频）妈想你回来，跟陈丽结婚……

〔大屏幕上许国生对手机视频讲话：妈，跟陈丽结婚那好办，这次陈丽不也来武汉了吗？等这次抗击新冠肺炎疫情决战取得重大胜利之后，我俩就在武汉趁着举国欢庆的时刻结婚。要是陈丽愿意的话……

陈　丽　（头歪到阿姨拿着的手机前特别开心地说）国生，只要是你的主张，我都愿意！

〔锣鼓声大作，欢送陈丽到市政府集合的人群戴着口罩蜂拥而至。院长把大红花给陈丽戴在胸前，陈丽与妈妈、阿姨、院长一一握手惜别……

〔在欢欣鼓舞的欢送人群中，陈丽戴着口罩向大家挥手致意……

〔灯暗。

—剧终—

虎妈较真

时　　间：当代。
地　　点：虎妈的家。
人　　物：
虎　　妈——女，五十岁，纪委干部，戏称虎妈。
孙功成——男，五十岁，机关干部，虎妈丈夫。
孙　　亮——男，二十五岁，虎妈之子，某单位工程质量检验员。
包工头——男，三十多岁，流经社区小河道桥梁工程承包者。

〔幕启：虎妈家。简朴、整洁。沙发、茶几、花盆、电视机等摆设有序。

〔虎妈身系围兜，刚烧完饭等待丈夫和儿子回家吃饭，在客厅里闲转了两圈，又朝门外瞧瞧……

虎　妈　（唱）人称我虎妈是戏言，
　　　　　　　无非说我管家严。
　　　　　　　吾室父子粗心汉，
　　　　　　　我给他俩先画圈。

　　　　　一日三餐回家吃，
　　　　　不到外面去赴宴。
　　　　　禁玩纸牌打麻将，
　　　　　吃喝玩乐莫沾边。
　　　　　无功不受一毫禄，
　　　　　不义之财且莫贪。
　　　　　……
　　　　　……

　　呃，都十二点了，功成没回来，小亮也没回来，怎么搞的呀？我把饭菜再热一热。（下）
　　〔孙亮英姿飒爽，怀里挟一条中华香烟，上。

孙　亮　（唱）大学毕业已两年，
　　　　　专业对口搞质检。
　　　　　社区小河建座桥，
　　　　　水泥标号不规范。
　　　　　要他返工他苦着脸，
　　　　　返工要浪费十多万。
　　　　　他送我一条中华烟，
　　　　　想想包工头也可怜。
　　　　　小桥工程不多大，
　　　　　睁一眼闭一眼算过关。
　　〔进门，把香烟往桌上一撂。

孙　亮　妈，饭还没做好吗？
虎　妈　（嗔怪地）妈等你父子俩老半天了，还问妈！我倒要问你，你天天十二点之前回家吃饭，今天怎么十二点半了才回来？

五彩家园篇

孙　亮		今天路上遇了点事，耽搁了。
虎　妈		（瞟了香烟一眼，生疑）"遇了点事"？"点事"是什么事呀？
孙　亮		"点事"嘛，就是小事呀！
虎　妈		小事又是什么事？
孙　亮		（见妈一脸严肃）妈，你问真的？
虎　妈		问真的。
孙　亮		跟儿子较真？
虎　妈		较真呀！
孙　亮		妈，你对我也太严了吧，一点事也要向你汇报呀！儿子好歹是大学毕业，现在已经当上质量检验员了，对我捏一把，也该放一把呀！
虎　妈		该捏的捏，该放的事我也放，我看你这"点事"，该捏捏……你说，这"点事"是什么事？
孙　亮		妈，你能不能留给我一点空间？
虎　妈		妈还是那句老话，该留给你的空间，妈一定留给你……我问你，（指桌上）这条香烟哪来的？
孙　亮		（无所谓地）烟？不就是一条烟嘛，这有什么大不了的……
虎　妈		（强调地）哪来的？
孙　亮		朋友送的呗！
虎　妈		什么朋友？
孙　亮		朋友就是朋友，还非要问我是什么朋友……
虎　妈		别嬉皮笑脸，妈在问你话！
孙　亮		（唱）儿子工作朋友多， 　　　　八方人士都接触。

虎 妈	（唱）朋友是否单位人，
	是不是你同学？
孙 亮	（唱）朋友既不是我同事，
	也不是我同学。
虎 妈	（唱）朋友是何方人士，
	是否有工作？
孙 亮	（唱）朋友虽不在机关，
	经济实力非同小可。
	哎呀，人家说你是虎妈，我看就是过分了点，也过分不了多少，哪有妈妈这么追问儿子的呢？
虎 妈	妈问你话，你为什么不实说呢？
孙 亮	不就是一条香烟嘛，有什么大不了？我说朋友送的不就得了，你非要追根究底干吗呢？
虎 妈	小亮，妈认为这条香烟来得不一般……
孙 亮	不一般？
虎 妈	不一般。人家无缘无故花四百块钱买一条烟送你干什么呀？总是有所求才送礼呀！
孙 亮	哎呀，你们搞纪检的人，神经质，太过敏了。一见到钱呀、烟呀、红包呀都会一惊一乍的。
虎 妈	儿呀，你说得对，我们搞纪检的人，就是对烟呀、酒呀、红包呀敏感……
孙 亮	妈，不要那么敏感，不要把人人都看得那么坏嘛！
虎 妈	儿呀，你这话说出来，妈就更担心你了。
孙 亮	你担心我什么？
虎 妈	儿啊——
	（唱）一担心你初入世事眼不明，

五彩家园篇

　　　　　不知社会染缸浅和深。

　　　　　一旦误入其中事，

　　　　　哭叫荒天天不应。

　　　　　二担心你已意识到，

　　　　　有意无意往前行。

　　　　　人家施害你当敬意，

　　　　　不能自拔毁前程。

孙　亮　（责怪地）咳哟妈呀，我已不是三岁两岁的孩子，屎臭饭香我能分不清吗？

　　　　（唱）妈的担心要除净，

　　　　　孩儿立场稳得很。

　　　　　有毒的东西我不吃，

　　　　　脏的玩意儿勿近身。

　　　　　东西好坏先识别，

　　　　　香喷喷的食品把口进。

　　　　妈，对不对呀？

虎　妈　呃，你别先说"香喷喷的食品把口进"，有许多东西还真是以"香"的面貌出现的，叫你猝不及防——

　　　　（唱）有些东西是"毒品"，

　　　　　包装名称很好听。

　　　　　若无眼光去识别，

　　　　　抱入怀中不知情。

　　　　儿啊！要依我看，你现在已经处在其中了……

孙　亮　什么，我现在已经处在其中？

虎　妈　对。

孙　亮　好笑不？咳咳咳……

〔孙功成下班，提着茶杯回家，刚进门，孙亮认为救兵来了，抱住孙功成。

孙　亮　爸，你快帮我讲几句话，妈太冤枉我了……
孙功成　母子俩心情真好哇，大中午饭不吃，斗嘴皮，唱的哪出戏呀？
虎　妈　（推桌上那条烟）就唱它的戏。
孙　亮　我妈哪根神经犯了，对这条烟这么感兴趣？（鄙夷地斜斜眼）——
　　　　（唱）我亲亲唤你一声妈，
　　　　　　　你的儿子已长大。
　　　　　　　是红是绿能分辨，
　　　　　　　死逼儿子是为哪？
虎　妈　（唱）争来斗去是为烟，
　　　　　　　它的内涵无深浅。
　　　　　　　你越抽是乐如仙，
　　　　　　　越离深渊不太远。
孙　亮　嚯，这么严重呀？！还离深渊不远呀！真夸张得离奇哟！（十分反感地夺过那条烟）我把这条烟从哪个人手上接过来的，送还到那个人手中去，你总没气放了吧？（急下）
孙功成　（手指直点虎妈）你呀你呀，硬把儿子气跑了，中饭都没有吃。不就是一条烟嘛，值得你这样？
虎　妈　（唱）香烟本身无可究，
　　　　　　　看它出自何人手。
　　　　　　　问他是谁把烟送，
　　　　　　　他咬定朋友不改口。

　　　　　　根据经验来判断，

　　　　　　此烟不是好来头。

　　　　功成，你先吃饭，我跟他后面去看看这条烟，到底是谁送的。（欲下）

孙功成　（急拦）孩儿妈，孩儿妈，你蜂子锥屁股一样追着他干什么？就是犯法，一条烟又能犯多大法呀？

　　　　（唱）我替儿子作保证，

　　　　　　这条香烟别再问。

　　　　　　此事到此算过去，

　　　　　　下不为例行不行？

虎　妈　不行。你就袒护儿子。（睪着下）

孙功成　唉，我这个老婆哇——

　　　　（唱）这个老婆太守规，

　　　　　　眼中不糅半点灰。

　　　　　　我抽的香烟由她买，

　　　　　　标牌一般都不贵。

　　　　　　我偶尔抽几支高档烟，

　　　　　　她异样眼光紧相随。

　　　　　　我上班带的是茶杯，

　　　　　　下班两袖随风吹。

　　　　　　时时自己告自己，

　　　　　　谨言慎行莫犯规。

　　　　　　常年如此又如此，

　　　　　　孩儿哪知其中味？

　　　　〔从自己身上掏出一根香烟，点火深吸……

　　　　〔包工头挟着一条烟，进门。

包工头	（嬉笑地）请问，你是孙亮父亲吧？
孙功成	你是？
包工头	我是你儿子孙亮的朋友。本来嘛——
	（唱）我与孙亮是好友，
	工作繁忙难聚首。
	他今天来到我工地，
	我邀他吃个中饭叙叙旧。
	他很自律不聚餐，
	我顺手拿条香烟递他手。
	他推三阻四不愿接，
	我好说歹说他才收。
	孙伯父，他把香烟又送还我了，这不是打我脸吗？朋友一场也不容易呀！
孙功成	你这位同志，还是把烟带回去吧，我儿子不抽烟。
包工头	（笑道）你抽呀！我就是送给伯父你抽的呀！
孙功成	你真是他的好朋友？
包工头	我是他朋友。伯父，谢谢笑纳，谢谢笑纳。（留下香烟，跑下）
孙功成	（拿起香烟看看）香烟呀，香烟——
	（唱）一条香烟算什么"腥"。
	母斗儿子一身劲。
	送还人家人又送回，
	也算人家是诚心。
	怎么办？
	（接唱）只好劝劝孩子的妈，
	不要再三再四去追问。

〔虎妈气喘吁吁，上。

虎　妈　（发现桌上香烟）咄，这条香烟怎么还在桌子上？小亮刚才没拿走？

孙功成　别冤枉儿子啰，他真送还人家了。这是人家刚送回来的。

虎　妈　（一惊）哦，什么人送回来的？

孙功成　不是小亮那位朋友嘛！

虎　妈　是不是戴着新式毡帽？

孙功成　对。

虎　妈　是不是下巴上留着几根胡须？

孙功成　是。

虎　妈　功成，这个人根本不是小亮的朋友，他是在光明社区里面建筑小河道桥梁的包工头。刚才我路过那里，看到小区业主跟他吵吵嚷嚷，说是材料差质量有问题……我怀疑，可能跟这条烟有关……等小亮回来，我来问他。

孙功成　（埋怨地）孩儿妈，你就不要再把儿子当贼审了。也要给儿子点面子。

虎　妈　功成，儿子年轻，不谙世事，这种人的香烟是好送的吗？一条中华香烟四百多块呀，他没有目的，胡乱送你呀？啊？

孙功成　（越发恼火）虎妈，虎妈，老虎的妈妈，你听我一句行吗？

虎　妈　（愠怒地）别人喊我虎妈，是鄙夷我嘲弄我，说我厉害，像母老虎一样，我能忍受，因为她们不了解我为什么要厉害；可是你喊我虎妈，意味就变成两

	样了,我不能接受……
孙功成	(哀求地)你也要给儿子一点尊严吧?你这样蜂子锥屁股一样对他,他还有什么尊严?
虎 妈	我正是给他挽回尊严。(从桌下抽屉里拿出一把镊子)
	〔孙亮悄悄上,站在妈妈身后。
虎 妈	(拿起香烟,小心翼翼地从香烟横头缝隙中镊出一张红纸头)看!
孙功成	(惊得目瞪口呆)钱?
孙 亮	(伸头看后,吓得往后一退)不光是烟?
虎 妈	功成,我是虎妈,虎就虎在我在纪委二十多年的办案经验上。我回家撑眼①看到这条烟,就觉得这条烟不寻常。(把镊子和香烟复原)现在你看到了吧,我"虎"得该不该?
孙 亮	(扑通往妈前一跪)妈,我错了……
虎 妈	现在才知道错了?(把插有党旗国旗的旗座往孙亮面前桌上一放)检讨!
孙 亮	(唱)党旗国旗多鲜艳,
	党纪国法大于天。
	不孝之子犯了错,
	跪在旗下把讨检。
	内心愧疚恨无限,
	教训永远记心间。
	保证今后听党话,
	一生一世永清廉。

---

① 撑眼:方言,一瞥。

妈，我刚才在工地上把包工头偷工减料质量做假的事实都揭露出来，责令返工重造，小区业主都拍手笑了……

孙功成 （心疼地扶起儿子）儿啊，你把这条香烟送还回去！

虎　妈 这已经不光是香烟了，是证据了，应该上交有关组织。（深情地拍拍孙功成）功成呀，一个人，大来偷金，源自小时偷针；防微杜渐，从"零"开始；防患未然，要从苗头抓起；廉政建设，要一"虎"到底。你明白这些道理吗？

孙功成 （感动地拥抱妻子）孩儿妈……

孙　亮 （更加感动拥抱妈妈）妈……

〔强烈音乐起……

〔灯暗。

—剧终—

警　察

时　间：当代。
地　点：王凯家、教室、病房。
人　物：
王　凯——男，四十岁，某派出所所长，人称"凯所"。刚提拔为某公安局副局长。
月　静——女，三十八岁，王凯之妻。
潘大爷——男，六十岁，本小区刚退休的职工。
老　师——二十五岁，初中教师，在暑假期间自己组建学生补习班。
张　且——男，二十岁，社会无业青年。

　　〔幕启：王凯家客厅。有桌、椅、沙发、冰箱等设备，但都有些年代感。
　　〔月静上。
月　静　（唱）现在生活乐融融，
　　　　　　　幸福满满喜在胸。

　　　　　　不愁吃来不缺用,

　　　　　　人人脸上笑盈盈。

　　　　　　社会稳定多繁荣,

　　　　　　我家王凯有一功。

　　　　　　他来匆匆去匆匆,

　　　　　　见他忙碌我疼心中。

　　　　　　先把饭菜准备好,

　　　　　　中午陪他喝两盅。(下)

　　　　〔潘大爷心急地上。

潘大爷　(唱)六十刚过才退休,

　　　　　　七上八下心烦透。

　　　　　　无聊且把古画看,

　　　　　　看后放回就被偷。

　　　　　　当时只有小东在,

　　　　　　小东离去古画丢。

　　　　　　我这就去找小东,

　　　　　　且与小东对对口。

　　　　(生气地)这个小东,人才点点大就会这一手。我赶紧去追,也许打他个猝不及防能抓到现行。(想想不对)哎,他家也不是好进去的呀!他爸是我们派出所所长,人称"凯所",在全县公安系统都有名气,在我们小区口碑也很好。他见到我,总是笑眯眯先喊"大爷老潘",有时候,到我家来聊聊社区情况;有时候,他丈母娘送给他蔬菜多了,也分送一点给我。我们两家来往不算密切,也还算比一般人家好。这、这、这又怎么能开这个口呢?(转悠欲回转,想

　　　　　　一想下了决心）咳，这幅古画可不能丢，天王老子
　　　　　　偷了，我也要把它追回来。（敲门）凯所！
　　　　　〔月静笑脸开门。

月　静　　呦，潘大爷呀，快进快进！
潘大爷　　（悄声地）凯所夫人，小东在家吗？
月　静　　小东做作业刚回来，放下书包就出去玩了。
潘大爷　　（失望地）啊？！
月　静　　找他有事？
潘大爷　　没事、没事。（转身要出门）
月　静　　潘大爷，如果有事我去找他回来。
潘大爷　　要说没事，也有点事。
月　静　　那，潘大爷您老坐一会儿，我去找……
潘大爷　　（阻拦）别找别找，（不好意思开口）本来我想问问
　　　　　他一件事，他不在……
月　静　　我儿子事，跟我讲一样。
潘大爷　　怎么开口呢？
　　　　　（唱）我一生没有多朋友，
　　　　　　　　这个朋友好垛头①。
　　　　　　　　他慷慨送我一幅画，
　　　　　　　　说这幅画有年头。
　　　　　　　　我千恩万谢办桌酒，
　　　　　　　　如获至宝将它收。
　　　　　　　　上午拿出来欣赏，
　　　　　　　　随手放在桌上头。
　　　　　　　　刚才出门去买菜，

---

① 好垛头：方言，最好的意思。

|月　静|回来古画就没有。
你怀疑我家小东偷了？
|潘大爷|（难为情地）话别说得那么难听，我没说谁偷，只是随便问问……
|月　静|怎么刚好问我家小东？
|潘大爷|（唱）小东来到我家里头，
　　　　和我孙子把作业凑。
　　　　我回家时他已走，
　　　　我想问他知道否？
|月　静|那倒要问问你家孙子呀！
|潘大爷|是呀！
　　　（唱）我问孙子他摇头，
　　　　半点信息不愿透。
　　　　他只说出小东来，
　　　　其他只字未出口。
|月　静|这么说，那肯定是小东偷的啰！
|潘大爷|不能说偷。小孩子嘛，看到东西好看、好玩，顺手牵羊带着，也是可能的……
|月　静|（有些火）潘老大爷，你可不能这么说啊！你知道，我们家是什么人家，他爸"凯所"在全县享有名气，你瞎说他有这种事，你吃罪不起啊……
|潘大爷|是是，这我知道。"凯所"不但在全县有名，对我们小区也十分关心，我哪愿得罪凯所？唉，也赶上这幅古画太有价值了，我舍不得丢啊！
|月　静|越有价值越不能乱说。
|潘大爷|是呀是呀，我不会乱说的。（停一会儿）我想拜托

凯所夫人，如果小东回来，代我问一下，他没有看到也就算了……（转过脸去，抽了自己一个脸巴，旁白）谁叫我拿出来看呢？即使小家伙拿了，他会承认吗？如果承认了，派出所所长家里出了贼，不让人笑掉大牙？（懊丧地下）

〔月静虽然嘴头还硬，内心却懊恼透了，她无心思地端来两碗菜，看王凯还没回来，又端了回去。自己呷了一口热水，神情烦乱……

月　静　（唱）猛听大爷发此声，

　　　　　　顿时浑身一激灵。

　　　　　　虽然嘴头还强硬，

　　　　　　内心却有几分信。

　　　　　　大爷也是聪明人，

　　　　　　没有把握不登门。

　　　　　　既然上门讨口供，

　　　　　　想必心中有准星。

　　　　　　倘若小东拿了画，

　　　　　　岂不背上坏名声？

　　　这这这如何是好呢？

〔王凯身着警服高兴地上。

王　凯　（唱）中午顺道回家门，

　　　　　　有一喜讯告月静。

　　　　　　不是发奖与加薪，

　　　　　　而是职务又提升。

　　　月静！

〔月静坐在沙发上郁郁寡欢……

王　凯　月静!

月　静　（无精打采）饭菜在灶台上，你自己端着吃去。

王　凯　（惊奇）月静，你怎么啦？平时欢欢喜喜，今儿个苦眉愁脸，怎么啦？

月　静　没怎么。

王　凯　（坐到月静身边）我告诉你一个好消息，你一定会乐起来。

月　静　（冷冷地）再大的好消息，我也乐不起来。

王　凯　我今天上午接到县委组织部文件，任命我为公安局副局长……怎么，还不高兴？

月　静　你抓了芝麻，丢了西瓜，叫我怎么高兴？

王　凯　你这话从何说起？

月　静　（跳了起来）你一天到晚拼命抓工作，白天不归家，晚上也不归家，儿子出事啦！

王　凯　儿子出了什么事？

月　静　就是你经常叨念的潘家大爷，刚才特意来到我家……

王　凯　他来我家干什么？

月　静　问你儿子有没有拿他家古画。

王　凯　我儿子拿他家古画？

月　静　他说有位挚友，几年前送他一幅古画，很有价值，今天上午拿出来欣赏一下，随手放在屋子里，出门买菜，回来就不见那张画了。

王　凯　怎么怪我家小东？

月　静　小东去他家与他家孙子一道做作业，买菜回来，画不见了，小东也不见了，他怀疑……

王　凯	啊！
月　静	你快去把潘大爷训一顿，怎么把冤枉臭水往我家泼呢？
王　凯	训人家不是办法，问题是要把事情搞清楚……
月　静	你是这么有名的派出所所长，今天又提拔为公安局副局长了，他竟敢胆大妄为地把天大冤枉甩给我家，谁受得了这口气？小东是我们家多好的孩子，怎么能玷污他呢？
王　凯	月静，你的想法没有错…… （唱）小东是我家独苗苗， 　　　他是我家惯宝宝。 　　　聪明伶俐学习好， 　　　乖巧懂事有礼貌。 　　　虽是我家惯宝宝， 　　　我对他要求也挺高。 　　　特别严厉规定他， 　　　人家的东西不可要。 　　　今天怎么有可能， 　　　单单犯下这一条？ 难以置信呀，难以置信。
月　静	你也难以置信哟，快把这老家伙毒舌压下去，否则，传出去多背名声？
王　凯	月静，压也不行，压而不服啊！
月　静	那，把小东喊回来，问问。
王　凯	更不能惊动小东，他那幼小心灵……
	〔潘大爷气喘吁吁上
潘大爷	嗨呀，凯所回来啦。前趟来，我说只有小东一个人

五彩家园篇

	在我家做作业，现在回去再问，孙子改口说八栋四楼的张洋和四栋二楼的刘放两位同学也在我家做作业，（转对月静）刚才只说小东一个人，对不起啊！
月 静	你这老东西信口雌黄，一口栽赃我家小东，你你你（力推潘大爷）滚！
王 凯	（制止月静）潘大爷，你冷静想想，你那张画怎么丢的？
潘大爷	我出门放在方桌上，进门没了，就这么简单。凯所，依我看呀，处理也很简单，把连我孙子在内的四个孩子叫到一起，一审一问，再加你穿警察服一吓，谁拿的不就"供"出来了？
王 凯	潘大爷，你把事情想简单了。
潘大爷	我简单？我简单而实用呀！喏，四个孩子抵在一起，一审一吓，如果审不出来，我这画就算白丢了。
王 凯	潘大爷，你讲的，恰恰是我们不能做的。孩子是祖国的花朵、祖国的未来，他们幼小的心灵，是美丽的、纯洁的，我们千方百计要加以保护。万万不可以玷污和摧残。
潘大爷	我那古画丢了就丢了？
王 凯	不，你的财产被偷了，我们要帮你找回来。但不能无的放矢，不能做亲者痛、仇者快的错事。既不能放走一个坏人，更不能冤枉一个好人，你说对吗？
潘大爷	对是对……
王 凯	你回家再问问孙子，还有没有人来过？
潘大爷	这次回家气不过打了孙子一顿，他像挤牙膏一样又说出两个大人，那就是他们班上的老师。不过两位

　　　　　老师只催他们快到补习班报名，一个个点名催了一下，站了一会儿就走了。

王　凯　　站了一会儿就走了？这两位老师有没有可能……

潘大爷　　（急速否认）没、没、没——
　　　　　（唱）老师觉悟水平高，
　　　　　　　　懂得法律不会少。
　　　　　　　　偷画明知是犯法，
　　　　　　　　不会轻易把画盗。

王　凯　　你排除两位老师？

潘大爷　　我绝对相信老师，他们怎会干这种犯法事？只有小孩子不懂事，拿去玩玩，也不知道犯法不犯法。

王　凯　　依我判断，两位老师有嫌疑——
　　　　　（唱）老师进门喊学生，
　　　　　　　　展眼环顾无大人。
　　　　　　　　一看古画有价值，
　　　　　　　　顺手牵羊藏在身。

潘大爷　　凯所——
　　　　　（唱）平时讲话我最听，
　　　　　　　　今日此话我不信。
　　　　　　　　孙子说老师步未停，
　　　　　　　　怎能将画藏在身？

王　凯　　潘大爷，你不信，我俩一道去找找……

潘大爷　　我俩一道去找老师？

王　凯　　对。

潘大爷　　我不去。

王　凯　　为什么？

潘大爷　你把四个孩子查查实不就结了？
王　凯　孩子无辜，不能在他们头上栽赃。
潘大爷　栽赃？我那画子若不是他们四个人中一个人拿的，（发誓）我在小区内倒爬三个圈子。谁拿的，我心中有数哩！
王　凯　你瞎说。（火有些大，但还是冷静下来）潘大爷，你回去吧！
潘大爷　你不代我找，我自己去找三个孩子。（说着要走）哼！
王　凯　潘大爷，你这张画我给你破出来。但，我要告诫你，你最不能做的事，就是去找那三个孩子。
潘大爷　凯所，只要你把我的古画找出来，你叫我下茅坑都行。（悻悻而下）

〔月静见王凯很气，但又不能发作而憋在心里那种痛苦表情，赶快端上一杯茶。

月　静　别和这个死老头子窝气，一看就是个僵怪东西。
王　凯　（平平心境）人家东西丢了，想找回来，心急是可以理解的。
月　静　越是这样僵怪的人，越不要带他找，气死他。
王　凯　这不是斗气。我是警察。
　　　　（唱）警察帽徽亮晶晶，
　　　　　　　人民心中一盏灯。
　　　　　　　我穿警服是民警，
　　　　　　　日夜辛劳保安宁。
　　　　　　　百姓事就是我要办的令，
　　　　　　　百姓声就是我弹奏的音。
　　　　　　　有惊有险挺身出，

　　　　　再苦再累永前行。
　　　　　心中装着老百姓，
　　　　　处理事态有后盾。
　　　　　心中装着老百姓，
　　　　　攻坚克难有信心。
　　　　　心中装着老百姓，
　　　　　我万事不辞向前进。

月　静　（递上茶杯）喝口水吧！

王　凯　不喝了。（欲起身）

月　静　饭不吃，水也不喝呀！

王　凯　破案就是抢时间，往往因为一分钟未赶上就把案情耽误了……

月　静　上哪儿去？

王　凯　不能让孩子们背上这口黑锅，现在上两位老师那儿……月静，你先吃吧！（速下）

　　　　〔暗转。

　　　　〔光启：培训班教室。有一位青年人在伏案写什么。

王　凯　（进门）请问，哪位是培训班老板？

老　师　（站起来，见凯所来有些紧张）我。

王　凯　谁上午到香苑小区去动员学生参加暑假培训班？

老　师　我。

王　凯　你一个人？

老　师　不，两个人。

王　凯　还有谁？

老　师　张且。

王　凯　张且原来是干什么的？

老　师　他从小脾气暴躁，好打架，多逞狠，学习不行，去年高考落榜，在家闲闲。但他一手画画得不错，我想临时聘他到培训班来教美术……

王　凯　会画画？

老　师　对。

王　凯　你到香苑小区找了哪些同学？

老　师　我是初中教师，暑假时间长，我想利用我家有两大间闲屋，办一个暑假培训班。到香苑小区潘小军家找了我的学生潘小军、王小东、张洋、刘放四个人，他们正在潘小军家做暑假作业。

王　凯　潘小军家有什么摆设？

老　师　我没有细看，乍一眼，好像客厅有一张长方桌，四个同学趴在另外一张大茶几上做作业。

王　凯　长方桌上有没有放东西？

老　师　（回想地）好像摊放着一张画……

王　凯　你俩并排进去又并排出来？

老　师　对。

王　凯　有没有谁又进去过一次？

老　师　喔，我俩并排出门之后，张且说，他和张洋是亲戚，他去对他讲几句话，就进去了，不过，马上又出来了，没停留。

王　凯　啊！

老　师　凯所，有什么事吗？

王　凯　你打个电话把他喊来。

老　师　我俩刚才分手时，他说我工资给得低，他不干了，马上要出远门去。现在我打电话……

王　凯　打，叫他速来。

老　师　（拿出手机到教室外）喂……

王　凯　（唱）事件至此已半明，
　　　　　　　案件未解底自清。
　　　　　　　古画落在谁人手，
　　　　　　　不是此人是何人？
　　　　　　　抓紧时间来询问，
　　　　　　　分秒必争追案情。
　　　　　　　让他无有喘息时，
　　　　　　　措手不及逮现行。

老　师　（回到教室）凯所，他说有事不得来。

王　凯　你告诉他把事情放下，快点来。

老　师　（走到室外）嘘——
　　　　（唱）此事有点怪，
　　　　　　　叫我好难猜。
　　　　　　　一方说有事，
　　　　　　　另方喊快来。
　　　　　　　若是双方不退让，
　　　　　　　此结如何解？
　　　　喂！张且兄弟，有人找你，请你快点来……什么，有事不得来！（捂住手机进教室）凯所，他还是不得来。

王　凯　你告诉他，不得来也得来。

老　师　（旁唱）派出所所长催他来，
　　　　　　　　态度强硬无懈怠。
　　　　　　　　其中何奥妙，

莫非有事态？

喂，张且兄弟，还是来吧！（手机里张且声音：我说过了，不去）来吧！你若再不来，他要上你家去。（手机里张且怒火的声音：什么人，有什么天大事，要上我家来？好，我来，看看是什么狠人）凯所，他来了。（缓缓退下）

〔张且快步上。一见王凯，身子冷不防一抖，随后镇静下来，走上前。

张　且　凯所，你找我？

王　凯　你知道我找你有什么事吗？

张　且　不知道。

王　凯　（加快语速）真不知道还是假不知道？

张　且　（硬挺）不知道还分真假吗？

王　凯　（连珠炮式询问）你到过香苑小区潘小军家吗？

张　且　去过。

王　凯　（越问越快）他家方桌上有一张古画，你见过吗？

张　且　见过。

王　凯　（紧急追问）那张画丢了，谁拿走的，是你吗？

张　且　是……

王　凯　就是你吗？

张　且　（一时答不出来）……

王　凯　（严厉地）看着我的眼睛。

张　且　（不敢抬眼）……

王　凯　坦白从宽，抗拒从严。你懂吗？

张　且　凯所，我请教，顺手牵羊算盗吗？

王　凯　你先把赃物拿出来。

张　且　没了。

王　凯　这么快就没了，搞哪儿去了？

张　且　卖了。

王　凯　卖了？这么快就卖了？

张　且　刚才在回家路上，碰到古董贩子，卖了。

王　凯　卖了多少钱？

张　且　二十万？

王　凯　二十万？钱呢？

张　且　（托起斜挎的包）在包里。

王　凯　拿出来。

张　且　凯所，平时我非常敬佩你，今天，我想和你打个商量②，行吗？

王　凯　打个商量？商量什么？

张　且　放我一马。

王　凯　（加重语气）放你一马？

张　且　对。如果你能放我一马，（拍拍包）这里面的我一半你一半……（从包里掏出一沓钞票塞给王凯）

王　凯　你住手。

张　且　（强硬地）凯所，明人不说暗话，我要知道是你找我，我不会进这道门……

王　凯　现在进来了，怎么办？

张　且　请你放我一马，让我出这道门去……

王　凯　出这道门去干什么？

张　且　逃走。

王　凯　逃走？怎么逃走？

---

② 打个商量：商量一下。

张　且　我就拿二十万或者十万做路费……

王　凯　（吼道）想得倒美。

张　且　凯所，你倒也认真考虑一下，此处就你我二人，何乐不为？

王　凯　（身子挡住教室大门）想逃走？在我王凯手下，没门。（掏出手机打电话）喂，何俊吧，你和张青两人来紫薇小区5-2-102室，把这个人带回派出所。

张　且　什么，要把我带到派出所？

王　凯　对。

张　且　（威胁地）你没仁义，别怪我不客气。

王　凯　（身子靠紧大门）我再说一遍，在我王凯手下，没门。

张　且　（走近大门）请你让开。

王　凯　没门！

张　且　（冒火地）狗东西太无情。〔揪住王凯，两人厮打起来。揪得教室大门一开一合。最后王凯又堵住大门，死死把住，张且喘着粗气，突然从腰间掏出尖刀，猛地向王凯身上一捅，张且被王凯推倒……

〔王凯蹲下堵住大门，一手捂着流血伤口，一手死死抓住张且衣领……

〔教室大门被赶来的民警撞开，两人瘫在血地上……

〔救护车急鸣声。

〔暗转。

〔光启：医院病床上躺着王凯。

〔潘大爷满眼泪水，伏在王凯床边号啕大哭……

〔月静泪湿衣襟地领着四个孩子，捧上鲜花走向王凯床边……

〔音乐起。

〔幕后雄浑的男音齐唱：

　　　　人民警察真伟大，
　　　　危险在哪他在哪。
　　　　甘为人民洒热血，
　　　　人民心中爱戴他。

〔幕渐关闭。

〔灯暗。

—剧终—

情到深处

时　间：当代。
地　点：城区，李丹春家。
人　物：

李丹红——女，二十五岁，离婚后待在哥嫂家中，身材娇小，妩媚可人。

李丹春——男，三十岁，李丹红哥哥，董事长企业的职工。

董事长——男，六十岁，某企业董事长。

小　俊——男，三十五岁，董事长之子，某企业总经理，人们仍习惯喊他小俊。

方来福——男，二十三岁，李丹红原丈夫方来幸的弟弟。

〔幕启：李丹春家客厅。

李丹红　（唱）父母车祸双仙下，
　　　　　　　妹把哥嫂当娘家。
　　　　　　　离婚后回到哥嫂处，
　　　　　　　魂牵梦萦乱如麻。

　　　　　不是哥嫂待我差,

　　　　　而是我满腹心事系乡下。

　　　　　心心念念想来幸,

　　　　　事事处处好牵挂。

　　　　　不知来幸可安好?

　　　　　时想时猜热泪洒……

　　　（痛苦地感叹）方来幸,方来幸,你可安好啊?事到如今,怎么办是好?

　　　〔李丹春上。

李丹春　小妹,我昨天晚上对你讲的那件事,你考虑好了吗?

李丹红　哥,我在你家住了这么久,你讨厌了吧?

李丹春　小妹,你说哪里去了,你嫂子对你那么好,我做哥哥的还会讨厌你?

李丹红　你说得对,嫂子对我那么好,她理解做女人的苦楚……

李丹春　我代你讲董事长家的儿子,一是对你好,二是对我也好,不知你想透了没有?

李丹红　哥,我知道这桩婚姻讲妥了,对你对我都有好处,可是,我不行啊!

李丹春　哪个地方不行?

李丹红　哥……

　　　（唱）我对方来幸很痴情,

　　　　　脑海总浮现他笑容。

　　　　　丢下他我于心不忍,

　　　　　离开他我难断这份情。

李丹春　嗨呀,婚离都离了,乱麻斩断了就斩断了,有什么好眷念的？一个农村泥腿子，整天和尿呀屎呀泥呀水呀打交道，再好能怎么样？放下他。我劝小妹，听哥哥的，去掉那头，接上这头，从此，糠箩跳到米箩里啊！

李丹红　哥……

李丹春　董事长打电话跟我说了，叫我上午别上班，他今天上午亲自领儿子过来相亲。

李丹红　你替自己考虑是对……

李丹春　不是对不对的问题，而是必须做的事情。他既然主动找上门，就带有目的；既然带有目的，他们是有钱有势的人，话说出去了，不达目的能罢休吗？

李丹红　哥，你话是对，可是……

李丹春　可是什么，还不干干脆脆答应下来？

李丹红　哥，不是我非要得罪你，那可不行啊！

李丹春　小妹呀——

　　　　（唱）哥为妹好苦费劲，
　　　　　　那天特邀董事长进家门。
　　　　　　哥知小妹生得婧，
　　　　　　只因董事长看动了心。
　　　　　　他一心娶你做儿媳，
　　　　　　今天亲领儿子来相亲。
　　　　　　如果儿子一眼也看中，
　　　　　　你半句不说就答应。
　　　　　　为哥挣个好脸面，
　　　　　　今后一顺领百顺。

李丹红　哥喂——

	（唱）哥为妹好我领情，
	血脉相连应同心。
	可惜兄长只管说，
	不解小妹何等人。
	小妹一生已铁定，
	生为方家人……
李丹春	你你你不是已经离婚了吗？什么方家方家的？
李丹红	（唱）一气之下是离婚，
	是我娇气加任性。
	方来幸是个憨厚人，
	我怎说来他怎听。
	糊糊涂涂把婚离，
	后悔成为断肠人。
李丹春	咳，小妹呀，离就离了呗，后悔什么？俗语说，好马不吃回头草，你还想破镜重圆呀！哥为你讲的这家，企业有规模，生意也做得不错，父亲是董事长，儿子是总经理，你到他家，还不是吃香喝辣，当家做主吗？
李丹红	哥，餐鱼餐肉固然好，它只是养人不养心呀！
李丹春	心，结婚时日久了，心不就合了吗？
李丹红	哥，你说得有道理，可是，妹妹听不进去。
李丹春	董事长领儿子来了，怎么办？
李丹红	这……
李丹春	你只为你想，也要为哥想想啊！
李丹红	哥，要么这样，我现在就到乡下去，董事长来了，你说我昨天就到乡下去了。糊弄一下他吧！

李丹春　小妹，你哥是那样的人吗？糊弄得了初一，还能糊弄得了十五吗？

李丹红　那，那怎么办？我先到外面躲一躲？（边说边溜出门）

李丹春　（旁白）呃，妹妹的话提醒了我，万一她抽身走了，董事长来没见着她，我不成了骗子？我得哄哄她把她稳住。（朝门外喊）小妹！（然后跑出门，把李丹红拉了回来）你别跑，跑了叫哥怎么做人？

（唱）你在"闺房"安安神，
　　　看书写字装文静。
　　　他来你笑不发声，
　　　观察他有何反应。
　　　假若一看不中意，
　　　默默作别转身行。
　　　是他无缘这门亲，
　　　于你于我都无损。

小妹，依我看，他不会看上你的。一、你是结过婚的；二、你的文化水平也就这样，他有钱有势怎么会……

李丹红　那就依哥哥的——

（唱）我装文静在家等，
　　　恭候董事长他来临。
　　　兄长对我也有养育恩，
　　　不能让你难做人。

〔董事长携儿子小俊上，敲门。

李丹春　呀，说曹操曹操到！（喜笑颜开地开门，十分高兴地躬身迎接）董事长好，小俊总经理好！

董事长	（客气地）哎呀，害你久等了。车子有点故障，晚了许多时间。
李丹春	（点头哈腰）不晚不晚，只要董事长和小俊总经理能来，早一步晚一步都在时候。
董事长	丹春呀，你妹妹呢？
李丹春	在哩在哩，她在家恭候董事长二位领导光临。（朝里喊）丹红，董事长两位领导来看你了。

〔李丹红略作化妆，显得特别妩媚，亮相般地走出。

李丹红	（躬身礼）董事长伯父好，小俊哥哥好！
董事长	看，有教养的人就是不一样，小妹妹多有礼貌，多么温雅文静呀！小俊，看看人家多文明……
小　俊	是是是！（也文质彬彬地行弯腰礼）小妹妹，你好！
董事长	小俊，使力看看。
小　俊	（绕李丹红座椅观看一周）好，好，特别好！
董事长	老爸怎么会给儿子介绍差的呢？
小　俊	好，好！
	（唱）长圆的脸蛋粉又嫩，
	双眸炯炯闪金星。
	樱桃小口红点唇，
	嫣然一笑百媚生。
	（感慨地）绝美呀，绝美！爸，感谢你给儿子找到一个这么绝美佳人。
董事长	（唱）吾儿用心看个准，
	婚姻不是三两春。
	非同儿戏一时兴，
	迎娶无悔定终身。

五彩家园篇

小　俊　爸，那是当然。

　　　　　（唱）小妹就是我的人，

　　　　　　　　打扮俊俏香自生。

　　　　　　　　我喜欢她窈窕淑女型，

　　　　　　　　终身无悔百年情。

董事长　一眼看上了？

小　俊　一眼看上了。

李丹春　你认准了？

小　俊　一认就准了。

董事长　李丹春，我儿子对你妹妹一见钟情，那你就准备准备……

李丹春　小妹，董事长和儿子小俊总经理看中你了，我看，就这么定了……

李丹红　就这么定了？

董事长

小　俊　（二人同声）就这么定了。

李丹红　董事长二位领导好糊涂啊！

董事长　我糊涂？

小　俊　我糊涂？

李丹红　对，你们两位都糊涂。怎么就不问问我的身世经历呢？

董事长　噢，对对对，你说说你的经历吧！

李丹红　（唱）今年我已二十五春，

　　　　　　　　二十二岁下嫁到农村。

　　　　　　　　遇事不慎把婚离，

　　　　　　　　现已沦为单身人。

董事长　二婚？

李丹红　　不错。

董事长　　这……

小　俊　　爸，反正她长得这么漂亮，我爱美人，管什么婚不婚的。

董事长　　她是结过婚的女人，可你……

小　俊　　她像结过婚的女人吗？她比没结过婚的姑娘还要俊美，我就爱她……（拉董事长到一边，低声地）爸，我年龄大了，将就将就得了。

董事长　　李丹春，只要我儿子考虑好了，他不离不弃，我做父亲的也没话可说，算定下来了。

李丹春　　董事长，小俊总经理这么有诚意，那我作为女方哥哥也就听董事长的。

李丹红　　董事长——

（唱）我二十二岁嫁农村，
　　　进门就将终身定。
　　　憨厚丈夫方来幸，
　　　让我失窍迷了魂。

小　俊　　你前夫有那么好？

李丹红　　（唱）自与来幸结了婚，
　　　情投意合无纷争。
　　　他真情待我视如命，
　　　一片忠诚入我心。

小　俊　　那又为什么要离婚呢？

李丹红　　（唱）我原结识的好朋友，
　　　无话不说好贴心。
　　　那天她与来幸单独饮，

疑她与丈夫有染情。

小　俊　　你怀疑你丈夫与你的好友有染？

李丹红　　对！女人是天造地设的小心眼，苦点累点不要紧，就是丈夫不能沾腥。于是——
　　　　　（接唱）不分青红皂白严责问，
　　　　　　　　　天黑审到大天明。
　　　　　　　　　来幸跪地解释我不信，
　　　　　　　　　拖到民政局去离婚。

小　俊　　小妹，既然如此，倒不如忘掉，我对你比他更好。

李丹红　　小俊哥哥，你叫我忘，我就能忘吗？
　　　　　（唱）感情事挂肚牵肠，
　　　　　　　　沁入心脾永不忘。
　　　　　　　　我非天涯无情女，
　　　　　　　　思念带泪入梦乡。

小　俊　　那又何必呢，那不是自己折磨自己吗？

李丹红　　那不叫折磨，那是一种快乐。想象那件不该想象的事，就产生一种不可言喻的惬意和惋惜……惋惜就是一种舍不得，舍不得就是牵挂，牵挂就是一种快乐。

小　俊　　小妹，你跟我结婚后，我样样爱你，事事疼你，我拿我的所有好过他。

李丹红　　不，由于我多疑，委屈他了——
　　　　　（唱）愧疚之意自责心，
　　　　　　　　难报来幸痴情人。
　　　　　　　　他跪地赌咒来否定，
　　　　　　　　我飞起一脚踢他身。
　　　　　　　　这一脚令我难安神，

　　　　　　悔恨永远洗不净。

小　俊　　咳,小妹妹,你这么死心塌地缠他干吗呢,人家都不要你了,你还狂念他,值吗?

　　　　　（唱）我送你彩礼二十万,
　　　　　　　　买辆新车供你玩。
　　　　　　　　请位保姆侍候你,
　　　　　　　　你哥哥当我家三老板。

　　　　　爸,彩礼奉上。

　　　　〔董事长将二十万现钞拿放桌上。

董事长　　这是我儿子一点意思……

小　俊　　小妹妹,我太爱你美貌了,决心决意要娶你,你就圆我这个梦吧!

李丹春　　小妹,董事长和小俊总经理对你这么爱,你就跟小俊总经理握一下手吧!

小　俊　　（迅速伸出手）小妹,我爱你!

李丹红　　哥……（低声自语）我手伸不出……

李丹春　　两位领导送你礼,给你买车……

李丹红　　（急阻止）哥!

　　　　　（唱）彩礼再多我不奢望,
　　　　　　　　小车再好我不欣赏。
　　　　　　　　两只脚走惯了乡间道,
　　　　　　　　粗茶淡饭养心肠。
　　　　　　　　我不嫌穷爱富贵,
　　　　　　　　情到深处自欢畅。

董事长　　（黑下脸威胁地）小妹妹,你要不从我儿子,你哥哥明天不要到我公司上班。

李丹春　　（特别焦急）那那那我怎么办？（摇晃李丹红）小妹，你要为哥哥作想呀，你不答应，明天哥哥就没饭吃了。

李丹红　　这……

李丹春　　（越俎代庖地）董事长，小俊总经理，我代表我妹妹应承下来，你回家挑个黄道吉日来迎娶吧！

李丹红　　哥，你不可以……

李丹春　　你是我妹妹，哥哥代表你做一回主总可以吧？

董事长　　父母不在，兄长就是父母，能做主能做主。

李丹春　　董事长，你们回去准备，近日就来迎娶。

小　俊　　爸，回家准备。（拉董事长欲下）

〔方来福上，急急敲门。

〔李丹红开门。

方来福　　（特别热情）嫂子！我的好嫂子！

李丹红　　（十分欣喜）来福，我的小叔子！

李丹春　　（讨厌地）咳，早不来晚不来，怎么刚好赶上这个热闹？真是越麻烦越往麻烦钻。

李丹红　　你哥哥方来幸叫你来的？

方来福　　不，我是来送请帖的。

李丹红　　送请帖？

方来福　　我后天结婚，请嫂子去喝杯喜酒。

李丹红　　你和谁结婚呀？

方来福　　你的好朋友许敏呀！

李丹红　　（大惊）许敏？

方来福　　是呀！许敏是我哥哥给我介绍的。

李丹红　　（松了一口气）她是你哥介绍的？

方来福　　嫂子，你误会我哥了。那天我和我哥请许敏吃顿

	饭,你看到我哥和许敏单独吃饭时,我正好一阵肚痛上了厕所,你一时冲动,就怀疑……
李丹红	(双手捂头,自语)原来如此!丈夫把我的好友介绍给弟弟……我我我太糊涂了……(惭愧地呼唤)来幸,我该死!
方来福	嫂子,你给我赏个脸吧!
李丹红	来福,嫂子一定给你赏脸!来福,你快回去,叫你哥哥来!
方来福	那倒好哩!我哥天天叨念,天天想念你……就是不好意思来……
李丹红	(坚决地)叫你哥哥来,我要第二次嫁给他!
李丹春	(气愤地)小妹,你说什么?(转对董事长)董事长,不要再拖了,现在就把她拖上车带回去。(拽住李丹红)
董事长	这好吗?
李丹春	不好也好!(抓住李丹红往门外拖去上车,李丹红倔强地扯哥,三推四搡,李丹红一个趔趄靠在方来福身边)
李丹红	(一把抓住方来福,急切地)来福,我们快跑……(夺门而出,跑下)
李丹春	(追几步)小妹,别跑,别跑!(回过头说)董事长,别急,别急,我保证把我妹妹追回来,下午送到你府上……(急追下)
董事长	儿呀,儿呀,怎么办呀!
小 俊	(见此情况,心倒软下来,冷静而大度地)爸,既然小妹妹如此忠贞不渝,情真意笃,我又何必横插一杠,把他们美梦打碎呢?

董事长　那……

小　俊　（声音哽哑而低沉地）让贤！（停停，声音却激昂地）爸，打道回府！

〔幕后合唱：

　　　　爱是无限的情，

　　　　情是无尽的诗。

　　　　诗情纠缠无尽止，

　　　　蓝天白云作证时。

〔造型亮相。

〔灯暗。

—剧终—

谁 当 家

时　间：现代，仲夏。
地　点：某县农机公司门市部。
人　物：
胡　英——女，四十多岁，营业员。
双　喜——男，二十多岁，河东生产队会计。
春　保——男，三十多岁，河西生产队队长。
经　理——男，五十岁，农机公司经理。

〔幕启：二幕前，春保扛扁担、绳索上。

春　保　（唱）万里蓝天无云彩，

一月未雨禾苗衰。

队里缺少电动机，

我到农机公司买一台。

〔对面方向走来一群男同志和胡英，边走边谈笑着，似开临时会议刚散场。

春　保　请问同志，这是农机公司吧？
一　男　是呀，有什么事？
〔春保掏出锡包烟"喏喏喏"地给每人递上一支，唯独胡英没递。

春　保　（恭敬地）我们生产队旱情严重,想请领导批台电动机。

经　理　要多少千瓦的?

春　保　一点五。

〔各人香烟都吸着了,一个男人故意朝胡英示示香烟,又喷口浓烟,挑逗地笑着。胡英气愤地皱了一下鼻翼,自己从衣袋里掏出烟来,抽一支叼上。

经　理　抗旱嘛,我们应该解决你们所急。来,到办公室办手续吧。（众下）

〔二道幕启。

〔台左一棵法梧,浓荫密布,透过缝隙可见城台楼廊,树下有石凳。台右为农机公司电机门市部一角,有门通外。货架上有各类小型机械,水泥台阶上放着大、中型和一点五千瓦电动机数个。桌上有铁丝花夹,柜台贴有白纸条"柜台重地",地上有废纸、草绳等,显得很零乱。

〔胡英正用鸡毛帚掸机子上的灰尘。

胡　英　（唱）八尺柜台我当家,
　　　　　　权力虽小油水大。
　　　　　　哪等菩萨哪等待,
　　　　　　见什么和尚发什么卦。
　　　　　　顾客对我很"大方",
　　　　　　我满脸笑容迎接他。
　　　　　　若是小头小脑吝啬鬼,
　　　　　　我也半理不理难讲话。

〔胡英掸尘，春保扛扁担绳索上。

春　保　（唱）进城出差个个怕，
　　　　　　　买货订货找人托人手续太复杂。
　　　　　　　派甲甲摇头，派乙乙龇牙，
　　　　　　　因此我只好亲自来出马。
　　　　　　　想不到社会风气大变化，
　　　　　　　根本不像大伙说的那么差。
　　　　　　　找经理，他没讲一句官僚话，
　　　　　　　找会计，她轻声细语作解答。
　　　　（夹白）嘿嘿，现在风气真是好了呢！
　　　　（接唱）只要我手头麻利脚步大，
　　　　　　　电动机上午就能挑回家。
　　　　喂，同志！

胡　英　（回过头）什么事？

春　保　（举提货单）买台电动机。

胡　英　（旁白）哦，你到底有求之于我的时候哇！就凭你这个农二哥也看不起我这个售货员，连一根烟也不肯让给我。哼，以牙还牙，眼下你撞到我的枪口上来了，我要让你多兜几个圈子，叫你尝尝我胡英的辣味儿。（对春保）你要买电动机呀，没货喂！

春　保　没货？

胡　英　是——呀！

春　保　（走进柜台内）这不是电动机吗？

胡　英　哎哎哎，（指纸条）柜台重地，出去！

春　保　（尴尬地退出）同志，那就是一点五千瓦的吧？

胡　英　你自己不会看吗？

春　保　我正要这样型号的,能不能提一台给我?诺,这是提货单。

胡　英　提货单开了就有用?最后还得看我。

春　保　看你?

胡　英　不错,看我身边可有存货。

春　保　有哇!(手指)诺,那一台,那一台……

胡　英　(也用手指)还有这一台,这一台……

春　保　那就该提货给我哟!

胡　英　有户主了。

春　保　有户主?都开了提货单?

胡　英　(故意挑逗地)也有没开的呀!

春　保　那就麻烦你把没开提货单的那台,转个手让我先提吧!

胡　英　咻,你倒会王奶奶烘火——往怀里扒哩!人家订好的让给你?

春　保　(抑制怒火地)同志啊!

　　　　(唱)烈日炎炎似火烧,

　　　　　　百亩良田等水浇。

　　　　　　河里有水干瞪眼,

　　　　　　急坏队长我春保。

胡　英　(唱)干旱不是你一个队,

　　　　　　你需要人家也需要。

　　　　　　倘若电机让给你,

　　　　　　人家来了叫我怎么把货交?

春　保　同志,这些机子定下好多天了吧?

胡　英　三五天,个把星期的都有。

春　保　三五天都没提,想必是没到紧急关头。大姐呀,做事何必这么呆板哟，请你周转一下吧！

胡　英　（旁白）噢，现在认得大姐啦！（傲慢地端坐一边）周转不过来咄！

春　保　（忍不住地）你要晓得这种时候，电动机早走一天多起一天作用啊！同志，支援农业的口号不能天天空喊啊！

胡　英　（讥讽地）唷，教训起我来喳！嗯，我把耳朵抠得干干净净的，好好儿领教领教。

春　保　（不好意思地）我哪是教训你，是向你哀求啊！

胡　英　哼，像你这"味道"，能求到机子？

春　保　这话怎讲？

胡　英　不但人家没货，就是有货——哼，也不会按期提给你。

春　保　这么说你是有货？

胡　英　（得意地大笑）哈哈……随你怎么说吧。

春　保　同志，有货就行行方便吧！

胡　英　唔——下午来瞧瞧吧！

春　保　下午肯定有？

胡　英　没有就到明天嘛，反正不少你的呗。

春　保　哎呀，大姐，抗旱如救火啊！

　　　　（唱）社员奋战劲头高，
　　　　　　　抗灾抢粮夺分秒。
　　　　　　　下午到家就安装，
　　　　　　　怎能拖延到明朝？

胡　英　（唱）你说话好似开玩笑，
　　　　　　　办事哪有这么巧？
　　　　　　　等不及货单请退掉，

五彩家园篇

春　保　（接唱）你急她慢真糟糕。
　　　　　看样子，不去找她们领导，问题怕不得解决呢！
　　　　　走，找经理去。（下）

胡　英　（惊起）哦，他要找经理？啧，我这一套糊弄老二
　　　　　哥行呐。要是经理来，这个谎就扯不过去呢，我得
　　　　　想个办法——（略思）有着！
　　　　　（唱）纸条本是上月批。
　　　　　　　　拿出几张放在花夹里。
　　　　〔拉开抽屉，取出条子往桌上花夹里塞。然后，又
　　　　　用白粉笔在电动机上依次写上1、2、3、4、5、6、7……
　　　　　（接唱）号码也是小谋计，
　　　　　　　　叫经理摸不着我的底。
　　　　　　　　再反楔①老头子几句话，
　　　　　　　　他必定乖乖听我的。
　　　　〔经理、春保上。

经　理　（唱）支农抗旱当务急，
春　保　（唱）有货不给何道理？
经　理　（唱）安慰同志莫生气，
春　保　（对胡）经理来了！
　　　　　（唱）看你给提不给提？
胡　英　（客气地）啊，经理来了，坐，坐！
经　理　胡英同志，现在电动机还有多少台？
胡　英　没了，没了。
经　理　电机厂仓库还有啊！
胡　英　那，谁知什么时候调过来呢！

---

① 反楔：方言，把对方不怀好意的话顶回去的意思。

春　保　　经理你看,地上还有好几台哩!

经　理　　嗯?

胡　英　　这些呀,都早让人家订下了。

经　理　　那怎么行?一个急要,一个停在这里货不提,不利于生产。胡英同志,是不是转转手?

胡　英　　不中不中,人家挑好了放在这儿,我能做主让给别人?

经　理　　都是些什么人?

胡　英　　嗬,还不是你经理为我找下的麻烦!

　　　　　(唱)五号是杨村公社张书记,

　　　　　　　　六号是金星商店朱经理,

　　　　　　　　四号是水电局的尤局长。

经　理　　有没有批准手续?

胡　英　　(接唱)张张都是你亲笔批。

　　　　　哟,经理,你管得这么紧,我还敢冒领圣旨假充大人哪!(打开花夹,把纸条一张张火辣辣地送到经理面前)喏,这是张书记的,这是朱经理的,这是尤局长的,这是……

经　理　　哎呀,行啦,行啦!

胡　英　　(还要把纸条往他手上塞)行啦?

　　　　　(唱)经理做事欠思忖,

　　　　　　　　软耳朵根子怎么行?

　　　　　　　　当头头的对人不放心,

　　　　　　　　小卒子工作怎么进行?

春　保　　哎呀,别发经理同志的火,要怪就怪我吧!

胡　英　　当然也要怪你,想抬大神压小鬼,办不到。

经　理　　废话不说了。你催一下,货到了及时给他提走啊!

胡　英　你真是太小心眼了，货到了不给他，留着吃我还没长那副钢牙哩！

〔经理下，春保出门。

春　保　唉，可急坏我肝肠啊！（坐石头上扇风）

胡　英　（把纸条重新放入抽屉）哼，这个老二哥还想在我手上玩猴儿，别说经理，就是局长来了又怎么样？说句不谦虚的话，我睡着了也比他眼睛睁得透亮些。不信，下午还不让你提货。吝啬鬼！哎呀，好热呀！（开电扇，又关，入内）

〔双喜身背小黄包上。

双　喜　（唱）如今办事真够呛，
　　　　　　　小黄包里要背几样。
　　　　　　　随他是"大掌柜""二老板"，
　　　　　　　见菩萨都得烧炷香。
　　　　　　　还要脑瓜灵活嘴会讲，
　　　　　　　忍辱求爹又拜娘。
　　　　　　　今天我算拣了个巧，
　　　　　　　借花献佛顺手牵羊。

春　保　（迎上）双喜！

双　喜　春保哥，你怎么坐在这里？

春　保　山塝八十亩旱了，家里有泵无电动机，想买一台呀！

双　喜　嘀，我俩吃的是一帖药啊！

春　保　你条子批过了？

双　喜　提货单都开了，1616号的。

春　保　（拉双喜）坐下来，坐下来。

双　喜　不能坐啰，抓紧时间提货，上午得赶回去。

春　保　我叫你坐下来不错哟，先歇口气儿。

双　喜　办事要紧啰！

春　保　提不到货，你再抓紧有屁用！

双　喜　提不到货？

春　保　你看我的提货单1615，比你早一号都没提到呀！

双　喜　哦？

春　保　你别急，哥俩多久没见过面了，坐下来我俩好好谈谈。

双　喜　我还是去碰一碰，人不到黄河心不死。

春　保　死了那条心吧，上午根本提不到货，绝对……

双　喜　（忽想起小黄包），哎，我我我有……（转对春保）店在旁边嘛，我去碰碰运气。

春　保　唉，你老弟不撞南墙不回头，真要去就去噻。（双喜进店）量你双喜没这个本事，我先买口吃的，把肚子塞饱了慢慢等。（下）

双　喜　哦，胡大姐，我又来打搅你了。

胡　英　（懒洋洋地睁开眼）有什么事吗？

双　喜　（掏出一条带锡纸的香烟，抠出一包，拆开）胡大姐，吃烟！

胡　英　唷，挺高级呀！（笑嘻嘻地接过烟）

双　喜　（划火柴递过）在我们老社员面前算高级，在你胡大姐眼下也平常啊！

胡　英　（吸着烟、递话地）我就爱好一口烟啊！
　　　　（唱）我有一个心气疼的病，
　　　　　　　香烟治病成了瘾。

双　喜　（接唱）谁知大姐有这病，

胡　英　（接唱）没有烟抽活不成。

双　喜　（连忙递烟）我也不晓得大姐有这个毛病，早晓得多带几条呀，身边就这九包了，全送给大姐吧。喏，拆开的这包也给你。

胡　英　那，那太好了。这下我如鱼得水了，我叫一个大伯在五里亭给我买一条好烟，可到今天也没带来，远水难解近渴。瞧，你真是雪中送炭啊！（假掏钱）那钱——

双　喜　（旁白）钱？对，还要找六角钱……哎，不能眼下找，东西还没到手哩！（转对胡）哎呀，大姐见外了，讲这种小气话。

胡　英　那，那我就感谢你呐！（将烟塞入抽屉）进来进来，这么热天热地的，快到电风扇跟前来凉快凉快。（捺开电钮）

双　喜　你那是"柜台重地"。

胡　英　我呀，八尺柜台我当家，我叫你进来就进来嘛！（双喜进柜台）想买点什么吧？

双　喜　想买倒想买，听说你没货。

胡　英　没货？八成是经理那个老家伙造我的谣，我账上有名，门市就有货。

双　喜　那电动机……

胡　英　哦，电动机哟，大的小的中等的都有。

双　喜　这太好了，马上能提货吧？

胡　英　能啊，能啊！

双　喜　（旁白）咦，这是怎么回事？春保哥说根本提不到，绝对提不到。这里却随时都能提出来，难道春保哥拿我开玩笑？不管怎么样，货到手把稳些。喏，提货单

胡　英　　凉会子再提呀！

双　喜　　不啊，我上午得回去。（随手搬动五号机子）这一台没人定吧？

胡　英　　没人定，没人定，你提走好了。

双　喜　　谢谢大姐了。（扛机出门，踌躇停下）那烟……还是暂时不说，跟春保哥交交口，把情况弄清楚，回头再来说也不迟。

胡　英　　这个人倒很大方。嘻嘻，一条烟保十天，既解瘾又省钱，大便宜沾不到，小便宜也常常捡。嘿嘿，售货员也乐似小神仙。（捧烟入内）

〔春保抹抹油嘴上。

双　喜　　春保哥，你看！

春　保　　（惊奇）啊，你怎么搞到了？她不是说没有货吗？

双　喜　　没说呀！

春　保　　（见机上有"5"字）难怪啰！

双　喜　　怎么？

春　保　　你这是杨村公社张书记给你的条子，那她当然走去就提给你喽。

双　喜　　你在发高烧哇，怎么讲起胡话来了？杨村公社在哪个方向，一个在南一个在北，怎么能搞到他的条子？张书记的脸我还不晓得是长的还是方的哩！

春　保　　我说胡话？我去提货，售货员说这五号机子是杨村公社张书记订购的。到底是我说胡话还是你骗我？哎？虽然一个在南一个在北，你跟他总有过什么关系开通了后门，不然你根本提不到五号机子。

双　喜　　我不是跟你说了，我不认得他？

春　保　真没关系？
双　喜　真没关系。
春　保　实实在在没关系？
双　喜　实实在在没关系。
春　保　哦？(愣了片刻)嗳，你要是真跟他没关系，再帮我理解理解，我去提货，点到这一台，她说某某局长买了；点到那一台，她又说某某经理定下了。这五号机子我点了两次，她都说杨村公社张书记买好放那里的，怎么说也不卖给我，是什么道理？
双　喜　这……(思索)我晓得了。春保哥，我问你，你小白棍递过了吗？
春　保　香烟？我散了呀，(掏出烟匣)喏，一包烟散得只剩下一根了。
双　喜　你太小气了，这个女人烟瘾可大啦！
春　保　(惊)这个女人会吃烟？那，我就得罪她啰！
　　　　(唱)会议室出来许多人，
　　　　　　每人递上烟一根。
　　　　　　我看她是女同志，
　　　　　　香烟没有向她伸。
双　喜　咳，你真大意啊，当着那么多人的面，不敬她烟，岂不比打她还狠？她可能就为这个故意刁难你啊！
春　保　像！你——
双　喜　我也吃过这个暗亏啊！
　　　　(唱)也是去年这时辰，
　　　　　　购买电机进了城。
　　　　　　敬烟没有敬给她，

		（夹白）为那一台电动机呀！
		（接唱）害我三进县城、六趟公司，摸了九道门。
春	保	照你这么说，我也要跑这么多哩！
双	喜	不说这么多，没个对折怕也不成嘞！
春	保	哎，听你这口气，这回你是买了烟啰？
双	喜	（特意吹嘘起来）我？我还能像你那么小气？
春	保	买几包？
双	喜	几包？老弟做事你还不知道？出手一条。
春	保	吹！要是一条恐怕抵不上我一包烟的价。
双	喜	精装"银风"，你见过吗？一条五块四。
春	保	那你不贴掉五块四毛钱？
双	喜	是呀，为队里办事贴几个钱值得。
春	保	双喜呀，不是做哥的说你，你办事就是浮而不实的。你家有老有小，负担重，生活那么困难，花掉这么多怎么办？自从去年开了会计会，队里不许开支任何招特费，私人硬贴架得住吗？
双	喜	（旁白）我哥俩到一起老开玩笑，那件事左右不跟他说，让他着个小急。（对春保）咳咳，这你不用担心，还是看眼前怎么办吧！
春	保	怎么办？（忽想起）乖乖，有办法了——我就把你这台机子搬去找她。问问她为什么能卖给你不卖给我？（动手搬机）
双	喜	（急忙阻拦）哎呀呀，你切莫坏我的事啊！这个女人脾气坏，你这么一闹说不定连我这一台也闹黄了。
春	保	这不气死我吗？先长的眉毛不如后长的胡子？我这口气怎么出哇！

五彩家园篇

双　喜　（旁白）是呀，这个女人经常作弄人，我何不将计就计叫她吃暗亏，整整她的歪风？（对春保）我倒有个办法——你不是要搬这台机子去责问她吗，倒不如我帮你把机子先提出来，再扛到经理那里去告她的状。

春　保　（领悟地）咳，这个点子出得真不赖哩，既能提到机子，又能当经理的面出出她的洋相。两全其美！好，好，干！

双　喜　提货单拿来吧。

春　保　（递提货单）你要是把我的机子也提出来了，我烧十炷大香，敬敬你这个大"佛爷"。

双　喜　你到树下等待好消息吧。

〔春保蹲石旁，双喜进店。

双　喜　胡大姐呀，胡大姐！

胡　英　（自内叼烟上）哟哟，还是你啃，我还估猜谁呢。我叫你扇一会再走，你偏要走，看这一头的汗，快来扇。（拉双喜进）是嫌机子不好还是想买点别的？

双　喜　大姐，找你哪有什么好事？

胡　英　（有点厌烦地）八成又要为难我了。你这人也真是，照顾了一回又二回。（对双喜）有话就说呗！

双　喜　（从包里拿出两瓶汽水）大姐，降降温。

胡　英　（又喜）嘀，香露牌的。

双　喜　大姐呀！

　　　　（唱）我有个亲戚生得亲，
　　　　　　　他队旱情也重得很。
　　　　　　　想买一台电动机，

托我与你说个情。

刚才我不好意思说出口,

怕带您麻烦还是要麻烦您。

胡　英　哎呀,虽然机子目前还不十分紧张,可也是计划供应啊!

（唱）抗旱机械管得紧,

（夹白）一台一件一部一只一对一把——

（接唱）全由领导来批准。

双　喜　（唱）我手也有提货单,

不是非法开后门。

胡　英　（接过提货单随手放在桌上,后被电风扇吹落在废纸堆旁）

（唱）那就无话说,

机子由你拣。

双　喜　（唱）大姐是内行,

请你帮我选。

胡　英　（唱）六号机子质量好,

包你买去无怨言。

双　喜　对,大姐说六号机子质量好,我就要六号。（正要弯腰搬机,忽见提货单吹落在废纸堆旁,惊喜地自语）呃,提货单?（灵机一动地眨眨眼,计上心来,然后故意说）哎呀,机子灰尘多重呀,一摸一个黑手啊!

胡　英　你就会造谣。（随手将提货单与废纸一把抓起递过）喏喏喏,揩揩吧。

双　喜　（背过身来抽出提货单,对观众）你们看,她的"风格"多高啦,竟把这个亲手送给我了。那,我

		也不客气啰！（收入衣袋后，一语双关地）胡大姐，我可给你带来麻烦了。（扛机出门）
胡	英	别客气，管你自己好吧。（拿起汽水看看）嘿嘿，又捞两瓶汽水。我不能喝凉的，带回家让我小儿子喝也好喔。（入内）
双	喜	春保哥，看，这不提出来了吗？
春	保	（佩服得五体投地）哎呀呀，你真了不起呀！我没香烧，给你磕个响头吧。
双	喜	你给我磕响头不为本事，现在要叫那个女人给我磕。（放下机子）来来，你把这张提货单再拿去提一台。
春	保	那怎么能再提？
双	喜	（咬住春保耳朵嘀咕一阵）要不，怎么整她一顿呢？
春	保	好，这样干过瘾。（接过提货单）
		〔双喜用扁担绳系机，挑下。
春	保	（进屋，故作惊讶）嗬，提走几台了呀？
胡	英	（端茶内出）你亲眼看见了吧！
春	保	杨村公社张书记把五号机子提走了？
胡	英	谁不说哩，我要周转给了你，这不砸啦！
春	保	咦，金星商店朱经理把六号机子也提走了？
胡	英	人家订下的，还有不提货的？
春	保	（掏出硬面烟盒，露出牡丹牌字样，独抽出一支，然后再把锡铂纸复原，全像一包才开头的好烟）大姐，抽支粗烟吧！（胡英见是牡丹牌，顺手接过）听说大姐喜欢吃香烟？
胡	英	你怎么想起来打听我吃不吃香烟啊？
春	保	我事先不晓得，就托人买了一包，刚才听说又来不

及了,(示烟盒)烟不好,余下的留给大姐抽吧。(将烟盒放于桌上,胡英笑嘻嘻地磨过脸故装不看)大姐,能不能匀一台给我?

胡　英　你不是见着了吗,五号六号都叫人提走了,剩下的这几台,说不定马上就有人来提。

春　保　大姐,八尺柜台你当家,不管哪个来取,只要你手头这么一转——

胡　英　工作制度,还能随便瞎转?

春　保　(有意点破)也该有点灵活性啊!有的机子不是转到人家手—中—去……

胡　英　(有所察觉)好啦好啦,算你缠劲大,匀一台给你吧!

春　保　太感谢你了。

胡　英　搬七号。

春　保　搬一二三四号不行?

胡　英　叫你搬哪号就搬哪号,啰啰唆唆。

春　保　唉。(提货单递上,进柜台搬机)

(唱)电动机,像腰鼓,

　　　本事只有一点五。

　　　无"电"通你声不作,

　　　有"电"通你叫呜呜。

　　　你在这里倒自在,

　　　害我跑了许多冤枉路。

　　　你这个有眼无珠的货,

胡　英　哎哎,我说你这个同志呀,不给你提,你苦苦哀求,叫我灵活点匀一台给你;现在我方便你了,你却指桑骂槐直嘀咕。唉!

春　保　（接唱）真是好人不能做。

春　保　大姐,我跟电动机说话,你多什么心哟!

胡　英　（就梯下楼地）不讲我就算了。（一看提货单,惊起）怎么又有一个一六一五号?（急摸衣袋,眼观桌面,翻夹拉层,发现没有提货单）呀,刚才那张提货单呢?（对春保）同志,你这机子慢慌搬。

春　保　为什么事?

胡　英　你这张提货单——

春　保　（扛机往外走）经理批的,会计开的,我交给你的,有什么大惊小怪的?

胡　英　（阻拦）不,你是从我脚下偷去的。

春　保　什么什么,我偷你的提货单?

胡　英　要么,要么从我脚下捡去的。

春　保　我什么时候捡了你的?莫不是你白白送给哪个当官的了啵!

胡　英　我送给哪个当官的了?你见着啦?抓着了?

春　保　我辫子哪歪些,不见了找我?我刚才到你这里来喳?
（唱）你这个女人真疯精,
　　　东西不见乱咬人。

胡　英　是呀,他刚才没来呀!（对春保）没来也不行,这张提货单反正在你手中出现了。
（唱）男人要学手脚稳,
　　　手脚不稳,何处能安身?

春　保　（唱）有话和你说不清,
　　　找你经理把理评。
走,找经理去。

胡　英　哎呀，讹错一台机子不是小事，不找经理怕难得过关啊，找经理就找经理，走！

〔二人手抓手，扭住正欲动身，经理上。

经　理　（唱）手抓手，眼生生，

（夹白）你——你——

（接唱）何事这么闹腾腾？

春　保　（接唱）正要找你解纠纷，

胡　英　（接唱）你真像救星降凡尘。

（忙松手去拉经理）哎呀，经理来得正好，到屋里坐，我给你汇报个情况。

经　理　胡英同志，我问你个事，你刚才发了几台电动机？

胡　英　我正要向你汇报这件事呢。来，经理抽烟！（拿起桌上牡丹烟，紧抠紧抠也没抠出烟来，原来是个空盒子，她气极地捏成一团掷春保脚跟，并狠瞪他一眼，春保暗笑，快速从房内掏出锡包烟）喏，抽一支。

经　理　不客气了，你说说情况吧！

胡　英　连这同志一台共发三台。

经　理　提货单呢？

胡　英　我就为这事跟他吵呀！经理，你要替我说话呀，这个人提货单是从我脚下捡去的呀！

经　理　啊！？

春　保　（唱）大姐说话真荒唐，

　　　　　　提货单怎能捡一张？

　　　　　　经理亲笔批的条，

　　　　　　亲自带我与你商量。

　　　　　　难道你过账把事忘？

	我要不看在经理面子上, 当场扇你几耳光。
胡　英	（接唱）许你没有那胆量。 你扇你扇,你扇呀!
经　理	你俩别争,我问你,张书记提走几台?
胡　英	一台。
经　理	为什么张书记刚才打电话给我,说你多发一台电动机给他?
胡　英	（惊喜地）啊!多发了一台给他?
春　保	看你,你的嘴巴该不该扇!
胡　英	对不起,对不起,使你受委屈了。
春　保	我受点委屈不说,你连经理也骗了啊! （唱）你利用职权打主意, 　　　"私"卖一台电动机。
经　理	（急问）谁买去的?
春　保	（接唱）既不是张书记, 　　　更不是朱经理。
经　理	那是谁?
春　保	（接唱）要问那是谁, 　　　你先问问她自己。
经　理	胡英,是不是这样?
胡　英	我哪有那么大胆哟!（对春保）你、你血口喷人!
春　保	我血口喷你—— （接唱）我有货单你不提, 　　　当书记的一台数字能提两台机。 　　　我请经理想仔细,

　　　　　这是不是她私下做交易。
经　理　（醒悟地点点头）啊，小伙子话里有因，想必他们是……（对胡英）虽说不是私卖，多发了就是失职。好好，什么话暂时不讲，把机子领回来再说。（下）
胡　英　是。（反身锁门）同志，追那个人该走哪条路？
春　保　你也要求人啦？
胡　英　就算大姐找小弟弟的麻烦吧。（胡英拔鞋、卷裤管）
春　保　八尺柜台你当家，哼，到了路上就是我当家了。
　　　　（二人赶路，下）
　　　　〔二幕落。
　　　　〔二幕前，双喜挑两台电动机上。
双　喜　（唱）打过了电话往前奔，
　　　　　　　怕胡英速赶来翻脸不认。
　　　　　　　不知道春保他可按计进行，
　　　　　　　万不要想整她反把自己整。
　　　　　　　一步一回头，心中不平静，
　　　　　　　暂且到五里亭等候音讯。（下）
　　　　〔胡英上。
胡　英　（唱）翻过了一道山又越一道岭，
　　　　　　　毒花花的太阳晒到脚后跟。
　　　　　　　帽子忘了戴，又没拿手巾，
　　　　　　　浑身臭汗滴溜溜地滚。
　　　　　　　我洗三桶衣裳四床被，
　　　　　　　也没有这趟穷差苦累人。
　　　　〔春保扛机上。
春　保　（唱）机声隆蝉声紧热风阵阵，

　　　　　　　稻穗儿迎风摆黄了三成。
　　　　　　　再浇上一遍水颗粒更饱盈。
　　　　　　（指田野）一片好庄稼啊！
　　　　　　（接唱）可眼下干得它难打精神。
　　　　　　唉，不想这些喽，我们队电动机到家就解决问题了。眼下还是把它"服侍"好啊！
春　保　（接唱）脚板急，步轻盈，
　　　　　　　　赛过"萧何追韩信"。
　　　　　　胡大姐！
胡　英　哎！
春　保　快点啰！
胡　英　啊！
　　　　〔圆场。
胡　英　（唱）他越催来我越急，
　　　　　　　　越急两脚越发沉。
春　保　咳，试心桥到了。
　　　　　（唱）小河流水寂无声，
　　　　　　　　独木小桥半空横。
　　　　　　　　大姐移步把桥过，
　　　　　　　　切莫大意栽河心。
胡　英　桥哇！哎呀，这么窄，怎么过哇！
　　　　　（唱）天爷无情不作美，
　　　　　　　　地神有意作弄人。
　　　　　　　　清水汪汪不见底，
　　　　　　　　倒吸凉气惊断魂。
　　　　〔小心上桥，不敢动步，春保前扶。

春　保　这桥叫试心桥。古话说，人心不好就不敢过这道桥。大姐，我看你还是大胆过，不然人家会说你心肠不好。

胡　英　不过桥就心肠不好？

春　保　（故意地）这道桥专门测验人家心好心坏的。比如说贪财爱宝，白吃人家烟火食都属于坏心之类。

胡　英　（惊）哦？

春　保　什么，反正你又没白吃人家的，怕什么？

胡　英　这么说我一定要过咧！

春　保　一定要过。

胡　英　（唱）硬着头皮过桥径，
　　　　　　　免担"心坏"臭名声。
　　　　哎哟哟，桥歪！

春　保　（故装误听）咿呀呀，心坏？

胡　英　（校正地）桥歪得不得了！

春　保　你心坏怕过桥？

胡　英　（怨恨地一跺脚）小桥歪！

春　保　心太坏？心太坏也要过啊！你有一台机子在河那边喔！

胡　英　没说心太坏！（欲跌）哟哟哟！

春　保　从头坏到——（相扶）脚、脚、脚！

胡　英　同志，快走喔，不然越拉越远啰！
　　　　（唱）为了少赶路，
　　　　　　　更要快步行。

春　保　来着——
　　　　（唱）你在前面快快走，
　　　　　　　我在后面紧紧跟。

五彩家园篇

467

〔圆场。

春　保　大姐哎!

胡　英　哎!

春　保　问你唷!

胡　英　你问呗。

春　保　(唱)绿油油的河水上了田,

胡　英　(唱)早稻肯定好收成。

春　保　(唱)清凌凌的河水上不了田,

胡　英　(唱)收成定要减几分。

春　保　(唱)白生生的大米哪里来?

胡　英　(唱)城关粮站有供应。

春　保　(唱)黄澄澄的稻谷谁交的?

胡　英　(唱)四面八方好农民。

春　保　那么,你们应该怎样做好……

胡　英　(生怕他讲到"支农"二字,急岔开)哎哟哟,同志哎,赶路要紧啰,啰啰唆唆耽误时间哩!

春　保　是的哟!

〔圆场。

春　保　(唱)胡大姐,扪心问,
　　　　　　眼下为何赶路程?

胡　英　(唱)他缠死缠活一个劲问,
　　　　　　我心有疼处说不清。
　　　　　　为何因,心自明,
　　　　　　火烧乌龟肚里疼。
　　　　　　原想敲他几支烟,
　　　　　　不料成了惹祸的根。

　　　　　（拭汗、喘气）真是急坏人啰！
　　　　　（接唱）我外表装着无事样，
　　　　　　　　　心内好似火一盆。
　　　　　　　　　那个人，若是承认倒还好，
　　　　　　　　　如果他，一口拒绝怎分明？
　　　　　　　　　那个人，若是追上也算罢，
　　　　　　　　　追不上，又到何处去打听？
　　　　　　　　　虽然他打来电话说多领，
　　　　　　　　　可是他没留真名和实姓。
　　　　　　　　　当时忘了问，提单又不在身，
　　　　　　　　　真叫我胡英急得汗淋淋。
　　　　　　　　　只怪我麻痹大意多粗心，
　　　　　　　　　也怪我只认香烟不认人。

春　保　大姐呃，快走喔，啰啰唆唆耽误时间，追不上张书记莫怪我路带得不好喂！

胡　英　啊！
　　　　〔圆场。

春　保　（唱）我身儿轻腿儿急健步如飞，

胡　英　（唱）我心儿跳气儿喘汗流浃背。

春　保　（唱）少说话多出力穷走猛追，

胡　英　（弓腰揉膝忽而坐地）哎哟哎哟，腿转筋喽！

春　保　（旁白）不把她整得苦苦的，她往后还要把我们老农民当呆子哩。（对胡英）怎么搞的？越在节骨眼上越打踢绊，你看前面那个挑担的就是张书记，要不追上去，他又走远了。

胡　英　是啊是啊，撑把劲也要追，走喔！（起身跛走）

双　喜　（接唱）拼老命也要把机子追回。

〔圆场。双喜挑机子上。

双　喜　（唱）一条扁担忽闪闪，
　　　　　　　　翻山越岭跑得颠。
　　　　　　　　抬头已是五里亭，
　　　　（回头）嗬！他二人追上来了。
　　　　（接唱）亭内歇担巧周旋。

胡　英　同志，同志，你等，等……

春　保　张书记，张书记，胡大姐喊你！

〔二幕启。晴空万里，台前左有八角小凉亭，内有石凳；台右后侧有五里亭供销社一角。亭旁屋后，树黄叶焦，蝉噪鸟鸣，机声隆隆。

胡　英　（一把抓住双喜绳索，喘气地）你歇、歇下、下来。

双　喜　（转身）哟，胡大姐喊我哇，哎哟哟，累坏你喽。
　　　　（歇担，上前相扶）

胡　英　你你你这个人，害我跑得两腿打颤，心门口发疼。

春　保　张书记真差劲，多领一台机子为哪门？

双　喜　（故装惊讶）我多领了机子？

胡　英　是呀，多领我一台。

双　喜　没没没……

春　保　没没没，这件事我作证。要知道，因为你是张书记。五号机子大姐为你存心保留——

双　喜　因为我是张书记，大姐为我存心保留？

胡　英　对，我存心保留给你的。

春　保　六号机子是朱经理，大姐替他预先订购——

双　喜　六号机子是朱经理，大姐替他预先订购？

胡 英	是是，能方便的我总给人家方便哩！
双 喜	那不是书记也不是经理怎么办？
春 保	送点东西也能随到随走。
胡 英	（瞥他一眼）呃！
双 喜	不是书记经理，也不送东西呢？
春 保	那就死死等候，有时空空两手。
胡 英	你胡诌什么，把我胡英当成什么人了？
春 保	大姐别多心哟！你不会是这样的人，可世面上确实有狗眼看人的人。 （唱）见上"官"们满脸笑相迎， 　　　　书记主任喊得声迭声。 　　　　看到礼品浑身都来劲， 　　　　要物给物接待真殷勤。
双 喜	要不是"官"又没礼物呢？
春 保	（接唱）眼睛半闭又半睁， 　　　　　说话带讲又带哼。 　　　　　脸上乌云黑沉沉， 　　　　　态度冷冷又冰冰。
胡 英	哎呀，这种人多得很，就是张书记也断不清。废话少说，把机子还我吧！
双 喜	是呀，就是张书记也断不清，不过，你错机子的案子我能断分明。
春 保	你能断分明？
胡 英	你断呀！（旁白）看他敢不敢承认。
双 喜	（唱）摆起阴阳八仙卦， 　　　　掐指细算不会差。

五彩家园篇

>　　　　电机没出三步远，
>　　　　多领机子就是他。

胡　英　他？你胡说！你不是打电话承认自己多领一台吗？

双　喜　看事实呀！这头一台是我们河东队的，那头一台是他河西队的，他那一台不是多领？

胡　英　（自语）他俩是一起的？

春　保　什么，你代我领了机子？你不是公社张书记？

双　喜　我哪是公社张书记，我是队里小会计。

春　保　那，那你为什么说他是公社张书记？

胡　英　我，我也是为了唬唬你。

春　保　（假气）你，你……

双　喜　生什么气，机子还她两分离。

春　保　还她机子？小会计你案子断的不公，我机子和她机子牌号不一样……

胡　英　一样一样，都是红星牌。

春　保　不，我是牡丹牌。

双　喜　哦！
>　　　（唱）新产品，牡丹牌，
>　　　　多少现金买一台？

春　保　要问价格嘛，太巧了——
>　　　（唱）好似废铁一小块，
>　　　　一支香烟换了来。

胡　英　胡扯胡扯，你把机子还我还我还我！

春　保　（将机搬起往胡英肩头一放）就算他断得公，还你还你。哈哈哈！（溜下）

双　喜　哎哎哎！（追下）

胡　英　（双手扶肩上机，卸不下扛不动地）我路都走不动了，哪有劲往回扛机子哩！还有试心桥怎么过啊！天呀，这可怎么办啦？（在幕后伴唱中亦步亦趋地苦苦挣扎）

〔幕后伴唱：

　　肩晃晃，身歪歪，步步难挨，
　　头昏昏，眼花花，危危欲栽。
　　你看啊，胡英这模样多悲哀，
　　贪其财，受其害，理应活该。

双　喜　（拉回春保）胡大姐是女同志，你还不帮她送回去。
春　保　送回去？我买电动机她带我兜了好大圈子了，现在又要我兜圈子，我不干。
双　喜　嗳，叫大姐给你讲个"不"字吧。
胡　英　同志，我，我做事有点有点……唉，反正对不起你吧！
春　保　对不起，光讲对不起可不行，那烟……
双　喜　（立即岔开）胡大姐，现在人都会拿关子，大概他也想敲你根把烟抽抽。
胡　英　对对，我到现在也没敬他一支烟，难怪他这么怪里怪气的啰。你帮我把机子放下来。（放机、摸身）呀，烟忘了带，怎么办？这怎么办呢？（忽想起）哦，有，有。（速奔五里亭供销社门口）高大伯，高大伯！
春　保　光讲声对不起谁不会？你那一条烟她默默收下就行啦，你老婆能原谅，我也不会原谅。
双　喜　你会原谅的。
春　保　（气极地）你……

〔幕后高大伯声："是胡英同志吧，我正有事，你进

胡　英	高大伯，我有急事不能坐了。我交六块钱给你，托你给我买的烟……
	〔幕后声："带去了呀，今早叫河东队会计双喜带给你，没带到哇？"
双　喜	高大伯，全带到了。（幕后声："啊对，他说全带到了嘛。"）胡大姐，我不是交九包零十九根烟给你了嘛?
胡　英	那、那、那……
双　喜	那就是高大伯托我带给你的。
胡　英	（失神地）哎呀，闹来闹去，我还是蜻蜓含尾巴——自吃自啊！
	〔幕后声："找六毛钱，他交给你了吧？"
胡　英	那你没找我钱。
双　喜	两瓶汽水六毛二，我还贴了二分哩！
胡　英	去去去！
春　保	（兴奋地一捶双喜）你！哈哈哈！
胡　英	（压抑极大气愤而哭笑不得地）你们笑什么，这不正好证明我从来不要人家东西吗！
双喜、春保	（大笑之后，嘲弄地）对呀，胡大姐从来就是"不受贿的人"！
	〔切光。
	〔闭幕。

—剧终—

（1980 年）

妈妈至上

时　间：21世纪初期。
地　点：皖南山区某乡村。
人　物：
彩　　霞——女，二十多岁，高中文化，中共党员，原西山村志
　　　　　　愿者协会会长，后嫁入东山村，仍为志愿者。
丁大勇——男，二十多岁，彩霞丈夫，镇办企业职工。
丁淑兰——女，三十一岁，农民，丁大勇姐姐。
大勇妈——女，五十多岁，丁大勇母亲，残疾人。
彩霞妈——女，五十岁，农民，彩霞母亲。
彩霞爸——男，五十多岁，农民，彩霞父亲。镇办企业打工者。
丁小勇——男，十二岁，学生，残疾人，丁大勇同母异父弟弟。
郭士墩——男，三十多岁，丁淑兰丈夫，农民。
方奶奶——女，七十多岁，西山村农民，残疾人。
小　　玉——女，十五岁，方奶奶孙女。
医生、志愿者、伴娘等。

第一场　序幕

〔西山村。

〔二月初二，龙抬头的好日子。日出，霞光四射。

〔幕启：彩霞妈家。堂前、窗户都贴了"囍"字。贴了"囍"字的嫁妆可见多处摆放。

〔彩霞妈拉彩霞上。

彩霞妈　女儿啊！今天是你出嫁的日子，妈应该高兴才是！（稍顷）可是妈心里总有点不乐……

彩　霞　妈，你不乐什么？

彩霞妈　你看中了丁大勇，非他不嫁……

彩　霞　（亲昵地）丁大勇就是好嘛！

彩霞妈　好，好，好，只要你开心，妈也没说的，不过……他家有个瘫子妈妈。

彩　霞　妈，你就是不乐这个呀！丁大勇不是早就说了，瘫子妈妈由他姐姐接到她家去赡养嘛！

彩霞妈　话是这么说，就不晓得他说的话算不算数哦？（自勉地）好在，我在相亲那天，当面给丁大勇讲了："瘫子妈妈不出这道门槛，我女儿就不进这道门槛。"这是一道硬杠杠。丁大勇也在我面前拍了胸脯，做了保证。他瘫子妈妈如果他姐姐没接走，谅他也不敢吹吹打打来迎娶我的宝贝女儿……（推彩霞）你快去打扮打扮，迎亲的客人快来了！（彩霞下）

〔彩霞妈依依不舍地一样一样抚摸着、端详着嫁妆。

彩霞妈　电视机、电冰箱、洗衣机，一应俱全。陪了这么多嫁妆就是为我女儿到婆家能过上幸福日子！（下）

〔彩霞带彩妆,上。

彩　霞　（唱）丁大勇高大帅气举止潇洒,
　　　　　　我对他一见钟情非他莫嫁。
　　　　　　有情人成眷属红灯高高挂,
　　　　　　大喜日沐朝阳盖头映丹霞。
　　　　　　小红袄紧裹身好一个小丫,
　　　　　　轻抹粉淡化妆新娘俏如花。

〔隐约唢呐声……

〔彩霞妈慌忙上。童男、童女、伴娘随上。

彩霞妈　花车来了!
伴　娘　迎亲队伍来啰!
彩　霞　（接唱）花车来了就出发,
　　　　　　　　出嫁之前再亲亲唤一声——（拥抱妈）妈!

〔伴娘将红盖头披在彩霞头上,童男、童女、拥住……

〔喜庆的唢呐声大起,汽车轰鸣……

〔灯暗。

（幕闭）

第二场　留妈

〔东山村。

〔第二天清晨。

〔丁大勇家,昨晚结婚喜庆氛围还有一部分存在,"囍"字、红灯、喜烛、鲜花……

〔幕启：丁大勇上。他理了理红灯、花束、转过身来。

丁大勇 （唱）丁大勇我今年二十八，
　　　　　镇办企业把工打。
　　　　　每天来回四大趟，
　　　　　只为服侍瘫痪妈。
　　　　　就为妈——
　　　　　姐姐三十才出嫁，
　　　　　我也苦度好年华。
　　　　　也为妈——
　　　　　丈母娘硬把条件下，
　　　　　妈不出门妻不进家。
　　　　　这次结婚倒轻松，
　　　　　只因姐姐赡养妈。

幸亏姐姐承诺接妈妈到她家里赡养，昨天我把彩霞顺顺利利迎进门来。（轻声地）可是，昨晚弟弟小勇轻轻告诉我，新娘子吹吹打打快到家门口了，姐姐还没有把妈接走。小勇机灵，慌慌忙忙把妈推到房里藏起来了，彩霞没看见。我有些睡不着，赶早起床看看——（向右侧内探）哎，妈妈是在我家里。（疑惑、紧张地）姐姐不是说，在新娘进门之前将妈接走吗？怎么没来接？

（接唱）若要新娘来看见，
　　　　岂不是一石击水飞浪花？

姐呀，姐呀！这是你亲口承诺的，千万千万不能变卦啊！（思忖）咳，你真要不来接，我有办法，我马上就将妈妈和轮椅一起推着送到你家去。（下）

〔丁淑兰慌慌忙忙，上。

丁淑兰　（唱）妈妈身体很够呛，
　　　　　　　吃喝拉撒靠人帮。
　　　　　　　我为大弟谈婚事，
　　　　　　　承诺妈由我赡养。
　　　　　　　回到婆家同商量，
　　　　　　　一次商量一次僵。
　　　　　　　昨晚仍把好话讲，
　　　　　　　丈夫死活不主张。
　　　　　　　大弟昨日已成亲，
　　　　　　　妈不接走要遭殃。
　　　　　　　急忙回家找大弟，
　　　　　　　求他另把办法想。

〔妈坐在轮椅上，丁大勇推妈，上。

丁大勇　（见姐，喜出望外地）姐！你来了。
丁淑兰　嗯，来了。
丁大勇　（急切地）姐，趁彩霞还没有起床，正好把妈接走。
丁淑兰　（迟疑地）接走……
丁大勇　是呀！
丁淑兰　（难以出口）大兄弟……
丁大勇　姐，姐夫没来没关系，你一个人不行，我把妈推送过去。
丁淑兰　（欲言又止）大兄弟……
丁大勇　姐，快一点，要是彩霞起床了……
丁淑兰　（欲哭）大兄弟呀，姐——（不得不说）没有办法了。
丁大勇　（不解地）什么？没有办法？什么没有办法？

丁淑兰　　妈我无法接过去了。

丁大勇　　姐，妈由你接过去赡养，这可是你讲过的话啊！

丁淑兰　　大兄弟，是我讲过的话。

丁大勇　　既然是你讲过的话，怎么不算数了呢？

丁淑兰　　大兄弟呀，不是姐说了不算数，是姐行不通啊！

丁大勇　　行不通？谁在阻挡着？

丁淑兰　　这么大的事，总要你姐夫开口答应才行啊！

丁大勇　　姐夫怎么说？

丁淑兰　　（无语）……

丁大勇　　说呀！

丁淑兰　　（欲言又止）……

丁大勇　　有话直说，别吞吞吐吐！

丁淑兰　　你姐夫脾气很倔，他说，第一，不接受；第二，我要接受就离婚。

丁大勇　　姐，彩霞到我家相亲时，我已拍胸脯对她妈说了，我妈由女儿接过去赡养。妈出了这道门槛，彩霞才能进这道门槛。这是个"硬杠杠"。我要是早知道你没有办法，我就不谈这门婚事了。眼下，彩霞已接到我们家来了，你又反悔……这、这……

丁淑兰　　是呀，我也是一片好心。你也快三十的男人了，总想把你的婚事促成，我就答应下来，谁知你姐夫这头犟驴子……

丁大勇　　（搔首顿足地）这、这，这可怎么办哪？（捂头长叹）唉！苍天不是说，不灭无路之人吗，现在怎么就单灭我妈呢！

〔彩霞披红衣外套，一番新娘风采，上场亮相。

彩　霞	（唱）东方吐白天刚亮，
	堂前有人吵嚷嚷。
	披衣出房探究竟，
	原来大勇也在场。
	（心爱地）大勇！
丁大勇	呀，彩霞，你怎么这么早就起床了？
彩　霞	（热情地指妈）这位……
丁大勇	（讪笑地）是我妈。（指丁淑兰）她是我姐。
彩　霞	（领悟地）啊！妈！大姐！
丁淑兰	弟媳好！
大勇妈	（起起身，含糊地）彩霞！
彩　霞	（拉丁大勇到一旁）你不是说，你妈由你姐接过去养嘛！
丁大勇	（尴尬地）是呀，是呀……
丁淑兰	（坚定地）大兄弟，要么这样吧，我讲过的话，我还是一百个算数。你帮我把妈推着送过去。
丁大勇	你不是说送过去不行吗？
丁淑兰	不行也行。
丁大勇	万一姐夫不接受……
丁淑兰	他不接受我接受。
丁大勇	你接受了又怎么办？
丁淑兰	离婚呗！
丁大勇	离婚？
丁淑兰	他不接受就离婚。
彩　霞	（懵懂地）大勇，她说什么？
丁大勇	我姐说，她要把我妈领到她家去，姐夫要是再不答

	应，她就……
彩　霞	说呀！
丁大勇	她就和他离婚。
丁淑兰	大兄弟，推妈走哇！
丁大勇	强硬送过去……
丁淑兰	不强硬，你姐夫能答应吗？（拉丁大勇）帮我推呀！
丁大勇	（无奈地，欲推）这……
彩　霞	（拦住）大勇，这事能做吗？
丁大勇	（拉丁淑兰至一旁）姐，这下给彩霞知道了，好好的一碗面条要成一锅辣糊汤喽！
丁淑兰	我不是叫你推妈走嘛！
丁大勇	彩霞说这事不能做。
丁淑兰	不推又不行，推走又不能，那怎么办？
大勇妈	（含糊地）都是我不好啊！我已残疾好几年，对儿对女都扯牵，女儿养我闹离婚，儿子养我媳妇嫌，生在世上无空间，何不入土长安眠？天哪！
丁淑兰	（扑向妈）妈！
彩　霞	（唱）听婆母为生存自叹自怨，
	姐弟俩为养妈争执在堂前。
	此情此景心好酸，
	此时此刻热泪含。
	皆因妈对瘫痪婆母低眼相看，
	设下了"硬杠杠"作梗阻拦。
	我融入这个家就是一员，
	怎容忍此现象展现在身边？
	我是儿媳更是共产党员，

　　　　　　解难事应该一马当先。
　　　　　　见婆母遭此难怜悯入心田,
　　　　　　我不能再让她心灵受摧残。

丁淑兰　（拭泪）大兄弟,妈,我要养,就是离婚也要养。快把妈推到我家去。（推丁大勇）推走吧!

丁大勇　（看看彩霞）姐!我推……（欲推轮椅）

彩　霞　大勇!

丁大勇　彩霞!

彩　霞　能推到大姐家去吗?

丁大勇　不推又怎么办?

彩　霞　留下。

丁大勇　（怀疑地）留下?

彩　霞　（坚定地）留下。

丁大勇　彩霞,我俩结婚前就约定,妈由姐姐养……

彩　霞　既然你姐养妈有这么大难度,大勇呀——
　　　　（唱）赡养父母品高尚,
　　　　　　儿女各方应自量。
　　　　　　强要姐姐去赡养,
　　　　　　何不自我先担当?

丁大勇　先担当?

彩　霞　先担当。

丁大勇　那——老岳母她……

彩　霞　我妈的思想工作由我做。（热情地）大勇,先把你妈安顿好!

丁淑兰　我妈是残疾人,怕彩霞你不愿意嫁过来,就……

彩　霞　（笑笑）大姐,你判断有误,我彩霞不是那种人。

　　　　　（蹲到轮椅前，将大勇妈手托起，拍拍，深情地）妈！你、不、走、了。

丁淑兰　（深深疑惑地自语）妈不走？这、这、这不是给我难看吗？

　　　　〔灯暗。

（幕闭）

第三场　领妈

〔前场后十天。

〔景同第二场，除窗户上仍有"囍"字外，其他地方已经没有了喜庆细节。

〔幕启：彩霞头发有些凌乱，显得有些疲惫，推大勇妈轮椅上。

〔替大勇妈梳头。

彩　霞　（唱）天亮起床做好饭，
　　　　　　　　大勇吃过去上班。
　　　　　　　　这时才将婆母唤，
　　　　　　　　轻摸慢扶把衣穿。
　　　　　　　　梳头洗脸抹油脂，
　　　　　　　　一手一手做周全。
　　　　　　　　要让她——
　　　　　　　　感到生活有希望，
　　　　　　　　慢慢消除自卑感。
　　　　　　　　要让她——

　　　　　　满面红光带笑颜，

　　　　　　　生活自信志满满。

　　　　　　妈，我这就给你端饭菜去！

大勇妈　（含糊地）儿啊，给你添累赘啰！

彩　霞　妈，看你说的……

　　　　（接唱）只要你开心展笑颜，

　　　　　　　我再苦再累也情愿。（下）

大勇妈　（望彩霞背影，含糊地）好媳妇啊！

　　　　〔彩霞端饭菜复上。

彩　霞　妈，饭菜端上来了！

大勇妈　（含糊地）还热腾腾香喷喷哩！

彩　霞　（蹲在轮椅前）妈，吃饭！

　　　　（唱）一勺热饭送妈口，

大勇妈　（唱）妈妈心中喜悠悠。

彩　霞　（唱）一块瘦肉送妈口，

大勇妈　（唱）有滋有味好享受。

彩　霞　（唱）二勺热饭喂给妈，

大勇妈　（唱）妈妈心里乐开花。

彩　霞　（唱）夹块鲜鱼喂给妈，

大勇妈　（唱）鱼鲜味美顶呱呱。

　　　　〔彩霞妈上。

彩霞妈　我家彩霞高中毕业，回家务农，一天到晚在我眼皮子底下绕来绕去，不见角色的。可这一走哇，我心里特别舍不得，日里想她，晚上梦她。唉，真是自己身上掉下来的一块肉啊！女儿嫁到丁家已经十天了，我这就去看看她……（进门，一眼看见女儿蹲在轮椅边喂饭，误以为跪在那里喂饭，气急地）哎呀！这家人家怎么这么狠呀？喂饭还要我女儿跪着喂呀！（欲抱彩霞）儿呀，多可怜呀！

彩　霞　（急忙站起）妈，我是蹲在那里，不是跪在那里。

彩霞妈　我进门一眼就看见你跪在那里，你还撒谎？

彩　霞　妈，我没撒谎。

彩霞妈　（强势地）我看到女儿在婆婆家这么受罪，这么不被人家当人看，妈的心要碎啰！（一屁股坐在椅上，号啕大哭）

彩　霞　妈，不要难过……

〔丁淑兰急步上。

丁淑兰　（唱）做人做事讲诚信，
　　　　　　　失去诚信丢骂名。
　　　　　　　原先承诺妈我养，
　　　　　　　话不兑现人看轻。
　　　　　　　昨与丈夫初商定，
　　　　　　　租间房屋让妈蹲。
　　　　　　　今天将妈往回领，
　　　　　　　出租房里度光阴。
　　　　人哪，顾来顾去就顾巴掌大个脸，人不能没有脸，更不能丢脸。半月前，我承诺我妈由我赡养，好让我弟弟把老婆娶回来。可是，回家一商量，丈夫坚决反对……（稍顷）这回，跟丈夫初步商定，在外面租一间房，让我和老娘度日光……今天，我就是来把老娘领到我家去……

彩霞妈　（哭后，勃然而起，大声地）我要找丁大勇去……

丁淑兰	（刚进门）唷，亲家妈，你发这么大火，找丁大勇有什么事唦？
彩霞妈	你是……
彩　霞	是大姐，丁大勇姐姐！
彩霞妈	哦，你就是丁大勇姐姐？
丁淑兰	我是丁大勇姐姐。
彩霞妈	那丁大勇在我面前拍胸脯做的保证，算不算话？
丁淑兰	亲家妈，丁大勇在你面前拍的胸脯就是我在他面前拍的胸脯。
彩霞妈	那不找丁大勇，找你也一样……你不是说，你家老娘你领到你家赡养吗？
丁淑兰	是呀！
彩霞妈	那，那怎么还在这里呀？
丁淑兰	亲家妈嘞，这你就有所不知喽，（稍顷）本来我妈我接过去赡养，我和弟弟还没商量好，正在商量，彩霞就心急一口答应下来赡养，叫我有什么办法呢？
彩霞妈	是我女儿主动答应下来的？亏你说得出哇？
丁淑兰	我怎么说不出？她一张口就说"留下"，显得她对婆婆好，我对亲妈却不好。害得我坐也不是，站也不是……
彩霞妈	那，那，那是你不愿意把老娘领回去养，在万般无奈的情况下，我女儿不担下来，怎么办呢？
丁淑兰	亲家妈，你还以为我愿意把一个瘫子老娘丢给媳妇养吗？你也是在农村过日子的人，哪家婆婆跟媳妇搞得来呀？
彩霞妈	（紧接话）那倒是……

五彩家园篇

丁淑兰　　我们村东头那位张大妈与媳妇刘小巧婆媳俩真是冤家对头，隔三岔五吵呀闹呀！几年来都没有停过……

彩霞妈　　（故意怂恿地）是呀，哪个婆婆跟媳妇合得来呢？

丁淑兰　　我们村西头那家媳妇好厉害啊！婆婆身体有病，媳妇就把剩饭剩菜馊饭馊菜给她吃，动不动还骂婆婆打婆婆，婆婆下跪她都不饶……

彩霞妈　　自古以来婆媳就是公鸡蜈蚣死对头喔，你哪不晓得？

丁淑兰　　亲家妈，我晓得哟！女人对女人都互相忌妒，搞不好喔，何况婆媳……

彩霞妈　　那婆婆受点委屈也只好担待点……

丁淑兰　　亲家妈，我的妈是不能受委屈的，她是个英雄妈妈呀！

彩霞妈　　（耻笑）你妈都是个烂菜头了，还是什么英雄妈妈？

丁淑兰　　几年前，我妈是个身体健壮的妈，爸爸死后，她一手拉扯大我们姐弟几个。只因那天傍晚她牵着我小弟手放学回家……

　　　　　（唱）西山口绽放着美丽晚霞，
　　　　　　　妈妈她牵着小儿放学回家，
　　　　　　　路崖边有只小鸟啾啾叫，
　　　　　　　弟弟他挣开妈手伸手去抓。
　　　　　　　殊不知那根树枝是枯丫，
　　　　　　　一扑空顺势栽倒掉山崖。
　　　　　　　妈妈她奋不顾身将儿抓，
　　　　　　　也失重一头栽在崖底下。

彩霞妈　　（轻蔑地）你妈是为救自己儿子，残废了，算什么英雄！

丁淑兰　　救自己儿子也是英雄,我这英雄妈妈是不允许什么人有一丝一毫虐待的……

彩霞妈　　你怕我女儿虐待她,那你把妈领到你家去呀!

丁淑兰　　你怕我不领回家吗?

彩霞妈　　你今天来——就是领妈的?

丁淑兰　　亲家妈,你真聪明,一下就把我心事猜中着。

　　　　　(唱)我是妈的亲骨肉,

　　　　　　　妈的安危挂心头。

　　　　　　　母亲身患重残疾,

　　　　　　　心中之痛谁感受?

　　　　　　　媳妇好是表面秀,

　　　　　　　骨子里只怕有黑念头。

　　　　　　　思前想后千般好,

　　　　　　　妈在身边免忧愁。

　　　　　　　今天我来将妈领,

　　　　　　　母女相依度春秋。

彩霞妈　　(特别高兴地跑到彩霞面前,夺下彩霞手中汤匙)女儿别喂了,别喂了,快将轮椅交给她女儿,她女儿要领她妈到她家去。

彩　霞　　(起身)大姐,你这是什么意思?

丁淑兰　　什么意思,你还看不出来呀!

彩　霞　　妈在我这里不是好好的嘛?

丁淑兰　　今天是好好的,那明天呢?后天呢?

彩　霞　　明天后天我也会待妈妈好的。

丁淑兰　　唉,我不相信天底下有这等好媳妇……

　　　　　(唱)表面示好图名声,

　　　　　　　暗里使坏谁知情?
彩　霞　（唱）大姐看事要眼明,
　　　　　　　千万别乱怀疑人。
丁淑兰　（唱）自古婆媳冤家事,
　　　　　　　媳妇哪有好善心?
彩霞妈　（生气地）彩霞儿,她不相信你,你就让她把老娘
　　　　领到她家去嘛!
彩　霞　（反感地）妈,大姐家有困难……
丁淑兰　（唱）困难再大也要领,
　　　　　　　压力难阻报母恩。
　　　　（扑向轮椅）妈,今天我领你到我家去,啊!
　　　　（接唱）妈妈就是女儿命,
　　　　　　　骨肉相亲才是真。
　　　　　　　今天决心已下定,
　　　　　　　领妈回到自家门。
　　　　〔丁淑兰手推轮椅,急下。
彩　霞　（关爱地远望）妈,大姐……
彩霞妈　（窃窃笑）也好也好,我的"硬杠杠"总算兑现了!
　　　　〔灯暗。

　　　　　　　　　　　　　　　　　　　　　　（幕闭）

第四场　接妈

　　〔一个多月后。
　　〔二幕前。

〔丁小勇拄着拐杖，边走边喊，上。

丁小勇　嫂子，哥走了？
彩　霞　是呀，你哥知道你今天不上课，不要背你去上学，早早就上班去了。
丁小勇　咳，太遗憾了。不然，我叫哥哥背我到姐姐家去看看妈。
彩　霞　想妈了？
丁小勇　（揉眼）嗯，特想。
彩　霞　（替小勇擦泪）小勇，别难过。你哥上班不在家，我带你看妈去。
丁小勇　（露出笑容）真的！（转一想）嫂子，我不能走，怎么去呢？
彩　霞　我背你去。
丁小勇　那怎么成？
彩　霞　那怎么不成？我背一截，累了，你再来用拐杖拄一截；你累了，我再背，轮换着……（入内，稍顷，拿一个印有"志愿者协会"的挎包，复出，弯下身）来呀，嫂子背。
丁小勇　（难为情地伏在彩霞背上）嫂子，这、这……（下）
〔二幕启：
〔牛棚样小屋，门口，轮椅上躺着大勇妈。
〔门口，丁淑兰头发蓬松气呼呼坐在小石凳上，郭士墩气得抱头蹲在一边，两人好像已经吵过一阵架了。
丁淑兰　（忽然站起，怒气冲天地）郭士墩，你抵抗的不是房租，是我妈！你不交房租，他会把房子给我妈住吗？房租费你到底交不交？

郭士墩　（赌气地）不交。

丁淑兰　（一把抓住郭士墩衣领）不交？走，到镇政府离婚去。

郭士墩　（扭头吼道）不去。

丁淑兰　你敢！（拖住郭士墩）走，离婚去。

郭士墩　不去、不去、不去！

〔一个不走，一个拖着要走，两人来来回回拉扯、吼叫，几乎厮打……

〔彩霞背丁小勇上。

丁小勇　嫂子，姐姐村子到了。

彩　霞　（放下丁小勇，忽见两人厮打，快步上前劝阻）别打了，别打了！（她一手拉男，一手撑女，忽见丁淑兰，大惊）呀！是大姐？！

丁小勇　（拄拐上前）姐、姐夫，你俩怎么打起架来了？

彩　霞　大姐、姐夫，怎么闹成这样？

丁淑兰　上一次，我和他商量好了，在外面租一间房，我陪妈过日子。可是，这间屋租了一个多月了，房东过来要房租，他死都不付，还跟人家吵架，丢不丢脸呀！这个小气鬼，跟他过日子还有什么意思？不如离了痛快。

郭士墩　大舅嫂、小舅子，你俩都是明白人，给我评评理——房租每月二百块，丈夫满口应下来，刚好住满三十天，妻子开口要三百。我说约定不能改，她骂我是小无赖，气得我眼球直打歪，我抵抗几天何不该？淑兰对我不理解，瞎闹离婚图痛快。这么多天来，她把"离婚"两个字当歌谱子唱……

丁淑兰　　你才当歌谱子唱,"离婚"这个词就是你创造的。

郭士墩　　"离婚"二字是我先说的。我家屋场小,人口多,挤不下。你非要把妈接过来不可。无奈之下,我说"一、不接受;二、你要接受就离婚"。是我说的。那是气话!

彩　霞　　你看你看,姐夫多爱你。

丁淑兰　　(将彩霞拉到一旁,悄声说)爱谈不上,他舍不得离,我心里明白。

彩　霞　　(悄声地)那就不离呀!

丁淑兰　　不,他越舍不得离,我越要离。

彩　霞　　这是为何?

丁淑兰　　(悄声地)关键时刻,拿他一把,逼他改变态度。这种男人不逼不行的。

彩　霞　　大姐,既然这样就不要闹了,闹长了会伤感情。

丁淑兰　　彩霞哪,他光要我,不要我妈。我心里不能接受哇!我是我妈身上掉下来的一块肉哇!我妈妈的血在我血管里流淌呀!

彩　霞　　爱妈情深,是每个儿女的天分,难道姐夫真不爱你妈吗?

丁淑兰　　我也不能一口栽他说不爱我妈,平心说,他不接受我妈,原因就在我家屋场小,人口多,挤不下,这我也能原谅。可在外面租的屋,房租死不出手。房主开骂了,他还跟人家对着吵架,丢不丢脸?

彩　霞　　平时在家用钱……

丁淑兰　　哎呀,抠,就是抠。

郭士墩　　淑兰,不是我抠——一块钱要一百分,缺一分也不成整。这掉一块那丢一分，要想致富何时能？农村农民钱难挣，经济之手要攒紧。精打细算处处省，方能有钱做大事情。

彩　霞　大姐，勤俭节约是美德呀！你要看到姐夫长处。

丁淑兰　长处，他倒是有——忠厚老实不滑头，勤俭持家是好手，他常说，省吃俭用钱攒够，拆掉旧屋盖新楼。

彩　霞　姐夫优点还不少咧，胸有大志！

丁淑兰　千优点百优点，对我妈不好就没优点。

彩　霞　大姐呀，你的痛点不就是养妈吗？

丁淑兰　对呀，妈就是我的痛点，戳不得。

彩　霞　大姐，讲来讲去还是经济实力不够啊！如果你荷包鼓起来了，家里有钱了，盖了新房，还存在这个问题吗？

丁淑兰　那倒是啊，就是荷包不鼓哟！

彩　霞　（旁白）妈在她面前，大姐整个儿就不能干活了，一家人不全力打拼，怎能富起来呢？我决定伸手帮她一把。（思忖，转对丁淑兰）我看这样吧……

（唱）大姐你和姐夫好，

　　　别为养妈成天闹，

　　　你爱妈如命我知晓，

　　　目前条件难做到。

　　　今天我将妈接回家，

　　　让你甩开膀子干一遭。

　　　等你勤劳致富了，

　　　新盖的楼房有几层高。

	我再将妈推到你家来，
	高高兴兴舒舒服服一直由你养到老。
丁小勇	姐，就依嫂子讲的，今天我俩将妈接回家。（欲去推轮椅）
丁淑兰	小勇，你也听嫂子的？
丁小勇	是呀，嫂子说得对。你看，妈住在这个牛棚里多受罪呀！嫂子把妈接回家，给你解困，给妈解难，多好哇！
郭士墩	（感动地）好，好，两全之策呀！（对丁淑兰）淑兰，舅嫂在帮我俩大忙咧！
丁淑兰	帮是帮，可妈又落到媳妇面前，万一她待妈不好……
丁小勇	姐，嫂子不会的！

〔郭士墩拥住丁淑兰。

〔丁小勇推动轮椅……

〔灯暗。

（幕闭）

第五场　劝妈

〔西山村。

〔彩霞妈家。

〔景同序幕。除去"囍"字，其他略有变化。

〔幕启：彩霞妈忧心忡忡，上。

彩霞妈	彩霞爸！（无人应，大声地）彩霞爸！

〔彩霞爸自内出。

彩霞爸　什么事，这么一惊一乍的？
彩霞妈　你发个信息给彩霞，叫她回来。
彩霞爸　有事？
彩霞妈　昨天听人说，彩霞又把瘫老婆子接了回来，我昨天一夜没睡着，想叫彩霞回家问个究竟。要是真把瘫老婆子接回来了，我就说我生病了，叫她在家蹲几天，服侍我几天。瘫老婆子几天没人照应，她女儿自自然然要把妈妈接走。（恶狠狠地）我要把这个瘫老婆子逼走。
彩霞爸　彩霞妈，那样做好吗？
彩霞妈　不好是不好，这个瘫老婆子撵不走，赶不出，只有"逼"她才会走的。（转身入内）

〔彩霞背"志愿者协会"挎包，上。

彩　霞　婆母梳洗刚完毕，爸爸发来短消息，说妈要我速回家，心里吓得嘣嘣的。（进屋）爸，你好！
彩霞爸　彩霞呀，走累了吧，喝口水吧！
彩　霞　爸，我自己来。（倒水）妈呢？
彩霞爸　（朝室内努努嘴）……
彩　霞　（朝室内）妈，女儿来家看你了。

〔彩霞妈头毛蓬松，行动迟滞，装着病恹恹样子，扶着墙壁走。

彩霞妈　儿呀，妈想你了。
彩　霞　妈，我更想你们啦！妈，病了？
彩霞妈　还不病？
彩霞爸　（掩口哧哧笑地）嘿嘿嘿……

彩霞妈	（朝彩霞爸一斜眼）笑什么？（转对彩霞）自从上次从你家回来，我一天也没有舒服过。（抚摸彩霞）女儿呀，在娘家白白胖胖，柔柔嫩嫩，到婆家过得黑黑黝黝，瘦瘦条条了，辛勤劳累过了分，叫妈怎么不心疼？
彩　霞	妈，黑一点是健康美。
彩霞妈	上次大勇姐姐把瘫老婆子领走了……
彩　霞	领走了是领走了，可他家老吵老闹。
彩霞妈	老吵老闹？
彩　霞	是呀！我和小勇前几天把我婆婆又接回家来了。
彩霞妈	真接回家来了？
彩　霞	真接回家来了。
彩霞妈	咳——

（唱）一听此话怒火喷，
　　　你这丫头太愚蠢。
　　　瘫老婆子推不走，
　　　推走你还往家请。
　　　人家有虱往外扔，
　　　你却捉虱扰自身。

（旁唱）我装生病拴住她，
　　　　瘫婆不赶自离身。

（白）儿呀，妈的身体不好，最近头昏脑涨，想卧卧不得，想站站不住，饭不能烧，事不能做，你爸天天要到厂里上班，妈喊你回来，你要留在妈面前，侍候妈几天，妈病好了，你再走。

彩　霞	妈，你真病了？

彩霞妈	你问你爸。
彩霞爸	（边笑边点头）嗯，真、真病了。
彩　霞	妈，这、这……
彩霞妈	这什么呢？你长这么大，是妈屎一把尿一把拉扯出来的，今天叫你侍候几天，还这呀那的？
彩　霞	妈，我不是那个意思，服侍你应该的，服侍你一辈子我也愿意。可、可、可就是那边婆母……
彩霞妈	妈生病，你倒平静，婆婆有病，你却那么焦急。唉，真是嫁出去的姑娘，泼出去的水哟……
彩　霞	（亲昵地）妈，我不是泼出去的水，我是你的女儿。我只是想，我不回去，瘫子婆母怎么办？
彩霞妈	彩霞啦，蛇有蛇路，鳖有鳖路，你不回去，瘫老婆子必定有人给她想办法。
彩　霞	人瘫肚子不瘫呀，一餐不吃行，一天不吃总不行呀！
彩霞妈	我有女儿，她不也有女儿吗？活人还给尿憋死了？
彩　霞	妈，在我心里，妈是最重要的，爸是最重要的，我那婆母失去了老伴，现在又瘫痪了，我认为她也是最重要的。你现在有点小病还有爸爸在旁边帮助。可婆母是最可同情的人了，我丢下她实在不忍心。
彩霞妈	（大声地）你不忍心婆婆，却忍心老娘？
彩　霞	妈……
彩霞妈	（跳脚喝道）不行，不行，我是你亲妈，你得留下来服侍我。
彩　霞	（抚妈）妈呀，不能生气哟！ （唱）我劝妈要心态好，

>   平等待人一般高。
>   我妈他妈都是妈,
>   不分亲疏都重要。
>   婆坐轮椅自无能,
>   责无旁贷先照料。

彩霞妈　回想起来,丁大勇有什么好,你一心要嫁给他?

彩　霞　妈,厂里工人都说丁大勇年轻好学,聪明能干,人品好,工作优秀,厂领导十分看中他。再说,他高大帅气,风度潇洒,这样的好男人不嫁嫁谁呢?

>   (唱)再劝妈妈心放宽,
>   女儿做事自有道。
>   我爱大勇千般好,
>   幸福生活共打造。
>   家中纵有千斤担,
>   愿与大勇并肩挑。

彩霞妈　他家还有个瘸子小勇,一家两个残疾人……这个罪你受得了吗?

彩　霞　妈,小勇是大勇同母异父弟弟,兄弟俩的父亲都不在世了。大勇、小勇、婆母,我们是完整的一家人,长嫂如母,我能丢下他吗?再说,我是共产党员,家里有特殊困难的人需要特殊帮助,共产党员能不帮吗?我又是个青年志愿者,自家有了残疾人,这份责任我能不担当吗?

>   (唱)三劝妈妈心向善,
>   向善之人德自高。
>   别人有难需要帮,

帮了别人自乐陶。

送人一束玫瑰花，

手留余香永不消。

〔小玉推一轮椅，上面坐着一位老奶奶，奶奶腿上放着一只篮子，上面盖着红布，上。

小　玉　（推轮椅进屋）彩霞会长！

彩　霞　（一喜）呀，小玉。

小　玉　我奶奶想见你。

彩　霞　（快步上前，拥住）江奶奶，好久没见到你了，想呀！

江奶奶　（激动得流泪，拭泪）彩霞啊，我真的做梦都想你呀！

小　玉　你出嫁了，我奶奶也不知道。她老在家念你、问你。

彩　霞　（蹲下瞧江奶奶）现在还泡脚、搓腿吗？

小　玉　泡、也搓。我跟你学会了给奶奶康复的那套动作。

江奶奶　我这两条腿呀，硬是你给泡呀、搓呀，康复得很快，不但有了感觉，还时不时能立起来站一会哩！

彩　霞　那太好了，小玉，帮奶奶坚持做。

江奶奶　彩霞啦，我坐轮椅五年，你就整整侍候我四年。那时小玉还小，你和那个姑娘天天去，帮我梳理、擦背、洗衣、晒被、泡脚、搓腿，我真是遇到贵人啦……

（唱）四年来如一日帮我料理，

　　　晒衣服晾被子搓脚和梳洗。

　　　不嫌脏不怕累风雨不放弃，

　　　这样的好姑娘哪里寻觅？

　　　今天我见到你特别感激，

　　　送一篮鲜鸡蛋略表心意。

小　玉	（将一篮鸡蛋红布揭开，递过）彩霞会长！
彩　霞	（拥抱江奶奶）江奶奶，你的心意我领了，这篮鸡蛋你带回去慢慢吃。（将一篮鸡蛋用红布盖上，放回江奶奶腿上）
江奶奶	你这不见外了吗？
彩　霞	江奶奶，我是志愿者，志愿者帮助你是应该的……
江奶奶	见你一眼，我心里好受多了。
彩　霞	（推轮椅）小玉，走，我帮你送奶奶回家。
	〔彩霞、小玉推江奶奶，下。
彩霞妈	（生气地）呸，这个老奶奶真不识时务，还把轮椅往我们家里推。晦气不晦气？
彩霞爸	彩霞今天刚好回娘家，她想来看看彩霞！
彩霞妈	彩霞有什么好让她看的？
彩霞爸	她给人家服务了那么多年，总是有感情的嘛！
彩　霞	（上）妈，爸，让你二老烦神了。
彩霞妈	彩霞呀，那时候在家里做姑娘，你一天到晚在外面疯，就疯这些老卧床、老残疾呀？
彩　霞	妈，你没说错。那时候村里有二十多个志愿者成立了志愿者协会，大家推选我当会长。我把全村十多个困难比较大的老人分到志愿者头上去帮助，我帮了几位困难最大的老人。善始善终，坚持下来。村里志愿者协会工作做得有些成绩，得到县里、镇里表扬。也就在表扬之后不久，村党支部就吸收我加入了中国共产党……
彩霞妈	要了那个脸，可把自己磨的！（走近彩霞）你照照镜子看看自己，原来一个白白净净的大姑娘，成天

五彩家园篇

跟那些残疾人、卧床不起的、坐轮椅的屁股后面侍候，跌不跌面子？

彩　霞　妈，残疾人、卧床不起的，他们的样子是不美观，甚至丑陋。可他们也是人哪！是人就要受到尊重啊！你只有真正深入到他们中间去，与他们长期交往，才能真正透彻他们的内心世界。他们一天到晚经受着多么大的痛苦，那种度日如年，生不如死的不断折磨，是正常人无法想象的。一天到晚，她们发出了多少对生的希望和对美好的追求？他们多么希望有人去帮助他解除些许苦痛？你知道，这些卧床的坐轮椅的，每当我们出现在他们面前的时候，他们就绽放出喜悦的笑容、热泪盈眶、激动不已。那个瞬间，叫我无比欣慰。你只有与他们同呼吸共命运，才会产生一种特殊的怜悯与关爱，一种特别的信任与尊重。我作为一名党员，应该成为他们的帮助者和营救者……

彩霞妈　可是，你再怎么营救她，她永远是个残疾人……

彩　霞　妈，在女儿心中，父母是至高无上的，就拿我婆婆来说，她无论残疾到什么程度，我都认为她是最伟大的妈妈！

彩霞妈　那你就是死心塌地要养瘫子婆婆啰？

彩　霞　妈，我恐怕真的要死心塌地了。在我出嫁前三天召开的党支部会上，我转为正式党员。我宣读的那份誓词和老支书叮嘱我的那些话，永远都会刻在我心上。老支书说——

（唱）党员应是一杆旗，

人站哪里如旗立。
追求信念不偏离,
崇德向善不离弃。
不忘初心向前走,
群众事大应牢记。

（深情地）老支书啊,老支书,你的教导我要念念不忘,身体力行啊!

（接唱）我有一颗为民心,
助人为乐志不移。
爱心之路刚迈步,
身边小事先做起。
婆母残疾小事多,
把她当作我自己。
处处小心多呵护,
事事加倍勤料理。
一点一滴仔细做,
轻言慢语多慰藉。
件件做得情义浓,
桩桩做得心相依。
你来我往孝为先,
家家户户好邻里。
家里家外事做好,
村上村下扬正气。
爱心路上大步走,
永远为党献份力。
这就是彩霞我——

年轻党员硬骨气。

彩霞妈　（气得来回蹲动，一跺脚）走吧，走吧！

彩霞爸　来的时候，你装病不让她走，现在又催她走，你真的有病了。

彩霞妈　再不走，或许会有哪一家轮椅又要推进门来……

彩　霞　爸、妈，我真的要回去了。婆母一人在家，时间长了，我不放心。一有时间，我就回来看你们。（彩霞深鞠一躬，转身欲下，忽又转回到妈前，拉起妈手依依不舍地）妈！（满含泪水慢慢退下）

〔灯暗。

（幕闭）

第六场　疼妈

〔景同第三场，略有变化。

〔幕启：彩霞肩上搭一条毛巾，扛一把锄头急上。

彩　霞　（将锄头放下，对内喊）小勇，要上学了。

丁小勇　（点点头，上）好。哥呢！

彩　霞　你哥哥升为副厂长了，生产任务很紧，昨天晚上加班，没有回家。他打来电话，叫我送你上学去！

丁小勇　哥叫你送我？

彩　霞　我送你不是一样嘛！（蹲下）我为了送你上学，来不及给妈梳洗了，故意安排妈妈多睡一会儿，起床晚一些，等我把你送到学校顺便到诊所给妈开点药，再回来给妈妈洗脸、梳头、喂饭。

丁小勇　　这，这，这……

〔丁小勇不好意思地趴在彩霞背上。彩霞转身快步，下。

〔丁淑兰拎一包果蔬礼品，上。

丁淑兰　（念）两个多月未见妈，

　　　　　　　心里急得像猫抓。

　　　　　　　三步当着两步走，

　　　　　　　不觉来到屋檐下。

（抬头一望）哟，门还关着的哩！（敲门）彩霞！（未应，又敲门）彩霞！（未应）呀！彩霞不在家呀！啊，老门老锁，我有钥匙哩！（开门，进门）嗯，彩霞真不在家哩！（朝屋内喊）妈！（未应）妈！（未应，入内，发现妈，室内传出大声说话）哟嗬，妈还在床上睡着呢？这个死彩霞哪，死到哪里去了？大半个上午了，妈还睡在床上，不饿坏肚子才怪哩！（稍顷，妈坐在轮椅上，推妈复出）妈，彩霞上哪里去了？

大勇妈　（含糊地）送小勇上学去了。

丁淑兰　（一边替妈梳头，一边侧耳听）送小勇上学？小勇上学不是天天由大兄弟背来背去送吗，她怎么可能送小勇？

大勇妈　（含糊地摇摇头）那我就不清楚了。

丁淑兰　（入内，传出声音）嗯，饭、菜都做好了。（端一碗饭、菜，又出）妈，吃饭了。

大勇妈　（点点头）嗯……

丁淑兰　妈，我几个月没给你喂饭了，女儿多想给你喂饭啊！（喂一汤匙）

大勇妈　（张口接住）香……

丁淑兰　妈，女儿没有好好照应你，对你不起呀！

〔丁大勇拎工具包，有些疲惫，打着哈欠，上。

丁大勇　厂里生产任务紧，昨晚加班到天明，白天回家睡一觉，嗬嗬，已经到了自家门。（热情地）彩霞，我回来了。（进门）哟，姐，怎么来家了？

丁淑兰　大兄弟呀，你可回来了。

丁大勇　怎么啦？

丁淑兰　你看妈。

丁大勇　妈不是好好的嘛！

丁淑兰　哼，要不是姐回来及时，你看妈可是好好的。

丁大勇　妈会怎么样呢？

丁淑兰　你看到什么时候了，大半个上午啦！妈水呀饭呀，什么都没有下喉咙。这要指望彩霞照应……（失望地）唉！

丁大勇　妈，彩霞呢？

大勇妈　（含糊地）送小勇……

丁大勇　（忽想起）嗬，姐，彩霞送小勇上学了，我打电话叫她送的。

丁淑兰　上学多远啦，一二里路，去去不就回来啦，照这个时间算，三两个来回也够呀！

丁大勇　……

丁淑兰　大兄弟呀，你我都是一个娘胎里下来的，爱妈敬妈都是一个心眼；彩霞是人家妈肚皮里生的，隔层肚皮隔层山。再孝顺都是做样子，假的。你别听她说的一朵花……大兄弟呀，你得多留个心眼呀！

丁大勇　　姐，彩霞对妈好，这我知道。今天刚好让你撞上了。

丁淑兰　　啊，今天我看到了，就说我撞上了。那，没见到的，没撞上的，你知道有多少吗？大兄弟呀，人心叵测，不能掉以轻心。有了这一回，就要抓住这一回，好好教育教育她，看她以后可敢这样胡来。

丁大勇　　姐，你说话太冲动了，要是彩霞听到了⋯⋯

丁淑兰　　我就是要让她听到，我说的不是事实吗？太阳这么高了，大半个上午了，妈还睡在床上，没吃饭。彩霞还疯得没影子，有这么把妈当妈的吗？

丁大勇　　（生气地）姐，你要是这么不放心，你把妈再接回去⋯⋯

丁淑兰　　（赌气地）接回去就接回去，（俯首向妈）妈，你到我家去过，啊！（入内，提一包东西，复出，将一包东西放在妈腿上，往外面推）

〔彩霞急匆匆，一路小跑，忙牵衣角擦汗，气喘吁吁，上。

彩　霞　　（一见丁淑兰推轮椅向外走，惊奇地）大姐，你这是干什么？

丁淑兰　　走哇。

彩　霞　　走？到哪去？

丁淑兰　　妈与其在你家受罪，还不如到我家去受罪。

彩　霞　　（俯向大勇妈）妈，我的确回来迟了，让妈受饿了。

丁淑兰　　（挖苦地）嘴倒甜蜜蜜的⋯⋯

彩　霞　　大姐，你说这话是什么意思？

丁淑兰　　彩霞哪，我的意思你倒听不出来呀！

彩　霞　　大姐，你是不是怪我回来晚了？

五彩家园篇

丁淑兰　　这一大上午了,你在外面玩,想没想到家里还有一个没吃饭的妈?

彩　霞　　想到。我心心念念地想到妈在家里没起床没吃饭,只是有事耽搁了!

丁淑兰　　彩霞啦,我们做晚辈的,心里要有个准星,什么事再大,也没有妈的事情大。

彩　霞　　我不是去玩,是送小勇上学。我把小勇背到学校,校长看到了就连连检讨自己,这样一个残疾学生怎么能让一个女人背来背去呢?并说从今天起,学校志愿者承担这个任务。下午就由志愿者送小勇回家,明天早上也由志愿者来接,以后不用家长操心了。

丁大勇　　那太好了,省了我多大的一桩事呀!

彩　霞　　另外,妈的抗脑瘫药、防肌肉萎缩药快没有了,我顺便去诊所开一些带回来……

丁淑兰　　药呢?

彩　霞　　诊所拿药的女同志说,医生和护士刚才被一个病重的家属喊去出诊了,不知什么时候能回所。我等了好大一会儿,也没见到医生。我想起妈还没有起床,慌慌张张跑回来,还是迟了许多。要说不该……

丁淑兰　　该、该,你做的事都该,妈妈遭饿,也该。

彩　霞　　大姐,你别这样说话,妈我可一次也没有让她挨饿哇!

丁淑兰　　谁能证明呢?

彩　霞　　妈。

丁淑兰　　妈要是好头好脑的,那就不叫残疾人了。

彩　霞　　我用良心证明。

丁淑兰　　良心多少钱一斤？

彩　霞　　（气极地）我用人格证明。

丁淑兰　　（冷笑）哼哼，人格……

彩　霞　　如果你再不相信，那你就看、着、办。

丁淑兰　　（旁白）你看、着、办！（思忖）你、看、着、办……

　　　　　（旁唱）彩霞一句看着办，

　　　　　　　　　着实叫我好为难。

　　　　　　　　　不推妈走无脸面，

　　　　　　　　　要推妈走家难还。

　　　　　　　　　进也难，退也难，

　　　　　　　　　轮椅在此往哪转？

　　　　　（前思后想，一咬牙）也只有——

　　　　　（接唱）硬着头皮咬牙关，

　　　　　　　　　先推回家后再言。

　　　　　走，妈我推你走！

　　　　　〔丁淑兰气冲冲地推轮椅走，丁大勇一把抓住轮椅。

丁大勇　　（喝住）姐！

丁淑兰　　你让我走。（挣了几挣未挣脱）别拦我，别拦我……

丁大勇　　妈本不是包袱，由于各方理解有误，谅解不够，将妈变成了包袱。为了让各方都摆脱相互猜疑，相互指责的情绪缠绕，我建议将妈送到养老院去。

丁淑兰　　也好，在养老院里总不会饱一餐饿一顿的。

彩　霞　　大勇，你是妈的儿子，家里的顶梁柱，有权决定妈的去向。不过，我劝你三思而行。

丁大勇　　三思而行？

彩　霞	想好了，再做。
丁大勇	想好了，再做？
彩　霞	上一次你就跟我提出过，将妈送到养老院去，我劝你不送为好。记得吗？
丁大勇	记得。
彩　霞	我的理由有二：

彩　霞　（唱）一是老母亲高位截瘫，

　　　　　　她有儿有女儿媳齐全。

　　　　　　如果将妈送到养老院，

　　　　　　外界舆论会一片哗然。

（白）消息传到村子里，街头巷尾会怎么议论我啊！传到你们工厂里，那些工人会不评价吗？你身为副厂长，有脸应对吗？

丁大勇　这、这、这……

彩　霞　（接唱）二是养老院为妈请外人，

　　　　　　外面人侍候妈我不放心。

　　　　　　哪有我亲手洗亲手喂心里平静，

　　　　　　哪有我妈喊来妈唤去一片真诚？

丁大勇　（丁大勇激动地一把握住彩霞手）言之有理，言之有理。彩霞，有你，妈还是居家养老好。（转对丁淑兰）姐，这是彩霞肺腑之音啊！你……

丁淑兰　我……（有所感动地，双手缓缓离开轮椅把手）

〔灯暗。

（幕闭）

第七场 救妈

〔数日后。

〔二幕前。影像幕布上有山有坡有坎,路边是坟滩,有石块、乱坟、草丛等,旁边有块高大墓碑……

〔幕启:彩霞推大勇妈慢走,走到石块边……

大勇妈　(沉重地)彩霞哪,歇会儿吧!

彩　霞　(侧耳听)妈,你累了?

大勇妈　(摇摇头,然后问)彩霞,今天阴历是什么日子?

彩　霞　(掐指推算)妈,今天是阴历七月十五。

大勇妈　(含糊地)七月十五,也是个祭祖的日子。你回来,叫大勇烧一刀纸给他爸爸亡灵,也叫小勇烧一刀纸给他爸爸亡灵。

彩　霞　妈,大勇回来,你亲口跟他讲。

大勇妈　(摇摇头)不了。(怀念地)我想他们两个……

彩　霞　妈,你要想开些,他们对你来说是很重要,可是,他们撒手走了……也是没有办法的事。

大勇妈　(含糊地)你不理解我的心……

　　　　　(旁唱)我坐轮椅如坐牢,
　　　　　　　　终日麻木受煎熬。
　　　　　　　　度日如年何时了?
　　　　　　　　拖累儿媳我心焦。
　　　　　　　　不如一死愁肠断,
　　　　　　　　决意已下在今朝。

彩　霞　我是不理解你的心,可是,你要往好处想,想开些呀!

大勇妈	（含糊地）我已经想得很开了。今天是我想得最开的日子了。（格外亲切地）好媳妇，走吧！推我到他爸爸坟前去，我想看看。	
彩　霞	你不是定期到诊所看病吗？现在推你到大勇爸爸坟前去？	
大勇妈	（含糊地）嗯，我想去他那里……	
彩　霞	行。也该带你到外面多看看，散散心。（推轮椅走）——	

　　　　　（唱）推婆母到诊所定期检查，
　　　　　　　　一路走一路谈很是潇洒。
　　　　　　　　半途中她却要坟头看他爸，
　　　　　　　　有病人情绪波动我得顺着她。
　　　　　　　　只要她身心快乐脸有笑意挂，
　　　　　　　　她叫我推到哪我就推到哪。

大勇妈	（含糊地）彩霞哪，我们东山村风景比你娘家西山村风景好看些吧？	
彩　霞	（附和地）妈，东山村风景比西山村风景好看多了。	
大勇妈	（含糊地）前面那座山叫东山，多美丽呀！	
彩　霞	（附和地）嗯，前面那座山真美。	
大勇妈	（含糊地）彩霞哪，大勇他爸坟头到了，歇下吧！	
彩　霞	好，歇下。	
大勇妈	（故意用嘴朝前努努）彩霞，那只鸟多好看，唱得多好听啦！	
彩　霞	（朝前看）妈，是好看，唱的……	

　　　　　〔轰隆隆一阵响，大勇妈纵身一挺，轮椅从彩霞手中挣脱，一头撞到高大墓碑上……

彩　霞	（惊恐慌张，可着喉咙）妈！（山呼海应一般回响）妈……
	〔灯渐暗。
	〔彩霞随即俯身墓碑营救，隐约可见，将妈艰难背起，从舞台右角跑下。
	〔二幕启，灯复明。
	〔县医院前大厅。有椅有凳，供宾客落座休息。后面墙高处有块指示牌"住院部→"
	〔彩霞坐在塑料椅上，弯着手胳膊，一手按着手弯处，刚抽完血，手按着抽血点，神情有些呆滞。
	〔丁大勇气喘吁吁，上。
丁大勇	彩霞，妈怎么啦？
彩　霞	（扑向丁大勇欲哭）大勇，妈猛地一头撞到你爸坟头大石碑上……
丁大勇	（惊）啊！伤情重吗？
彩　霞	正在输血。我抽了许多血给妈。
	〔丁大勇焦急地朝病房方向，下。
	〔丁淑兰边哭边上，见彩霞端坐椅上，气不打一处来，一把抓住她。
丁淑兰	彩霞哪，我早就看出来你不是什么好东西，是丁门一个大克星……
彩　霞	（呆滞地）大姐，你骂吧……
丁淑兰	你早晚要把妈整死的，不整死你是不会甘心的……
彩　霞	你骂得好……
丁淑兰	我不仅要骂你，今天我要把你披着的和善面纱彻底撕下来……

五彩家园篇

〔丁大勇从病房出来，上。

丁淑兰　（抓住丁大勇哭喊）大兄弟呀，天塌了……

丁大勇　姐，不要哭了，先看看妈去。

丁淑兰　（抹泪）嗯。（下）

丁大勇　彩霞，妈，到底是怎么撞到爸爸坟前石碑上去的？

彩　霞　大勇，我认为妈是有意要往石碑上撞的。

丁大勇　你认为妈有意要撞石碑？

彩　霞　大勇，我现在回想起来，妈是有准备在今天做这种事的。

丁大勇　妈今天有准备做这种事？彩霞，你也太会说话了吧，出了这么大事，你反倒把责任推给妈，你良心不受责备吗？

彩　霞　大勇，我问心无愧呀！
　　　　（唱）清早她说要去诊所看病，
　　　　　　　到中途她却要看爸坟茔。
　　　　　　　我一直想让她快乐开心，
　　　　　　　到哪里我都是她呼我应。
　　　　　　　一路上指这点那数说风景，
　　　　　　　谁知道她有意让我分神。
　　　　　　　到坟前她说鸟唱歌好听，
　　　　　　　乘我不备她一头撞碑身。

丁大勇　你怎么就没有防备呢？

彩　霞　（接唱）平日里我与妈相处亲近，
　　　　　　　　压根儿没想到她有此心。
　　　　大勇，我怎么这么糊涂哇！

丁大勇　（有所触动）唉！

　　　　　（唱）听彩霞一番话事出有因，
　　　　　　　这种事责怪她于心不忍，
　　　　　　　但这事毕竟在她手中发生，
　　　　　　　怎么辩怎么解也难脱其身。
　　　　〔彩霞妈火火风风，上。

彩霞妈　（念）听说彩霞出了事，身上急得汗滋滋，掏钱打的来到此，先看看女儿可有事。（见彩霞，抚摸）儿呀，怎么回事呀？

彩　霞　妈，我推婆母去看大勇爸坟茔，没注意，她一头撞到石碑上去了。

彩霞妈　（舒一口气，旁白）女儿没有事就好。（转对彩霞）伤重吗？

彩　霞　眼下正在输血。

彩霞妈　女儿啊！
　　　　（唱）妈妈讲话你不听，
　　　　　　　你要做个爱心人。

彩　霞　妈，我没做错什么。

彩霞妈　你是没做错什么，可是——
　　　　（接唱）好事再多人少问，
　　　　　　　坏事一桩祸缠身。
　　　　女儿啊，可怎么办哪？

彩　霞　（唱）妈妈不必多担神，
　　　　　　　好事坏事自分明，
　　　　　　　无论事态再混沌，
　　　　　　　自古公道在人心。

丁大勇　（扶彩霞妈）妈，先歇一会儿。

彩　霞	大勇，带妈到病房看看。
丁大勇	好。（领妈下）
	〔丁小勇拄拐由几个志愿者相拥，上。
丁小勇	哥，嫂子。
彩　霞	（抚摸丁小勇）小勇，谁送你来的？
丁小勇	学校的志愿者可好啦，一听到妈的消息，（指指身边志愿者）他们都抢着背我来哩！
彩　霞	志愿者就是好哦。
	〔丁淑兰从病房复出。
丁小勇	姐！
丁淑兰	（没理丁小勇）彩霞，你把妈推到哪块石头上了？
彩　霞	我没有把妈推到哪块石头上呀！
丁淑兰	那你把妈推到哪根树桩上了？
彩　霞	我没有把妈推到哪根树桩上呀！
丁小勇	姐，嫂子可好哩，她不会把妈推到树桩上去的。
丁淑兰	（推丁小勇）去，你晓得什么？
彩　霞	大姐，我真的没有推。
丁淑兰	那妈头上的血是怎么淌出来的？淌了那么多，难道血浆会自己冒出来吗？
彩　霞	撞的，但不是我推她撞的。
丁淑兰	彩霞，你可别再狡赖了，你说你嘴巴有多硬，在事实面前，你还这么百般狡赖。
彩　霞	大姐，你相信我，我没有狡赖。
	〔丁大勇领彩霞妈从病房内出。
丁淑兰	你再狡猾，也无法推翻事实。我对你说，我妈没事算你幸运，我妈要有个三长两短，你就是罪魁祸首。

彩霞妈	她大姐呀,有你这么说话的吗?我女儿再狡猾也赶不上你狡猾。当初你拍胸脯说瘫子妈由你领回去养,你为什么不领回去呀?尽说漂亮话不做漂亮事,狡猾不狡猾呀?
丁淑兰	彩霞妈你可不要瞎说话,冤枉人,不是我不养,是彩霞不让我养!
彩霞妈	彩霞不让你养,她是心疼你家有困难,老闹着离婚。她把瘫子婆婆接回来自己养,让你腾出手来大大干活,把穷家变富。是心疼你,帮你。
丁淑兰	是心疼我,帮我,还是另有想法,现在不是很清楚了吗?
彩　霞	是很清楚了,你去告哇!
丁淑兰	到时候看我可告你。
彩　霞	去告哇!
丁大勇	彩霞,你能不能省一点儿。妈出了事,姐讲几句,就让她讲几句呗,吵什么?
彩　霞	你怎么不叫你姐省一点儿……
丁大勇	妈是她亲妈,妈撞成这样她当然心疼呀!喔,妈不是你亲妈,你不心疼是吧?
彩霞妈	(见彩霞气极头晕,站不稳,上前一把扶住)女儿呀,女儿呀……
彩　霞	(清醒过来)丁大勇,我从来不敢想也没有想过的一句话,你终于讲出来了,我心寒啦!

(唱)订婚时你说你妈由你姐养,
　　　结婚后妈仍坐轮椅在高堂。
　　　你姐弟俩推来推去吵嚷嚷,

五彩家园篇

残疾妈赡养大事都不认账。
我出来见这场面闹得很僵,
我当即留下婆母由我赡养。
家里田地你没有时间看望,
我起三更摸半夜耕耘山场。
风风火火干完活跑步下山岗,
忙回家照料婆母接着又忙。
婆婆要尿我先将盆端上,
婆婆要拉我搂抱她上茅房。
怕她跌倒又怕她在身上搞脏,
我聚精会神站在她身旁。
空气混浊异味迷漫实难当,
为亲人经受异味我也无妨。
便后我拿手纸帮她擦干爽,
清洁后我又抱她上高床。
你知道——
穿衣脱衣一天帮她多少遍？
抱上抱下一天要抱多少趟？
喂饭喂汤一天要喂多少碗？
洗脸梳头一天要整几次妆？
我总是轻声细语微笑对她讲,
从未透露半句怨言将她伤。
我总想给婆婆多一些欢畅,
从不给有病之人雪上加霜。
视婆母为亲娘胜似亲娘,
一桩桩一件件我照应周详。

　　　　　　这一切没得到你一句褒奖，
　　　　　　你反倒讥讽我是虚心假肠。
　　　　　　你妈你姐批评我不记心上，
　　　　　　心上人不公之言令我心伤……
　　　〔彩霞头晕，站不稳。
丁小勇 （扶彩霞）嫂子！
彩霞妈 （扶彩霞）女儿啊！
丁大勇 （懊悔地紧抱彩霞）彩霞、彩霞！我错了，我讲错了……
　　　〔一位穿白大褂医生，上。
医　生 你们是丁大勇妈妈的亲属吗？
众 （齐声）是的。
医　生 丁大勇妈妈只是撞倒，流血比较多，心脏衰弱，经过我们输血、治疗，已经苏醒过来了，没有大碍，请家属放心。
众 （惊喜）好啊！
丁大勇 （激动地）彩霞，妈有救了……
彩　霞 （也激动起来）妈，祝福你……
　　　〔灯暗。

（幕闭）

第八场　迎妈

〔前场一个月后。
〔幕启：医院大门口，有雕塑、花坛、彩旗等，花团锦簇，彩旗飘飘。

〔丁淑兰手持一束鲜花，郭士墩随后，上。

丁淑兰　（唱）妈妈今天出院啦，
　　　　　　　女儿我乐得笑哈哈，
　　　　　　　买上一束鲜艳的花，
　　　　　　　献给我敬爱的妈。

〔丁大勇自医院大门内向外走来。

丁大勇　姐，妈可因祸得福了。

丁淑兰　大兄弟呀，妈怎么因祸得福？

丁大勇　妈能开口说话了，还有说有笑哩！

丁淑兰　真的？

丁大勇　现在的医术真是高明呀，经过一个多月治疗，妈本来说话含糊不清，现在讲话清清楚楚，说说笑笑声音还很清脆哩！

丁淑兰　你亲自听到的？

丁大勇　她今天出院，口口声声感谢医生，感谢护士……

丁淑兰　那太好了！

丁大勇　妈还一个劲地感谢彩霞！

丁淑兰　哼，事故由她造成的，还感谢她？妈是老糊涂啰！

丁大勇　姐，你不能这样说话……

丁淑兰　（抢话）我这样说话怎么啦，不对吗？妈撞到石碑上的"真相"你搞清楚了吗？你能证明妈不是彩霞推的吗？

丁大勇　姐，你怎么老反着说！妈是说，感谢彩霞自始至终热心细致地陪护她……

丁淑兰　那是假象！彩霞越是装着热心细致陪护妈，就越是想掩盖那个事实;越是想掩盖事实,也就越说明妈是她推的。

丁大勇 (厌烦地)姐,你不能瞎怀疑……(欲进医院大门)

〔彩霞推着大勇妈轮椅,彩霞妈、彩霞爸、郭士墩、丁小勇、医生、护士、志愿者簇拥着,从医院大门内出来。

丁淑兰 (激动俯身亲妈)妈,欢迎你出院啦,这束花献给你。

大勇妈 儿啊,我今天出院特别高兴咧!

丁淑兰 是高兴啦,我们大家都高兴,都来迎接你呀!

大勇妈 (激动地)大勇、小勇、淑兰,儿呀,老娘的血都在你们血管里流淌呀!可是,今天老娘的血管里却流动着我的好儿媳彩霞的鲜血呀!我高兴啊!过去我想死,了断愁肠。今天不了,从今天起我要活下去!我要好好活、下、去!

(唱)儿媳的血在我血管里流淌,
　　　又重新燃起我对生的希望。
　　　我的好儿媳处处为老娘,
　　　我些许变化她都挂心上。
　　　做饭菜天天变花样,
　　　为的是老娘吃得香。
　　　梳洗时缓缓对我讲,
　　　不要悲观心情要欢畅。
　　　田间归来热汗满脸淌,
　　　放下锄头又为我梳妆。
　　　贪早摸黑两脚忙,
　　　累得人瘦黑眼眶。

　　　　　拖累儿媳太久长。
　　　　　戴"罪"之心愧难当。
　　　　　我总想，早一天去见阎罗王，
　　　　　好让儿女得解放。
　　　　　那天我有心叫她把我推到坟头旁，
　　　　　我故意叫彩霞侧耳听鸟唱。
　　　　　趁她不备我挺身使劲撺，
　　　　　撞上石碑就此上天堂。

丁淑兰　　妈，你是自己故意往石碑上撞的？
大勇妈　　是呀，我早就想用这个方法结束自己了……
丁淑兰　　（恍然大悟）哇！妈真是自己故意撞碑的呀！那我就大错特错啰！（无地自容地躬下身，十分愧疚地握住彩霞手）彩霞哪，我错怪你了，我、我、我真的错怪你了……（捂眼自责，意欲下跪）
彩　霞　　（一把托扶丁淑兰站起，十分尊重地拍拍丁淑兰手）大姐，别往心上去，发生了这么大一件事情，哪能没点曲解、没点误会呢！理解万岁，包容万岁吧！现在我们最重要的任务是把妈妈赡养好。妈妈至上！
丁淑兰　　妈妈至上！
众　　　　妈妈至上！
　　　　〔音乐起。
　　　　〔幕后合唱：
　　　　　百善孝在先，
　　　　　修身德为上。
　　　　　爱心满中华，

国泰民安康。

〔彩霞、丁大勇推妈轮椅,大勇妈手捧鲜花,在众人簇拥下,在欢快的音乐声中,造型亮相。

〔在众人亮相中,银屏上徐徐升起"妈妈至上"剧名。

〔灯暗。

—剧终—

丹枫正艳

时　间：20 世纪 80 年代，改革开放初现浪潮时……
地　点：某县城乡。
人　物：
梁　光——男，四十五岁，原副县长，现领办竹瓦镇建筑大队。
方秀珍——女，四十一岁，竹瓦镇建筑大队队长。
小　枫——女，二十一岁，竹瓦镇建筑大队设计员，方秀珍之女。
陈　烨——女，三十五岁，县委办公室副主任兼行政科长。
朱大力——男，五十岁，竹瓦镇建筑大队党支部书记。
任　政——男，四十五岁，竹瓦镇镇长，方秀珍丈夫。
月　兰——女，二十三岁，炊事员。
小　明——男，三十岁，竹瓦镇建筑大队工段长。
王局长——男，县城市建设局局长。
杨同志——男，省城干部。

A

〔秋天。

〔陈烨家。

〔幕后合唱：

红枫啊，红枫，

高高地耸入苍穹。

你是大自然的魂，

你是人生的梦。

你像一面旗，

招展迎东风。

你像一团火，

燃烧在心中……

〔在欢快而又带有几分幽怨的音乐声中幕启。

〔陈烨打扮入时，风采动人地上。

陈　烨　（唱）八月十五月儿圆，

陈烨我思绪绵绵。

绕梁且有双飞燕，

出水也有并蒂莲。

可恨那丈夫暴病入阴间，

撇下我孤单一人好可怜。

喜如今又有伴飞的排头雁，

荡双桨爱河泛舟击漪涟。

梁光他才貌双全盖全县，

也算我因祸得福好运转。

愁的是我多次提出结婚事，

　　　　　　他总是犹犹豫豫难出言。
　　　　　　这叫我要说踏实也踏实，
　　　　　　要说不安也不安。
　　　　今天，建房工地我不去了，让它瘫那里算了。我好好烧几个菜请梁光来喝几杯"红双喜"葡萄酒，团圆团圆，来他个酒酣耳热，然后与他……（扭开三用机响起迪斯科音乐，陶醉般地跳起迪斯科）
　　　　〔梁光手拿一卷纸兴高采烈地上。

梁　光　（唱）手握批件心欢畅，
　　　　　　我怀揣"合同"喜洋洋。
　　　　　　从此后不再当那副县长，
　　　　　　三年中建筑队里拼一场。
　　　　　　陈烨她今天请我吃香喝辣，
　　　　　　我顺便向她辞行以解愁肠。
　　　　陈烨！

陈　烨　哟，你来了。酒斟满了，菜烧好了，就等你哩！（拭汗）看把我急得……（陶醉地）你来了，我什么都满足了，满足了……

梁　光　陈烨，我告诉你一个好消息。

陈　烨　什么好消息，又要提拔？

梁　光　不。县委同意了我的报告，批准我辞去副县长职务。

陈　烨　什么，同意你辞去副县长职务？

梁　光　对，同时与竹瓦镇政府草签了领办他们镇建筑大队的合同。

陈　烨　别逗我，不会的，县委不会那么糊涂，随便就让一个副县长去领办一个小小的乡镇建筑大队的。

梁　光　是真的，陈烨。

陈　烨　要是，那也是县委刘书记口头答应，故意考验你，看你是否愿意到艰苦的地方去，弄不好，还能提个正座儿哩！嘿嘿嘿！

梁　光　不，不是口头答应，是正式批件。（示文件）

陈　烨　（接文一看，大惊）你你你疯了？

梁　光　没有。

陈　烨　好当当的一个副县长不当，去、去领办什么瓦竹镇建筑大队？

梁　光　竹瓦镇是你的家乡呀，我想把你的家乡建设得好些嘛！

陈　烨　哼，那是我什么家乡，破乡烂镇！（自我抑制了一下，和缓下来）我实话告诉你，你能当上副县长，知道我出了多大的力吗？我在县委刘书记面前不知说了你多少好话，什么正宗名牌大学毕业生，组织能力特强，知识面极广，是我县难得的人才，等等；凡是能给你加上去的美言，我都全用了，县委刘书记才在常委会上定下你这个接班的。可你，一张报告就……唉，也怪我一天到晚绑在建房工地上，没到办公室过问过问。

梁　光　陈烨，你要理解我，我是大学建筑设计系毕业的，有专业知识，在城建局当个副局长还能对付，可当副县长，我实在不行，倒不如干个经济实体去。

陈　烨　那你就要求回城建局搞副局长。

梁　光　不行，那里位置全满了，一正五副，桩也打不进哪！

陈　烨　那你就得把副县长当下去！

梁　光　陈烨，现在从中央到地方都在开放、搞活，县里也

　　　　　　大力宣传振兴乡镇企业，我这个搞专业的，能安心坐在这个位置上吗？

陈　烨　　县委是普遍号召，造个声势而已呗！

梁　光　　不能光打雷不下雨，我们要带个头。

陈　烨　　这么说，你是一心要到竹瓦镇？

梁　光　　一心要到竹瓦镇。

陈　烨　　你……梁光！

　　　　　（唱）我追你追了两三年，
　　　　　　　　如同求佛向你攀谈。
　　　　　　　　心想你往正座上变，
　　　　　　　　门当户对喜结良缘。
　　　　　　　　难怪我多次提起结婚事，
　　　　　　　　你言三话四尽推延。
　　　　　　　　原来是你心有秘事口不宣，
　　　　　　　　蒙得我痴女等汉年复年。

梁　光　　（唱）并非我心有秘事口不宣，
　　　　　　　　只因为支援乡镇重任在肩。
　　　　　　　　说实话我对当官有些厌，
　　　　　　　　倒不如去乡镇做点贡献。
　　　　　　　　陈烨同志，竹瓦镇建筑队过去在全县是鼎鼎有名的三级队，好多房屋都是他们造的。可现在县委县政府这么两幢楼也盖不好，瘫在那里不能施工，多惨！

陈　烨　　才好哩！我早对他们设计的那摞图纸有看法，很俗气，不洋派。要不是刘书记点头，我死也不会请他们。现在工程瘫了，正是畚箕坏了口——巴不得。

梁　光　　我不能看他们这样烂下去。

〔朱大力推门探进头："嗨，真在这里！"进门，方秀珍随入。

朱大力　梁副县长，我正找你。

梁　光　嘀嘀，是你们两个，坐，坐，什么事？

朱大力　（瞟瞟陈烨，将梁光拉到一边）听说你调到我们建筑大队去了？

梁　光　是呀，欢迎不欢迎？

朱大力　哎呀，还问这个，打灯笼戴夜光镜也找不着呀！我们竹瓦镇人恐怕三朝五代就搬砖弄瓦了，虽然也造了许多楼堂庙宇，那是老辈手中的事。解放后红过一阵以后就越来越败，现在年轻人上来，败得……秀珍和我简直无法支撑啦！你这大县长来，我们还不连手带脚一起举起来欢迎？

梁　光　欢迎，我信心就更足了。

方秀珍　梁副县长，你还是把全县工作搞好，我们那烂摊子还是我们支撑吧！

陈　烨　方秀珍说得对，你应该把全县工作搞好，这是正事。再说，他们那烂摊子你去了也不一定就能搞好。

梁　光　办法是人想的。（对朱大力和方秀珍）你俩回去，告诉大伙，就说我去领办你们大队。

朱大力　（高兴地）真棒！

方秀珍　（深情而严肃地）梁光同志，我来就是劝告你，把副县长当好，别三心二意。你的责任是全县，竹瓦镇建筑队只是其中很小的一部分。

朱大力　这一部分对我们来说多么重要哇！

方秀珍　重要的是全县，我不希望你抓芝麻丢西瓜。

朱大力　　秀珍，你怎么啦？这摊子我俩撑得身子都打颤了，大汉子来顶，你还反、反对？

方秀珍　　以大局为重嘛！

朱大力　　（气愤地）你你你疯了，你要把这事捣翻了，我回去发动大伙扒你的……衣！（气下至右侧，忽转回拉住梁光）梁副县长，方秀珍虽是我们队长，可她是女人，妇人之言多包涵些。

梁　光　　没关系。

〔朱大力下。

方秀珍　　你要慎重再三，（示意梁光）不能只为了我……们。（下）

陈　烨　　看，何苦？人家这个态度对你，也难怪么，你去领办，夺了人家队长、支书的权。人生需要的是什么，除了七情六欲之外，不就是想个权吗，你把人家夺了，会欢迎？

梁　光　　不是他们欢迎不欢迎，这是历史的必然。

（旁唱）四目相视一瞬间，
　　　　两颗心扉我看穿。
　　　　二十年前眷恋起，
　　　　远情近爱又复燃。

陈　烨　　我说梁光，方秀珍不是叫你慎重再三嘛，就算我的话听不进，可人家方秀珍的话总该有所灌耳吧！

梁　光　　这是什么意思？

陈　烨　　意思很明白，叫你别为了她而牺牲了你。

梁　光　　这不要她说，也不需你说，我已经考虑再四再五了。

陈　烨　　的确为了那建筑队？

梁　光　大概。

陈　烨　是不是为方秀珍?

梁　光　也许。

陈　烨　（暴发地）你俩旧情复发!

梁　光　多疑何用?

陈　烨　死灰复燃!

梁　光　用词不当。

陈　烨　好，既然你心冷如铁，九牛不回，那就由你自行其是吧! 可不巧的是，这两幢大楼筹建处负责人是我，往后的戏够你唱的。

〔切光。

—幕落—

B

〔几日后。

〔镇郊，一棵树冠如盖，身粗有抱的枫香树耸立在路口。

〔方秀珍上。

方秀珍　（唱）抬头相见老枫香，
　　　　　　　低首寻思它短长。
　　　　　　　每次路过我绕道走，
　　　　　　　怕见枫叶引忧伤。

　　　　（抚摸树干）唉——

　　　　（接唱）枫香树疙疙瘩瘩历尽风霜，

　　　　　　多像人灾灾难难饱经沧桑。
　　　　　　它曾是我和他月老红娘，
　　　　　　哑巴物终究没把红线牵上。
　　　　　　留下了丝丝缕缕藕断荷香，
　　　　　　使得我常泛起阵阵感伤。
　　　　　　今天是梁光辞官把任上，
　　　　　　我提前迎到树下叙衷肠。
　　　　　　相劝他枫香树前认真思量，
　　　　　　何去何从切莫轻往。
　　　　　　我现在枯草旁边将身藏，
　　　　　　他何时过来我何时挡。（隐入草丛）

　　〔梁光身着简装，英姿勃勃上。

梁　光　（唱）着简装踏征程心中激荡，
　　　　　　辞官职办企业美事一桩。
　　　　　　祖国的好山河处处风光，
　　　　　　好男儿兴中华志在四方。
　　　　　　援乡镇搞建设我多年愿望，
　　　　　　到今天才获准如愿以偿。
　　　　　　望长空一碧如洗胸襟坦荡，
　　　　　　低头对枫香树无限惆怅。
　　　　　　我原对枫香树暗怀希望，
　　　　　　祈祷它为牛郎织女架桥梁。
　　　　　　谁知它桥梁未成却成屏障，
　　　　　　隔绝了戏水鸳鸯各自一方。
　　　　　枫香树呀枫香树，二十年过去了，你依然树冠如盖，葱翠茂盛，可知道我这么多年来愁思绵绵，郁

　　　　　气回肠呀！也好，托你老树之福，我终于回来了，回来了！

　　　　　（接唱）竹瓦镇且是我第二故乡，

　　　　　　　　　瞥见它一瓦一石心也欢畅。

　　　　　　　　　今日我跃马扬鞭重踏沙场，

　　　　　　　　　追寻那失去的爱流逝的时光。

　　　　〔方秀珍窜出草丛。

方秀珍　梁光！

梁　光　（无限激动地）你怎么在这儿？

方秀珍　我能不在这里接你吗？

梁　光　是呀，你应该成为第一个接我的人，可我希望第一眼看见的也就是你呀！

方秀珍　（激动地流下泪，张臂拥抱）梁光！

梁　光　我一半为竹瓦镇，一半为你而来……

方秀珍　（忽然想起什么，推开梁光）呵，不不，你不该来。

梁　光　为什么？

方秀珍　（一时想不出理由，拙笨地撒了个谎）我、我、我们建筑大队有、有、有人承包了。

梁　光　谁？

方秀珍　（又不愿违心地撒谎下去）反正、反正有人呗！

梁　光　（旁唱）秀珍说话又吐又咽，

　　　　　　　　似乎有某难处梗在心间。

　　　　　秀珍，真有人承包了？

方秀珍　真，真……

梁　光　秀珍，真有人承包了，我就做他的助手，也要把竹瓦镇建筑大队搞出名堂来。

方秀珍　　你……不需要了。
梁　光　　秀珍哪——
　　　　　（唱）支援它是我愿决心如山，
　　　　　　　　纵然是三车九牛也拉不回转。
方秀珍　　这——
　　　　　（旁唱）建筑队青工多纪律涣散，
　　　　　　　　领导弱技术缺濒临倒摊。
　　　　　　　　我像鱼在里面上下辗转，
　　　　　　　　才勉强维持住艰难局面。
　　　　　　　　梁光来也只是大将一员，
　　　　　　　　怎能够发神威力挽狂澜？
　　　　　　　　到那时上不得下不得进退两难，
　　　　　　　　怎忍看意中人备受熬煎？
　　　　　　　　他至今仍然是一条单身汉，
　　　　　　　　但愿他与陈烨喜结良缘。
　　　　　　　　怎么说也该让他心回意转，
　　　　　　　　回县城复官职好把喜事办。
　　　　　（故意严肃地）梁光，既然有人承包，你何必插手？
梁　光　　这……
方秀珍　　我提前到这里来就是告诉你这件事……
　　　　〔朱大力、小明、月兰等职工边喊"梁副县长——"
　　　　　边上。
朱大力　　梁副县长都到了，多早哇！（对方秀珍）哟，方队长倒捷足先登，提前来欢迎呀！月兰，小明，你们看方队长高兴不高兴？
　　　　〔一片喊声："高兴！"

月　兰	方队长是我们建筑队的头，头一高兴下面全激动啦！
小　明	是呀，朱支书回来说，一个县长来领办我们建筑大队，真是我们搬砖弄瓦的工匠们最大的荣幸，大伙把双手举起来欢迎不算，还把桌子、凳子翻过来扩大数字。
梁　光	（抚小明头）你叫什么名字？
小　明	叫我小明吧。
梁　光	小明同志，大伙真那么欢迎我？
小　明	嘿，这还假得了？喏，有快板为证： （唱）梁副县长叫梁光， 　　　同济大学名在榜。 　　　精通技术会设计， 　　　咱队就缺这根梁。 　　　只要他来干一场， 　　　保管咱队大变样。
梁　光	嗬，诌得满圆嘛！你们没有人承包？
小　明	咳，谁有那金刚钻呀！就连方队长、朱支书也望而生畏呢！
方秀珍	小明，别胡说。
小　明	胡说？我胡说？怎么喊承包喊到现在也没人敢站出亮亮相？
方秀珍	现在有了。
小　明	谁？
方秀珍	（急中生智地）我！
众	你？！

小　明	你，别说我瞧不起你方队长，这么多年，你当队长统率一切，不等于你承包吗，搞得怎么样？嘿嘿嘿，别逗这个能，不是缝衣剪鞋帮。
梁　光	小明，说话要有礼貌。
朱大力	他呀，干活是把好手，工段长嘛，就是讲话直来直去，有时没大没小的。
方秀珍	梁光同志，我郑重告诉你，请你就此止步，回县去。
朱大力	不行！（对方秀珍）你可不能一时冲动，几百号饭碗就搁在这个队，干不好，苦了自己不说，坑了大伙有罪呀！
方秀珍	我有这个能力……
梁　光	方队长，如果你承包我非常欢迎，我愿做你的助手。
方秀珍	不！我就是要你离开。
小　明	不行！梁副县长，我们欢迎你。
方秀珍	你走你走——（推梁光欲下）
众	梁副县长不能走！（把梁光拉回来）
方秀珍	好，你们不要他走，我走……我打辞职报告去。（急下）
众	方队长，你也不能走！（撵至右侧）
	〔梁光站在原地呆若木鸡。梁光画外音："秀珍，你理解我吗？人生的意义是什么？在于奉献，我愿意把一切奉献给祖国，奉献给竹瓦镇，奉献给你呀！" 〔陈烨、任政上。
陈　烨	嘀，梁光同志早哇！我在镇政府办公室等你许久，你倒在这棵树下跟大伙聊上了。
梁　光	陈烨，我是从小路抄近走来的。这条小路二十多年没走过了。我要看一看啊！

陈　烨　（揶揄地）小四轮不坐迈两条腿，思想够先进哪！

梁　光　四轮也是有的，农公班车还是很方便。不过，我想摆摆腿。二十年前我插队在这里，来来去去都走这条小路，这条小路给我留下多少思念呀，我想理一理。

陈　烨　多么富有诗意呀，思念，理一理，可惜你不是诗人，不会理出什么来的。（转念）言归正传吧！（忽发现）哟，你们方队长呢？

任　政　没来吧？哎，不对，我上班时，她早出门啦！

小　明　来是来了。

陈　烨　人呢？

小　明　你找吧，反正在地球这边。

陈　烨　小鬼，跟我要贫嘴。

任　政　小明，说话也不挑个对象，陈主任跟你开玩笑？

朱大力　方队长是来了，有事刚走，什么事？我在。

陈　烨　（对任政）你讲讲吧。

任　政　是这样，刚才陈主任指示，县委县政府大楼从图纸设计到下地脚都不符合要求，必须返工重来，你们考虑一下，如果……

朱大力　陈副主任，这图纸设计好之后，是经过县委刘书记的呀！

陈　烨　刘书记是工农干部，抗日打过仗，援朝跨过江，老了，抓抓生产能凑合，哪懂这些技术活儿？只要是张图纸，做起来是座房子就行，可逃不掉我的眼呀！我这个县委办公室副主任兼行政科科长，现在又是筹建负责人，不管不行啊！

朱大力　陈副主任，刘书记点头你也在他身边站着，有看法

	当时为什么不提出来？眼下地脚全部搞好了，墙基也打了，再返工，那、那损失……
任　政	老朱哇，陈主任是领导，你得听话嘛，叫返工，就返吧！
朱大力	任镇长，这不是一个钱两个钱呀，一甩就是两三万块钱。
任　政	这……哎，也怪你们，当时就应该把图纸给陈主任过目。
陈　烨	你们知道这是什么房子吗？我们县即将对外开放，不久就有外国友人前来观光搞经济联络。为了对外搞活经济，把县城建个样儿出来，才花那么大代价。县委、县政府两幢六层大楼，给外国人看的，要求就高啦！既要美观大方，又要经济实用；既要通风设施好，采光面积大，又要结构合理、利用率高；既要让外国人看了赞赏，又要本国人看了舒服；既要把钱用完，又要控制不要超支；既要……
朱大力	陈副主任，你"莲花落"一般讲了那么多既要又要，我们乡镇建筑队的水平……
陈　烨	行呀，只要你们说出这个话，承认不行，我就对外招标，县内不行，县外招。
任　政	不不不。（乞求地）陈主任，你是竹瓦镇人总希望竹瓦镇好哇，拳头往外打，胳膊往里弯，担待点吧！
陈　烨	（瞟了梁光一眼）这可不行，我担待了谁认账？
任　政	别人不认，我们镇政府总还是认的。
陈　烨	（弦外有音地）我要认账的，不是你镇政府。
梁　光	（忍不住）任镇长，这不需要什么担待不担待，该

怎么办就怎么办吧!

陈　烨　（气极地）有人出面就好。（欲急下）

朱大力　陈副主任、陈副主任……（追上去欲求情，陈烨不理，急下）

任　政　你这个老朱，左一个陈副主任，右一个陈副主任，你就不能把"副"字去掉喊陈主任?

朱大力　她是副主任呀!

任　政　现在领导干部最怕带"副"字，你就不掌握人家心理!（忽想起）朱大力，过来。（耳语）要舍得，去吧。

朱大力　嗯。（下）

任　政　走，到镇政府去。

〔拉梁光下。

〔灯暗。

——幕落——

C

〔晚上。

〔工程大队设计室。

〔幕启：梁光、小枫伏案绘图。稍顷，梁光把图纸推向一边，放下铅笔。

梁　光　（唱）陈烨她暗下决心把事追，
　　　　　　　严呵斥图纸设计不够精微。
　　　　　　　她下令返工重来口气干脆，
　　　　　　　我只得挑灯夜战重把图绘。

小　枫　（不耐烦地将铅笔一掼）哎——
梁　光　唉！
小　枫　我喊你师傅行吗？
梁　光　就喊师傅吧。
小　枫　师傅，我设计的那图纸陈烨妖女说哪些地方不行？
梁　光　整个儿。
小　枫　我不服！我是在县设计室指导下设计的，经过他们盖章同意的，怎不行？

（唱）陈烨这妖女真是鬼，
　　　将我设计的图纸全盘儿推。
　　　要不是你师傅巧答对，
　　　她还要把责任追。

岂有此理！追我什么责任？

（接唱）想当初召开图纸审定会，
　　　　个个跷起拇指齐赞美。
　　　　刘书记老眼笑眯了缝，
　　　　夸我人小脑聪慧。
　　　　桌子一拍"就这么干"，
　　　　难道他也说走了嘴？
　　　　分明是妖女想换另外一个工程队，
　　　　故意作难把事吹。

不，不行，我找陈烨去。

梁　光　别太冲动，看事要一分为二。陈烨讲话固然有刁难的一面，但仔细研究，图纸也确有不理想的地方。从整个儿看，现代味儿不足。
小　枫　小县城那么洋气配么？又不是大城市。

梁　光　小县城也要洋气点儿。

小　枫　要洋气还那么难吗！我在建筑设计院进修学习的时候，见到的多啦！那时候我就下过决心，总有一天我要把我设计的图纸打到国际市场去，让洋大人知道中国有个竹瓦镇，竹瓦镇有个叫小枫的高级女设计师。

梁　光　好，小小年纪有志气。（拿图纸）来，别生气，要争气，细心点儿。

〔梁光、小枫伏案绘图。

〔朱大力手提鼓鼓囊囊网袋，里面有酒、烟、衣等，上。

朱大力　（唱）小干部要受大干部气，

　　　　　　　自古到今一个理。

　　　　　　　陈主任上午歪了歪鼻，

　　　　　　　任镇长快将我衣角提。

　　　　　　　叫我买份厚厚的礼，

　　　　　　　连夜悄悄送到她屋去。

　　　　　　　小干部还要学得一副好脾气，

　　　　　　　点滴照办莫迟疑。

　　　　　　　一瓶茅台二百几，

　　　　　　　一套西服一百六十七。

　　　　　　　一条毛毯够高级，

　　　　　　　价格贵得真出奇。

　　　　　　　三样花掉六百一，

　　　　　　　还不知领导满意不满意。

　　　　　　　先去问问新到职的"总经理"，

　　　　　　　看他提出何话题。

	（进屋）梁副……咳，喊什么好呢？
梁　光	喊大梁吧。
朱大力	我说大梁呀，你看这点礼品够不够哇？
梁　光	礼品？送谁？
朱大力	任镇长讲了，送陈烨去。
梁　光	为什么？
朱大力	讨讨好呗。要不然她发火要返工，那两三万就丢水里去啦！六七百换两三万，值！
梁　光	咳，开后门能这样开吗？做楼房不是招工、办户口，该赔就赔，咬牙也得办。
朱大力	嘿，你说得像喝水咕咚就下去了，我们可赔不起呀，两三万。
梁　光	这不要你负责，我来。凭点老关系我已经在建行办好手续了，以我私人名义先贷款，干不好就赔。
朱大力	什么，你私人赔？
梁　光	干赚了公家赔，干赔了算我的。
朱大力	你，又发疯了？甩掉副县长不干，现在又私人贷款……存心毁自己？
梁　光	放心吧，人，不就是这点儿值？
小　枫	朱支书，你就相信我师傅吧，他是 S 大学毕业生，虽说工农兵大学生，可他钻得特别厉害，技术可帅啦！
梁　光	（对朱大力）去吧，把这退掉。
朱大力	（旁白）公叫买礼，婆叫退礼……小媳妇两头受气。（踟蹰下）
梁　光	小枫，你对我怎么了解得这么清楚？
小　枫	我妈早就给我说过你！她对你很熟悉，似乎是老同

学一样，你们同过学？

梁　光　……

〔方秀珍上。

方秀珍　（唱）梁光有股倔脾气，
　　　　　　我好言相劝他不理，
　　　　　　这事是苦坑累了伤筋皮，
　　　　　　怎能眼睁睁看他受委屈？
　　　　　　我这里把辞职报告递，
　　　　　　促使他左思右想权衡利弊。（见梁光小枫挑灯夜战，更不忍地转回）

　　　　　（接唱）更深夜半月明星稀，
　　　　　　毡棚疏漏凉风习习。
　　　　　　"师徒"俩聚精会神绘图急，
　　　　　　我怎能静池击石荡涟漪？（观看了一会儿，下狠心地）

　　　　　（接唱）欲擒故纵巧拿敌，
　　　　　　欲进先退也有先例。
　　　　　　不妨一试见个高低，
　　　　　　也许反响更强烈。

　　　　梁光同志，给（递纸）。

梁　光　你……（接纸）这是什么？

方秀珍　辞职报告。

梁　光　（惊诧）你，你为什么要打辞职报告？

方秀珍　人家来夺我的饭碗了。

梁　光　你怎么这样说话？

小　枫　妈，我师傅是对乡镇企业的支援，是对我们建筑队的爱护和扶持呀！

方秀珍　如果真是爱护，你就走，离开这里。

梁　光　秀珍，你变得太复杂了。

方秀珍　你变得更不可理解了。

梁　光　如果你真的认为我来得不该，夺了你的饭碗……

方秀珍　（狠心地）真，真的！

梁　光　那我走，马上走。（卷起图纸急下）

　　〔方秀珍、小枫追至右侧。

方秀珍　梁光！梁……光！

小　枫　师傅！师……傅！（转回身）妈，你这样刺激我师傅，他受得了吗？

方秀珍　（痛苦地）刺激，我要狠狠刺激！

小　枫　妈，你好狠心！

　　　　（唱）陈烨她在上面施加高压，
　　　　　　　她退掉我们队另请客家。

方秀珍　什么，退掉我们队？

小　枫　是呀，说我们队技术力量差。

方秀珍　差，差也得我们做。走，找陈烨去！

小　枫　不必去了。

　　　　（接唱）我师傅当场拍胸回她话，
　　　　　　　他承包到底不许另生枝杈。

方秀珍　对，他争得对。

小　枫　（接唱）陈烨她嫌图纸不符合现代化，
　　　　　　　要师傅重新磨粉另做粑。

方秀珍　你师傅怎么说？

小　枫　我师傅骨头不软心不虚，一口答应。

方秀珍　　一口答应？那损失……
小　枫　　（接唱）那损失我师傅一口吃下，
　　　　　　　　　到银行私人贷款不连累大家。
方秀珍　　这——
小　枫　　（接唱）我师傅跑上跑下为了什么，
　　　　　　　　　还不是为我队锦上添花？
　　　　　　　　　妈妈呀！
　　　　　　　　　这样的硬骨气也难造化。
　　　　　　　　　你怎能恶语伤人气走他？
方秀珍　　唉！
　　　　　（旁唱）听女儿一番话心如刀剜，
　　　　　　　　　此言行也确实心狠口辣。
　　　　　　　　　这梁光真是个钢铸铁打，
　　　　　　　　　男子汉气高昂令人羡夸。
　　　　　　　　　既如此我也该衬他一把，
　　　　　　　　　福同享祸同当赴汤蹈火走天涯。
　　　　　　枫儿，快把他请回来。
小　枫　　妈，你想通了？
方秀珍　　嗯！（拉小枫）走。
小　枫　　（激将地）我不去。
方秀珍　　为什么？
小　枫　　解铃还须系铃人，谁惹了他谁去！
方秀珍　　（点小枫）鬼丫头。
　　　　　〔灯暗。

—幕落—

D

〔前场当晚。

〔梁光的卧室,小窗对外。

〔小桌上摆着一摞图纸,一张铺开着,梁光精心地描画着,审视着……

〔方秀珍窗外辗转。

梁　光　好,就把这幅图晒它几张,送一份到省设计院去,看看能不能参加这一次展览评比。(拿起图纸审视)我看可以大胆些。(不无感慨地)唉,中国人最大的弱点就是胆小怕事图安稳,缺乏个大胆。不敢大胆设想,不敢大胆创造,不敢大胆地寻找自己的位置和价值,不敢大胆承认自己,不敢大胆战胜自己。可悲呀!

〔窗外,方秀珍不安地搓手顿足。

方秀珍　(唱)月沉西山夜风凉,
　　　　　　寒露微白凝花窗。
　　　　　　来时勇气鼓荡荡,
　　　　　　却为何窗下徘徊无了主张。
　　　　　　越想喊他心越乱,
　　　　　　越想亲近越彷徨。

〔鸡鸣声。
　　　　　　是进是走该决定,
　　　　　　岂能惶惑两茫茫?
　　　　(决心地)女人也是"大丈夫",既然把人家轰走了,又何必再来求他?哎,走!

（接唱）好马不吃回头草，
　　　　好汉莫求人相帮。
（走走，又不舍地）唉——
（接唱）心想走，脚难移，
　　　　一步三回把他望。
〔室内，梁光将图纸摞好，捆住。

梁　光　　人要有点精神，好骡好马拉出去遛遛，我把它豁出去，让省院专家评评。看来，我不搞点名堂来，方秀珍是不会……（兴叹地）方秀珍呀，方秀珍……
〔室外，方秀珍捶胸壮胆，趁机而入。

方秀珍　　哎！
梁　光　　（惊）大黑夜，你怎么来了？
方秀珍　　你这地方是金银仓库还是风水宝地，不能来？
梁　光　　能是能，不过这房间是我的领地，我要限你三分钟之内出去。
方秀珍　　今天晚上既来了，就不打算出去。
梁　光　　你……我到你那儿，你恨不得拿根铁棍撵我。
方秀珍　　那样撵还算客气，今晚我赶到你屋里来撵你。
梁　光　　撵我？
　　　　　（旁唱）深夜来访何用意，
　　　　　　　　　初来乍到难摸底。
　　　　　　　　　不妨编句谎言将她戏，
　　　　　　　　　探她深浅好释谜。
　　　　　那是太巧了。
方秀珍　　怎么巧？
梁　光　　我正要卷铺盖出门去。

方秀珍　　出门去？上哪儿？

梁　光　　那你莫管。总不会当乞丐王国的国王吧！不过，总算幸运，上街头不要，下街头抢不到。

方秀珍　　怎么讲？

梁　光　　我从你那儿回来，刚一进门，巴斗镇建筑队队长老李就带请帖进了屋。

方秀珍　　（急）他带请帖来干什么？

梁　光　　带请帖还有什么坏事……

方秀珍　　什么好事？

梁　光　　（故意不语）……

方秀珍　　什么好事，你讲呀！讲呀！

梁　光　　请我去领办他们建筑队呗。

方秀珍　　（更急）你没答应吧？

梁　光　　（故作兴奋地）我能不答应吗？人家真心实意，把我看成大神仙，我能……

方秀珍　　你、你不能答应。

梁　光　　早答应了。

方秀珍　　你、你不能答应。

梁　光　　我明早就去上任。

方秀珍　　万万走不得，万万走不得。

梁　光　　为什么？

方秀珍　　梁光呀——

　　　　　（唱）我一时冲动言语激，
　　　　　　　　女儿面前伤害了你。
　　　　　　　　冷静下来悔莫及，
　　　　　　　　一把眼泪一把鼻涕。

> 我们队搞得实在不景气，
> 全仗你去恢复生机。
> 我躬身作揖施大礼，
> 央你雪中送炭救危急。

梁　光　还要我到你那儿去？

方秀珍　是呀是呀！

梁　光　对不起，你现在就是八抬大轿也接不动我啰！（夹起铺盖、图纸）好吧，我就早点上任，和你一道出门去。

方秀珍　（喜悦地点点头）……

〔出门，梁光往台右走，方秀珍觉察不对，慌忙拦住梁光。

方秀珍　哎哎哎，你往哪里去？

梁　光　巴斗镇呀！

方秀珍　不行不行，得往竹瓦镇走。（强拉梁光往台左走）

梁　光　（故意不从地）不行不行，哎哎哎……

〔方秀珍拉梁光台左下。

〔灯暗。

—幕落—

E

〔数日后。

〔二幕前。

〔王局长上。

王局长	（唱）省厅来电莫名其妙把名标，
	设计院评设计奖梁光挂头号。
	这事先我们怎么不知晓，
	难道他直投省院越级上报？
	杂志要选登，
	报纸要介绍。
	县委大楼上了书，
	这桩喜事还得了？
	我要向县委报喜把功邀，
	"报道新闻"抢头条。
	梁光这个家伙，当我副手的时候，我就觉得他是个才子，嗜书如命，图纸不离手，画出来的图纸一叠一叠，样式大方，构图新颖，叫人看了新鲜悦目，赞不绝口。改革之潮把他推上领导岗位，我既赞成又反对，赞成的是领导慧眼识人才，大胆启用了他。反过来一想，启用了他就是毁了他。到底他是明白人，这次下来是着高棋，他的技术又得到充分发挥，在全省建筑设计展评中夺魁，可不是简单的呀……
	〔陈烨上。
王局长	哟，陈主任，我正要到你那里向你汇报哩！
陈　烨	就在这里讲讲吧！
王局长	你们县委、县政府办公大楼的设计图纸在省设计院举办的建筑设计展览评比中获一等奖，还要选登到全国刊物上去哩，还要他写篇文章介绍介绍。
陈　烨	啊？
王局长	这都是在你们筹建处负责人的领导下取得的，一半

以上是你的功劳呀!

陈　烨　（旁白）怪事，我还没有拍板定下来用这图纸，怎么就在省展评中获奖哩?（思忖）嗯，这是个好"肘子"，凭这也能把他拉到我的怀里来。（对王局长）你告诉他了吗?

王局长　刚刚接到电话，还没有来得及告诉他。

陈　烨　你回去吧，这件事我来告诉他。

王局长　那就谢谢陈主任啦!（下）

〔任政上。

任　政　陈主任，图纸早递给你们了，大楼怎么还不正式开工呢，我老婆找我吵得厉害。

陈　烨　吵什么，还没最后定怎么开工?

任　政　听说书记、县长都点头了。

陈　烨　原则同意有什么用?还有许多具体事嘛。就这样吧，我要办事去。

〔二人分下。

〔二幕开。

〔建房工地。原建的地脚高出地面，挖出的沟土堆在两边，小窝棚露出一角，棕色吊车的巨臂一动不动地斜刺碧空，一切静止状态。

〔朱大力领着一二青工在拨弄什么，动作缓慢，一言不发，气氛很沉闷。

〔任政气冲冲地上。

任　政　（唱）我的话朱大力肯定没听，

　　　　　　送份礼他好似割肉般疼。

　　　　　　分明是陈烨她暗中作梗，

　　　　　　　把工程一拖再拖拖到如今。
　　　　　　　这个朱大力不是个人，
　　　　　　　我见面要狠狠擂他一顿。
　　　　　　朱大力，朱大力！
朱大力　（蔫蔫地）在这里。
任　政　我那天叫你办的事，你办了没有？
朱大力　没。
任　政　（唱）我的话你为何不当令行，
　　　　　　　当面出太阳背后就转阴。
　　　　　　　一换十，两换斤，
　　　　　　　这样的好事哪里寻？
朱大力　（为难地）怨我怎办？梁光不让。
任　政　现在是三分事情，七分人情，事弄僵不用这个转弯怎么办？你代我告诉梁光，合同上写得很清楚，我镇骨干企业就是这个工程大队，如果三个月不见效益，我就拿他是问。（气下）
　　　〔梁光上。
朱大力　（委屈地）梁总，就你叫我把礼退了，刚才镇长把我连胡子带肉刮了，还说，三个月不见效益拿你是问。
梁　光　（感慨地）我当副县长的时候，这里讲讲，那里看看，不大感觉到权力的重要，现在深深感觉到了……（无奈地）你去办吧！
朱大力　咳，你也是不撞南墙不回头啊！（下）
梁　光　（唱）现在办事如十月怀胎，
　　　　　　　转圈子扯皮条真难出台。

　　　　　　设计图交县委集体审裁,

　　　　　　去不返如泥牛入了大海。

　　　　　　工人们急于干活阵阵骂街,

　　　　　　镇党委对我们连连责怪。

　　　　　　我这去催县委赶快表态,

　　　　　　万不能一拖再拖劳民伤财。

　　　　　〔陈烨满面悦色上。

陈　烨　（唱）手拿金钥匙,

　　　　　　把他心锁开。

　　　　　　他既然偷偷去参展,

　　　　　　肯定想夺那金牌……

　　　　　梁光,我给你带来个好消息!

梁　光　设计图纸批准了?

陈　烨　你设计的图纸既美观又大方又实用。

　　　　（唱）你那图纸在省厅,

　　　　　　参加了设计院设计展评。

　　　　　　全省有百多件优秀作品,

　　　　　　你力挫群雄夺了冠军。

梁　光　真的?

陈　烨　你知道是谁给你推荐上去的吗?

梁　光　谁?

陈　烨　我啊!

梁　光　（笑笑）真会揽功。（对陈烨）那就太感激了。

陈　烨　不过,这就要看我的了。我要采纳这份图纸你就能顺利通过,我要不采纳得奖也枉然。

梁　光　既然图纸在省得头奖,我相信你会采纳的。

陈　烨　　不一定。实话告诉你,到今天没批准实施,就是我的意见。

梁　光　　难道县委们、县长们不拿意见?

陈　烨　　既然我是筹建处负责人,我随便编几条理由,他们能硬性否定?梁光呀,面对现实吧!

　　　　　(唱)现实事现实办难又不难,
　　　　　　　就看办事人情愿不情愿。
　　　　　　　如今事明里暗里多有交换,
　　　　　　　能办事不能办的也可办。

梁　光　　(接唱)陈主任请直说别兜圈圈,
　　　　　　　有何指示就直接明码真传。

陈　烨　　好,那我就说!

　　　　　(唱)三年来我为你牺牲多少夜晚,
　　　　　　　陪你吃陪你喝陪你游玩。

梁　光　　(唱)这也是大实话我有同感,
　　　　　　　回想起仍感到蜜蜜甜甜。

陈　烨　　(唱)那一晚同游到郊外草滩,
　　　　　　　我倒在你怀中把唇吻干。
　　　　　　　这情感多绵缠怎可中断?
　　　　　　　你我俩也该是前世姻缘。
　　　　　　　我心想暗交换该转明交换,
　　　　　　　相许了整三年也该把愿还。

梁　光　　这……

陈　烨　　只要你答应与我结婚——你的大困难小困难我一手承担。

梁　光　　这——

（旁唱）这些话都是她肺腑之言，
　　　　道出了她心中叵测的小弯弯。
　　　　三年来相处中我提心吊胆，
　　　　吃归吃玩归玩总觉有隐患。
　　　　她前一套后一套随意翻转，
　　　　想当官往上爬耍尽了手段。
　　　　大报告小报告递个没完，
　　　　搅得她上上下下人际关系乱麻一团。
　　　　这样的妇道人家怎结侣伴，
　　　　我离她越疏远越有安全感。

怎么办呢？

（接唱）为工地早动工莫再拖延，
　　　　先哄她开金口批准方案。

陈烨同志，相处三年，兄妹一般，工作上你支持不小，我很感谢你，至于结婚之事，我看还是等等再说。

陈　烨　　你，你老是这么说，等等，等到什么时候？
〔方秀珍领杨同志上。

方秀珍　　梁光同志，啊，陈主任在这……（有些窘）你们俩谈谈吧！（转身领杨同志）走，到我那……

梁　光　　（正想脱身）啊不不，有什么事就谈吧！

方秀珍　　好，那就打搅一下吧！

陈　烨　　（嫉恨地）哼！（急下）

方秀珍　　这位是省里来的，我在县城建局有事，王局长叫我领来找你。（介绍）这就是梁光同志。

杨同志　　自我介绍一下，我是省文艺大厦筹建处的，姓杨。

	省文艺大厦投资大，要求高，招标承建，你获得过省设计一等奖，我们领导叫我来找你投标。
梁　光	方队长，你看行吗？
方秀珍	只要你设计好，中标，我们一定保质保量完成它。
梁　光	县委大楼书记点头了，陈主任暗中作梗，不怕，你领大伙明天开工，我和小枫朱支书三人去省城洽谈。
方秀珍	好！

〔切光。

—幕落—

F

〔数日后。

〔景同第三场，角度上有所变化，适当的位置上放一电钟，指针正对二时。

〔幕启：梁光伏在案上，他实在太累了，在支撑不住时稍作小憩，手中仍握着铅笔。小枫起身偷看。

小　枫	（唱）轻风微露浸纱窗，
	银月西垂夜更凉。
	师傅他为夺标争上"皇榜"，
	夜以继日分外忙。
	日到工地勤指挥，
	夜在室内绘图样。
	他双颊瘦削颧骨高，

两眼血丝如渔网。
我看在心里疼心上,
怎忍心看他孤雁空飞独来往。
出门铁将军站岗,
进屋与灯相对望。
衣脏虽有妈妈洗,
被脏也有妈相帮。
我怕日子长爸爸会把闲话讲,
与他与妈两相伤。
师傅事业心特强,
一事未成吃喝不进睡不香。
他的精神我敬仰,
他的理想就是我理想!
我有心不做徒儿做新娘,
伴他双飞天高地阔任翱翔。

〔脱下自己上衣,披在梁光身上,细看。
〔月兰端两碗荷包蛋面条上。

月　兰　哟,(轻将小枫拉到一旁)梁总什么时候做了这件红褂子呀!

小　枫　(害羞地)我、我怕他着凉感冒。

月　兰　他着凉有热汤,感冒了有医院,你着什么急呀!

小　枫　(亲昵地)月兰姐!

月　兰　小枫,你是不是想……

小　枫　(羞打)你你你……

月　兰　小枫,你姐眼没生瘩子!

　　　　(唱)小枫你言行无须瞒瞒藏藏,

　　　　　　姐姐我透视眼早已看穿。
　　　　　　梁总他足谋多智有才干,
　　　　　　小枫你能写善画文武全。
　　　　　　你俩又工作在同一战线,
　　　　　　那才是志同道合天赐良缘。
小　枫　月兰姐,就打像你说的志同道合,我爱他,可他爱不爱我呢?
月　兰　这倒说不准,不过,依我的感觉——
　　　　(唱)梁总至今是单身汉,
　　　　　　单身汉难熬老婆关。
　　　　　　他五官端正七情六欲都齐全,
　　　　　　会体会老婆美老婆香老婆新鲜。
　　　　　　小枫,只要你满意,就大胆告诉他——我爱你!
小　枫　也有一点不满意。
月　兰　哪点?
小　枫　年龄。
月　兰　那有什么?你没看过电影、演戏吗,那里面不少女子爱大男人!风流女人都说男人三大:年龄嗨大,身胚高大,花钱手大。我家男人比我大十七岁哩,比梁总看上去还老相。男大会体贴人。只要你真心爱他,就大胆追。
小　枫　你是有经验的人,怎么个追法?
月　兰　缠绵体贴法。
　　　　(唱)狠女子也怕男人绵绵缠缠,
　　　　　　一月两月三年五年会叫你心软。
　　　　　　再硬男子也怕女人感染,

　　　　　一次两次三回五回就会与你言欢。
　　　　　他衣没脏你催他换，
　　　　　他头发没理你陪进店。
　　　　　他想到的事你替他办，
　　　　　他没想到你替他考虑周全。
　　　　　寻欢作乐动作别浮泛，
　　　　　体贴入微也别叫男人心烦。
　　　　　久而久之你会牵着他鼻子转，
　　　　　他的胸脯终会成为你的摇篮。

小　枫　（羞涩地）姐！

月　兰　你自个想想吧，我去把蛋热一下。（端碗下）

小　枫　（着急地）我该怎么办呢？直接跟他说"我爱你"，那多臊人；写封信表露，要是他不爱我，那今后怎么在一起工作？（思忖）哎，有了——

　　　　（唱）我书中正好有枫叶一片，
　　　　　我给妈当保管珍藏多年。
　　　　　那上面已经有"我爱你"字眼，
　　　　　大头针扎得孔方方圆圆。
　　　　　当年爸赠给妈第一片爱恋，
　　　　　我把它轻放在他的面前。
　　　　　他不知此物何来定会问我，
　　　　　到那时我才把心思说穿。（蹑手蹑脚放在梁光手背上，轻下）

　　　　〔梁光醒来，发觉枫叶。

梁　光　怎么，秀珍来了？（喊）秀珍！秀珍！（见无人应）她什么时候来的，为什么不喊醒我？（又喊）秀珍！

〔月兰边应"哎"边端碗上。

梁　光　月兰，你看见方队长来了吗？
月　兰　没看见方阿姨来呀！
梁　光　那——这片枫叶……
月　兰　靠住是风乱吹进来的枫树叶子。
梁　光　这片枫叶与那乱落的树叶不对呀！
　　　　（细看，感慨地）枫叶呀枫叶——
　　　　（旁唱）二十年前我插队在大田，
　　　　　　　　小棚屋斗大窗少有光线。
　　　　　　　　烧餐饭柴草湿满屋云烟，
　　　　　　　　营养差体质弱坚持锻炼。
　　　　　　　　日劳作夜苦读常病榻前，
　　　　　　　　三载中冷饿累受尽熬煎。
　　　　　　　　生人陌路家人远，
　　　　　　　　难中谁说慰藉言。
　　　　　　　　幸有姑娘伸手援，
　　　　　　　　整天守在我床沿。
　　　　　　　　日里替我把药煎，
　　　　　　　　勺勺汤水送唇边。
　　　　　　　　夜晚替我把灯点，
　　　　　　　　补衣做鞋乐得颠。
　　　　　　　　我田里活路不会做，
　　　　　　　　她手把手教不嫌烦。
　　　　　　　　我做菜做饭不会干，
　　　　　　　　她边教边做细指点。
　　　　　　　　我常受感动泪涟涟，

     深觉她才是我的好侣伴!

     枫叶扎字作定情物,

     "我爱你"永不把心变。

     后来我——大学招生被推荐,

     她嫁人——棒打鸳鸯未团圆。

     她不会将定情之物交女儿,

     定是她深藏爱恋今又现。

     暗暗递到我手间,

     唤起我青春童年。

月　兰　（恍悟般地）啊,我猜着了,定是小枫……给你的。

梁　光　（游移地）不会。

月　兰　（唱）小枫对你有爱慕,

     经常媚眼对你睐。

     你忙工作也许没发觉,

     也许你装憨故意憨着。

     她几次张口欲言又怕羞,

     写信又怕讲不透。

     许是她心里憋得好难受,

     树叶扎字表心曲。

梁　光　月兰,你快莫乱说。

   （旁唱）月兰说的是真话,

     小枫她这几天举止失雅。

     老在我身前身后问这问那,

     抿抿嘴挤挤眼碰碰打打。

     我原觉小丫头天真好耍,

     这一说证明她已不是娃娃。

月　兰　梁总,我想增加千岁,要不要我给牵牵线……
梁　光　快莫乱说,现在文艺大厦的图纸设计正紧张,我们必须集中精力赶绘出来,什么也顾不上了。
月　兰　好,听你的。(指碗)现在你把这两碗东西全吃下去。
梁　光　吃一碗吧。
月　兰　不行,这碗是小枫特意留给你的,你能亏她?
梁　光　好,不亏。(端碗大吃)
〔切光。

—幕落—

G

〔前场半月后。
〔二幕前。
〔月兰上。

月　兰　(唱)梁总小枫到省城,
　　　　　　文艺大厦搞竞争。
　　　　　　图纸绘了一小捆,
　　　　　　文字写了几个本本。
　　　　　　梁光掉了肉几斤,
　　　　　　小枫脱了皮一层。
　　　　　　他俩去省已一旬,
　　　　　　不知何因未回程。
〔朱大力上。

朱大力　哟,月兰,见到你想起件事儿。(轻声)听说梁总

	和小枫（比画）有那么回事儿，难怪这次我们三人到省城洽谈文艺大厦的事，他俩一会儿勾头相谈，一会儿拿铅笔写写画画，有时在房间里商量，有时到图书馆翻书，有时要我参加，有时把我撇了，我气得先回来了。回想起来还真有点儿……像呢！
月　兰	朱大叔，快别乱说。
朱大力	哎，大叔关照你一句，你跟小枫相好，要跟她打打预防针，别让梁总灌了她迷魂汤。
月　兰	咳，朱大叔，是不是见人家找对象，你心里痒痒了。
朱大力	嘿嘿，你大婶死得早，丢下我孤老头子，（对月兰）哎，什么时候托托你……（稍顷）哎，说真的，别让梁总那二号老头子哄骗了人家姑娘。（下）
月　兰	（唱）他俩相爱早有心，
	都因羞口未把话挑明。
	男大女大总有这一阵，
	不必把事瞒得紧紧。
	瞒得紧众人也能看得清，
	倒不如早挑明免人议论。
	这一回我真出面做媒人，
	是成是败关键就在方秀珍。
	（看表）离烧饭还有段时间，我这就去找她。
	〔二幕开。
	〔景同五场。
	〔方秀珍站在棚外坡上，一边用手拭汗，一边眺望远方，回转身下坡。
方秀珍	（唱）日落西山彩云飞，

燕儿低旋把营归。
面对晚霞翘首望,
声声低唤盼儿回。
盼儿回除了盼儿还盼谁?
——盼得心憔悴。

〔小明跑上。

小　明　方队长,今天晚上加不加班?
方秀珍　告诉大家,连日来天气晴好,全队轮流加班,浇注的浇注,砌墙的砌墙,保证十月一日前完工。
小　明　对,向国庆节献礼。(跑下)
方秀珍　(接唱) 人憔悴,心难遂,
　　　　　　　东窗一纸隔两美。
　　　　　　　壮壮胆,潮口水,
　　　　　　　点破窗纸情相泄。

〔月兰上。

月　兰　方队长,小枫梁总回来了吗?
方秀珍　没呀!
月　兰　叫我说呀,他俩倒是叮叮儿配当当儿合起来能成一个好调门,呃,方队长,说你莫生气,他俩别谈上舍不得回啊!
方秀珍　什么谈上了?
月　兰　恋爱呀!
方秀珍　鬼丫头,瞎说什么!
月　兰　(诡秘地)我瞎说?你还蒙在鼓里呢,我那晚看见他俩用树叶儿递来递去的。
方秀珍　树叶?(惊)是不是枫树叶?

月　兰	大概是吧，红红的，下面还用针扎了几个字哩！
方秀珍	真的？（入内，复出旁白）哎呀，我箱子里那本《中国建筑学》不见了，是不是小枫她……
月　兰	方队长、方队长……
方秀珍	（镇静下来）天气不早了，大伙晚上要加班，快去烧饭吧。
月　兰	嗯，方队长，我不该惹你生气，我不该……
方秀珍	没什么，没什么，去吧！
月　兰	嗯。（下）
方秀珍	（呆滞地）大概不会吧？要是真的小枫把那片枫叶给了他，那不是笑话吗？我再去找。（入内）

〔小枫风尘仆仆地上。

小　枫	（唱）风尘仆仆返故里，
	告诉妈妈好消息。
	省城投标已中的，
	文艺大厦将在我们手中崛起。
	妈！
方秀珍	哎！（出）哎哟，我女儿瘦了好多！
小　枫	妈，告诉你一个好消息，省城文艺大厦投标我们中了，国庆节之后就破土动工。
方秀珍	那太好了！
小　枫	妈，我师傅真是了不起，他的图纸，他的解说，把四旁投标者都惊呆了。
方秀珍	小枫，你师傅真那么好吗？
小　枫	是呀，知识渊博，雄辩能力强……
方秀珍	你你你，我听人家说，你爱他？

五彩家园篇

小 枫	怎么说哩,从我的角度看,爱。
方秀珍	(晕眩)你……
小 枫	(急扶)妈,你怎么啦!
方秀珍	(渐醒)你、你不该那样。
小 枫	为什么?
方秀珍	……
小 枫	你嫌他年龄大了,还是嫌他不忠实?
方秀珍	不……不……(稍顷)小枫,我箱中那本《中国建筑学》你拿了吗?
小 枫	几年前,我到省设计院进修去,临走从箱子里拿衣服,看见那本书,我正要学习那本书,就拿了。
方秀珍	里面有什么吗?
小 枫	有片红红的枫叶,上面有针扎的字。
方秀珍	枫叶呢?
小 枫	送人了。
方秀珍	送谁?
小 枫	(无所谓地)我师傅。
方秀珍	你为什么把我的东西送给你师傅?它能代表你吗?
小 枫	妈,这有什么代表不代表,我的字丑,拿不出去,那上面字漂亮,我把它送给我爱的人不正合适吗?你不必大惊小怪。
方秀珍	小枫,这片枫叶有来历——
	(唱)车轮倒回二十春,
	红旗招展锣鼓鸣。
	绸带伴我飞彩云,
	迎来下放年轻人。

镇里安排一学生,
和我一队同劳动。
团支部书记就是我,
又兼村里赤脚医生。
我毫不犹豫满口答应,
腾出东房他安身。
他赤脚下田脚打哽①,
扁担上肩黑汗黄汗满身淋。
三个日头当顶晒,
夜里发烧直哼哼。
我喂吃喂喝又把药炖,
端脸水端脚水又端尿盆。
病重那阵他浑身无劲,
我替他洗脸洗脚又擦身。
整整三月没离他,
他感激之泪满腮淋。
后来跟我一起学瓦工,
这下真可他的心。
他日里搬砖弄瓦极卖劲,
夜里苦读到深更。
读的就是《中国建筑学》,
理论实践结合紧。
镇里推荐他上大学,
他决定认我师妹做爱人。
临走那晚月儿明,

---

① 脚打哽:方言,意腿打寒战。

他赠我枫叶定终身……

小　枫　　这——

〔小枫站立不稳,方秀珍急扶。

方秀珍　小枫、小枫……

小　枫　　(缓缓地平静下来)妈,难道你、我同爱一个人?……

方秀珍　……

小　枫　　妈,那你可以不爱他了,你,有了我爸爸。

方秀珍　小枫,你别胡思乱想了,你年轻,会找到比他更好的。

小　枫　　妈,你有了爸爸,不应该再爱他了。

方秀珍　小枫,难道因为有了爸爸,爱就该消失吗?

小　枫　　难道因为你爱他,我就不能爱他了吗?

方秀珍　小枫,他年龄大多了。

小　枫　　(唱)年龄大不是爱的关山,

方秀珍　他的心对你不会热的。

小　枫　　(唱)他心冷我用爱火点燃。

方秀珍　你知道他爱你吗?

小　枫　　(唱)他不爱我我有时间绵缠,

方秀珍　你死了那份心吧!

小　枫　　不,妈!

　　　　　(唱)我一定叫他将爱火向我奉献。

方秀珍　儿啊——

　　　　　(唱)你要把眼光放远,

　　　　　　　鼠目寸光会叫你悔泪难干。

　　　　　　　你年方二十似牡丹,

　　　　　　　花容月貌惹人眼馋。

　　　　　　　待来日百里挑一找个钱老万,

>   荣华富贵享受到百年。
>   儿啊，幸福在向你召唤，
>   何必与妈胡纠缠？

小　枫　妈，求求你……

方秀珍　小枫，你怎么会有这么大胆？

小　枫　（火）妈！

> （唱）现在的姑娘非同一般，
>   敢想敢干敢爱敢玩。
>   我立志做个高级设计员，
>   跟随他走南闯北陷阵克关。
>   爱和事业纽结的项链，
>   那就是爱的火山力的源泉。
>   既然是爱，
>   追求它就要大胆。（气冲冲下）

方秀珍　（痛心地追至右侧）小枫，孩子！（转身）孩子，这就是我的孩子！

〔梁光上。

梁　光　秀珍！

方秀珍　（拭泪）梁光！

梁　光　我们到省城投标中了，不久我们就要从这边工地上抽一部分人到省城去。秀珍，这次小枫干得不错哇，她的设计水平……

方秀珍　（自语）小枫——他又夸小枫。

梁　光　（见方秀珍不听）秀珍，你怎么啦？

方秀珍　没怎么。（转身）梁光，小枫怎么样？

梁　光　小枫不错，这回干得不错，她的设计水平……

方秀珍　（自语）啊，小枫不错，小枫干得不错……（陷入极度痛苦地）小枫在他的眼里，在他的口中，在他的心上都占有了一定的位置。我该怎么办哪？
　　　　（唱）蓝天微风推白云，
　　　　　　　世上新人撵旧人。
　　　　　　　见异思迁负心汉，
　　　　　　　道是有情却无情。
　　　　（烦躁地）唉唉……

梁　光　（惊诧地）我赶到这里，一是向她报喜，二是问问她那片枫叶怎么到了小枫手中。眼下她情绪不好……

方秀珍　（接唱）我有心趁无人邀他相亲，
　　　　　　　　探她假和真……
　　　　（瞬间，眼睛放出异样光彩）梁光，你亲亲我好吗？

梁　光　（高兴地）你还爱我？

方秀珍　（点点头）……
　　　　〔梁光张开双臂扑上去狂吻。任政进来居然不觉。
　　　　〔任政上。

任　政　（进屋大惊，压抑地）啊呀，我原来办了一桌酒为你们凯旋接风洗尘，谁知你们在干这个。（怒吼）梁光，我辞了你，你滚回老巢去吧。（转对方秀珍）你这个小臭货，老子要跟你离、离、离婚！（抓起方秀珍欲走）
　　　　〔灯暗。

　　　　　　　　　　　　　　　　—幕落—

H

〔数日后。

〔设计室。

〔幕启：梁光坐在椅上，双手捧头十分苦闷；陈烨端着杯水，像个胜利者，一个大头头在教训……

陈　烨　……你的错误你是知道的，组织上可能给你的处分也应该知道。你辞去副县长，停薪保职去乡镇领办企业，不是叫你去领办人家老婆！现在好啦，人家两口子离婚了，你破坏了人家家庭，组织上给处分还不应得吗？

梁　光　（头抬不起地）组织上看着办吧！

陈　烨　不过，我在组织部部长、纪委书记面前替你求过情了，算是一般生活作风问题。他们看你是我的朋友，也就不打算大张旗鼓了，叫我私下批评批评你算了。（稍顷）梁光，我看这样吧，选个日子，我们把记登了，领个结婚证搬到我那住，省得人家风言风语。

梁　光　不！

陈　烨　还不！外面的风言风语多难听呀！说我找了个品质不好的朋友，早一天解决，我们耳朵早一天清静。你想想，两幢大楼已经竣工了，样式新颖，美观大方、实用，县委县政府十分满意，听说外国建设访华团还要来参观，这么大的成绩应该说是你我共同努力的结果。它完成了，也该解决解决自己的大事了，你选个日子吧！

梁　光　　陈烨同志……

〔一人上。

一　人　　陈主任，外国什么代表团来了，还要签订什么合同。书记县长都在那儿，请你去。

陈　烨　　那太好了，（对梁光）要是你我都能到外国风光风光，真太有意思了。（对那人）走吧！（二人下）

梁　光　　处分，处分我吧，处分我也感到值！

（唱）碧空万里飘白云，

　　　黄土遍地草青青。

　　　草木皆有情人能无情？

　　　千丝万缕情，全在那个吻。

　　　那个吻，印唇痕，

　　　那个吻，心相印。

　　　那个吻涌动人间情，

　　　那个吻是最伟大的吻。

〔小枫上。

小　枫　　（唱）中国人外国佬正在协商，

　　　　　要我们建筑队横渡远洋。

　　　　　县长喊我请梁光到场，

　　　　　是成是败口由他张。

　　　　　我两脚生风一路欢唱，

　　　　　许久未见想他恨他……

　　　　　我正好借梯下楼把他看望，

　　　　　看看他到底是瘦还是胖。

（见到梁光故意转身要走）真倒霉……

梁　光　　小枫！

小　枫　（欲走，又舍不得走，停住不理）……

梁　光　小枫，这么多日子一直不理我，不设计图纸，你到这儿来……

小　枫　我来找我的妈妈，我要妈妈赔偿我的……

梁　光　赔偿你的什么？

小　枫　爱……（似乎委屈地哭出来）呜呜呜……

梁　光　（若有所思）你妈妈不欠你的爱，要说欠是你师傅我，你把那片枫叶递到我手上，我一直没给你吭一声。

小　枫　（耍刁地捶打梁光）你你你，既然晓得，为什么不吭一声？

梁　光　你就不要责怪你妈妈了，答应吗？

小　枫　我答应你可以，你能答应我吗？

　　　　（唱）你知道我对你多么爱，
　　　　　　　几次梦中笑醒来。
　　　　　　　你那雄浑的气魄展示了你的能耐，
　　　　　　　你那豪放的性格表现了你坦荡的胸怀。
　　　　　　　你那雄辩的口才将许多对手击败，
　　　　　　　你那灵巧的笔为祖国增添多少光彩。
　　　　　　　你叫我倾心相爱，
　　　　　　　你叫我永远与你分不开。
　　　　　　　如果有谁夺去你夺去我的爱，
　　　　　　　不管远亲近邻皇亲国戚拼命也要把你抱在我的怀！

梁　光　小枫……

小　枫　好，告诉你吧，我刚才从城建局来，王局长说外国

　　　　　专家已看中我们建筑队，要我们到他们国家去投标，要你赶快去，谈判桌上定盘子。（想象地）要是我们俩能到国外去，远走高飞那多美，（梦幻般地）世界上只有我们俩，哪……

梁　光　小枫不能这样！

小　枫　为什么不能这样？能。（亲切地）你把枫叶还我。

梁　光　（翻包，连书拿出，正抽枫叶）……

小　枫　（连书一把夺过）有这个，就能击败我妈，击败了她，不怕你不属我。哼！（做鬼脸下）

梁　光　（感情复杂地）小枫……

　　　　〔幕后唱：

　　　　　　谁知我心，

　　　　　　谁知我情。

　　　　　　浩浩长空，

　　　　　　难觅知音。

　　　　〔陈烨、任政款款而来。

陈　烨　梁光，刚才书记县长我和镇长都在场，跟A国签订了合同，决定派你们队出国。这样吧，你很快就要领工程队出国了，我代表你当着任镇长的面宣布结婚日期，就明天！

梁　光　（恼火地）陈烨同志，什么都能勉强，唯独感情不能勉强，你怎么能再三这样？

陈　烨　难道你还和方秀珍保持关系？

任　政　不行，你和任何人我不管，就不准和她。

梁　光　（冷笑）镇长同志，你今天已失去了这份权利。

陈　烨　你真想和她？

梁　光	也许是，也许不。
陈　烨	（气极）你……
任　政	陈主任，不必跟他一般见识，爱你的人多哩，走，我俩边走边谈谈去。
陈　烨	不，那太没基础了。
任　政	（拉至一旁）有，有哇！你是主任，我是镇长，级别相当，有政治基础，就会有感情基础，感情是培养的嘛。走吧，走吧！（携陈烨下）

〔灯暗。

—幕落—

1

〔紧接前场。荒郊。
〔方秀珍上。

方秀珍　（唱）我队与 A 国合同已签好，
　　　　　　元旦后就要到 A 国投标。
　　　　　　今天的商谈会梁光未到，
　　　　　　急白我方秀珍几根头毛。
　　　　　　任政他坚决要把他辞掉，
　　　　　　另派位副镇长加强领导。
　　　　　　时间紧任务急没梁光怎么办？
　　　　　　派人我不要，偏将梁光招。
　　　　　　此方案我已向县长汇报，
　　　　　　县长他放权给我大揽大包。

> 我这里急步走把梁光寻找,
> 　找到他心才安事业才牢靠。

〔圆场。

（接唱）找过工棚又找到荒郊,
　　却为何不见他影儿一条。
　　莫非他为我离婚奔走呼号,
　　莫非他被辞聘大气难消?
　　究竟是何原因尚不知晓。

〔梁光上。

梁　光　　秀珍!

方秀珍　　梁光!

（接唱）见到你悲喜交加泪涌如潮。

梁　光　　多日未见,你瘦多了,我能想到,精神负担,外界舆论,工作压力……

方秀珍　　别说了,你也同样不好受。梁光,今天在与A国签订的合同上,我代表你签了字。

梁　光　　什么,你代表我签字?我已被辞了,代表我有何用?

方秀珍　　你没有被解除,任政不要你,我——要——你。

梁　光　　你要我?

方秀珍　　我代表工程大队聘任你。

梁　光　　既然这样,签订合同县里为什么不找我去?刚才我去找县委、县政府,没人在,扑了空。

方秀珍　　什么,你还怪县委?县里派人找你多时,找不到,最后陈烨说你走了才没再派人找了。

梁　光　　（怒）这个陈烨。

方秀珍	不要怨了,梁光,县委对你很重视,你立即领导我们开展工作吧!时间太紧了,国庆节之后就要到北京集训,然后就出国去。
梁　光	为了事业,为了您,我答应。(思忖)这样吧,小明留省城领队,尽快把文艺大厦按时建起来,你我率领一百名精悍工人先出国,怎样?
方秀珍	由你安排吧,方案尽量考虑周到些。
梁　光	知道。(披衣下)
方秀珍	(唱)烟消云散满天霞,
	冬去春来遍地花。
	秀珍我现在开始把笑容挂,
	有梁光我心里实踏踏。
	说不完的心中事,
	道不完的心里话。
	我与梁光齐跨骏马,
	笑在异邦乐在天涯。
	〔小枫上。
小　枫	妈,我找你好苦哇!
方秀珍	枫儿,有事吗?
小　枫	有事,只怕你不让。
方秀珍	什么事?
小　枫	开门见山吧,妈,有件事请你帮忙。
	(唱)事业是条前进的船,
	爱情就是船上的帆。
	事业与爱情相随伴,
	就会乘风破浪永向前。

五彩家园篇

	我和梁光同乘在这条船,
	妈妈你不必夹在中间。
方秀珍	（唱）爱的磁铁我珍藏在身边,
	相引相吸了二十年。
	直到今天才有盼,
	盼到今天可望团圆。
	谁又能将我俩拆散,
	谁敢从中插一杆？
小　枫	（唱）插杆之事我不干,
	我要堂堂正正结成良缘。
	梁光与我有言在先,
	志同道合才会幸福美满。
	妈，你能给他这些吗？
方秀珍	（唱）爱情好似一张网,
	我和他早在这张网中装。
	志趣相投年龄相当,
	互敬互爱年久月长。
	他怎会与你情来又情往,
	小枫你别在妈妈面前耍狂妄。
小　枫	我狂妄？（取出《建筑设计参考图集》一书，从中抽出那片枫叶）妈，恕我无礼，这就是他爱我的证据，你有吗？
方秀珍	这……
小　枫	他年轻的时候，把这片枫叶夹在《中国建筑学》书里送给你了，你拒绝了他。那天我把这枫叶代表我的爱情送给了他，他很快换了本《建筑设计参考图

集》把这片枫叶夹在其中回赠了我，表示着他对我的爱，对吗？

方秀珍　这这这……

〔方秀珍晕跌。

〔切光。

—幕落—

J

〔国庆节之后。

〔幕启，朝霞四射，大气磅礴。红山岭上，丹枫正艳，一派层林尽染的无限风光。

〔方秀珍上。

方秀珍　（唱）霜打枫叶染红黄，

　　　　天上飞雁不成双。

　　　　孤雁飞来又飞往，

　　　　高一声低一声声声悠长。

　　　　我和孤雁一个样，

　　　　离群失伴好忧伤。

　　　　原只想多年相思的好愿望，

　　　　可在一朝得报偿。

　　　　却不料女儿从中插一杠，

　　　　横打竖敲要做新娘。

　　　　儿不懂事娘懂事，

　　　　妈不逞强儿逞强。

　　　　　　　我只好割爱抱憾相忍让,
　　　　　　　不可让众乡亲贻笑大方。
　　　　〔朱大力上。
朱大力　方队长,你来了。
方秀珍　大力,你的行李呢?
朱大力　嘻嘻……
方秀珍　嘻什么,马上就要上车走了,行李还不随身带来?
朱大力　秀珍!
　　　　(唱)这两天我思前思后感到彷徨,
　　　　　　　我出国你留下你有谁帮?
　　　　　　　倒不如你我留下凑个力量,
　　　　　　　到省城打一个漂亮仗。
方秀珍　这怎么行呢?你出国是工长,副领队。
朱大力　行啊,到国外当工长副领队我推荐小明去更合适,
　　　　他年轻能干又有技术……
方秀珍　你为什么不去?
朱大力　秀珍,你没看出来吗?
　　　　(唱)你我俩工作上多年搭档,
　　　　　　　配合默契协调顺畅。
　　　　　　　你一举我觉得稳重大方,
　　　　　　　你一笑我感到美丽端庄。
　　　　　　　你一举一动在我心里都能激起波浪,
　　　　　　　但那时我对你从没有过奢想!
　　　　　　　可现在你也是孤雁自伤,
　　　　　　　我愿与你做伴飞同来同往。
　　　　　　　因此我决定放弃出国闯荡,

　　　　　留在国土留在省城留在你身旁。

方秀珍　（悲喜交加地）这……
朱大力　秀珍！（欲搂）
　　　　〔小明西装革履地手提衣箱上。
小　明　朱支书，我去合适吗？
朱大力　合适。
小　明　方队长，我去据说你还不知道？
方秀珍　是呀，他也没跟我商量一下。
朱大力　（拉方秀珍至一旁）能跟你商量吗？打你个措手不及，才能……
方秀珍　你也是这个办法？（转对小明）那就你去吧，你去也挺合适。
　　　　〔梁光打扮入时地拎大包上。
梁　光　啊呀，你们都先来这儿了。（对方秀珍）秀珍，时间快到了，你怎么还这身打扮？行李呢？
方秀珍　梁光同志，特殊情况，我临时作了决定，没同你商量，决定派小枫与你同行。
梁　光　你，这是……
方秀珍　另外，派小明做你的副手，这是我和大力俩决定的，希望你能接纳和谅解。
　　　　〔小枫红装素裹，月兰替她拎着大包小袋上。
小　枫　妈，谢谢你了，我一到北京就给你写信。
　　　　〔远处火车汽笛声响。
方秀珍　时间就要到了，赶车要紧，你们走吧，走吧！
梁　光　（饱含热泪，拥抱方秀珍）秀珍……
　　　　〔幕后合唱起：

红枫、红枫迎风抖擞,
高擎巨臂向我们挥手。
送我到南洋,
送我到西欧。
爱之厦,情之舟,
世界竞风流……

〔梁光、小枫、小明渐远,向回招手。
〔方秀珍、朱大力、月兰挥手远眺。
〔枫叶飒飒,满台闪动橘红色光环。
〔灯暗。
〔幕落。

—剧终—

(1987年)